D1143261

Over de zee

Dörthe Binkert

Over de zee

2008 – De Boekerij – Amsterdam

Oorspronkelijke titel: Über das Meer und weiter (Deutscher Taschenbuch Verlag)

Vertaling: Jeannet Dekker

Omslagontwerp: Hilden Design, München

Omslagbeeld: Alinari Archives, Florence

ISBN 978-90-225-5106-6

© 2008 Deutscher Taschenbuch Verlag GmbH & Co. KG, München
© 2008 voor de Nederlandse taal: De Boekerij bv, Amsterdam

Voor Peter

De vrijheid van de mens is zijn moed.

PERICLES

Prelude

Ze stond in het paarsige licht van de avondschemering. Lang. Slank. Het was alsof iemand de wereld heel even had stilgezet, of zo scheen het mij in elk geval toe. Ik zag alleen haar, een eenzame gestalte tussen de menigte die een stap achteruit was geweken.

In mijn oor heerste stilte.

Op mijn huid voelde ik een vleugje wind, alsof de hete zomerdag zichzelf wat koelte had toegewuifd.

Het koor van stemmen en havengeluiden zette weer in: geroep, gelach, blaffende honden, het geratel van wielen en het geklepper van paardenhoeven op de kasseien.

Ik was, net als vele anderen, al uren in de haven om de Kroonland, die die middag aan haar overtocht van Antwerpen naar New York zou beginnen, te zien uitvaren, maar naar het scheen was er sprake van een technisch mankement, en het schip lag nog steeds aan de Rijnkaai.

De passagiers, voor het grootste deel emigranten, verdrongen zich op de dekken. Nadat ze hun kooien hadden betrokken, mochten ze het schip niet meer verlaten. Onder hen bevond zich ook een vriend van me, maar hoewel ik mijn ogen tot spleetjes kneep en ingespannen tuurde, kon ik hem nergens op het dek onderscheiden

Op de kade was het een drukte van jewelste. Veel passagiers uit de eerste en tweede klasse waren nog even van boord gegaan toen bekend werd dat het vertrek met enige uren was vertraagd. Het personeel van de Red Star Line had de grootste moeite het overzicht te bewaren en wist niet goed wie er al aan boord waren gegaan en wie niet. Telkens weer moesten ze kalmerend antwoorden wanneer bezorgd werd gevraagd of er zwaarwegende redenen voor de vertraging waren.

Het was de hele dag al drukkend warm geweest en de luchtjes van de haven vermengden zich met die van zwetende lijven. Er hing een stank van bederf en verwelking.

Het was 23 juli 1904.

Het huurrijtuig waaruit de vrouw was gestapt was slechts een paar meter bij mij vandaan in het gewoel blijven steken. De koetsier was van de bok gesprongen en had het portier van zijn stoffige zwarte koetsje geopend en korzelig een hand uitgestoken om zijn passagier uit het rijtuig te helpen.

Ik had het tafereel aanvankelijk zonder veel belangstelling aanschouwd, totdat er een witte zijden schoen uit de koets tevoorschijn kwam en op het plaveisel werd gezet. Daarna werd er een opengewerkte kanten zoom zichtbaar, gevolgd door nog een voet. De dame die uit de huurkoets stapte, keek nog één keer om, alsof ze afscheid wilde nemen van een passagier die in het rijtuig was achtergebleven. Toen pakte ze met haar ongehandschoende rechterhand de sleep van haar lange avondjurk op en bleef recht voor me staan.

Ook ik week een stap naar achteren, net als iedereen om me heen.

Haar japon was wit, maar straalde in het wegstervende avondlicht de koele glans van blauwe parels uit.

De straat waarop ze haar voeten had gezet was bezaaid met papiersnippers, glasscherven en ander afval, maar dat viel me amper op. Ik zag alleen de glans van haar naakte schouders boven haar decolleté, en de lange sleep die vanuit het passement op haar rug vanaf haar strak ingeregen taille als een waterval over het groezelige plaveisel van zwart basalt leek te stromen.

De menigte gaapte haar met onverholen nieuwsgierigheid aan; de vrouwen strekten hun halzen en fluisterden samenzweerderig achter hun hand.

De dame in de witte japon was blijven staan. Uit het avondtasje dat aan haar arm bungelde, scharrelde ze alle munten op die ze kon vinden en drukte die de koetsier in de hand. Die stelde met een korte, geoefende blik vast dat het bedrag voldoende was, knikte even en nam zijn hoed af. Daarna draaide hij zich onaangedaan om naar het rijtuigje, klom op de bok en liet zijn zweep klappen, zodat niet alleen de beide vossen, die met afhangende hoofden hadden staan wachten, wisten dat ze weg moesten draven, maar ook de omstanders begrepen dat ze plaats moesten maken.

De vrouw keek zoekend om zich heen.

Daar lag het schip. De zwarte flank rees op uit het water, als een indrukwekkende onbedwingbare wand.

De bagage van de passagiers was al lang aan boord. Zware, met metaal beslagen hutkoffers, met koorden en touwen dichtgesnoerde manden, kisten en bundels. Tonnen steenkool waren door de spoorwegen in de buik van het schip geladen, zodat de stokers de enorme stoomketels konden verhitten en de twee scheepsschroeven van de Kroonland zich uiteindelijk in beweging zouden zetten.

Ik begreep dat de vrouw die voor me stond de gangway zocht, dat ze aan boord wilde gaan en alles wilde achterlaten. En terwijl mij een onbegrijpelijk gevoel van geluk overviel, ervoer ik tegelijkertijd een onbekende verzengende pijn.

'Madame, wacht!' riep ik, en ik kwam weer tot mezelf. 'Ik breng u wel naar het schip!'

Pas toen zag ze me staan. Ik was beslist geen opzienbarende verschijning, mager en schlemielig, net achttien geworden, met een nog donzig baardje. Ik schaamde me voor mijn pak dat ik van mijn oudere broer had geërfd en dat niet meer met de laatste mode strookte. Nooit eerder was ik mij er zo van bewust geweest dat ik de schouders van het jasje nog niet geheel vulde...

Ze keek me aan en glimlachte. Het bloed steeg naar mijn wangen en waarschijnlijk bloosde ik als een bakvis. Teneinde aan die pijnlijke situatie een einde te maken, draaide ik me met een ruk om en begon de weg naar het schip voor haar vrij te maken. Ik baande me door de starende menigte heen, ik duwde de stugge lijven opzij zodat ze ongehinderd kon doorlopen.

Tweemaal keek ik vluchtig over mijn schouder om te zien of ze me ook volgde. Dat deed ze. Met elke pas die ze dankzij mij voorwaarts kon gaan, verdween ze ook een stap verder uit mijn leven, waarin ze was verschenen als een vallende ster die aan de hemel verschijnt en meteen weer uitdooft. Waarom effende ik haar die weg?

We waren bij de gangway aangekomen. Ik deed een stap opzij om de weg voor haar vrij te maken. Ze zette een voet op de loopplank, bleef toen staan en keek me aan.

Meeuwen vlogen op en krijsten. Ze draaiden hun rondjes om het schip, alsof ze het wilden aansporen te vertrekken, en lieten zich vrijmoedig duikelend door de avondbries meevoeren. Ik weet niet of ik meeuwen wel mag. Hun zweven bezit een onstuimige, losbandige vrijheid, maar hun gele snavels hebben iets wreeds, of zo heb ik het in elk geval altijd ervaren.

De vrouw stond nog steeds stil, alsof ze me de gelegenheid wilde geven om haar verschijning in mijn geheugen te prenten. Haar blik kwam bijna teder op me over, maar dat moet ik me hebben verbeeld. De meeuwen stegen weer op. Ik hoorde het droge geruis van veren die door de lucht bewogen, het indringende gekrijs. De onbekende vrouw trok haar trouwring van haar vinger, pakte mijn hand, legde de ring erin en sloot mijn vingers eromheen.

'Dank u,' zei ze, met een stem die ik nu, meer dan dertig jaar later, nog altijd zou herkennen.

Ik keek haar ongelovig aan, maar ze had zich al tot de scheepsofficier gewend die op de aanlegsteiger stond.

'Zou u mij aan boord willen brengen?' hoorde ik haar vriendelijk doch beslist vragen. De officier tikte tegen zijn pet en reikte haar hoffelijk zijn arm. Ze nam hem aan en ging zonder ook maar één keer om te kijken aan boord.

Ik sloot mijn ogen, maar ik zag haar gezicht nog voor me, net zoals je de cirkel van de zon op je netvlies afgetekend ziet wanneer je in de zon hebt gekeken en dan je ogen sluit. Ze was een paar jaar ouder dan ik toen was. Haar blik wist meer dan de mijne, haar lippen waren vol, maar niet zoet: ze vormden een lijn die een cello in donkere, vragende klanken zou uitdrukken. Een piepklein litteken deelde haar bovenlip in tweeën, en ik wist dat ik me een leven lang zou afvragen wat haar had gekwetst en wat haar zou kunnen genezen. Ik wist toen namelijk al dat mijn gedachten en verlangens telkens weer naar haar zouden terugkeren. Naar haar volle, losjes opgestoken haar dat de kleur van vloeibare honing had en dat in de afnemende avondschemer bruiner kleurde, bruin als beukenblaadjes die door de herfstwind van de bomen waaien.

Een nacht aan dek

Henri Sauvignac had zijn hut aan boord van de Kroonland al uren geleden betrokken. Nu leunde hij over de bovenste reling en keek vanuit dit ongewone perspectief naar de bedrijvigheid in de haven. Hij hield van de vettige, metalige geur van machineolie, de bittere smaak die kolen op de tong achterlieten nadat de piepkleine roetdeeltjes door de neus naar binnen waren gedrongen, het gepiep van de havenkranen die over de rails gleden, de aanblik van de zware paardenlijven die de vrachtkarren trokken, het gedrang van de mensen.

Als kind had Henri al van de haven gehouden, van dit onvermoeibare hart van Antwerpen dat werd gevoed en voortgedreven door de Schelde, die mensen en goederen uit verre landen aanvoerde en alles en iedereen met zeilschepen en sinds kort ook met stoomschepen weer wegbracht. Als jongeman was hij vaak 's nachts naar de rivier gegaan; naar het Steen, naar de Jordaenskaai en de Rijnkaai. 's Nachts ontstaken havenwerkers petroleumvuren in vaten. Het flakkerende schijnsel verlichtte de kaai, als een hellevuur dat licht en schaduw over zijn slaven wierp en pas bij het einde van de nachtdienst met het daglicht doofde. 's Morgens verruilden de matrozen de bordelen voor de havenkroegen, en de arbeiders die uit de nachtdienst kwamen en het zich konden veroorloven, schoven bij hen aan en lieten koffie, bier en jenever aanrukken.

De oceaanstomers van de Red Star Line meerden 's maandags

aan en voeren 's zaterdags weer af, even stipt als de spoorwegen. Er werd rond de klok gewerkt, dag en nacht, om de lading te lossen, om de kolen die per trein naar de haven waren gebracht naar de romp van het schip over te hevelen en om de nieuwe lading aan boord te brengen, samen alle levensmiddelen die het keukenpersoneel nodig had voor de negendaagse overtocht van Antwerpen naar New York of Philadelphia.

In de vroege ochtend galmde het geschreeuw van de viswijven over de markt, terwijl het degelijke Gasthof zum Schweizerhof van de weduwe Goerg, gelegen aan het Zand 22, de beter gestelde reizigers het ontbijt serveerde. Ook Henri kwam hier wel eens. De meeste emigranten, die hun treinreis al ergens in Polen of Rusland waren begonnen, gingen daar echter niet naar binnen, en evenmin bij het Boarding House van Francis de Meyer, en zelfs niet bij hotel Scandinavia. Zij bivakkeerden in duistere pensionnetjes die hun kamers noch hun eten aanprezen, maar hooguit de aanwezigheid van desinfectiemiddelen.

De stromen emigranten, de uiterst moderne Belgische spoorwegen en de zevenentwintig rederijen die Antwerpen telde, maakten de stad die Henri zo vaak uit haar nachtelijke dromen had zien ontwaken, rijk en welvarend.

Een huurrijtuig dat niet ver van de Kroonland in het gedrang was blijven steken, deed Henri opschrikken uit zijn overpeinzingen. Tot zijn verrassing stapte er een dame uit de koets die niet in reiskostuum was gehuld en evenmin onder mannelijke begeleiding reisde, zoals gebruikelijk was. Ze was alleen en droeg een witte avondjapon. Geboeid staarde hij naar de bijzondere verschijning, een ongewone witte vlek in de massa. Henri moest aan de dood denken, aan het oude beeld van de dood in de gedaante van een bruid. Hij schrok van zijn gedachten, en toch leek het alsof de gestalte een stille kilte uitstraalde. Toen maakte een jongeman, niet meer dan een jonge knaap, zich uit de massa los en maakte de weg naar het schip voor haar vrij. Voordat ze aan boord ging, bleef ze even voor hem staan. Henri kon hun gezichten niet zien, maar hij zag wel dat ze een ring van haar vinger trok en die aan de jongen gaf. Het tafereel had iets dromerigs, en Henri greep naar zijn hoofd, alsof hij een bedrieglijke fata morgana had gezien. Toen liep de vrouw aan de arm van een scheepsofficier het inwendige van het schip binnen. De jongen was in de massa verdwenen.

Henri schatte dat de vrouw ongeveer halverwege de twintig was. Ze was slank en opvallend lang en had iets wat hem raakte, hoewel hij geen woord met haar had gewisseld. Maar hij gaf sowieso niet veel om woorden: hij was beeldhouwer en vertrouwde veel meer op zijn ogen en handen en op wat een lichaam hem instinctief vertelde: het lichaam van de vrouw leek te slapen. Ze droeg een strak korset waarin haar taille breekbaar en kinderlijk oogde. Maar haar lichaam was niet breekbaar, het was slechts verdoofd. Opgesloten.

Henri riep zichzelf tot de orde. Mijn god, hou op met dat gespeculeer! Ze zal negen dagen met jou op dit schip doorbrengen...

Hun wegen zouden elkaar kruisen. Dat was onvermijdelijk. En Henri Sauvignac was een geduldig mens. Wie met steen werkt, mag geen haast hebben.

De meeste passagiers bleven geduldig aan dek wachten totdat de gangway werd ingetrokken en de kettingen en trossen ratelend van de bolders werden getrokken. De loodsboot lag al klaar.

Vlak bij Henri zat een meisje in een rolstoel die zo dicht als maar kon tegen de reling was geschoven. Het meisje kon nauwelijks over de reling heen kijken en probeerde zich zo ver mogelijk uit te rekken. Ze had lang, donkerbruin haar dat in haar nek met een breed lint van groen fluweel was samengebonden. Haar handen lagen gehoorzaam in haar schoot, maar het was duidelijk dat ze niets liever had gewild dan over de reling van het huizenhoge schip te gaan hangen om te kijken of ze daar duizelig van zou worden. Ongeduldig plukte ze aan haar pony. Een man in avondkostuum boog zich over haar heen, en Henri hoorde hem zeggen: 'Lily! Mama wil niet langer op je wachten. Ze wil dat je je voor het diner gaat omkleden.'

'O, toe papa! Kijk, ze trekken de gangway in. Hoort u de machines? We varen al uit...'

En daar klonk inderdaad de scheepshoorn, een weemoedige hese toon die in de lucht oploste en de zielen als sirenenzang met zich meevoerde.

'We varen al, ziet u wel, we varen al!' riep het meisje. Ze schoof onrustig in haar rolstoel heen en weer. 'Ik moet zwaaien, ik ga naar Amerika!'

Henri mocht het meisje wel. Waarschijnlijk had ze polio gehad, haar lange rok met een motief van blauwe en groene ruiten bedekte benen die zo dun als stokjes leken omdat elk spoor van spieren ontbrak.

Het schip lag nu met de boeg naar voren in de vaargeul en begon op snelheid te komen. De achterblijvers op de kaai veranderden in donkere en lichte vlekjes, zoals op de schilderijen van de moderne impressionisten, en al snel vervaagden ze in het avondlicht en waren de golvende bewegingen van de zwaaiende armen niet meer te zien.

Het meisje dat Lily heette merkte dat Henri naar haar keek. Ze leek onzeker en een tikje geërgerd omdat er iemand naar haar keek, en ze bloosde lichtjes. Ze was duidelijk geen kind meer.

Henri glimlachte naar haar. Ze reageerde niet, maar zei tegen de man die naast haar rolstoel stond: 'Goed, papa. Brengt u me maar naar mijn hut. Het scheepskamermeisje zal me moeten helpen bij het omkleden.'

Haar vader haalde de rolstoel van de rem en begon te duwen, en twee scheepsjongens snelden te hulp. Vanwege de trappen natuurlijk.

Terwijl Lily's vader haar voortduwde, keek ze om naar de glimlachende vreemdeling. Haar blik had iets uitdagends. Ze beviel Henri, ze beviel hem echt.

Voor Henri Sauvignac was New York niet meer dan een tussenstation; hij was op weg naar de wereldtentoonstelling in St. Louis, waar enkele van zijn sculpturen in het Belgische paviljoen tentoon zouden worden gesteld. De Belgische regering betaalde zijn reis, en omdat het land trots op zichzelf was mocht hij per eerste klasse reizen, al had hij zelf niet het idee dat hij daar thuishoorde. Er werd van hem verwacht dat hij zich als Belgisch ambassadeur voor de schone kunsten presenteerde en ook dat was een rol die niet echt bij hem paste. Hij had een geschikte garderobe moeten lenen omdat hij onvoldoende kostuums bezat, en al helemaal niet het soort kleding had dat men hier aan boord in de eerste klasse droeg. Hij had er wel plezier in gehad om vanwege de reis naar Amerika zijn kennis van het Engels op te frissen.

'Ik zal me net als de kleine Lily ook voor het diner moeten omkleden,' zei hij zuchtend tegen zichzelf, en hij draaide zich om en liep weg.

De dame in de witte avondjurk moest al een tijdje achter hem hebben gestaan. Henri wist echter niet zeker of zij hem ook zag nu ze tegenover elkaar stonden. Haar uitdrukking had iets afwezigs, alsof ze door degene tegenover haar heen keek. Ze wendde zich echter niet af. Barnsteen, dacht hij. Haar ogen hebben de kleur van barnsteen.

De hutten van de eerste klasse waren over meerdere dekken verdeeld en bevonden zich in het centrum van het schip omdat de slingerende bewegingen daar het minst merkbaar waren. Henri had slechts een grote hutkoffer en een reistas bij zich, die hij reeds had uitgepakt. Bij elke beweging stootte hij zijn ellebogen. De hutten waren heel comfortabel uitgerust met wastafels en elektrisch licht, maar Henri was eraan gewend in een groot, koel atelier rond te struinen. In deze hut, die in zijn ogen net een poppenhuis voor kleine meisjes leek, kreeg hij het benauwd. Hij schoor zich, kleedde zich om en stelde vast dat de avondschoenen van zwart lakleer hem belachelijk stonden.

Van verschillende kanten kwamen de passagiers bijeen in de ruime met hout betimmerde vestibule, vanwaar een trap met een theatrale draai naar de eetzaal voerde. Een week lang zouden ze goedschiks dan wel kwaadschiks hun lot met elkaar delen, deze gemeenschap van vreemden, overgeleverd aan de zee, erop vertrouwend dat de moderne techniek storm en noodweer kon trotseren.

Hoewel het dikke rode tapijt in het trappenhuis van de eerste klasse de geluiden dempte, waren er toch flarden van gesprekken op te vangen, ook voor wie geen luistervink wilde zijn. Henri voelde niet de behoefte om als eerste de eetzaal te bereiken. Hij ging op een pluchen canapé in de hal zitten en liet de gasten in een stoet aan zich voorbij trekken.

Blijkbaar had het vertraagde vertrek voor irritatie gezorgd en had de kledingetiquette onder de verwarring geleden. De ene passagier was reeds gehuld in avondkleding, de ander was nog in reistenue. Henri had zich laten vertellen dat het eerste diner aan boord traditiegetrouw niet in tenue de soiree plaatsvond, daar men aannam dat veel reizigers dan nog niet al hun bagage hadden uitgepakt. De vertraging van een paar uur had veel passagiers van hun stuk gebracht, en voordat het schip had kunnen afmeren, hadden slechts enkelen in de eetzaal willen plaatsnemen.

'Zie je nu wel, Philippe, ik zei toch dat de anderen zich wel zouden omkleden,' ving Henri op. 'Je wilde me alleen niet geloven, omdat je te gemakzuchtig bent om aan iets anders te denken dan wat je op dat moment in gedachten hebt. Dit is zo gênant...' zei een dame in reistenue.

'Het maakt toch niet uit wat je draagt, *ma chère* Clothilde...'

'Wat wil je daarmee zeggen? Wat kun jij toch beledigend zijn!'

De gezette oudere heer met het kalende hoofd en rood aangelopen wangen wilde met een geruststellend gebaar de arm van zijn echtgenote pakken, maar ze tikte zijn hand met een korte, geoefende beweging weg. Henri meende de schrille stem van de vrouw met het hoogopgestoken blonde haar te herkennen. Waren dit niet zijn buren in de hut links van hem? Clothilde had een stem die in andermans oor bleef rondzingen, en niet op aangename wijze.

Aha, daar kwam Lily al aangereden, gehuld in een donkerblauwe rok en een witte blouse en vergezeld door een dame in oudroze japon met elegante knoopjes en een volumineuze oudroze hoed, die ongetwijfeld haar moeder was. Lily's vader lachte naar zijn mooie vrouw, en Henri hoorde hem nog net zeggen: 'Ik hoop maar dat jullie van de overtocht genieten en geen ruzie zullen maken...'

'Dat hangt geheel van Lily af,' antwoordde zijn jonge vrouw koeltjes.

Henri had op dat moment graag Lily's gezicht willen zien, maar zijn blik werd vrijwel meteen afgeleid door een opvallend stel dat niet bij elkaar leek te passen. De man was een jaar of dertig, lang en slank, het soort man naar wie niet alleen vrouwen kijken. Henri hield instinctief zijn buik in toen hij de ander zag en nam het zichzelf in gedachten nu eens niet kwalijk dat hij dit gebaar maakte.

De man was niet het soort fat wiens ijdelheid je belachelijk kon maken: hij bezat de uitstraling van iemand die zo vaak heeft moeten horen dat hij knap en charmant is dat hij het wel moet geloven, of hij nu wil of niet. De vrouw aan zijn zijde kwam daarentegen betreurenswaardig onbeduidend en kleurloos over, hoewel ze zich met zorg had gekleed en een heldere blik had. Ze was aanzienlijk kleiner dan haar begeleider en oogde onvolgroeid, maar toch was zij degene die zijn arm had gepakt en de hare erdoorheen had gehaakt. Het leek wel alsof ze hem wilde kunnen leiden. Henri volgde het merkwaardige paartje met zijn blik. Was ze soms onzeker? Of betrof haar onzekerheid de man aan haar zijde, hoewel die mak als een lammetje naast haar voortliep?

Henri vroeg zich even af hoe de twee elkaar hadden gevonden, een vraag die gemakkelijker te beantwoorden was voor de heer die kort daarna passeerde en bijna op Henri's voet stapte. Zijn gezicht kwam Henri bekend voor, waarschijnlijk had hij het portret van de man al een paar keer in de krant zien staan. Henri trachtte zich de naam van de ander voor de geest te halen, maar hoewel hij nog maar halverwege de dertig was, had hij een slecht geheugen voor namen, wellicht omdat hij namen minder interessant vond dan lichamen.

Het moest een Belgische ondernemer zijn, iemand uit de spoorwegen, de staalindustrie, iets in die richting. Het was in elk geval het soort man dat niet knap hoefde te zijn om een mooie vrouw aan de haak te slaan; zijn portemonnee was in dit opzicht belangrijker. En de vrouw die hij bij zich had, was mooi, hoewel Henri haar niet bepaald aantrekkelijk vond. Ze droeg een felrode avondjurk, en Henri zag blondines niet graag in het rood. Hij kneep zijn lippen opeen. Waarom verspilde hij eigenlijk zijn gedachten aan haar? Misschien omdat ze een prikkelende leegheid bezat, die je met je eigen fantasie moest opvullen…

Een vrouw van middelbare leeftijd dreef haar drie kinderen, twee jongens en een klein meisje, voor zich uit. Ze waren ongeveer negen, zes en vier jaar oud en droegen alle drie marineblauwe pakjes met witte matrozenkragen. De oudste jongen liep voorop en de middelste liet de anderen voortdurend struikelen omdat hij telkens bleef staan om het patroon in het tapijt te bestuderen of met nieuwsgierige vingers de trapleuning te betasten. Het kleine meisje, dat een lang wit lint in haar haar droeg, pakte de hand van haar moeder vast. De vader, een lange, slanke man met grijzend haar, behield een zekere afstand tot zijn gezin, waardoor niet helemaal duidelijk was dat hij bij hen hoorde. De vrouw keek getergd naar hem om en zei iets, maar hij liep ongeïnteresseerd door, alsof hij niets had gehoord. Zijn vrouw liep rood aan en riep de middelste jongen tot de orde. Hij draaide zich om en zei luid en duidelijk: 'Ja, moeder,' en de hand van de vrouw sloot zich steviger om die van het meisje.

Henri keek zoekend om zich heen, maar de vrouw in de witte avondjurk was nergens te zien.

In de eetzaal tafelde men aan lange tafels, die elk plaats boden aan twintig tot dertig gasten. Henri was door de steward naar een zitplaats tussen twee echtparen geleid die hem tot dusver niet waren opgevallen, en ook nu voelde hij geen behoefte een gesprek met hen aan te knopen. Tegenover hem zat een onopvallende, verzorgde man van in de veertig die zo veel aandacht voor zijn jonge gezelschap had dat Henri vermoedde dat ze niet zijn echtgenote was. Het was een knappe vrouw die spontaan naar hem had geglimlacht toen hij aan tafel had plaatsgenomen.

Henri voelde zich niet op zijn gemak. De draaistoelen, die met rood velours waren bekleed, waren aan de vloer vastgeschroefd, zodat de gasten keurig in het gelid de maaltijd nuttigden. Om de een of andere reden vond hij dat onaangenaam, misschien ook wel omdat de onbeweeglijke stoelen hem eraan herinnerden dat het schip bij hoge zee flink heen en weer zou kunnen slingeren.

Henri besloot de wit gedekte tafel zo snel mogelijk te verruilen voor de rooksalon of het dek. Hij was het niet gewend te converseren; dat vond hij saai, en bovendien was hij liever luisteraar dan spreker. Hij had gemerkt dat geïnspireerde gesprekken een zeldzaamheid waren en dat hij niet in staat was ze te beginnen. Van bovenmatig intelligente gesprekken had hij een afkeer, en in gezelschap dwaalden zijn gedachten dan ook vaak af. Dan dacht hij aan zijn werk, aan zijn ontwerpen en hun uitvoering, aan het materiaal dat hij nog moest bestellen... Maar voordat het deze keer zover kon komen, betrok zijn buurvrouw aan zijn rechterzijde, ene madame Borg, hem bij het gesprek. Tot nu toe hadden ze slechts de gebruikelijke beleefdheidsfrasen uitgewisseld en had Henri zich tijdens de stiltes die daarna waren gevolgd dankbaar aan het menu gewijd.

'Monsieur Sauvignac, zou ik u iets mogen vragen? Het halve schip spreekt erover, en ik vroeg me af of u ook die dame in een witte avondjapon hebt gezien die vlak voor het vertrek aan boord is gekomen?'

'Hoe bedoelt u, madame?' vroeg Henri beleefd. 'Wat hebt u precies gezien?'

'Wel, om eerlijk te zijn heeft mijn man haar gezien. Ik had net het scheepskamermeisje laten komen en was in onze hut. Ze moest...'

Henri wilde niet weten wat het scheepskamermeisje had moeten doen en wendde zich tot haar man: 'U hebt haar dus gezien, monsieur Borg?'

'Ja.' Monsieur Borg aarzelde even.

'En?' vroeg Henri. 'Hoe was ze?'

Meneer Borg boog zich een stukje voorover, zodat hij voor zijn vrouw langs de ander kon aankijken. 'Ze...' Hij viel weer stil.

'Kom, vertel eens hoe ze was,' drong madame Borg aan. Ze liet haar blik ongeduldig door de zaal dwalen. 'Hier is ze in elk geval niet. Misschien heb je wel een engel gezien. Toe, vertel nu eens wat er is gebeurd.'

Meneer Borg leunde achterover in zijn stoel en probeerde Henri achter de rug van zijn vrouw om een blik toe te werpen die een smeekbede om hulp leek. Toen zei hij: 'Weet u, ik heb eigenlijk helemaal niet zo veel gezien. Zij liep net een gang in die ik op dat moment verliet. Ze kwam mij tegemoet, en ik stapte opzij om haar door te laten. Dat is alles.'

'Dus je hebt haar gezien. Dan moet je ons toch kunnen vertellen hoe ze eruitzag? Dat je voor een dame opzijgaat, lijkt me niet meer dan vanzelfsprekend.' Madame Borg was duidelijk ontevreden over haar echtgenoot. Ze tikte zachtjes met haar servet tegen de rand van de tafel, alsof ze de tafel in plaats van haar man wilde aansporen.

Meneer Borg zei een tikje ontstemd: 'Wat had ik moeten zien? Die gang was niet bepaald goed verlicht. Ik deed een stap opzij, zij knikte bij wijze van bedankje. Dat was alles.'

Zijn vrouw draaide zich nu helemaal naar Henri om, glimlachte vernietigend en aapte haar man na: 'Zij knikte, en dat was alles.'

'Ze droeg een witte avondjapon,' zei meneer Borg op vermoeide toon, en vervolgens wijdde hij zijn aandacht aan het dessert dat op dat moment werd opgediend.

De beeldhouwer wendde zich tot madame Borg, nam een slok rode wijn, keek haar recht in de ogen en zei: 'Ik heb haar heel kort aan dek gezien, ze stond slechts een paar passen bij mij vandaan. Wat ik over haar kan zeggen, is dat ze niet alleen een witte avondjurk draagt, maar dat ze ook nog eens bijzonder mooi is.'

Madame Borg zweeg even en veegde toen met de rug van haar hand enkele broodkruimels van tafel. Daarna zei ze, zonder haar man of haar buurman aan te kijken: 'Wat voor weer zullen we tijdens de overtocht krijgen? Het was de afgelopen dagen drukkend warm in Antwerpen, en ik heb een hekel aan onweer.' Ze legde haar hand op die van haar man. 'Dat weet Willem wel.' Ze lachte nerveus. Meneer Borg gaf geen antwoord.

Henri wilde niets liever dan opstaan en weglopen, maar het was alsof ook hij vastgeschroefd zat, net als zijn stoel. Hij vroeg zich af hoe hij dit een week lang moest volhouden.

De onopvallende heer van in de veertig die tegenover Henri zat, had gemerkt dat het gesprek aan tafel dreigde te verstommen.

'Mister... Monsieur Sauvignac?' mengde hij zich in de conversatie. 'Als ik uw naam goed heb verstaan? Mag ik u vragen waarheen uw reis voert? Blijft u in New York of gaat u nog verder?'

'Ik weet het nog niet,' antwoordde Henri zonder geestdrift. Hij had niet veel behoefte een nieuw zinloos gesprek aan te knopen. 'En u, meneer…' Hij was de naam van zijn overbuurman nu al vergeten, ofschoon ze nog geen uur geleden aan elkaar waren voorgesteld. Hij haalde diep adem. 'Pardon, maar misschien zou u nogmaals uw naam kunnen noemen… '

De man aan de andere kant van de tafel lachte toegeeflijk en streek over zijn dunner wordende, golvende blonde haar: 'William Brown. Een alledaagse naam, die men gemakkelijk vergeet. Wij…' Hij gebaarde naar de dame aan zijn zij, die blijkbaar niet voor zichzelf kon of mocht spreken, maar die hij ook niet als zijn vrouw had voorgesteld, 'wij zijn op de terugreis. Mrs Henderson en ik kennen elkaar uit Philadelphia en kwamen elkaar in Antwerpen op straat tegen. Wat een toeval, zeker toen bleek dat we tegelijkertijd onze terugreis zouden aanvaarden.' Hij lachte vriendelijk en keek Mrs Henderson aan alsof hij nog steeds verbaasd was over die onverwachte ontmoeting. 'Een bijzonder aangenaam toeval!' voegde hij er op charmante toon aan toe.

'Dat geloof ik graag,' antwoordde Henri, die helemaal niets geloofde. Mrs Henderson bleef zwijgen. Ze deed Henri denken aan een jonge vrouw die voor hem in Parijs model had gezeten, met dat verschil dat het haar van Mrs Henderson meer krulde dan dat van Lisette – zo had het meisje in Parijs geheten.

Henri Sauvignac hield van donkerharige vrouwen, en Mrs Henderson was donkerharig. Ze had vrij brede, hoge jukbeenderen die duidelijk uitstaken, en een spits toelopende kin. Op haar wangen was een roze blos zichtbaar, maar Henri kon niet bepalen of ze rouge had opgedaan of dat het door de wijn kwam. Even keek ze Henri aan, met een vrijpostige blik in haar blauwgrijze ogen. Haar neus stond een heel klein beetje scheef, wat ze zelf ongetwijfeld heel vervelend vond – Henri zag al voor zich dat ze voor de spiegel te-

vergeefs probeerde haar neus recht te duwen – maar deze kleine on-
regelmatigheid in haar verder zo knappe gezichtje beviel hem wel.
Het gaf haar gelaat iets eigenzinnigs.

'Hebt u van uw tijd in Europa genoten?' vroeg hij aan Mrs Henderson.

Ze knikte ernstig. 'O, ja. Zeer!' Ze keek naar haar metgezel, alsof ze een bevestiging van zijn kant verwachtte, en leek even in gedachten verzonken. Toen wendde ze zich weer tot Henri: 'Bent u al
eens in Rome geweest? Ik was voor het eerst van mijn leven in
Rome, en geloof me, ik zou dagenlang over die stad kunnen vertellen. Ik had nooit kunnen denken dat er zoiets moois bestaat.' Ze
zweeg even nadenkend en raakte toen met haar rechterwijsvinger
haar neus aan. 'In Rome heb ik voor het eerst ervaren wat schoonheid is.' Ze keek even naar Mr Brown, die een tikje onrustig scheen,
en vervolgde toen vastberaden: 'Ik had me nog nooit afgevraagd
wat schoonheid is. Dat is…' Ze slaakte een zucht. 'Dat is niet meteen een van de grote vragen in mijn leven, of dat was het althans tot
nu toe nooit. Nu heb ik er echter over nagedacht, toen ik in Rome
was. Schoonheid is dat wat men niet kan uitdrukken. Als we iets
mooi vinden, zeggen we dat het volmaakt is, maar dat is niet zo. Het
is iets anders. Schoonheid is kwetsbaar, iets wat we voor de vernie-
tiging moeten behoeden. Ja. Het mooie is mooi omdat het zo
kwetsbaar is…'

Een zeker enthousiasme had bezit genomen van Mrs Henderson. De blos op haar wangen was dieper geworden, en het leek alsof iemand haar met een penseelstreek twee rode koontjes had gegeven. Mr Brown onderbrak haar door heel even haar arm aan te
raken, alsof hij zich tegenover Henri en de hele tafel wilde verontschuldigen voor de uitbundigheid van Mrs Henderson.

'Mag ik u nog wat water bijschenken, Billie? U ook, Mr Sauvignac?'

Mrs Henderson leek even uit het veld geslagen, maar kwam toen weer tot zichzelf en zei op vastberaden toon: 'Dank u, William. Ik weet dat ik te veel praat. Maar ik zou graag nog een glas wijn willen, als u zo vriendelijk wilt zijn. Het is de kelner ontgaan dat mijn glas leeg is.'

Mr Brown streek over zijn golvende haar. Het was een gebaar dat hij vaak maakte, alsof hij zich er van wilde vergewissen dat zijn haar nog op zijn hoofd zat. Daarna verzekerde hij zich er met een snelle handbeweging van of zijn vlinderdasje nog goed zat en schonk het glas van Mrs Henderson bij.

'Ik vind uw uitspraak erg interessant,' zei Henri tegen Mrs Henderson. Heel even was hij zijn vastgeschroefde stoel vergeten.

'Dank u,' zei ze.

'Alstublieft, graag gedaan,' zei Mr Brown.

Mrs Henderson nam een slok van haar wijn. 'Weet u,' ging ze verder, en ze keek Henri met een indringende blik aan, waardoor het grijsblauw van haar ogen feller leek te stralen, 'ik heb in Rome veel ruïnes gezien, die vindt men daar namelijk in overvloed. En die ruïnes bevielen me bijzonder. Ze waren prachtig, hoewel ze niet volmaakt waren. Of misschien wel omdat ze niet volmaakt waren.' Ze zweeg even en keek Henri doordringend aan. 'En dat heeft diepe indruk op me gemaakt.' Na deze apotheose leek Mrs Henderson het welletjes te vinden.

Henri zei niets, maar vroeg zich af of Mrs Henderson haar ontdekkingen over het leven, de vergankelijkheid en de breekbaarheid van menselijke dromen in Rome had gedaan, of zo-even hier.

Ook Mr Brown zweeg, dankbaar dat Mrs Henderson haar stortvloed aan woorden had beëindigd.

Mrs Henderson legde met een sierlijke beweging haar servet naast haar glas en zei: 'Het is laat.'

En Mr Brown zei: 'Dat is waar. Het was een lange dag. U bent vast erg moe.'

'O nee,' wierp ze met een ontwapenend lachje tegen, 'al zou ik het wel fijn vinden als u mij naar mijn hut zou willen brengen. Ik vrees dat ik anders verdwaal. Morgen leer ik het schip ongetwijfeld beter kennen.'

Ze stonden op en Mr Brown reikte Mrs Henderson zijn arm.

Valentina sloeg de deken die de scheepsjongen haar had gegeven dichter om zich heen. De nacht was Valentina's bondgenoot, de nacht maakte haar tot een schaduw zonder lichaam. Gedurende de nacht verdween ze uit het leven, net zoals de kleine Charles uit haar leven was verdwenen, vandaag twee jaar geleden, op 23 juli 1902.

Een halve maan stond laag boven de horizon en wierp een rood schijnsel over haar japon. 'Mijn koningin,' had Viktor haar genoemd toen hij haar voor de eerste keer in die jurk had gezien, 'mijn koningin van de nacht,' en hij had haar naar de dansvloer geleid. Viktor, die zo goed kon dansen. Sindsdien had ze niet meer gedanst. Viktor had andere koninginnen en hofdames uitgekozen.

En nu wilde het noodlot dat ze uitgerekend in deze japon, die ze het liefste in zee had gegooid zodat hij naar de bodem kon zakken, op de oceaan en op dit schip gevangenzat.

Ze had lang gewacht voordat ze haar hut had verlaten. Pas toen ze niets anders meer had kunnen horen dan het kalme gestamp van de scheepsmotoren was ze stilletjes naar buiten geslopen en had ze de deur voorzichtig op een kier gezet, ervoor wakend dat hij niet in het slot viel. Op weg naar het dek was ze niemand tegengekomen. Na de onrust die het verlate vertrek had veroorzaakt, waren de passagiers kort na het diner in hun hutten verdwenen. Alleen op het tussendek stegen nog stemmen uit het donker op naar de hemel; wie kon, sliep daar in de open lucht.

Valentina had niet verwacht dat op dit uur nog een scheepsjongen zijn ronde over het dek zou doen en was opgeschrokken toen de knaap plotseling voor haar had gestaan. Maar ze had zich snel hersteld en gevraagd of hij haar een deken wilde brengen.

Wat had ze gedaan? Het was ondoordacht, verschrikkelijk en dom geweest, wat ze had aangericht. Het was niet meer goed te maken. Had ze soms haar verstand verloren? Maar waarom voelde ze zich dan zo rustig, zo kalm dat ze het zelf onaangenaam vond?

Toen ze aan de zijde van de scheepsofficier aan boord was gegaan, ja, toen was ze bang geweest. Bang dat ze zou worden betrapt en zou worden teruggestuurd naar haar oude wereldje, dat slechts door een aanlegsteiger van een nieuw leven was gescheiden. Bang dat haar hart, dat van de zenuwen bijna uit haar borst sprong, haar zou verraden.

Maar nu kende ze geen angst meer.

Ze had alles achtergelaten. Alles wat ze kende, liefhad en haatte. Zelfs haar angst.

Morgenvroeg zou ze de kapitein opzoeken. En ze moest beslist met Jan praten. Jan.

Toen de scheepsjongen zijn laatste ronde deed, was Valentina in de ligstoel ingeslapen. Hij schraapte voorzichtig zijn keel: zou ze willen dat hij haar wekte, zodat ze haar hut kon opzoeken? Maar ze bewoog zich niet, en de scheepsjongen besloot haar rustig te laten slapen.

Henri had een onrustige nacht. De hut leek nog benauwder dan overdag, en hij kon al meteen voorspellen dat hij de slaap niet zou kunnen vatten. Hij trok zijn lakleren schoenen uit, schoof zijn voeten met een zucht in zijn veel comfortabelere schoenen voor overdag en maakte zich op voor een laatste wandeling over het promenadedek. De vettige rookpluimen uit de schoorstenen vermengden zich met de duisternis van de nacht en de stank van verbrande kolen hing in de lucht.

Het zou niet lang duren voordat het schip Dover zou bereiken, waar de laatste passagiers zich zouden inschepen. Daarna zouden ze dagenlang alleen maar lucht en water zien.

Henri liet zijn hand over de bovenkant van de reling glijden. Het hout en metaal waren vochtig door de fijne nevel die uit het water opsteeg. Een paar ligstoelen stonden er verloren bij, de houten planken van het dek baadden in het zwakke licht van de maan. Hoewel de hemel wijd en zwart en oneindig was, voelde Henri zich ook hierbuiten gevangen.

Waarom zat hij gevangen op een schip dat naar Amerika voer, gehuld in een rokkostuum dat hij van zijn vriend Jean had geleend? Wat wilde hij eigenlijk in Amerika? De beelden die in St. Louis zouden worden geëxposeerd, waren al lang verscheept, en de werklieden ter plaatse konden die heel goed zonder zijn hulp opstellen.

Het water was niet zijn element. Alles was plotseling vormeloos, zweverig, onscherp; hij zag niet eens de donkere lijn van de kust die hier niet ver vandaan kon zijn. Henri had niet de minste behoefte de wereldtentoonstelling te bezoeken, hij wilde niet naar de Nieuwe Wereld, en hij had niet, zoals zo veel van zijn medemensen, het reizen ontdekt. En ansichtkaarten schrijven, vol onnozele groeten uit Athene, Rome of Florence, werkte hem op de zenuwen. 'Stuur me een ansicht uit New York, en uit St. Louis,' had zijn moeder hem gevraagd, alsof dat ergens een bewijs voor zou zijn. Henri wilde naar huis, naar zijn atelier: hij wilde zijn werkplunje aantrekken, een kleimodel waaraan hij al was begonnen uit de natte doeken wikkelen – het was niet eenvoudig geweest om iemand te vinden die de klei tijdens zijn afwezigheid vochtig kon houden – om in alle rust aan zijn beeld te werken.

Henri Sauvignac verlangde naar niets anders dan naar zijn atelier. Daar was zijn vrijheid, zijn plaats, zijn leven.

Een scheepsjongen passeerde hem en groette. Henri groette terug, stond op en verliet het dek.

Hij wist niet dat wat hij voelde eenzaamheid was, en hij had ook niet gemerkt dat de dame in de witte avondjapon aan de andere zijde van het dek zat, slechts een paar meter van hem vandaan, aan de andere kant van de zwartgeblakerde schoorsteen.

'Het was al vrij laat op de avond. Ik maakte volgens de regels mijn ronde, om te zien of er nog passagiers aan dek waren. Zolang er nog mensen aan dek zijn, hebben wij immers dienst. Er was echter bijna niemand meer buiten, hoewel het een prachtige warme avond was. Op de eerste avond zijn de passagiers altijd druk in hun hutten bezig. Dan richten ze die min of meer in, hoewel je eigenlijk maar negen dagen onderweg bent naar New York. Niet meer dan een steenworp. Nog niet zo heel lang geleden duurde de reis twee weken.

De dame naar wie u vraagt, zat in een ligstoel. Ik ben al een paar keer de grote plas overgestoken, maar zoiets had ik nog niet gezien. Zo'n prachtige japon, bedoel ik. Helemaal wit, afgezet met kant en met een lange sleep. Die avond was de maan rood, en het maanlicht viel over haar heen. Ze was alleen, zonder begeleider, en dat vond ik vreemd, dat zo'n mooie vrouw daar helemaal alleen zat. Ze vroeg heel vriendelijk of ik haar een deken wilde brengen, want ze wilde nog buiten blijven. De hemel was hier zo mooi, zei ze, nu het donker was. Ik vroeg of ze verder nog iets wenste. Ze dacht even na en zei toen: "Nee, dank je," maar toen vroeg ze me toch nog of ik haar een glas water wilde brengen. "Natuurlijk, madame," antwoordde ik. Ik weet nog dat ik dacht: misschien is ze wel een prinses die met rust wil worden gelaten, die eindelijk even helemaal alleen wil zijn. Omdat ze anders altijd haar gevolg om zich heen heeft. Ik begreep alleen niet dat ze om water vroeg. Ik zou champagne hebben besteld.

Maar goed, ik bracht haar de deken en het water. Doorgaans krijg ik dan een fooi, maar zij gaf me niets, ze bedankte me alleen maar. Dat vond ik vreemd, dat ze zo vriendelijk was en toch geen fooi gaf. Maar ik dacht: prinsessen hebben vast geen kleingeld bij zich. Waarom zouden ze ook, ze hoeven nooit iets te betalen. Ze kon zich vast niet voorstellen dat andere mensen geld nodig hadden om te overleven. Bovendien worden wij niet geacht om iets te denken. We mogen alleen maar bedienen, we mogen niets denken en moeten verder onze mond houden.'

– TON WILTON, SCHEEPSJONGEN AAN BOORD VAN DE KROONLAND, IN ANTWOORD OP VRAGEN BIJ AANKOMST VAN HET SCHIP IN NEW YORK.

Henri lag in zijn slaap te woelen. Hij droomde over Mrs Henderson, de dame uit Philadelphia: ze stond in zijn hut en vertelde over de ruïnes van Rome. Hij onderbrak haar niet, maar tastte met zijn vingertoppen heel zachtjes haar gezicht af, hij kuste haar wangen, haar hals, haar sleutelbeenderen – eerst het linker, toen het rechter – en haar decolleté. Ze glimlachte, maar zocht verder naar woorden om Henri te bewijzen dat hij haar toch niet kon afleiden. In zijn droom begon Henri Mrs Henderson uit te kleden, terwijl zij vertelde over de thermen van Caracalla en de vloerverwarming die ze daar toen al hadden. Henri zei dat hij, als hij fotograaf was geweest, Mrs Henderson dolgraag had willen vastleggen. Ze kneep haar lippen opeen, legde haar wijsvinger tegen haar neus en zei: 'Nee zeg, wat denkt u wel!' Haar trekken vervaagden, en Henri wist niet zeker of het Mrs Henderson of Lisette was die voor hem stond.

Hij werd wakker. Lisette had zich maar al te graag laten fotograferen, dat wist hij als geen ander. Ze was bij de minste of geringste gelegenheid naar de fotograaf gerend en was gefascineerd door al die nieuwe technieken. Het idee dat haar evenbeeld op een stukje celluloid tevoorschijn kon worden getoverd door het in een bad van kwikzilverdampen te dompelen, verrukte haar. In zijn kooi draaide Henri zich op zijn andere zij.

Het schip meerde aan in Dover met een kabaal dat iedereen wekte, maar omdat het in het holst van de nacht was, voelde geen van de passagiers met een hut de behoefte zich aan te kleden, aan dek te gaan en toe te kijken hoe andere passagiers en hun bagage aan boord gingen. Alleen het tussendek telde vele reizigers die de stinkende hitte van de krappe mannen- en vrouwenverblijven niet konden verdragen en liever de frisse lucht opzochten. Ze lagen op kale vloeren, leunden tegen wanden of tegen hun bagage. Het schip trilde toen de machines tot stilstand kwamen. Daarna was er getrappel en gestamp te horen, geroezemoes, gepiep en gekraak, het slaan van deuren.

Flarden Engels. In de buurt van Henri werden hutten betrokken. Diepe mannenstemmen die Russisch spraken drongen in zijn oor. Ze klonken in de duisternis luid, bijna griezelig.

Henri lag wakker. Hij dacht aan de raadselachtige dame in het wit en aan Mrs Henderson die, waarschijnlijk, de nacht met Mr Brown doorbracht.

En weer dook Lisette in zijn gedachten op. Ze stond in zijn Parijse atelier en wilde net vertrekken. Terwijl ze een oude, bruine wollen omslagdoek om zich heen wikkelde, zei ze: 'Ik heb het koud,' en ze keek door het vuile raam dat tot de vloer reikte naar de verwilderde tuin. 'In jouw atelier is het altijd koud. Ook al zijn je armen warm, je hart is onbereikbaar, net als de achterkant van de maan.'

'Begrijpt u wat ik bedoel? Het is gewoon een schandaal. Eerst dacht ik nog: hoe is het mogelijk, een vrouw die zonder mannelijke geleide, en ook nog in avondkleding aan boord van een schip gaat! Van een oceaanstomer die naar New York vaart! Goed, we staan weliswaar aan het begin van een nieuwe eeuw, maar vindt u dat niet ongehoord? Een dame uit de gegoede klasse, zonder gezelschap. Zonder man, zonder chaperonne, zonder personeel. Goed, aanvankelijk wisten we inderdaad nog niet of er ook familie van haar aan boord was, maar dat leek mij meteen al onwaarschijnlijk.

U had mijn man moeten zien. Hij liep haar voor het diner in de gang tegen het lijf, en na die ontmoeting leek hij wel behekst. Echt waar. Hij was afwezig, hij was de hele avond in gedachten verzonken.

"Wat is er, Willem?" vroeg ik hem. Hij heet Willem.

"Niets," zei hij. "Niets."

"Hoezo, niets?" vroeg ik. Normaal gesproken geeft hij antwoord als ik hem iets vraag.

"Gewoon, niets. Wat zou er moeten zijn? Ik ben even naar de brug gekuierd en nu ben ik weer terug. Jij wilde je toch nog even opfrissen?"

"Maar er is iets! Dat zie ik aan je, je kijkt alsof je net Jezus zelf hebt zien verschijnen. Ik merk toch dat je anders bent dan gewoonlijk?" Maar hij wilde niets zeggen. Het enige wat hij met tegenzin over zijn lippen kreeg, was: "Ik ben op de gang een vrouw tegengekomen, een ongewone verschijning in een bijzonder elegante witte avondjapon. Je zult haar straks wel in de eetzaal zien."

"En?"

"Hoezo, en?"

"En? Was ze alleen? Of was er iemand bij haar?"

"Ja. Nee. Ze was alleen."

Mijn man en ik zijn al meer dan twintig jaar getrouwd, weet u, en hij heeft nooit geheimen voor me gehad. Hij is niet als andere mannen, die je als echtgenote uitsluitend ziet wanneer ze aan de eettafel aanschuiven of bepaalde verlangens hebben, als u begrijpt wat ik bedoel. Op dat moment besefte ik dat hij iets voor me verborgen hield. Zulke vrouwen, vrouwen die schandalen veroorzaken, zijn als gif voor mannen. Mannen laten zich te gemakkelijk verleiden en moeten regelmaat in hun leven hebben, want anders raken ze in de war en gaan ze domme dingen doen. Als vrouw moet je een voortdurende strijd leveren om te voorkomen dat ze hun verstand verliezen, daar heeft een echtgenote een levenslange taak aan. Zulke vrouwen maken alles kapot wat je als echtgenote moeizaam hebt opgebouwd en bijeen tracht te houden. God mag weten welke gedachten ze in hem heeft losgemaakt!

Ik heb nooit kinderen kunnen krijgen, en dat is een beproeving voor een echtpaar. Mijn man is een succesvol aannemer, maar hij heeft geen erfgenamen, geen opvolgers. Nadat duidelijk was geworden dat wij geen kinderen konden krijgen, heeft hij me nooit meer lastiggevallen, als u begrijpt wat ik bedoel. Hij heeft me nooit iets verweten en zich altijd onberispelijk gedragen. Maar toch moet er sprake zijn geweest van zekere onbevredigde gevoelens, hoewel hij me telkens verzekert: "Het is goed. Mij ontbreekt het aan niets, dat weet je toch?"

In ieder geval zorgen zulke mooie vrouwen, die zich niet aan de fatsoensregels houden en zich opvallend en onbetamelijk gedragen, bij mannen voor veel onrust. En dat is niet goed. Als je bedenkt hoeveel tijd en moeite een vrouw in haar huwelijk moet steken, en dan komt er opeens zo iemand die haar man het hoofd op hol brengt…'

— HENRIETTE BORG, PASSAGIER OP DE KROONLAND

'Ik ben wel de laatste persoon die iets over deze dame kan vertellen. Waarom vraagt u het uitgerekend aan mij? Toen ze pas aan boord was, kwam ik haar op de gang tegen. Ik dacht nog: die is vast op weg naar haar hut – wat zou ik anders moeten denken? Maar ik geef toe dat ze me heeft beziggehouden. Ik ben niet zo heel erg jong meer, ik word binnenkort vijfenvijftig en ik heb het grootste deel van mijn leven al achter de rug. De dingen zijn zoals ze zijn, daar kan ik niet veel meer aan veranderen. Dat zou ik ook niet willen. Ik heb een bouwbedrijf dat een aardige winst maakt, ik ben getrouwd – al hebben we helaas nooit kinderen gekregen. Mijn vrouw en ik zijn, voor zover je dat op onze leeftijd kunt verwachten, gezond. Ik heb het verder geschopt dan mijn ouders. Wat wil een mens nog meer?

Tja, toen ik haar tegenkwam... Ze knikte vriendelijk naar me toen ik voor haar opzijging zodat we elkaar konden passeren, en toen dacht ik plotseling: ja, zo gaat het nu eenmaal, ik doe steevast een stap opzij wanneer het leven, wanneer het onbekende, meeslepende, verrassende leven me tegemoet komt. Toen ik haar zo zag, in haar kostbare jurk, met haar lange, ranke gestalte – ze leek net iemand uit een droom – kreeg ik opeens het gevoel dat ik mijn leven aan me voorbij heb laten gaan. Dat ik niet meer echt leefde, dat ik wellicht nooit echt heb geleefd, dat ik mijn leven slechts in beheer heb, totdat er op een dag een einde aan zal komen. Het was alsof er opeens een koude rilling over mijn rug liep. Die gedachte deed me schrikken. Natuurlijk zou ik dat nooit tegen mijn vrouw kunnen zeggen, maar zo is het wel gegaan.'

— WILLEM BORG, PASSAGIER OP DE KROONLAND

Zondag 24 juli

'We waren Dover al gepasseerd en zouden tot aan New York nergens meer afmeren. De open zee lag voor ons. Het was zondagochtend, een mooie warme zomerochtend. Een stralend blauwe lucht, met een al even blauwe en kalme zee. Niettemin verwachtten we dat het weer de komende dagen zou omslaan, want de barometer gaf onbestendig weer aan. Ik had al een paar uur dienst, maar tot dan toe was het nog erg rustig aan boord.

Zo vroeg op de morgen is het schip van de bemanning. Dat is het mooiste moment van de dag voor iemand met een beroep als het mijne, en ik doe dit al een eeuwigheid. Om een uur of half negen sprak een van de stewards uit de eerste klasse me aan. Een knappe kerel, blond, lang, met een charmante lach. Ik plaag hem altijd graag omdat de dames hem nakijken, en sommige heren ook. Hij heeft brede schouders, smalle heupen en een kuiltje in zijn kin: alles waarvan vrouwen dromen en wat de meeste mannen niet hebben, of in elk geval niet meer na hun eerste huwelijksjaren. Ik zou wel eens willen zien hoeveel fooi hij krijgt; waarschijnlijk zou dat wel enkele van mijn vermoedens bevestigen.

Hij klikte zijn hakken tegen elkaar en tikte met zijn hand tegen zijn pet.

"Vertel eens, Longden," zei ik. "Wordt de oversteek voor u weer een geslaagde reis? Hebt u gisteren tijdens het serveren van het avondmaal al een keuze uit de mooiste dames kunnen maken?"

Maar Longden ging er niet op in. Er scheen hem werkelijk iets dwars te zitten. "Sir," zei hij, "Op het bovendek zit een dame die aan de scheepsjongen heeft gevraagd of hij haar koffie wilde brengen en een officier naar haar toe wilde sturen. Hij is echter eerst naar mij toe gekomen. De dame stond bij de reling en droeg geen reistenue maar een avondjapon met een aardig decolleté en een lange sleep. Ik kon mijn ogen aanvankelijk niet geloven, ze ziet eruit als een dame uit de hoogste kringen. Toen ze me zag, zei ze tegen de scheepsjongen: 'Ik wilde een officier spreken, geen steward.' Maar ze leek niet echt boos. Natuurlijk zei ik onmiddellijk: 'Excuseert u mij, madame, ik zal direct de eerste officier halen. Maar de scheepsjongen moet zich aan zijn dienstvoorschrift houden, hij dient eerst mij op de hoogte te brengen.' 'Het is al goed,' zei ze toen met een glimlach." Longden dacht even na en zei toen: "U hebt gelijk, sir. Ik heb gisteravond bij het diner vele aantrekkelijke dames gezien, maar geen van hen was zo mooi als zij…"

Ik onderbrak hem: "Breng me maar naar haar toe, Longden, voordat je helemaal buiten zinnen raakt, dan kan ik me zelf een beeld van haar vormen." En toen zijn we samen naar beneden gegaan, naar het bovenste promenadedek.

De vrouw stond naar het water te kijken, met haar rug naar me toe. Een paar laatste meeuwen cirkelden boven ons.

Ze had prachtig haar, dik en donkerblond. Een lok was losgeraakt uit de los opgestoken wrong en viel krullend langs haar hals. Ik staarde naar haar nek, die enigszins gebogen was, en hoewel ik schuin van achteren slechts een klein deel van haar gezicht kon zien, wist ik dat Longden geen woord had gelogen. Ze was bijna zo lang als ik. Ik nam mijn pet af, trok mijn uniformjas recht en schraapte mijn keel.

Ze draaide zich om. Ik moet eerlijk bekennen dat haar ogen overweldigend waren.

"Goedemorgen, madame. U wilde een officier spreken? Ik ben Anton van Broek, eerste officier. Wat kan ik voor u doen?"

Longden en de scheepsjongen stonden als aan de grond genageld.

"Goedemorgen," antwoordde ze. Ze glimlachte amper, maar dat was geen onvriendelijkheid, eerder een poging zich te concentreren op de dingen die ze blijkbaar wilde afhandelen. Haar ene hand rustte op de houten reling, de andere hield de sleep van haar japon vast. Toen draaide ze zich helemaal naar mij om en zei: "Ik wil graag de kapitein spreken. Zou u zo vriendelijk willen zijn mij naar hem toe te brengen brengen, monsieur van Broek?" Uit haar houding bleek duidelijk dat ze niet van zins was meer uit te leggen. Ze had ook niet gezegd hoe ze heette. Ik zei tegen Longden en de scheepsjongen dat ze weer aan het werk konden gaan en gebaarde dat ze me kon volgen.

Ik had geen idee wat ze van de kapitein wilde. Voor dat uur van de dag was ze niet gepast gekleed, en eigenlijk had iemand haar daarop moeten attenderen. In deze kleding kon ze zich niet aan dek vertonen. Ze gedroeg zich echter voorbeeldig, zodat ik verder geen vragen stelde. Voor een officier is discretie een erezaak.'

    – ANTON VAN BROEK, EERSTE OFFICIER OP DE KROONLAND

'In de derde klasse heb je wel eens een verstekeling, iemand die zich ongezien tussen de emigranten mengt. Per overtocht zijn er meer dan duizend passagiers aan boord, en het leeuwendeel daarvan, zevenhonderd tot achthonderd, zijn emigranten. Dat zorgt tijdens het inschepen voor een enorme drukte. De stewards doen hun uiterste best om iedereen zo snel mogelijk naar de hutten en de kooien te brengen, maar een zekere chaos is niet te vermijden. De passagiers weten niet meteen de weg, de gangen zijn nauw en de hutten zijn klein en liggen bovendien ook nog eens op verschillende dekken.

Het schip is net een drijvende stad die tijdens elke overtocht opnieuw wordt bevolkt. Iedereen zoekt zijn plaats, neemt een rol aan. Het duurt even, maar dan heb je aan boord alles wat je ook aan land hebt: alle sociale klassen, ellende en pracht en praal, vriendschap en afgunst, ruzie, hebzucht, bedrog, haat en liefde.

Maar hoewel ik al jaren vaar, heb ik nog nooit een geval als dit aan de hand gehad.

Mijn eerste officier, Anton van Broek, klopte op de deur van mijn kapiteinshut, salueerde en zei slechts: "Sir, ik heb hier een dame die u wil spreken. Het is dringend. Ze vroeg me of ik haar naar u toe wilde brengen. Mag ik haar naar binnen sturen?"

De gedachte dat ik mijn zondagochtend aan de problemen van een dame zou moeten wijden was me niet bepaald aanlokkelijk, en daarom knikte ik slechts kort, zonder Van Broek te vragen of hij wist waarom het ging. Waarschijnlijk niet, het ligt niet in zijn aard naar het naadje van de kous te vragen. Hij is zeer discreet.

Een dame, had hij gezegd. Waarschijnlijk ging het over een typisch eersteklassenprobleem, vast over een hond, een van die schoothondjes. Het is mode om dergelijke lieverdjes mee te nemen aan boord, en o wee als het Fifi niet bevalt, of als de scheepsjongen het beestje niet zo uitlaat als het gewend is, of als het eten Chérie niet smaakt. Dan raakt madame al snel buiten zinnen van woede.

Ik stond nog steeds aan de keffende keeshond van madame Binoche te denken – een weerzinwekkend schepsel dat we tijdens de terugreis van New York naar Antwerpen aan boord hadden gehad en niets liever deed dan naar de kuiten van de stewards en scheepsjongens happen – toen ik merkte dat Van Broek de dame in kwestie al naar binnen had geleid en wachtte op mijn teken dat hij de hut mocht verlaten.

In de kapiteinshut ligt zulk dik tapijt op de vloer dat ik haar voetstappen niet had gehoord. Deze dame leek helemaal niet op de kleine mollige madame Binoche met haar driedubbele onderkin. Maar ik dwaal af.

De vrouw stond op het blauwe tapijt alsof ze zojuist uit de zee was opgerezen, als een sirene of een zeemeermin in mensengedaante.

Ik had nog niet alle passagiers van de eerste klasse persoonlijk begroet, maar vele had ik al in het voorbijgaan gezien. Haar niet. Het was echt alsof ze uit een andere wereld was gekomen.

Ik begroette haar en vroeg haar te gaan zitten.

Ze ging kaarsrecht zitten, zonder haar rug tegen de leuning te laten rusten, en verzekerde zich er met een snelle blik van dat Van Broek de hut inderdaad had verlaten. Haar handen rustten in haar schoot, op een avondtasje dat met parels was bestikt. Ze droeg lange witte handschoenen die tot over haar ellebogen reikten.

Een merkwaardig beeld, zo om negen uur 's morgens, maar zeker niet opvallender dan haar algehele verschijning, die in de foyer van de Parijse opera of op een bal zeker opzien zou hebben gebaard.

Nadat ze plaats had genomen, ging ik eveneens zitten. Ten slotte zei ze: "U wilt natuurlijk allereerst weten met wie u van doen hebt." Ze was zeer geconcentreerd. "Ik heet Meyer, Valentina Meyer. Ik ben in Antwerpen aan boord gegaan, zonder plaatsbewijs."

Ze zweeg even, alsof ze me de gelegenheid wilde geven deze ongewone feiten in me op te nemen. Ze was een verstekeling, maar wel de mooiste die ik ooit heb gezien. Ze sloeg haar ogen neer, alsof ze moed moest verzamelen, en vervolgde: "En ik heb ook geen geld bij me." Ze viel stil en wachtte af wat ik zou antwoorden, maar ik zei niets. De hele situatie was nogal verrassend. Ze boog zich naar me toe en legde een hand op het tafelblad, alsof ze me een voorstel wilde doen. Met haar andere hand greep ze naar de leuning van haar stoel.

"Ik ben niet onvermogend. Ik kan u voor de reis betalen wanneer we in New York aankomen. Ik weet dat ik u problemen bezorg, als blinde passagier. En dat is niet alleen voor u onaangenaam, maar ook voor mezelf. Maar ik kan…" Ze tastte onwillekeurig naar haar oor. 'Ik kan mijn diamanten oorbellen als onderpand bij u in bewaring geven, zodat u er zeker van kunt zijn dat de rederij zal worden betaald."

Ik had aandachtig zitten luisteren, maar nog steeds geen woord gezegd. Ze kon merken dat ik diep nadacht, dat ik in gedachten de voorschriften doornam die in gevallen als deze van toepassing waren. Het was inderdaad een heel ander probleem dan het schoothondje waarop ik had gerekend.

Ze wist dat ik dit voorval moest melden en wist ongetwijfeld ook dat ze in New York op problemen zou stuiten, onder andere bij de douane. Ze glimlachte innemend en schoof haar hand over tafel iets dichter naar de mijne toe, alsof ze die wilde vastpakken, en zei voordat ik de gelegenheid had iets te zeggen: "Ik weet zeker dat u mij niet met vragen zult bestoken…" Haar stem, die tot dusver rustig en beheerst had geklonken, kreeg nu een bijna smekende toon. "… en dat u het privéleven van een dame weet te respecteren. Indien u wilt, ben ik een gevangene op uw schip, en ik ga ervan uit dat u mij zult behandelen zoals het een gentleman betaamt."

Dat was natuurlijk een slimme zet.

Ze streek voorzichtig met haar rechterhand over haar voorhoofd en vouwde toen haar beide handen weer over het avondtasje. Daarna leunde ze achterover en wiegde zachtjes heen en weer. Het leek even alsof ze haar draaistoel in beweging wilde zetten en weg wilde vliegen, of dat ze door een draai van haar stoel en een toverspreuk als een meermin naar de zee hoopte terug te keren.

Ik had meer tijd nodig. Natuurlijk waren er bepaalde regels waaraan ik me diende te houden, maar er was voldoende speelruimte om een bepaalde invulling te geven aan de dagen die nog voor haar lagen.

Ja, ik denk dat ik deze eerste ontmoeting niet nauwkeuriger kan beschrijven.'

– RICHARD PALMER, KAPITEIN VAN DE KROONLAND

Het gesprek met Jan Bartels duurde slechts kort en leverde een duidelijk resultaat op.

'Herkent u deze dame, Bartels?' vroeg de kapitein.

De officier wierp een snelle blik op Valentina en antwoordde: 'Ja, sir!'

'Kunt u zeggen waar en wanneer u haar hebt gezien?'

'Ja, sir.' De officier ging kaarsrecht staan en keek langs Valentina en de kapitein heen. Toen richtte hij zijn blik weer op de kapitein en zei: 'Deze dame is gisteravond aan boord gekomen, kort voor de afvaart.'

'En Bartels, waarom hebt u deze dame ongehinderd laten passeren, hoewel u bij de gangway stond?'

'Ik nam aan dat ze reeds was ingekwartierd en daarna nog even van boord was gegaan. Dat doen heel veel passagiers in de eerste en tweede klasse, sir.'

De stem van de kapitein was bedrieglijk rustig. 'In avondtoilet, en zonder begeleiding?' vroeg hij.

'Het spijt me, sir,' antwoordde de officier, 'ik heb er niet echt bij stilgestaan.'

'U wilt daarmee misschien zeggen dat u niet zorgvuldig genoeg bent geweest?' Palmers gezicht was rood aangelopen.

'Ja, sir.'

'U kunt gaan. Ik zal u laten weten wat de gevolgen hiervan zullen zijn.'

De officier salueerde en verliet het vertrek. Hij had vermeden Valentina nogmaals aan te kijken.

Valentina deed haar ogen open en zag een vreemd gezicht dat zich over haar heen boog. Het gezicht glimlachte. 'U bent flauwgevallen,' zei de man met de verzorgde witte baard die voor haar stond en haar hielp overeind te komen. Ze zat op een onderzoekstafel die zo te zien in de spreekkamer van een arts stond.

'Ik ben dokter Kirschbaum, de scheepsarts. De kapitein heeft me gevraagd u te onderzoeken, maar voordat ik mij kon voorstellen, was u al buiten bewustzijn.' Hij glimlachte weer. Zijn glimlach had iets geruststellends. 'Het is niets ernstigs, dus maakt u zich geen zorgen. Volgens mij hebt u simpelweg honger, dorst en een te strak geregen korset. Ik heb thee en toast voor u besteld.' Dokter Kirschbaum gaf haar een kopje aan.

Valentina moest glimlachen. 'Dank u. Ik ben Valentina Meyer. Aangenaam kennis met u te maken, en dank u voor de thee. U hebt gelijk, ik heb nog niet ontbeten en gisteravond ook nauwelijks iets gegeten. Het is niet bepaald een gewone zondagmorgen voor me.'

'Dat heb ik me ook laten vertellen,' antwoordde de arts. Zijn witte haar stond in een krans rond zijn gezicht, alsof het naar alle kanten groeide. 'Daarom moet ik u ook onderzoeken. Dat geldt voor iedere verstekeling die is ontdekt.'

'Ik ben niet ontdekt,' sprak Valentina tegen, 'ik ben zelf naar de kapitein gegaan.'

'Ik vertel u slechts waarom u hier zit en zal geen oordeel over u vellen. En het is toch best aangenaam om hier samen thee te drinken. Kom, eet u eerst wat toast voordat we verder praten.'

Dokter Kirschbaum schonk voor zichzelf ook nog een kopje thee in en ging verder: 'Ik zal straks nog even naar uw longen luisteren en uw ogen onderzoeken.' Meer wilde hij niet kwijt. Hij ging aan zijn bureau zitten en bladerde door een paar notities. Valentina nam een hapje van haar toast, hoewel ze het gênant vond in het gezelschap van de arts te eten. Hij keek echter geen enkele keer haar kant op.

'U bent erg vriendelijk,' zei Valentina ten slotte.

'Dank u. Dan zou ik u nu graag nog even verder willen onderzoeken. Dat duurt niet lang.'

Dokter Kirschbaum kon geen afwijkingen of aandoeningen vaststellen. Haar longen functioneerden normaal, haar ogen waren helder. Dergelijke onderzoeken waren voorschrift: wie aan longaandoeningen leed of besmettelijke oogziektes had, mocht de Verenigde Staten niet in.

'Er is me gevraagd of ik u na het onderzoek naar een hut wilde brengen. Gelukkig is de eerste klasse niet volgeboekt. U hebt vast indruk op de kapitein gemaakt, anders zou u daar niet mogen verblijven. U mag uw hut echter overdag niet verlaten en u zeker niet in een avondtoilet vertonen. Dat druist tegen de etiquette in. Ik zal eens kijken wat ik voor u kan doen. Misschien is er nog ergens een dagjapon te vinden...'

Hij zweeg even en leek al een kamermeisje te willen roepen, maar toen merkte hij na een korte aarzeling op: 'Ik zou u nog een vraag willen stellen, al hoeft u die niet te beantwoorden. Is er in Amerika iemand die u in New York kan afhalen en bij de immigratiedienst voor u borg kan staan? We zullen uw aanwezigheid moeten melden, en bij aankomst zal men u zeker de nodige vragen willen stellen.'

Ja, natuurlijk. Ook in Amerika heerste niet langer onbeperkte vrijheid. Valentina schudde haar hoofd. 'Ik weet niet eens of ik wel in Amerika wil blijven. Eerlijk gezegd ben ik niet aan boord van de Kroonland gegaan met het doel naar New York te varen. Ik zit hier omdat ik toevallig wist dat dit schip in de haven van Antwerpen lag en ...' Ze viel stil en zei toen met een oprechte zucht: 'Ik wilde mijn oude leven simpelweg verlaten.'

Ze had zich weer op het bankje laten zakken omdat het vertrek voor haar ogen leek te draaien. Dokter Kirschbaum schoof zijn draaikrukje naar haar toe en ging zitten, maar hij zei niets.

'Een emigrant moet zich een voorstelling van de toekomst kunnen maken,' zei ze, en toen hij nog steeds geen antwoord gaf, vervolgde ze: 'Als een kind eerder sterft dan de ouder is er geen toekomst meer.'

Ze had een vraag beantwoord die de arts niet had gesteld. En waar het de vraag betrof waarom ze in vredesnaam niet als normale passagier aan boord van dit schip was gestapt, was nu een piepklein tipje van de sluier opgelicht.

'Ik ben al oud,' sprak hij behoedzaam, 'en ik heb twee volwassen kinderen die mij hopelijk zullen overleven. U bent nog jong, en uit uw woorden meen ik te kunnen opmaken dat u reeds een kind hebt verloren. Het zou aanmatigend zijn te zeggen dat ik uw gevoelens begrijp. Ik weet net zomin als u of er voor u een toekomst is.' Hij keek haar kalm aan. 'Of dat u op een dag zult wensen dat er een toekomst is. Of dat die toekomst zich aandient omdat u zich niet langer tegen het idee verzet.' Hij zag dat ze zich ontspande. Ze ademde minder zwaar en de bleekheid trok weg uit haar gezicht. 'Ik weet niet veel van het leven. En hoe langer ik arts ben en hoe ouder ik word, hoe minder ik ervan weet. Ik weet wel dat er dingen gebeuren die aan het wonderbaarlijke grenzen. Als ik gelovig zou zijn, zou ik die wonderen noemen.' Hij schraapte zijn keel, alsof hij het niet prettig vond om over wonderen en het geloof te spreken. 'Als arts stuit ik telkens op de grenzen van mijn eigen kunnen en op die van de wetenschap en kan ik dus alleen maar op zulke "wonderen" hopen, of mezelf en de wereld opgeven.' Dokter Kirschbaum stond op. 'Maar zoals u ziet, ben ik nog steeds arts.' Hij liep naar de deur. 'Ik zal een kamermeisje vragen of ze u toiletartikelen en lijfgoed kan brengen. De stewards zullen uw eten verzorgen.'

Valentina knikte en dokter Kirschbaum schudde haar de hand. 'Roept u me gerust als u daar behoefte aan hebt. Niet alleen wanneer u klachten hebt, maar ook als u even met iemand wilt praten.'

Hij deed de deur open.

'O, pardon,' zei Valentina, alsof haar plotseling iets belangrijks te binnen schoot. 'Zou ik misschien de officier kunnen spreken die bij de gangway stond toen ik aan boord ging? Ik meen dat hij Bartels heet. Ik wil hem graag mijn excuses aanbieden omdat hij door mij in de problemen is gekomen…'

'Ik zal vragen of hij zich bij u wil melden. En mocht u toch iemand in New York of in de Verenigde Staten een bericht willen sturen, de nieuwe techniek aan boord maakt dat mogelijk. Dat is ook zo'n wonder. We hebben hier een marconitelegrafiestation, waarmee we berichten naar het vasteland kunnen sturen. Dat wil zeggen, als het werkt.'

Jan kon het nog altijd niet bevatten. Zijn Valentina was aan boord van zijn schip. Hij moest in zijn arm knijpen om er zeker van te zijn dat hij niet droomde. Het leed geen twijfel dat er een disciplinaire sanctie zou volgen, maar dat kon hem weinig schelen nu hij wist dat zij op het schip was.

Toen hij gisteren de keuken van het huis aan Boulevard nummer 19 was binnengekomen, was zijn moeder net bezig onder de kraan de vissen af te spoelen die ze die ochtend op de markt had gekocht. Ze had afkeurend haar hoofd geschud; niet vanwege zijn bezoek, maar omdat de ingewanden van een van de vissen er ongewoon uitzagen, en dat beschouwde ze als een slecht voorteken. Ze veegde haar handen, die rood waren van het koude water, af aan haar schort en knoopte de strik op haar rug steviger vast voordat ze zich door haar zoon liet omhelzen. Afgezien van haar koude handen, die zo dadelijk wel weer warm zouden worden, had ze het nu al te warm in haar lange zwarte lakense rok met zwarte kousen eronder. Ze had een hekel aan zwoele dagen als deze. Met beide handen duwde ze Jan op een stoel neer en keek hem vol scepsis en bezorgdheid aan. Het was een blik die hij maar al te goed kende.

'Wat fijn dat je er bent, jongen, ik heb je al maanden niet meer gezien. Maar ik weet het niet, Jan, dit maakt een moeder niet gelukkig. Je vaart nu eenmaal, net als je vader, God hebbe zijn ziel, als hij inderdaad gestorven is, en de zee zit nu eenmaal in je bloed. Ik kan je niet tegenhouden. Dat kon zelfs mijn moeder niet, en die heeft je opgevoed.' Ze begon op een hakblok de peterselie fijn te snijden. 'Die heeft je altijd je eigen gang laten gaan. Ik zou het alleen veel fijner vinden als je op een gewoon zeilschip zou gaan werken.' Ze zweeg even en pelde met een zucht een ui. De uien waren gemeen scherp en haar ogen begonnen te tranen. 'Moet je per se op zo'n nieuwerwets stoomschip varen? Kijk eens in de haven, liggen daar niet genoeg mooie zeilschepen? Wil je dat ik nachtenlang wakker lig omdat ik je telkens voor me zie, op dat onding met zijn schoorstenen en dat helse vuur vanbinnen?'

Jan lachte. Hij had zijn moeder graag een zoen gegeven, maar dat zou ze vast raar hebben gevonden. Haar lievelingetje was Valentina geweest, die had ze in de keuken op haar stevige dijen paardje laten rijden en aan haar uitnodigende boezem gedrukt.

'Maar moeder, de nieuwe stoomschepen zijn veel veiliger dan zeilschepen!' zei hij. 'Veiliger en sneller. Wanneer ik op de Kroonland heen en weer naar New York vaar, ben ik veel eerder weer thuis dan wanneer ik met een zeilboot de zeeën doorkruis. En zo'n passagiersschip is veel eleganter en comfortabeler. Er is een eerste en tweede klasse, waar hele menu's worden geserveerd die zich kunnen meten met die in de beste restaurants van Antwerpen. Met wijn, koffie en bonbons. Die moderne stoomschepen, dat is een andere wereld. Je zou het eens moeten zien.' Jan beet op zijn lip. 'Maar goed, je zult er vanzelf wel aan wennen. Binnenkort zullen alle schepen op stoom varen, wacht maar af! En de Kroonland is het neusje van de zalm. Er is een station voor draadloze telegrafie aan boord, dat berichten naar het vasteland kan sturen. Weet je wat dat betekent? Dat jouw Jan niet zomaar op zee kan verdwijnen zonder dat iemand weet waar het schip is. Het kan nu nooit meer in nood zijn en zinken zonder dat iemand ervan weet. Op de Kroonland kan een telegrafist berichten versturen en ontvangen. Het schip houdt altijd contact met het vasteland.'

Griet keek hem vol twijfel aan. 'Daar heb ik over gehoord,' zei ze. 'Frans, de koetsier, heeft me erover verteld. De geesten fluisteren in de lucht, en nu kun je hun stemmen met een apparaat opvangen.' Ze leek niet echt enthousiast.

'Dat is onzin,' antwoordde Jan. 'Nee, er worden signalen opgevangen die door een radiostation worden uitgezonden. Door de lucht. Maar dat zijn toch niet de stemmen van de doden!'

'Maar als ze die andere signalen kunnen opvangen, waarom zouden ze dan niet de boodschappen van de overledenen kunnen horen?' wierp Griet tegen.

Jan krabde op zijn hoofd. 'Onzin,' was aanvankelijk alles wat hij zei, maar toen probeerde hij het nog eens: 'Jij bent toch ook blij dat je nu een keuken hebt met stromend water en een privaat met waterspoeling? Dat geldt ook voor mij. Ik werk liever op de Kroonland dan op een oude schoener.'

Maar daar ging zijn moeder verder niet op in. Ze had intussen de buiken van de vissen met zout ingewreven, ze met tomaat en peterselie gevuld en het geheel met citroensap besprenkeld. 'Ik heb niet veel tijd,' zei ze. 'Voordat het middagdagenten voor meneer en mevrouw moet worden geserveerd, komen Babette en Frans nog even wat eten. Hoe dan ook,' voegde ze er na een korte stilte met enige nadruk aan toe, om toch het laatste woord te hebben, 'ik heb een slecht voorgevoel.'

Jan wist hoe bijgelovig Griet was, en daar kon hij niets aan veranderen. Maar nu zijn moeder het over meneer en mevrouw had, kon hij eindelijk zijn vraag stellen.

'Hoe is het met Valentina?' vroeg hij. 'Is ze thuis? Wat denk je, zou ik haar kunnen spreken?' De lange, dunne Jan oogde als een hoopvol kind toen hij het vroeg.

Griet schudde haar hoofd. 'Nee, jongen, vergeet het maar. Madame ontvangt niemand, dat heeft het dienstmeisje vanochtend vroeg al meteen laten weten. Ik heb gevraagd of ze het middageten wil gebruiken, maar het antwoord was nee. Meneer zal zijn dejeuner alleen moeten nuttigen, en dat vindt hij vreselijk.'

Griet was gaan zitten en keek haar zoon recht aan. 'Er is niets veranderd sinds je voor het laatst hier was. Het gaat al tijden zo. Mijn arme, kleine Valentina. Ze wil niemand zien. Ze gaat niet uit, ze zingt niet, ze speelt geen piano, ze wil niet fatsoenlijk eten. Er komen geen uitnodigingen meer. Ik heb zo mijn best gedaan om haar iets te laten eten! En meneer mag al helemaal niet meer bij haar in de buurt komen en dat maakt hem woedend. Soms, wanneer hij gedronken heeft, gaat hij naar haar kamer, en de angst slaat me om het hart als ik bedenk wat hij haar allemaal zou kunnen aandoen. Frans, de koetsier, moet haar voor hem in de gaten houden en elke kleinigheid aan hem rapporteren. Alles wat ze zegt, alles wat ze doet, iedereen die ze ziet.' Ze schudde weer het hoofd. 'Hij is bezeten van het idee dat ze hem bedriegt. Hij denkt dat ze hem daarom op een afstand houdt. Hij is zo jaloers, Jan, dat kun je je niet voorstellen. Mijn god,' zei ze met een zucht, 'ik denk vaak dat er alleen maar jaloerse mannen bestaan.'

Jan gaf geen antwoord. Zijn Valentina. Zijn sterke, eigenzinnige Valentina, met wie hij in bomen was geklommen en stiekem naar de haven was gelopen omdat ze de schepen wilde zien, altijd maar weer die schepen die de wijde wereld in en uit voeren, de rivier op en af en naar zee. Zijn Valentina met ogen als barnsteen, die hem altijd hadden betoverd, zodat hij deed wat ze wilde, vroeger, toen zijn moeder nog voor Valentina's grootmoeder had gewerkt. Valentina was door haar grootmoeder opgevoed, zoals hij door de zijne. Kort na zijn geboorte had zijn moeder hem naar haar ouders op het platteland gestuurd omdat ze in het huishouden van meneer en mevrouw niet tegelijkertijd kokkin en moeder kon zijn. Ze had hem bezocht wanneer ze maar kon, maar dat was niet vaak geweest.

Toen hij zelf in Antwerpen kwam wonen, mocht hij met Valentina spelen, maar daar was een einde aan gekomen toen ze geen klein kind meer was. Een jongedame van goede komaf mocht niet met de zoons van dienstbodes omgaan. Hij was naar zee gegaan, maar in zijn gedachten was ze altijd zijn Valentina gebleven.

'Ik kan haar dus niet zien,' was alles wat hij zei, en hij stond op. 'Doe haar dan maar de groeten van me.' Er was geen reden meer om te blijven. 'Het beste, moeder. Tot de volgende keer.' Hij omhelsde Griet onhandig. 'Het schip had vanmiddag om vier uur moeten afmeren, maar vanwege een technisch mankement is het vertrek uitgesteld. We zullen tot de volgende vloed moeten wachten. Voor tienen zijn we hier niet weg.'

Griet knikte slechts. Hij kwam en ging, zo was het altijd geweest. Hij was haar kind, maar hij had haar nooit toebehoord.

Nu Jan volwassen was, bezocht hij zijn moeder elke keer wanneer het schip in Antwerpen aanmeerde, en omdat zij nooit vrij had, wist hij altijd waar hij haar kon vinden. Op een dag, wanneer hij genoeg geld bij elkaar had gespaard, zou hij haar mee op reis nemen. Als hij haar daartoe zou kunnen overhalen…

De stem van de scheepsarts deed Jan opschrikken uit zijn overpeinzingen. 'Bartels, die beeldschone dame in de witte avondjurk wil graag haar verontschuldigingen aanbieden voor het ongemak dat ze u heeft bezorgd. Eerste klasse, hut 10.'

Henri Sauvignac werd laat wakker. Hij had geen echte hoofdpijn, maar voelde een druk op zijn slapen en proefde een vieze smaak in zijn mond. Tegen de ochtend was hij, nadat de herrie van het aanleggen in Dover was verstomd, nogmaals in slaap gevallen, en blijkbaar had hij een hele tijd liggen slapen, want nu scheen de zon behoorlijk krachtig door de patrijspoort. Vanuit zijn bed greep hij naar zijn zakhorloge dat op zijn kleren lag. Het zilveren deksel was sierlijk gegraveerd en droeg de initialen van zijn vader. Het was een erfstuk dat Henri koesterde. Overdag knoopte hij de horlogeketting aan zijn vest en droeg hij het kostbare kleinood in het horlogezakje.

Het was negen uur. Normaliter stond Henri vroeg op. Hij hield meer van de ochtend dan van enig ander deel van de dag. De vroege ochtend was voor hem als een vrouw die haar toilet nog niet had gemaakt, een vrouw met wie hij de nacht had doorgebracht en die nu met haar ogen knipperde in het licht dat de kamer binnenviel.

En weer dacht hij aan Lisette.

'Wat ben je toch een monster,' hoort hij zijn maîtresse zeggen. 'Alweer? Ik ben nog niet eens wakker!' En ze rekt zich uit, ze strekt haar lichaam terwijl hij haar streelt, en omdat ze zich zo strekt, glijden zijn vingers bij haar binnen. Het patroon dat haar haar op het hoofdkussen vormt, verandert; ze draait haar hoofd, heen en weer, heen en weer; hij pakt haar bij haar haren, houdt haar hoofd vast, kust haar op haar mond, en zo begroeten ze samen de dag. Zo liggen ze verhit en slap tegen elkaar aan, maar zijn ze toch wakker. Huid tegen huid. Lisette denkt aan sterke zwarte koffie met twee klontjes suiker, Henri aan de krant. Zijn hand rust nog steeds tussen haar dijen, en zij geeft hem met haar vlakke hand een lichte tik op zijn vingers en zegt: 'Kom, sta op en zet eens koffie voor me. En doe het raam open. Wijd open, zodat de morgenlucht naar binnen kan stromen…' Dan begint ze te zingen: '*De wiiind moet mijn buuuik streeelen…*' Een hartstochtelijke melodie, die ze zelf heeft verzonnen.

Lisette is als de ochtend.

Nee.

Hij houdt van de ochtend, omdat de ochtend is als Lisette die wakker wordt.

Maar Lisette, waar is Lisette?

Die is ergens anders.

Henri lag nog steeds op het smalle bed in zijn hut. Hier was geen geliefde, hier was alleen behang met een bloemetjespatroon, in groen, bruin, roze, beige. Anjelieren en wilde rozen, anjelieren en wilde rozen, bladerranken en anjelieren en wilde rozen.

Ook op het tapijt verstrengelden zich guirlandes in rood en groen. Een wilde bedoening. Het plafond van de hut was wit, wit gelakt hout. Henri miste de geur van verse aarde in de morgen, ook al was dat luchtje niet meer dan de muffe geur uit de tuin achter het huis. Hij miste de geluiden van de stad, de stemmen van de buren die uit het open raam klonken.

Hij kon maar beter opstaan. Hij waste zich aan de wastafel in de hut. Het water spetterde alle kanten op over het bonte tapijt. Henri snoof en keek in de spiegel die boven de wastafel hing. Het zou het beste zijn als hij nu meteen naar de scheepsbarbier ging, want zijn haar leek nog het meest op een woest zwart struikgewas. Hij zou naar de barbier gaan, zijn haar laten knippen, zich laten scheren en zijn donkere walrussnor laten bijknippen. Henri haalde zijn natte vingers door zijn haar en drukte het zo goed als het ging glad tegen zijn hoofd. Zijn zwarte baardstoppels wekten de indruk dat hij zich al minstens drie dagen niet had geschoren. Hij was zijn baard en dat eeuwige scheren zat. Lisette had hem ooit eens vol walging aangekeken en gezegd: 'Mannen willen eigenlijk vrouwen zijn, en daarom gaan ze zo slecht met vrouwen om.' Daarop had ze in zijn wang gebeten, een korte, pijnlijke beet, en had gezegd: 'En vrouwen zouden soms graag een man willen zijn. Vaak zelfs.' Toen had ze gelachen en was ze vertrokken.

Ze studeerde schilderkunst aan de Académie Julien en bracht daar veel tijd door. Soms, als ze voor Henri model kwam zitten, corrigeerde ze zijn schetsen. Ze kon geweldig goed tekenen, en het verbaasde hem dat hij zijn tekeningen zonder morren door haar liet corrigeren.

Een licht linnen pak, een donkerbruin vest en een wit overhemd met een comfortabele matrozenkraag: zo was het goed. Straks zou de barbier ook van de rest van hem een beschaafd ogend wezen maken.

Henri deed net de deur van zijn hut op slot toen het scheepskamermeisje naar hem toe kwam. Ze was nog erg jong, bijna een kind nog, een klein meisje met blauwe ogen.

'Het spijt me dat ik u stoor, monsieur, maar we moeten in de hut naast de uwe zijn...' Het meisje droeg een wit schort met ruches over een blauw-wit gestreepte jurk, en een kapje op haar witblonde vlechten. Ze lachte verontschuldigend, opende met een zware sleutelbos de deur van de hut en hield die open. De nieuwe gast...

... was de dame in het wit.

'Ik heet Lotte en werk nog maar kort als scheepskamermeisje op de Kroonland. Dit was mijn eerste reis, en al meteen gebeurde er iets spannends. Zo veel geluk heeft niet iedereen. Mijn moeder zal haar oren niet geloven als ik haar dit vertel. Ze had liever gezien dat ik bij een familie in Antwerpen of Brussel was gaan werken, maar ik vind een oceaanstomer veel opwindender. Dan zie je tenminste wat van de wijde wereld.

We moeten zelfs 's nachts opstaan als er iemand om een kamermeisje belt, maar elders heb je ook geen vrije tijd; ze geven je alleen vrij om naar de kerk te gaan. Als ik aan land had gewerkt, had ik mijn moeder echt niet vaker kunnen bezoeken.

Omdat de oudere kamermeisjes toevallig allemaal bezig waren, mocht ik madame naar haar hut brengen. Het was eigenlijk wel vreemd dat ze nog geen hut had betrokken. We waren immers al op volle zee, en de scheepsjongens en stewards kwamen ook geen bagage brengen. Later heb ik gehoord dat ze gewoon aan boord is gegaan, zonder vervoersbewijs of bagage. Dat geloof je toch niet! Ik zou zoiets niet durven. Dat ze zoiets durft, op haar leeftijd!

Madame was zeer elegant, maar ouder dan ik. Ik ben vijftien, en zij is zeker twee keer zo oud. Ik denk dat ze gewoon genoeg had van alles, al kan ik me niet voorstellen hoe je genoeg van alles kunt hebben als je een huis, een man, geld en dienstbodes hebt. Ik neem in elk geval aan dat ze thuis een man heeft.

Ik zal niet kunnen trouwen, zeker niet wanneer ik een baan aan wal neem. Dan moet ik bij de familie inwonen, zodat ik er altijd ben als ze me nodig hebben. Als ik al trouw, dan moet het een man zijn die genoeg verdient, zodat ik mijn betrekking kan opgeven. Maar waar kan ik zo iemand vinden? Misschien kan ik bij een telefonie- of telegrafiebedrijf gaan werken. Maar mijn zus zegt dat de vrouwen daar meestal ook geen man hebben. Die kunnen ze niet krijgen. En zij kan het weten, want ze werkt er zelf.'

– LOTTE BREUGHEL, KAMERMEISJE AAN BOORD VAN DE KROONLAND

Dadelijk zou het meisje het hoogst noodzakelijke brengen. Lotte heette het kind, en ze was erg vriendelijk.

Valentina wilde dolgraag haar avondjapon uittrekken, zich opfrissen, haar haar borstelen en heel even gaan liggen, maar ze moest eerst met Jan gaan praten, om te kijken hoe het nu verder moest.

Twee jaar lang had ze geweigerd ook maar een seconde na te denken over wat er de volgende dag moest gebeuren. Nu had ze zichzelf in een situatie gemanoeuvreerd die haar tot handelen dwong. Ze moest haar lot in eigen hand nemen. Het was niet langer Viktor die haar leven bepaalde, met zijn wantrouwen en afgunst. En het was ook niet meer de kleine Charles, wiens dood haar in een vreselijke toestand had gebracht, in dat tussenrijk tussen leven en dood, zonder gevoel, kleuren, geuren en klanken. Zonder tederheid, zonder blauwe hemel, zonder lach of muziek.

De arts had gelijk. Ze moest knopen doorhakken. Het schip zou over een paar dagen in New York aanmeren. En dan? Wat zou ze de immigratiedienst en de politie vertellen?

'Ik ben weggelopen. Ik ben weggelopen uit mijn eigen leven. Ik kon mijn man niet meer verdragen, mijn huis niet, noch mijn stad, de blikken, mijzelf. Vooral mijzelf niet. Ik wilde niet naar Amerika, ik wilde die eerste avond eigenlijk in het water springen. Me met het zwart van de zee en de hemel laten versmelten, zodat ze me nooit meer zouden kunnen vinden. Maar dat heb ik niet gedaan. Dat had ik toen meteen moeten doen. Ik kan niet zeggen waarom, maar ik heb het niet gedaan.'

Niemand zou haar geloven.

Wat had haar tegengehouden? Het gevoel dat ze dit Jan niet kon aandoen? Hij was de enige die ervan zou hebben geweten, maar dan zou hij ermee hebben moeten leven, met de gedachte dat hij haar met iets had geholpen wat hij zichzelf niet zou kunnen vergeven.

Valentina wist niet of ze echt vanwege Jan voor het leven had gekozen. Misschien was het toch die zwarte zee geweest waarvoor ze was teruggedeinsd. Of had het feit dat ze zelf een beslissing had genomen en daarnaar had gehandeld haar gered?

Ze moest nadenken, nadenken, nadenken. Wie vertwijfeld is, kan niet nadenken; dan draaien gedachten in cirkels rond en wordt er nooit een doel bereikt...

Wat had dokter Kirschbaum ook alweer gevraagd? Of ze in Amerika iemand kende die borg voor haar wilde staan?

Valentina wreef in haar ogen. Dat ze daar niet eerder aan had gedacht! Het lag zo voor de hand!

Toen Griet haar had verteld dat Jan langs was gekomen en naar haar had gevraagd, was ze boos geweest omdat Griet hem niet naar haar toe had gebracht. Natuurlijk had ze hem willen zien; hij was als een broer voor haar, haar vertrouweling uit haar kindertijd. Wat dat betreft was Griet gewoon dom: sinds Valentina volwassen was, behandelde ze haar als een echte 'mevrouw', en dat terwijl ze onder Griets vleugels was opgegroeid.

Toen Griet ook nog vertelde dat Jan op de Kroonland voer en later die avond naar New York zou vertrekken, was ze helemaal geestdriftig geworden. Het krankzinnige idee liet zich niet langer uit haar gedachten bannen: Nu. Nu of nooit. Op dat schip. Weg van hier. Jan zou haar helpen…

Ze hoefde alleen maar Babette, het huismeisje, met een briefje naar het schip sturen, nu meteen. Niemand hoefde er iets van te weten.

Hoe had ze dat kunnen vergeten? Ze kende iemand in New York! Iemand tot wie ze zich kon wenden, die misschien nog steeds op haar wachtte…

Er werd op de deur geklopt. Lotte kwam binnen met lijfgoed, zeep, handdoeken en zelfs eau de cologne.

'We hebben ook nog wel een japon voor u,' zei ze, 'die kom ik u dadelijk brengen.'

'Ach, Lotte… Je heet toch Lotte?' vroeg Valentina aan het meisje. 'Zou je me ook pen en papier kunnen brengen?'

In de spiegel van de barbier zag Henri zijn eigen vader, zoals hij zich hem uit zijn kindertijd herinnerde: brede Slavische jukbeenderen, een krachtige, bijna grove neus, donker glinsterende, amandelvormige ogen, een wilde snor, dik zwart haar en een teint die aan onrijpe olijven deed denken. Henri begon met de jaren steeds meer op zijn vader te lijken. De barbier had een witte handdoek in zijn kraag gestoken en legde zijn gereedschap zo pedant neer dat hij wel een chirurg leek. Hij rook naar pommade en zoetig reukwater, een geur die iemand hoofdpijn kon bezorgen. Een ventilator aan het plafond die recht boven de kappersstoel zijn rondjes draaide en waarvan de bladen lichtjes kreunden, verspreidde de geur tot in de verste hoeken van het vertrek. Henri vroeg zich af of de barbier zijn wenkbrauwen en de zorgvuldig gedraaide snor misschien verfde, of misschien leek het alleen maar zo omdat de wenkbrauwen zorgvuldig waren geëpileerd en de dunne puntjes van de snor keurig naar boven wezen. Het haar van de barbier glom.

Al zou ik een pond pommade gebruiken, dan nog zou dat met mijn haar niet lukken, dacht Henri. Het steenstof had zijn haar door de jaren heen ruw en dof gemaakt. Weemoedig herinnerde hij zich dat Lisette zich eraan had vastgehouden wanneer zij vurig de liefde bedreven, alsof zijn haren de manen van een paard waren, en hij had haar kleine krachtige handen nooit kunnen afschudden; ze klemde zich aan hem vast en liet niet los, hoezeer hij ook zijn hoofd schudde.

Henri besloot zijn haren slechts een klein beetje bij te laten knippen. Niet alleen ter herinnering aan Lisette, die vond dat iets langer haar hem goed stond, maar ook omdat de afbeeldingen van de kapsels met een strakke scheiding die bij wijze van voorbeeld aan de wand hingen eerder een afschrikwekkende werking op hem hadden.

De barbier ging aan de slag en voerde zijn werk, na enkele vergeefse pogingen om Henri in een gesprek te betrekken, zakelijk en zwijgend uit.

Een van zijn eerste herinneringen was dat zijn vader hem mee naar de barbier nam. Hij moest op de vettig geworden leren stoel gaan zitten die voor de wachtende klanten was bedoeld, en zijn in kniekousen gestoken beentjes, die zoals altijd vol schrammen zaten, bungelden in de lucht omdat ze nog niet bij de vloer kwamen. Henri kon zien hoe zijn vader, wiens krachtige stem autoriteit uitdrukte en wiens blik soms vervaarlijk kon fonkelen, onder de handen van de barbier een mak lammetje werd. Hij bleef gehoorzaam stilzitten en voerde een opgewekt gesprek met de man die de scherpe schaar en het scheermes als een virtuoos hanteerde. Henri nam op grond van die voorwerpen aan dat de man heel erg machtig en belangrijk moest zijn, nog machtiger en belangrijker dan zijn vader. De mannen wisselden op hun gemak de politieke nieuwtjes uit die ze in de krant hadden gelezen.

Henri's grootmoeder van vaderskant kwam oorspronkelijk uit Armenië, en alles wat Henri's moeder niet aan haar man begreep, schreef ze toe aan zijn ongewone afkomst: zijn heftige uitbarstingen, maar ook zijn gewoonte om zonder schaamte zijn gevoelens te tonen, en dat terwijl hij een man was.

Henri's vader had een transportonderneming. De kleine Henri vond dat geweldig, want hij hield van de gedrongen trekpaarden met hun zachte neusgaten en hun warme vel dat hier en daar trilde en donker zag van het zweet wanneer ze werden uitgespannen en de koetsier dekens over hun ruggen gooide; ruwe, grove dekens die naar beest roken. Hij hield ervan wanneer de paarden snoven, hun manen schudden en water dronken. Wanneer ze hun zachte lippen optrokken en met hun gele tanden een wortel uit zijn hand pakten, en van het knakkende geluid waarmee ze die vermaalden. Henri hield van de stallucht, het stro en het feit dat paardenvijgen rond waren. Hij keek toe wanneer de vrachtkarren werden beladen met eiken vaten met metalen hoepels, met jutezakken, met grof getimmerde houten kratten of zwaar beladen manden.

Hij raakte alles aan: huid, vel, stof, gras, steen, hout, ijzer, glas, leem, gips, aarde, bloesemblaadjes, schors, oorsmeer, mortel, de slijmerige schubben van forellen, zand, leer, wol. Hij leerde hoe levende en dode dingen aanvoelden; zijn vingertoppen waren zijn leergierige geheugen, en hij leerde met zijn ogen dicht, zodat hij zijn vingertoppen, de poriën van zijn huid, tijdens het leren niet zou storen. Hij leerde hoe dingen en wezens roken, en weer sloot hij daarbij zijn ogen. Hij leerde hoe water, bloed en wijn smaakt, en zout, citroen, suiker en azijn, en ook dat zonder te kijken, met zijn ogen dicht. Hij luisterde naar levende wezens en naar voorwerpen, maar de veelheid aan geluiden en de wereld der klanken was te overweldigend voor hem.

Alles wat Henri over het leven wist, had hij op deze manier geleerd. Hij vertrouwde alleen op wat hij kon aanraken.

En ook dit leerde hij: lichamen liegen niet.

Hij was geen goede leerling, kon niet bijzonder goed rekenen en lette vaak niet op in de klas. Hij luisterde naar de geluiden van de straat, niet naar de voordrachten van de schoolmeester of het hakkelende, stotterende voorlezen en opzeggen van zijn klasgenoten.

Natuurlijk had hij het wagenpark van zijn vader over moeten nemen. Maar zo angstig als Henri was wanneer zijn vader een woedeaanval kreeg omdat moeder gasten uitnodigde wanneer dat hem niet uitkwam, of wanneer de kokkin een gerecht niet naar zijn smaak had bereid of Henri niet netjes genoeg aan tafel zat, zo verrast was Henri dat zijn vader toestemming gaf toen hij op zijn veertiende vroeg of hij bij een steenhouwer in de leer mocht gaan.

Om zijn vader maar niet in de ogen te hoeven kijken, had Henri angstig naar de zwarte vogelnestjes gekeken die uit zijn vaders oren groeiden en had hij zich daarna op de stijve hoge kraag met omgevouwen punten en de stoffen knopen van zijn vaders vest geconcentreerd, terwijl zijn vader hem schattend aankeek. Toen Henri stilviel en niets meer wist te zeggen, schraapte zijn vader voorzichtig zijn keel en zei: 'Henri, jongen, doe dat maar.'

Henri had hem nooit gevraagd waarom hij zijn toestemming had gegeven. Zijn moeder, die het helemaal niet aanstond dat Henri niet in de voetsporen wilde treden van de zakenman die zo'n geslaagd bedrijf had weten op te bouwen, schreef ook deze onnavolgbare beslissing toe aan de Armeense wortels van haar echtgenoot.

Hoe opdringerig het reukwater van de barbier ook geurde, de man zelf had met verbazingwekkende voorzichtigheid gewerkt. Henri was blij dat er aan zijn uiterlijk niet al te veel was veranderd, afgezien van het feit dat hij nu verzorgder oogde. Hij knikte toen de barbier hem vroeg of hij ook Henri's snor moest bijknippen.

Na de behandeling poederde de barbier Henri's gladgeschoren wangen en liet zijn klant, die de gebruikelijke afsluitende wolk eau de cologne beleefd had geweigerd, uit de stoel opstaan.

En Henri, die de barbier tevreden een fooi in de hand drukte, betreurde het dat zijn vader, die dik een jaar eerder was gestorven, niet meer zijn dagelijkse bezoek aan zijn gewaardeerde barbier kon afleggen.

Het leek wel alsof dokter Kirschbaum haar geheugen met een lampje had verlicht en herinneringen tot leven had gewekt die Valentina dacht al lang geleden te hebben begraven.

Ja, ze kende iemand in Amerika, ze wist zelfs het adres nog uit haar hoofd: R. Livingston, Madison Square/hoek Madison Avenue, New York.

Valentina boog haar hoofd en maakte haar wrong los. Haar handen schudden met enkele geoefende bewegingen de stijve vlechten los. Wat een heerlijk gevoel. Daarna knoopte ze haar gehate witte japon open, die ervoor zorgde dat ze geen lucht kreeg, maakte de haakjes van haar korset los en ging op het bed liggen, dat fris naar zeep rook. Toen haar hoofd in het kussen zonk, kon ze een opgeluchte zucht niet onderdrukken.

Ik wil heel even uitrusten, dacht ze, heel even maar.

Hoe kon ze licht in de toekomst zien? De toekomst was als de nachtelijke zwarte oceaan onder een hemel zonder sterren.

Toen dokter Kirschbaum naar haar longen luisterde, had hij haar gevraagd of ze de laatste tijd ziek was geweest.

'Nee,' had ze geantwoord, 'niet echt ziek, maar het ging al een hele tijd niet goed met me.'

Ze had zich afgevraagd hoeveel ze de arts zou toevertrouwen en toen eraan toegevoegd: 'Ik had geen eetlust meer. Dokter Koch, een goede vriend van de familie en onze huisarts, heeft me voor een kuur naar de bergen gestuurd, in de herfst van 1902.'

Ze had geen honger gehad, geen trek. Geen trek in wat die brave Griet kookte; geen behoefte aan muziek, licht, lucht, contact.

Na de begrafenis van haar zoontje hield ze op met alles wat onderdeel van het gewone leven was. Ze at niet meer, ging niet meer naar buiten, sliep 's nachts niet meer en sprak overdag geen woord. Mathilde, haar grootmoeder, wilde dat ze bij haar zou komen logeren, in het huis waar ze was opgegroeid, in de hoop dat Valentina daarvan zou opknappen. Maar Viktor en Griet hadden daar niets van willen horen.

'Een vrouw hoort aan de zijde van haar man,' zei Viktor. 'Valentina's thuis is hier bij mij.'

In het begin had hij nog geduld met haar. 'Hoe gaat het, mijn duifje?' vroeg hij telkens weer. Maar dan gaf ze geen antwoord, en hoe vaker hij het vroeg, hoe zwijgzamer ze werd.

'Het zal binnenkort vast beter gaan,' zei hij hulpeloos, maar hoe vaker hij dat zei, hoe meer er een geërgerde ongeduldige toon zijn stem binnensloop. Ze had op zijn minst met hem kunnen praten. Ze weerde zijn hand af wanneer hij haar wilde aanraken, draaide haar gezicht weg wanneer hij haar wilde kussen en zat in de eetkamer tegenover hem zonder haar bord aan te raken, of ze legde de vork neer nadat ze langzaam, oneindig moeizaam, een paar muizenhapjes had genomen. Steeds vaker voelde Viktor een woede in zich opwellen waarvoor hij zich schaamde. En omdat hij zich niet wilde schamen, maar in tegenstelling tot Valentina verder wilde leven, groeide zijn ergernis over de vogel die niet meer zong, over het schone schepsel dat voor zijn ogen verwelkte als een bloem.

Ook Griet was gekrenkt omdat Valentina al die liefde waarmee ze Valja's lievelingskostjes bereidde en de troost die haar ronde armen tot dan toe altijd hadden geboden versmaadde.

Ten slotte hadden Mathilde en dokter Koch Valentina en Viktor ervan trachten te overtuigen dat een verandering van omgeving nodig was. Dokter Koch wilde haar een kuur laten volgen, bij voorkeur in de bergen, en het liefst voordat de vroege winter daar zou invallen. Hij hoopte dat de ijle berglucht Valentina's eetlust weer zou aanwakkeren en dat wandelingen in de natuur en een badkuur haar gestel zouden sterken. 'Het is weliswaar een hele reis,' zei hij, 'maar een paar weken in een geheel andere omgeving zouden u afleiden en goed doen. Indien u akkoord gaat, zal ik direct telegraferen en een hotel voor u bespreken.'

En tegen Viktor, die zijn vrouw niet uit het oog wilde verliezen en alleen wilde laten reizen, zei hij met een zekere strengheid: 'Groesjkin, uw vrouw is zeer van streek. Zij moet het gebeurde zien te verwerken en afstand leren nemen. Als uw huwelijk u lief is, laat u haar op kuur gaan, en wel alleen. Alles wat haar aan de dood van haar kind herinnert, en dat doet u ook, moet ze kunnen achterlaten. Laat uw vrouw gaan. Bij terugkomst zal ze wellicht meer openstaan voor wat u haar nu niet duidelijk kunt maken: dat u opnieuw kinderen kunt krijgen.'

Niet alleen Groesjkin had zich tegen dokter Kochs voorstel verzet, ook Valentina wilde niet weg.

'Ik heb geen kuur nodig,' zei ze op zachte, maar duidelijk trotse toon. 'Ik ben niet ziek. Ik wil alleen met rust worden gelaten. Ik heb geen behoefte aan een kuur. Maman wel, zoals we allemaal weten. Maar ik niet.'

Maman bestond vrijwel alleen nog in Valentina's fantasie, het was bijna alsof ze helemaal niet bestond. Of beter gezegd: het ergerde maman dat ze een dochter had. Ze sleet haar dagen reizend door Europa, van het ene kuuroord naar het andere, in de hoop daar haar vrouwenleed te kunnen genezen. Daarom weigerde Valentina te gaan kuren; ze wilde voor geen goud zo worden als haar moeder Henriëtte, een opgejaagde vrouw die iedere arts en iedere kuur slechts prees zolang die haar hoop op genezing nog konden voeden.

Valentina ervoer het voorstel van dokter Koch niet alleen als schokkend, maar ook als een vernedering. Was ze nu al net zoals Henriëtte? Maman was hysterisch, veeleisend, ontevreden, rusteloos en zelfzuchtig – moest zij, Valentina, nu dezelfde lijdensweg afleggen?

'Grandmaman,' zei ze smekend, 'ik kan niet geloven dat je het met dokter Koch eens bent, dat jij ook vindt dat ik een kuur moet doen. Denk je nu echt dat ik ook aan zo'n onzalige odyssee moet beginnen? Je hebt toch zelf gezegd dat het tijd wordt dat maman de draad van haar oude leven weer oppakt?'

Valentina keek haar grootmoeder, die met dokter Koch was meegekomen om Viktor en Valentina te overtuigen, vol verwijt aan.

Mathilde nam Valentina's hand in haar beide handen en wreef deze om hem op te warmen. 'Valja, wind je niet zo op,' zei ze, 'je moeder is je moeder, daar kunnen al die kuren niets aan veranderen. En de doktoren kunnen er niets aan doen dat ze wegloopt zodra blijkt dat ook de beste arts en de beste geneeskrachtige bron niets kunnen uitrichten wanneer iemand gewoon niet wil genezen. En dat, mijn lieveling,' zei Mathilde terwijl ze Valentina streng in de ogen keek, 'geldt ook voor jou.'

Valentina keek naar de vloer en antwoordde niet. Wat wilde iedereen toch van haar? Haar kind was dood, hoe moest ze zich volgens haar omgeving nu gedragen? Ze stak haar kin naar voren met hetzelfde koppige gebaar dat ze als klein meisje ook al had gemaakt.

'Valja.' Mathilde kende die houding maar al te goed. 'Wees nu niet bokkig. Je weet heel goed dat je van mij best mag rouwen, maar je hebt ook hulp nodig, anders zul je net zo ongelukkig in het leven worden als je moeder.'

Valentina bleef naar de vloer staren, en Mathilde was blij dat dokter Koch met Viktor Groesjkin in gesprek was en zij alleen met Valentina in haar boudoir zat.

Ze drukte haar kleinkind tegen zich aan. De zwakke geur van haar vertrouwde parfum riep bij Valentina een plotselinge herinnering op aan de tuin bij het huis van haar grootmoeder. Ze moest een jaar of zeven zijn geweest, een klein meisje met honingblonde lokken. Ze zat op haar hurken op de warme grond en tekende vlak bij het achterste tuinhek, daar waar geen bieten meer waren geplant, met een stok een vierkant in de rulle aarde. Daar wilde ze haar eigen tuin aanleggen. Het was een lichte, zonnige voorjaarsmiddag, maar plotseling viel er een schaduw over het gras, precies op de plek waar haar toekomstige tuin moest komen. Valentina hield met één hand haar strohoed vast en keek op om te zien wie er achter haar stond.

'Maman,' riep ze verbaasd uit. 'Maman!' Met een kleine kreet sprong ze op. Ze wilde haar moeder onstuimig omarmen, maar hield zich toen in. Ik heb zeker vuile handen, dacht ze beschaamd, want haar moeder spreidde niet haar armen, zoals Griet en grandmaman altijd deden, en ze boog zich ook niet voorover. Valentina veegde haar handen af aan het blauwe tuinschort dat Griet haar had omgebonden en zag een verticale rimpel tussen de wenkbrauwen van haar moeder verschijnen. Dat was altijd zo wanneer ze afkeurend fronste. 'Valentina, wat zie je eruit! Maar kom hier, dan kan ik je begroeten!'

Schuchter en bewonderend keek Valentina haar moeder aan. Ze droeg een parelgrijze zijden jurk met roze passementen en een roze hoed. In de linkerhand had ze een kleine roze-wit gestreepte parasol. Haar taille was ongelooflijk slank en werd nog eens benadrukt door de manier waarop de stof van haar rok wijd over haar zitvlak golfde. Valentina vroeg zich af hoe ze in zo'n jurk kon zitten. Haar grootmoeder kleedde zich altijd zo eenvoudig mogelijk en had haar afkeer van slepen en rozetten op haar kleindochter overgebracht.

Gehoorzaam ging Valentina voor haar moeder staan. Die boog zich eindelijk voorover en kuste haar dochtertje op haar voorhoofd. Een zweem van haar kostbaar ruikende parfum kietelde Valentina's neus. Valentina kon zich die exotische geur nu nog herinneren, het was een van de weinige herinneringen die ze met haar moeder verbond. Het was een geheimzinnige geur waarvan ze later leerde dat het een *chypre*-parfum was, waarin vlagen aromatische houtsoorten uit het Middellandse-Zeegebied met elkaar waren vermengd. Ze ademde de lucht in; ja, dat was haar moeder, een geheimzinnige, elegante, onbereikbare dame die naar een vreemde wereld rook.

'Je bent groot geworden,' zei Henriëtte. 'Je hebt mijn haar.' Ze greep naar een lok die onder Valentina's strohoed uitstak en liet die tussen haar slanke vingers, die geen plantenbedden aanlegden, door glijden. Over Valentina's ogen zei ze niets. Haar eigen ogen waren blauw, felblauw. Papa was vast verliefd geworden op haar blauwe ogen, dacht Valentina.

'Kom mee naar binnen,' zei haar moeder. 'Het is tijd voor de thee'.

Ze stak haar hand uit en Valentina greep die snel vast, alsof de gelegenheid zo weer voorbij kon zijn. Ze voelde de warmte van de hand door de fijne stof van de handschoen heen en voelde zich geborgen.

Terwijl ze naar het huis toe liepen, hand in hand, raapte Valentina al haar moed bijeen en vroeg: 'Blijf je nu bij ons, maman?' Haar hart klopte zo heftig bij deze vraag dat ze buiten adem klonk.

Henriëtte bleef staan, liet de hand van haar dochter los, keek haar aan en zei: 'Nee, Valentina. Je weet toch dat het klimaat hier me ziek maakt.' Ze lachte gekweld, en Valentina voelde zich schuldig dat ze het had gevraagd. 'Ik vertrek overmorgen. Maar kom, grandmaman zit te wachten.'

Valentina knikte, maar waagde het niet om nogmaals naar de

hand van haar moeder te grijpen. Het was haar schuld dat mamans gezicht nu betrok. Opnieuw had Valentina uitsluitend aan zichzelf gedacht. Het ging nu eenmaal beter met maman wanneer ze op Korfu of Ischia of in de bergen verbleef; daar waar Valentina niet was.

Nee. Valentina keek haar grootmoeder strak aan. Ze wilde niet op kuur. Ze wilde in Antwerpen blijven en niet van haar plaats komen. Gewoon blijven zitten en roerloos naar de stilte luisteren. Ze wilde erop wachten dat de dag op de nacht volgde, en de nacht op de dag. Wachten totdat de lach van Charles eindelijk vanuit het oneindige zwijgen tot haar doordrong, totdat ze weer voor zich zou zien hoe hij zich tegen haar aan had gevlijd, op haar schoot zat, zijn eerste stapjes zette van de salontafel naar de fauteuil, en van de fauteuil naar de canapé, en van de canapé weer terug naar haar uitgespreide armen. Maar de herinnering was weggevaagd. Al het mooie was weggevaagd.

Dokter Koch en grandmaman gaven echter niet op, al hadden ze ieder verschillende beweegredenen. Dokter Koch vreesde voor haar lichamelijke gezondheid, Mathilde voor haar ziel. Bovendien vond grandmaman Viktors gedrag ook al niet bepaald een goede invloed, al was het mogelijk dat ze zo dacht omdat ze altijd al tegen dit huwelijk was geweest. Ze had haar kleinkind liever met een jongere man gezien, die moderner en openhartiger was dan Viktor.

Uiteindelijk stemde Valentina vermoeid in met het idee van een kuur en liet ze alles over aan dokter Koch, die in het Kurhaushotel St. Moritz-Bad in Zwitserland een kamer voor haar boekte.

En terwijl Valentina in haar hut op de Kroonland tegen de slaap vocht en telkens weer indommelde, herinnerde ze zich de lange reis naar Zwitserland die ze in een vergelijkbare sluimertoestand had doorgebracht. Viktor en dokter Koch hadden haar van Antwerpen naar Parijs gebracht, haar daar op de trein van Parijs naar Chur gezet en erop gelet dat alle bagage aan boord was. Madame Adeline Brochet, een oudere dame die een bekende van dokter Koch was, reisde vanaf Parijs als gezelschapsdame met haar mee en zorgde ervoor dat ze in Chur in de juiste postkoets stapten, getrokken door vier krachtige vossen en met een dak vol grote koffers, die hen gedurende een moeizame rit van dertien uur over de Julierpas naar St. Moritz had gevoerd.

Richard Livingston, een Amerikaan uit New York, was in hetzelfde rijtuig met hen meegereisd.

Porridge
Omelet met ham en peterselie
Makreel du maison
Sirloin steak Bordelaise, lamskotelet
Gesauteerde kalfslever, Hamburgse steaks
Aardappelen, boekweitblini's
Marmelade, honing, toast
Fruit

Het aanbod voor het petit déjeuner verschilde enigszins van het ontbijt dat Henri gewoonlijk tot zich nam. Door de elegante glazen koepel die de eetzaal overspande, viel het daglicht op de wit geschilderde houten wanden en de sierlijke houten zuilen met hun met krullen versierde kapitelen. Het glas van de koepel was gevat in fijn filigraan, kunstig gevormde bladerranken van metaal die aan wingerdloof deden denken.

Het was al bijna middag en Henri was de enige gast, op een vijftal heren na dat duidelijk samen reisde. Het waren de Russen die Henri 's nachts aan boord had horen stappen toen het schip in Dover had aangemeerd. Voor hen stonden de overblijfselen van een overvloedig ontbijt, en Henri hoorde hen luidkeels lachen. Ze waren van verschillende leeftijden, maar deelden blijkbaar gemeenschappelijke herinneringen, want het klonk alsof ze elkaar oude verhalen vertelden, het soort grappige anekdotes dat telkens weer wordt opgehaald om oude vriendschapsbanden te versterken.

Henri voelde zich in het gezelschap van mannen nooit echt op zijn gemak. De luide rituelen waarmee de mannen hun kameraadschap bevestigden – het schouderkloppen, de bravoure – ervoer hij als onaangenaam.

Toch vroeg hij zich met een zekere nieuwsgierigheid af waarom dit vijftal samen op reis was. Voordat hij de eetzaal verliet, liep hij langs het groepje en sprak een groet uit. Een van de oudere Russen antwoordde goedgemutst: 'Bonjour, monsieur! God wil niet dat de mens alleen eet en slaapt, dus als u aan onze tafel wilt plaatsnemen…' Hij stond met een uitnodigend gebaar op, stak Henri zijn hand toe en zei: 'Ostrowski, Andrej Ostrowski. Aangenaam.'

De Rus had dik donker haar dat aan de slapen begon te grijzen. Midden op zijn kin, waar andere mensen een kuiltje hadden, had hij een kleine ronde moedervlek die de aandacht op zijn volle lippen vestigde. Hij streek zijn haar met een opvallende beweging van zijn voorhoofd: met de rug van zijn hand in plaats van met zijn handpalm, waardoor het gebaar iets verwonderds kreeg.

De vier anderen stelden zich eveneens voor, maar Henri deed geen moeite hun namen te onthouden, die zou hij toch snel weer vergeten. De naam Ostrowski bleef echter hangen; niet alleen vanwege de moedervlek, maar ook omdat de man een katachtige elegantie over zich had. Wel, wie weet struinde hij ook graag buiten rond, genietend van zijn vrijheid, net zoals de vele buurtkatten rondom Henri's atelier die Lisette altijd voerde wanneer ze bij hem was.

'Ik moet altijd aan jou denken als ik die katten zie,' had ze eens gezegd, met haar handen in haar zij. 'Jij bent ook alleen maar met vlees te lokken. En als je genoeg hebt gehad, ga je er weer vandoor en struin je door de stad, achter de geur van natgeregende straten en schimmelige muren en zwoele zomermiddagen aan, en dan ga je in het ongemaaide gras van vreemde voortuinen liggen en laat je je door vlier- en rozenstruiken parfumeren...' Ze had haar hand van haar heup laten glijden en zich afgewend. 'Daar heb ik zo'n hekel aan, aan dat trekje van je. Aan dat gestruin.' Haar ogen vulden zich met tranen. 'Soms heb ik zo'n hekel aan je. Daarom doe ik aardig tegen die poezen.' Ze sprak zachtjes, en omdat Henri het niet prettig vond wanneer ze zo berustend klonk, had hij net gedaan alsof hij haar niet had gehoord en geen antwoord gegeven.

Henri was besluiteloos blijven staan.

'We hebben kaviaar voor bij de blini's besteld,' zei een van de vijf Russen, en hij vervolgde, terwijl de anderen op een jonge blonde man recht voor hem wezen: 'Nicolai is jarig. Hij wordt dertig. Wilt u met ons klinken?'

'Daar komt de champagne al!' riep Andrej.

Henri nam plaats, hoewel hij Nicolai niet kende.

'Nog een glas graag, voor meneer hier,' riepen de Russen naar de steward, een zeer goed uitziende blonde jongen met blauwe ogen, die de dames gisteravond al heimelijk dan wel openlijk hadden nagekeken.

Henri wist niet hoe de champagne op dit vroege uur zou vallen, maar de man die naast Nicolai zat, een reus met een zacht, breed gezicht als van een kind, waterige ogen en dun asblond haar, had de glazen reeds volgeschonken.

'Op Nicolai!' riep hij. Hij wendde zich tot Henri en legde uit: 'Op Nicolai, die niet alleen dertig wordt, maar na aankomst in New York ook gaat trouwen. Op Nicolai!' herhaalde hij, het glas heffend.

Het feestvarken trok een gezicht en haalde zijn wijsvinger langs zijn keel, alsof hij wilde aangeven dat het huwelijk zijn ondergang zou betekenen.

'Aan mijn jeugd en vrijheid komt een einde, maar ik had me geen mooier afscheid van mijn leven met jullie kunnen wensen,' zei hij, en hij hief zijn glas. 'Op Parijs, op Londen en op de mooiste bordelen van het oude Europa. Op de vriendschap en genoegens die nog in het verschiet liggen!' Lachend tikte hij met zijn glas tegen de glazen van de anderen, ook tegen dat van Henri.

Ja, precies zo zou het gaan, dacht Henri.

Nicolai zou in New York in het huwelijk treden en korte tijd later een maîtresse nemen, een verkoopstertje of een meisje van het telegraafkantoor. Hij zou een woning voor haar huren omdat haar loon niet toereikend zou zijn, dat wist iedereen. Hij zou in zaken gaan, nageslacht verwekken en zo nu en dan met zijn vrienden op kroegentocht gaan of een bordeel bezoeken.

Een reis als deze zou hij nooit meer maken, want een volgende keer zouden ook zijn vrouw en kinderen aan boord zijn. Hij zou ze Londen laten zien, en de Eiffeltoren in Parijs, en hij zou lang niet alles vertellen wat hij eerder in die steden had beleefd en gezien. Hij zou met wandelstok en gezin door Hyde Park wandelen, iets gezetter dan nu en vermoedelijk half kaal, want zijn haar werd nu al dun. Hij zou trots zijn op alles wat hij had bereikt, hij zou voor zijn vrouw een nieuwe hoed en een elegante mantel kopen, als herinnering aan die mooie dagen samen in Parijs. Hij zou zijn telefoniste een ansichtkaart sturen, heimelijk, en misschien een telegram om te vertellen dat hij haar miste. Ook dat zou waar zijn, even waar als de spannende verhalen over de reis van vroeger, die hij voor zijn trouwen had gemaakt. Zijn kinderen zouden lachen en hem op zijn woord geloven, zijn vrouw zou zelf wel kunnen bedenken wat hij niet vertelde en dan tot de slotsom komen dat ze zich waarschijnlijk allerlei onzin in haar hoofd haalde, en zijn minnares zou haar best doen om helemaal niets te denken of te voelen.

Hier zaten ze dan, zes mannen die dat allemaal wisten, en ze dronken op elkaars gezondheid en namen de zaken zoals ze waren.

Ik heb er goed aangedaan nooit te trouwen, dacht Henri opgelucht, terwijl hij nog een slok champagne nam. Nu hij overdacht hoe het leven verliep – in elk geval het leven in de door hem zo verfoeide onoprechte burgerlijke wereld – voelde hij zich een tikje onpasselijk worden.

Hij bekeek het olieverfschilderij dat aan de wand tegenover hem hing, een verlaten landschap zonder mensen. Het doek stelde hem gerust. Hij dacht aan zijn atelier, aan de krat met de in vochtige lappen gewikkelde klei. Hij dacht aan de steen die hij onlangs in St. Triphon had uitgezocht en die een paar dagen geleden in Antwerpen was bezorgd. Hij dacht aan zijn oude atelier in Parijs, aan de vuile hoge ramen die op de binnenplaats en de tuin uitkeken. Hij wist niet of ze ooit gewassen waren. Lisette had in elk geval in het vuile stof geschreven: 'Ga weg, kom nooit meer terug.'

Terwijl zij degene was die was vertrokken.

De Russen wilden nog een fles champagne bestellen, maar de stewards moesten de tafels voor het middageten dekken en verzochten de groep naar de rooksalon te verhuizen. Henri liep mee tot aan de deur van de herensalon en nam daar afscheid.

De man met het brede kindergezicht duwde de jongeren door de deur van de rooksalon naar binnen. Nicolai volgde gedwee, en de man met het vollemaansgezicht, die de voornaam Fjodor droeg, knipoogde met zijn waterige ogen naar Henri en zei: 'Tot later. We zullen deze week nog de nodige flessen champagne drinken.'

En nadat hij voor de laatste maal naar Henri had gezwaaid, sloot hij met een lichte buiging en een bevallig gebaar de deur van de salon achter zich.

Dat hij haar zo mocht zien: met haar haar los, als een jong meisje, net als vroeger, toen ze nog gewoon met elkaar konden omgaan zonder al die vormelijkheden. Dat moest toch iets betekenen. Ze had hem geschreven, ze had hem om hulp gevraagd. Hij was de enige die ze vertrouwde. Hij was haar redder. Hij had geen moment geaarzeld toen Babette, Valentina's huismeisje, in de haven naar hem had gevraagd en hem het briefje had toegestopt. Hij had het vluchtig doorgenomen, naar Babette geknikt en gezegd: 'Ga snel naar huis en zeg tegen madame dat het in orde is. Ik heb de boodschap ontvangen.'

En nu zat hij samen met Valentina op zijn schip, als een ridder die met zijn geliefde koningin was gevlucht.

'Jan, kom hier, kom eens naast me zitten!' Valentina trok hem met beide handen dichter naar zich toe. 'Waar denk je aan? Ga toch zitten...' Ze bleef zijn handen vasthouden. 'Hoe kan ik je ooit bedanken,' zei ze. 'Je bent de enige vriend die ik heb, de enige die ik kan vertrouwen. Ik wist dat je je best zou doen om mij te helpen. Dat wist ik al toen ik je dat briefje schreef, toen ik je zo plompverloren vroeg me te helpen, zonder het uit te leggen. Ik wist dat je iets op je zou nemen waarvoor ze je zouden kunnen straffen, ook als ik je nooit zal verraden. Vergeef het me als ik iets van je heb verlangd wat je niet mocht doen...'

Ze keek hem zo smekend aan dat hij elk bevel in haar ogen als een trouwe hond zou opvolgen.

'Maar wees niet bang,' vervolgde Valentina. 'Ik zal tegen niemand zeggen dat je me kent, dat jij me aan boord hebt gesmokkeld en me in een lege hut hebt verstopt.'

Valentina's ogen stonden vol tranen, en Jan zag dat er langzaam een traan uit haar oog naar beneden rolde, over haar wang. Hij boog zich voorover, aarzelde, bracht zijn gezicht vlak bij het hare en raakte met zijn lippen bijna het spoor aan dat de traan had getrokken, maar toen liet ze, voordat hij nog dichter haar bij kon komen, zijn handen los en veegde haar wangen af.

Hij wilde iets zeggen, maar zij vervolgde: 'Niemand mag weten dat wij elkaar kennen, anders zul jij hier ook in worden meegesleept. Dit gaat alleen mij aan, begrijp je dat? Het zijn niet jouw zaken, om het even wat er gebeurt!'

Hij schudde het hoofd, wilde er iets tegenin brengen, maar Valentina legde een vinger tegen zijn lippen. 'Nee, niets zeggen. Ik zal nooit vergeten wat je voor mij hebt gedaan, maar van nu af aan is dit mijn verhaal.'

Wat bazelde ze toch? Ze had haar lot met het zijne verbonden, en nu wilde zij hem alweer opzijschuiven? Alleen omdat ze hem zogenaamd wou beschermen? Hij was geen bangerik. Hij had haar geholpen te vluchten en dat had hij niet gedaan om meteen weer uit haar leven te worden verbannen. Maar het idee om zijn betrokkenheid verborgen te houden, was zeker verstandig. Zo zou hij haar beter kunnen helpen dan wanneer hij werd vastgezet.

'Jouw verhaal is ook mijn verhaal,' bracht hij uit, en hij wendde zich gekrenkt van haar af. 'Ben je vergeten dat we samen zijn opgegroeid, dat we elkaar alles toevertrouwden, dat we elkaar eeuwige vriendschap hebben gezworen? En heb je niet gemerkt wat je me hebt aangedaan, hoe je me in de war kan maken? Nee, natuurlijk is dat je niet ontgaan, dat wist je vroeger al, maar toen mocht je me al niet meer zien...' Hij zweeg, te trots om verder te spreken.

Valentina beet op haar lip en streelde zijn hand. 'Jan, Jan, rustig maar. Kalmeer toch. Ik zou onze kindertijd nooit kunnen vergeten. Ik heb toch gezegd dat je mijn beste vriend bent? Ik heb het Griet heel erg kwalijk genomen dat ze me gistermorgen niet is komen vertellen dat je er was. Natuurlijk had ik je willen spreken, ook al wil ik verder geen mens ontvangen. Geloof me, ik heb haar flink de mantel uitgeveegd. Ze probeerde zich eruit te praten en zei dat je niet lang kon blijven, dat er problemen met de Kroonland waren en dat jullie pas 's avonds laat zouden uitvaren...' Ze probeerde zijn gezicht in haar handen te nemen en hem te dwingen haar in haar ogen te kijken, maar dat wilde hij tot elke prijs vermijden.

Hij draaide koppig zijn hoofd om. 'We hebben het over verschillende dingen,' zei hij, en toen ze niet tegen hem inging, voelde hij de woede in zich opwellen.

'Jan, ik wil je nog iets vragen, hoewel ik weet dat je nu boos op me bent. Maar ik blijf erbij: ik wil niet dat je er op wat voor manier dan ook bij wordt betrokken, niet nu en ook niet later. Maar zou je nog iets voor me willen doen? De scheepsarts heeft me verteld dat er een zendstation aan boord is, dat het mogelijk is om berichten naar het vasteland te sturen. Ik mag me aan boord niet vrij bewegen, maar ik zou heel graag mijn grootmoeder een telegram willen sturen. Ze maakt zich vast heel veel zorgen, maar ook zij zal me niet verraden. Ik weet zeker dat ze niets tegen Viktor zal zeggen als ik haar vraag te zwijgen. In elk geval een paar dagen, totdat ik weet wat ik moet doen... O, ik heb je trouwens nog niet verteld dat ik haar naam heb gebruikt en me dus niet als madame Groesjkin heb voorgesteld... Goed, zou je me een plezier willen doen en de radiotelegrafist willen vragen haar dit mede te delen?'

'O, daar ben ik dus wel goed voor,' antwoordde hij fel.

'Het is slechts een verzoek. Je kunt nee zeggen.'

'Ja, dat kan ik,' antwoordde hij.

'En, wil je het voor me doen?'

'Wat? Een bericht versturen?'

'Ja.'

Hij zweeg.

Valentina stond op en pakte twee enveloppen. Met tegenzin stak hij zijn hand uit, en Valentina haalde opgelucht adem. 'En dit bericht... Zou je dit ook aan de telegrafist willen geven? Alsjeblieft?'

Ze gaf hem niet de kans antwoord te geven, maar trok hem mee naar de deur en zei: 'Dank je, Jan. Als ik veilig ben aangekomen, waar dat ook mag zijn, en de rust is weergekeerd, zal ik weer contact met je opnemen, maar hier aan boord mogen we niet laten merken dat we elkaar kennen. Maar ik beloof je, ik laat weer van me horen, en dan vertel ik je alles. Geloof me, we zullen elkaar nooit verliezen. Nooit.'

Daarmee duwde ze hem door de deur naar buiten.

'Mij interesseert de zaak verder niet, en ik heb er ook weinig over te zeggen. Ik heb ook niet geprobeerd om, zoals alle anderen, een glimp van die vrouw op te vangen.

Ik werk sinds begin 1903 op de Kroonland. Het schip is in 1901 in Philadelphia gebouwd, volgens de nieuwste technische maatstaven: twee schoorstenen, dubbele schroeven, twaalfduizend paardenkrachten, elektrisch licht, verwarming en ventilatie in alle passagiersverblijven.

Dit keer hadden we vertraging, wat zeer ongebruikelijk is. Er waren problemen met het marconistation. De draadloze telegrafie staat immers nog in de kinderschoenen. Het probleem was vrij snel verholpen, maar we moesten tot het volgende hoogtij wachten voordat we konden uitvaren.

Ik hoorde pas de volgende dag dat die vrouw aan boord was, toen de kapitein de officieren op de hoogte stelde. Of hij riep ze in elk geval bijeen en deelde mee dat er een verstekelinge aan boord was, een dame die geen geld of bagage bij zich had. Hij zei dat ze overdag niet aan boord zou verschijnen omdat ze niet over passende kledij beschikte. De vrouw scheen uit zeer goede kringen te stammen.

Ik weet niet wie er uiteindelijk zal kunnen opdraaien voor de kosten die er dankzij haar zijn gemaakt.

Ik hou niet van verstekelingen. Het was al vervelend genoeg dat we vertraging hadden. Dat is een smet op ons goede blazoen. De Red Star Line gaat prat op haar betrouwbaarheid en precisie. Op een groot schip moet alles op rolletjes lopen, en daarvoor ben ik deels verantwoordelijk. Als niet alle radertjes in elkaar grijpen ontstaat er chaos.

We hebben een bemanning van vierhonderd man en we kunnen vijftienhonderd passagiers herbergen. U kunt zich wel voorstellen wat dat aan orde en discipline vereist.

Als medewerker van een van de grootste rederijen ter wereld kan ik het niet waarderen wanneer we, bijvoorbeeld door voorvallen als deze, over de tong gaan.

Ik weet niet wat er zich in het hoofd van deze vrouw afspeelt, en dat wil ik ook niet weten. Waarschijnlijk is ze ziek, hysterisch. Vermoedelijk heeft ze man en kinderen in de steek gelaten. Het is immers geen jong meisje meer.

En dan die nieuwerwetse gewoonte om vrouwen alleen te laten reizen. Goed, er zijn natuurlijk gevallen waarin dat onvermijdelijk is, niet alle weduwen hebben verwanten, of een chaperonne of een dienstbode die hen kan begeleiden. Maar zoiets moet toch een uitzondering blijven. Die suffragettes die je nu overal ziet, die brengen onze vrouwen van de wijs. Er zijn zelfs al vrouwen die studeren. Vooruitgang is één ding, en ik zou nooit ingenieur zijn geworden als ik niet in de vooruitgang geloofde of in de voorspoed die de techniek brengt, maar dat wil nog niet zeggen dat we aan de fundamenten van onze maatschappij moeten gaan tornen. Wij mannen willen toch ook niet plotseling kinderen kunnen krijgen?
Alles heeft zijn vaste plaats, en zo hoort het ook.'

— ALBERT HILLER, SCHEEPSWERKTUIGKUNDIGE OP DE KROONLAND

De passagiers van de Kroonland hadden inmiddels de promenadedekken in bezit genomen. Het weer was tot vervelens toe fraai: een strakblauwe hemel boven een al even strakblauwe zee.

Natuurlijk wilde niemand dat het zou gaan stormen, maar een of twee witte wolkjes hadden de hemel wat kunnen verlevendigen. Het middaglicht zonder schaduwen herbergde geen spoor van geheimen. Henri dacht aan zijn raadselachtige buurvrouw, maar hoezeer hij ook met zijn blik naar haar zocht, ze leek spoorloos verdwenen. Dat speet Henri niet, want ze paste beter bij het maanlicht en een fonkelende sterrennacht dan bij de zomerse drukte aan dek. Toch moest hij steeds weer aan haar denken, alsof ze in zijn leven een betekenis had die hij nog moest ontdekken...

'Monsieur Sauvignac!'

Een stem die beter bij het heldere daglicht paste, woei als een zomerbries naar hem toe.

'Hallo, monsieur Sauvignac... Hier!' Het was Mrs Henderson, die naar hem zwaaide. Ze stond naast Mr Brown tegen de reling geleund en zag er betoverend uit, gekleed in een blauw-wit gestreepte zomerjurk met een brede donkerblauwe tailleband en lange pofmouwen. De witte opstaande kraag had de vorm van een herenkraag, en Henri moest grinniken toen hij zag dat ze ook een stropdas droeg. Op haar hoed zat een grote strik, van dezelfde stof als haar jurk, die deed denken aan een duif met licht gespreide vleugels. Een witte, met ruches versierde parasol wierp een schaduw over de bovenste helft van haar gezicht, waardoor haar mond erg rood leek en naar voren leek te wijzen. Ze maakte een verfrissend natuurlijke indruk, en Henri moest onwillekeurig lachen toen hij haar zo onstuimig zag zwaaien, alsof ze oude bekenden waren.

'Mr Brown en ik hebben net een wandeling over het dek gemaakt en vroegen ons net af of we een partijtje shuffleboard zullen spelen. Hebt u zin om mee te doen? Later op de middag is het vast te warm...'

Mr Brown pakte Billie Henderson voorzichtig bij haar arm, alsof hij wilde voorkomen dat ze weg zou lopen, en knikte Henri bij wijze van groet toe. Hij oogde een tikje stijfjes in zijn elegante bruine

kostuum: hoewel het witte hemd, het bruine vest en de platte strohoed hem erg goed stonden, zag hij er eigenlijk iets te volmaakt uit.

'Goedendag, monsieur Sauvignac. Daar zijn we weer. Op een
schip verliest men elkaar niet zo snel uit het oog.' Hij klonk niet erg
enthousiast, alsof hij er maar al te graag 'helaas' aan had toegevoegd. 'Wij willen graag…' Hij sprak weer tevens voor zijn gezelschap, 'een partijtje shuffleboard met u spelen, maar misschien is dit
niet het juiste moment. Ik zei net tegen Billie dat het bijna tijd is
voor de lunch. Het loopt al tegen half een. Het zou jammer zijn
wanneer we het spel zouden moeten afbreken.'

Billie Henderson staarde voor zich uit in de verte, alsof ze daar
een antwoord zou vinden en tuitte toen haar lippen, al was niet duidelijk of ze pruilde of hem een kus wilde geven. Voordat Henri antwoord kon geven, zei ze: 'Ik zei net al tegen William dat ik meer dan
genoeg heb gehad tijdens het ontbijt. Ik heb veel te veel lekkernijen
willen proeven.'

'Maar men rekent op ons bij de lunch, lieve,' zei Mr Brown, en er
viel een korte, onbehaaglijke stilte.

De bruine krullen van Billie Henderson piepten onder haar duivenhoed vandaan, en wanneer ze met beide handen gebaarde, wees
de parasol naar voren. Ze keek naar Henri op, alsof ze hem vroeg
samen met haar tegen het middageten samen te zweren en ze deed
denken aan een kind dat moest worden gevoerd en speels maar ook
een tikje boosaardig naar de lepel sloeg.

'De lunch mag dan een verplichting zijn,' zei Henri, 'shuffleboard is dat niet. Niemand zal ons tegenhouden als we het potje
voortijdig willen afbreken.'

Mr Brown knikte met een zekere berusting, en in Billies wangen
verschenen kuiltjes toen ze instemmend glimlachte. 'Dat is waar,
maar dan zullen we nooit weten wie er wint!'

'Doet dat ertoe?' vroeg Henri.

'Ja!' zei ze ernstig. Ze pakte haar rok bijeen en liep aan de arm van

Mr Brown naar de plek waar het ovale speelveld met de verschillend genummerde velden op de planken van het dek was geschilderd. Haar parasol wiegde heen en weer en maakte de merkwaardigste pirouetten. Zo nu en dan keek ze over haar schouder om te zien of Henri hen volgde.

Dat deed hij, met innig genoegen. Hij verheugde zich erop met haar te spelen.

Op het tussendek werd het middagmaal om stipt twaalf uur aan lange, smalle houten tafels geserveerd. De emigranten verdrongen zich op de banken en vulden hun nappen met aardappels, bonen en stokvis. Het menu zou de komende dagen maar weinig veranderen. Gedroogde haring, pekelvlees, spek en weer stokvis. Met thee. En toch was de overtocht niet goedkoop: vaak moesten verwanten die al in Amerika woonden het geld voor de reis voorschieten. Er klonk het nodige gemor over het eten, dat niet alleen bremzout was, maar ook winderigheid veroorzaakte. Dat kwam de lucht in de toch al krappe vertrekken niet ten goede. In de gescheiden slaapzalen hoopte de bagage zich op; men struikelde over korven en kisten, over samengebonden balen en koffers. Als het weer het toeliet, zochten de passagiers zo veel mogelijk het tussendek op, al was het maar omdat het lawaai binnen iedereen hoorndol maakte. De machinekamers lagen pal naast de mannen- en vrouwenslaapzalen.

Niettemin was het eten, ondanks het eentonige menu, een welkome afwisseling.

In de eetzaal van de eerste klasse werd later gegeten en was het aanbod rijkelijker. Billie, William en Henri hadden het potje shuffleboard op Williams verzoek al vrij snel afgebroken en zich naar de eetzaal begeven. Billie prikte wat in een salade en zei niet veel, maar Mr Brown vertelde over Philadelphia en zijn baan als octrooigemachtigde. In deze tijd vol uitvindingen had hij het razend druk, en Henri wilde graag geloven dat hij goed geld verdiende. Hij vroeg Mrs Henderson niet naar haar echtgenoot of wat haar bezigheden waren. Beide vragen zouden haar vast in verlegenheid brengen en hem meer over haar leven vertellen dan gepast was.

Aan hun tafel had ook het gezin met de drie kinderen plaatsgenomen. De vader, die naast Henri zat en zijn familieleden over de tafel heen streng in de gaten hield, stelde zich voor als Anselm Vanstraaten. Zijn verzorgde volle baard gaf hem iets markants, maar zijn staalblauwe ogen straalden ongezelligheid uit. Aan de andere kant van de tafel zaten madame Vanstraaten en het kleine meisje naast elkaar. De moeder at zwijgend, met neergeslagen ogen, alsof ze haar man noch een ander aan wilde kijken. De kleine meid, die met Olivia werd aangesproken, droeg een met kant afgezet jurkje, witte kniekousen en zwarte lakschoentjes. De grote strik op haar hoofd zat een tikje scheef. Ze had het dunne asblonde haar van haar moeder, waarop de strik weinig grip had. Zachtjes trok de moeder hem recht, en het meisje schoof dichter naar haar toe. De jongens trokken gezichten, maar werden niet tot de orde geroepen omdat de moeder het niet zag en het de vader niets kon schelen. Het leek alsof de kinderen zijn zaak niet waren. Hij vertelde Henri dat hij scheepsbouwingenieur was, gespecialiseerd in veiligheidstechnieken, en legde zijn gesprekspartners met veel omhaal uit waarom het nieuwe gebruik van staal en schotten de moderne schepen onzinkbaar zou maken.

Terwijl Vanstraaten de nieuwe bouwmethode in staal overvloedig prees, raakte een vinger zachtjes Henri's linkermouw aan en zweefde een zachte bloemengeur, met een veelbelovende zweem van jasmijn, hem tegemoet. Mrs Henderson fluisterde hem toe: 'Het spijt me dat ik uw gesprek onderbreek, maar ik wil me graag verontschuldigen. Ik trek me nu even terug, maar we zien elkaar later ongetwijfeld nog.' Ze stond op, en Mr Brown volgde haar voorbeeld.

'Dank u, William,' zei ze daarop iets luider, zodat ook Henri haar kon horen. 'Dat is heel vriendelijk van u, maar het is niet nodig dat u me begeleidt. Ik kan hut 27 intussen wel alleen vinden. Zien we elkaar bij het muziekprogramma aan dek? De scheepskapel geeft vanmiddag om vier uur een concert.'

Ze liet Mr Brown met een lege plaats aan zijn rechterzijde achter en leverde Henri over aan de langdradige uiteenzettingen van monsieur Vanstraaten.

Maar, dacht Henri, ze heeft me wel laten weten wat het nummer van haar hut is.

De lucht rook nog steeds lichtjes naar jasmijn, en dit spoor leidde voor wie wilde naar hut 27. Henri had gezien dat Mrs Henderson zomersproeten had, in elk geval op haar gezicht, en terwijl meneer Vanstraaten zijn voordracht voortzette, bedacht Henri hoe aangenaam het zou zijn om te ontdekken of ze elders nog meer sproetjes had. Hij stelde zich haar lichaam voor als een sterrenhemel die voor hem was uitgespreid, en hij verloor zich in een fantasie waarin hij haar sproeten namen gaf alsof het sterrenbeelden waren. Hoe duidelijk en veelzeggend had ze willen zijn toen ze het nummer van haar hut noemde? Was dat geen aansporing haar te volgen? Had ze niet uitdrukkelijk de begeleiding van Mr Brown afgewezen en hem tegelijkertijd de weg gewezen?

Het zijn altijd de vrouwen die beginnen, dacht Henri, ze geven een teken. Of ze het nu weten of niet, zij openen het spel. En wij mannen, dacht hij, volgen het spoor van jasmijn.

Henri was een ervaren verzamelaar van sporen en tekens. Hij hoefde er niet echt over na te denken, zijn zintuigen vingen als vanzelf al die kleine veranderingen op: een stem die zachter klonk, de glans in een stel ogen, de geur van de huid. Hij zag lippen al trillen voordat de dame zich een lach liet ontvallen of die juist onderdrukte, hij hoorde het beven in zo'n lachje en zag de kleine, nerveuze bewegingen van handen die onzekerheid uitdrukten, de blos die meteen weer wegtrok. De tegenspraak tussen woord en gebaar, wanneer het een nee en het ander ja betekende.

Zijn leven lang observeerde hij al mensen en voorwerpen en probeerde hij te bevatten wat ze duidelijk wilden maken. Dat was zijn werk. Dat was zijn passie. Nu kwam hij tot de slotsom dat Billie Henderson zeer onomwonden was geweest. Misschien had ze iemand nodig, iemand die haar in zijn armen nam.

Het zonlicht viel door de glazen koepel naar binnen en dompelde de eetzaal in een gouden gloed. Toen de woorden van Vanstraaten weer tot Henri doordrongen, was hij de draad van het verhaal volledig kwijt. Niet dat meneer Vanstraaten, die eraan gewend was monologen te houden, dat merkte.

'Als scheepsarts ben ik, zoals elke arts, gebonden aan mijn zwijgplicht. Ik kan het verhaal van madame Meyer daarom niet verder verduidelijken. Iedere verstekeling die aan boord wordt aangetroffen, dient medisch te worden onderzocht. Ik kan u echter verzekeren dat madame Meyer geestelijk verward noch hysterisch is. Ze lijdt mogelijk aan een zekere melancholie, het soort neerslachtigheid dat ons allemaal wel eens in zijn greep heeft en ons uit ons gewone doen brengt. Meer wil en kan ik er niet over zeggen.'
– DOKTER ALFRED KIRSCHBAUM, SCHEEPSARTS

Henri vocht bijna een uur lang tegen de verleiding om hut 27 op te zoeken. Uiteindelijk won de lokroep van Billie Henderson, al wist Henri niet zeker of dat wat hij had gehoord ook datgene was geweest wat ze wilde zeggen.

Henri luisterde eerst aan de deur of hij misschien de stem van Mr Brown hoorde, maar er kwam geen enkel geluid uit de hut. Toen hij klopte, bleef het stil. Toen, na een tweede keer kloppen, hoorde hij Billie's heldere stem roepen: 'Momentje... momentje... Ik kom eraan. Wie is daar?'

Ze zette de deur op een kier en trok een verrast gezicht.

'Monsieur Sauvignac!' Haar stem steeg een octaaf.

Blijkbaar was ze werkelijk even gaan liggen, want ze had haar japon uitgetrokken en hield die nu als een beschermend schild tegen zich aan. Haar schouders waren onbedekt, en ze klemde het kledingstuk met een van haar ontblote armen tegen haar borst. Met de andere elleboog hield ze de deur van de hut open. Zoals ze daar stond, in witte kousen, zag ze er betoverend uit.

'Mrs Henderson,' zei Henri, oprecht verrast. 'Mijn excuses. Ik zie dat ik ongelegen kom.'

Ze keek hem even onderzoekend aan. Haar opgestoken haar zat een tikje scheef en enkele krullen waren losgeraakt en vielen nu op haar blote schouders.

Henri Sauvignac bleef doodstil staan.

'Komt u binnen,' zei ze.

Henri wist niet of ze ontstemd was, maar ze deed de deur verder open en trok hem over de drempel. 'Hemeltje, dadelijk brengt u mijn goede naam nog in gevaar! Als iemand ons zo ziet; u voor mijn deur, ik half ontkleed erachter... U bent onmogelijk, weet u dat? Gaat u zitten, ik kom zo.' Ze wees met een streng gebaar naar een bankje en verdween in de kleine kleedkamer die bij de hut hoorde. Vanaf de bank was haar bed te zien. De deken was teruggeslagen en het hoofdkussen lag niet op zijn plaats, maar aan het voeteneinde.

Wat jammer dat ze zich aankleedt, dacht Henri, die zijn vrijpostigheid voelde terugkeren. Halfluid riep hij in haar richting: 'U hoeft zich mijnentwille niet aan te kleden, Mrs Henderson. U bent even betoverend met uw japon in uw hand.'

'Pardon? Wat zegt u, monsieur Sauvignac? Ik heb u denk ik niet goed verstaan...' Het was moeilijk te zeggen of ze verontwaardigd was, of dat haar verontwaardiging gespeeld was, of dat ze Henri echt niet had verstaan. Hij stond op en volgde het geluid van haar stem. Blijkbaar had zij hetzelfde gedacht, en zo stonden ze tegenover elkaar. Billie had haar japon aangetrokken en was bezig de ceintuur op haar rug te sluiten.

'Wat wilde u zeggen? Ik had de indruk dat het iets onbetamelijks was, maar ik geef u een tweede kans.' Ze haalde een hand van achter haar rug tevoorschijn en streek een lok haar uit haar gezicht. Die beweging was een tikje te langzaam. Ze wist niet goed waar ze haar handen moest laten, en dus pakte Henri haar hand, trok haar arm zachtjes naar beneden en maakte zo een einde aan het hulpeloze gebaar. Hij ging achter haar staan, bewoog haar arm voorzichtig naar achteren, precies zoals ze net had gestaan. Ze verroerde zich niet. Misschien hield ze haar adem in, wachtend totdat ze zich kon losrukken en Henri een oorvijg kon geven, of misschien vroeg ze zich af wat ze moest beginnen met de indringer die ze zelf binnen had genood. Maar voordat ze iets kon doen, drukte Henri een kus in haar nek.

Haar nek was warm. Henri blies zachtjes tegen de donzige haartjes, draaide haar om en kuste haar hals, kuste de zachte blauwgeaderde binnenkant van haar polsen, die uit haar open mouwen tevoorschijn staken.

Ze keek hem zwijgend aan.

'Ik zou graag uw sproeten willen zien,' zei Henri zachtjes, 'als u mij toestaat.' Hij drukte net haar handen op zijn borst toen ze in snikken uitbarstte en haar armen om zijn hals sloeg. Ze huilde, en dat was niet zijn bedoeling. Henri had niets tegen tranen, maar hij wilde niet dat Billie verdrietig was. Haar mooie gezichtje met die onomwonden, nieuwsgierige blik, haar neus die niet helemaal recht was, de zomersproetjes die over haar huid waren uitgestrooid: de hele Billie, Mrs of Miss Henderson, was gemaakt om gelukkig en vrolijk te zijn. Ze was moedig, ze was spontaan, ze was een zeer ongewoon meisje.

Henri trok haar naar het bankje en hield haar in zijn armen. 'Toe, mijn lieve Mrs Henderson… Billie… wat scheelt eraan? Ik zie dat dit niet het juiste moment is om zomersproetjes te bekijken, en ik vraag u om vergiffenis…'

Ze bleef huilen.

'Hoe kan ik weten waarom u zo verdrietig bent? Ik dacht… Dit, dit… verrast me toch wel een beetje.'

Ze drukte haar voorhoofd tegen zijn borst, alsof ze zijn borstkas wilde doorboren. 'Ik…' zei ze ten slotte, met haar hoofd nog steeds zo dicht tegen zijn borst gedrukt dat hij haar amper kon verstaan, '… ik wilde dat u zou komen, want u ziet eruit als een man die een vrouw in zijn armen weet te houden. U ziet er sterk uit.' Ze hief haar hoofd op en keek hem met een mengeling van twijfel en vertrouwen aan. 'Ik mocht u meteen, toen u op zaterdagavond bij het avondeten tegenover me kwam zitten…' Ze staarde weer voor zich uit, fronsend, alsof ze ergens voor zich geschreven zag staan wat ze wilde zeggen en zich moest inspannen om het te kunnen lezen.

'Neemt u me niet kwalijk. Soms moet ik huilen. Dat gebeurt gewoon, dat ik moet huilen.' Ze zweeg even en zei toen met een kort knikje: 'Ik mag u wel.'

'En wat, mijn beste Mrs Henderson, wordt een man die u wel mag geacht te doen?' Henri kon een glimlach niet onderdrukken.

'Mij in zijn armen nemen en mijn sproeten bekijken…' Ze moest lachen. Ze had de zakdoek die hij haar had gegeven in haar vuist geklemd en gaf hem die nu als een gehoorzaam kind terug. Haar neus was een beetje rood geworden van het huilen en haar haar zat nog meer in de war. Henri tastte naar de kammetjes in haar haar en trok die er voorzichtig uit. Eigenlijk wilde hij haar vragen waarom ze had moeten huilen, maar hij deed het niet. Hij knoopte het lijfje van haar japon open totdat hij de aanzet van haar borsten zag. Ze had hem kunnen wegsturen, misschien had hij uit zichzelf moeten gaan.

Maar Billie stond voor hem, sloot haar ogen – haar wimpers waren nog steeds nat van haar tranen – en bood hem haar gezicht. Hij kuste haar wimpers, haar neus, haar bovenlip. Zijn borstelige snor kietelde haar; ze trok haar neus op, de wimpers van haar gesloten ogen trilden.

Toen deed ze haar ogen open, sloeg haar armen om zijn hals en zei, terwijl ze haar hoofd in haar nek legde: 'Meer, meer.'

Henri hield Mrs Henderson heel voorzichtig in zijn armen.

Het leek alsof ze voor zijn ogen een klein meisje was geworden, alsof de ervaringen die ze ongetwijfeld met mannen had opgedaan nooit tot haar hart waren doorgedrongen. En hoewel ze hem sterk aan Lisette deed denken, was haar lichaam heel anders, zodoende hield hij haar voorzichtig vast, een tikje stijf, zodat hij niets verkeerd zou doen en niet haar gevoelens zou krenken door haar aan te zien voor een andere vrouw, van wie ze niets wist.

'Billie?' vroeg hij, maar ze schudde haar hoofd en hield haar ogen dicht. Ze wilde niet praten.

'Billie, je moet je voor het concert verkleden. Deze japon is veel te verkreukeld om mee aan dek te verschijnen,' zei hij daarom slechts.

Ze knikte, nog steeds met haar ogen dicht.

Henri liet haar voorzichtig los. 'Het is al bijna half vier, en je hebt met Mr Brown afgesproken.'

Ze knikte weer, liet hem toen los en draaide haar hoofd zonder iets te zeggen opzij.

Hij pakte een kussen en legde het in haar armen, als de pop van een kind. Toen vertrok hij. Ze bewoog zich nog steeds niet. De deur van de hut viel achter hem in het slot.

Toen ze over de Julierpas reden, begon het te sneeuwen. Valentina kon het zich nog heel goed herinneren. Ze had de hele reis als in een waas beleefd. Madame Brochet bekommerde zich om alles: om de overnachting in Chur, de bagage, de reservering van twee plaatsen in de postkoets. In Parijs hadden ze prachtig herfstweer gehad, en ook toen ze op de morgen van de veertiende september in de met vier paarden bespannen postchaise stapten, welfde een zijig blauwe septemberhemel zich boven de stad Chur.

Het weer kon Valentina net zo weinig schelen als de rest. Ze had de zwarte tulesluier van haar hoed voor haar gezicht getrokken, alsof ze zich zo tegen de wereld kon beschermen, en ze had slechts weinig woorden met haar gezelschapsdame gewisseld. Nadat ze in Parijs uit de trein waren gestapt en ze een laatste maal vermoeid naar Viktor en dokter Koch had gewuifd, vouwde ze haar handen in de schoot en keek afwezig uit het raam. Madame Brochet trok daarop een boek uit haar reistas en verdiepte zich in de *Baedeker* voor Zwitserland.

Vanaf Chur deelden ze de postkoets met een witharige heer uit Zürich, die Frans noch Engels sprak en hen met enkele volstrekt onbegrijpelijke woorden begroette, en met een jonge Amerikaan met dik, zwart glanzend haar en vriendelijke bruine ogen, die zwierig boog toen ze allemaal in de koets stapten. Het was duidelijk dat Valentina rouw droeg: haar lange deux-pièces van zwarte wol, met een getailleerd, hooggesloten jasje waaruit slechts een wit kanten jabot stak, liet geen ruimte voor twijfel. Door al dat zwart leek ze uiterst breekbaar, en haar gezicht was onder de voile teer en bleek als porselein.

De rit gaf aanleiding tot bewonderende uitroepen, want hun weg voerde langs een woest berglandschap met steile afgronden, ongenaakbare rotswanden en pittoreske kasteelruïnes, een landschap dat zich de laatste jaren tot een geliefde toeristenbestemming had ontwikkeld. Maar de heer uit Zürich kende het traject en was ondanks het gehobbel ingeslapen, en Valentina had er geen oog voor.

Hoe hoger ze kwamen – de paarden waren reeds een paar keer gewisseld, de reizigers hadden hun benen gestrekt en warme soep genuttigd – hoe kouder het werd. De hemel werd bewolkt, en kort voordat ze het hoogste punt van de pas bereikten, begon het te sneeuwen.

Valentina kreeg het koud en werd door de onverwacht vroege sneeuwval uit haar lethargie gewekt. Ze sloeg haar voile terug en keek belangstellend uit het raam. De witte vlokken stoven tegen de ruiten. De jonge Amerikaan maakte van de gelegenheid gebruik en zei in een behoorlijk Frans tegen de beide dames: 'Staat u mij toe dat ik u mijn plaid aanbied? U hebt het vast erg koud. Leg hem maar over uw knieën... Ik kan mijn overjas aantrekken.' Hij pakte een opgerolde geruite wollen deken uit zijn reistas en gaf die aan madame Brochet. Daarna wendde hij zich tot Valentina: 'U hoeft niet te schrikken. In de bergen is september doorgaans een mooie maand, en in het Engadin is het vaak zonnig en warm. Vroege sneeuw is hier niet ongewoon, al hoop ik dat die niet lang blijft liggen.'

'Blijkbaar kent u de omgeving goed?' vroeg madame Brochet verrast, en Valentina wierp hun medepassagier een heimelijke blik toe.

De jonge man, die zich aan het begin van de reis met de naam Richard G. Livingston had voorgesteld, lachte verheugd nu de mogelijkheid zich aandiende om de lange reis met een conversatie te veraangenamen.

'Mijn moeder komt van oorsprong uit het Engadin,' zei hij met een knikje. 'Ze is als kind naar Amerika gekomen, toen haar vader vanuit St. Moritz naar de Verenigde Staten emigreerde. Hij was banketbakker.' Hij lachte weer. 'In New York kon hij meer verdienen dan thuis; de Amerikanen zijn dol op zoetigheid. Mijn tweede naam is Gion, dat klinkt als John, en die naam komt hier uit de omgeving.'

Valentina luisterde oplettend, maar zei niets. Haar benen werden onder de plaid langzaam warm, en ze dacht: dit is aangenaam, erg aangenaam...

Madame Brochet, die blij was weer een paar woorden met een goedgemutst mens te kunnen wisselen, probeerde Mr Livingston zo goed als ze kon uit te horen. 'Het lijkt erop dat u hier vaker komt, ondanks de verre reis?'

Mr Livingston gaf madame Brochet graag antwoord, maar hij keek vooral naar Valentina, wier wangen nu zelfs een lichte blos vertoonden. 'Ik hou van het landschap hier. Mijn moeder heeft me veel over haar geboortegrond verteld, en van haar heb ik mijn liefde voor de bergen geërfd. Ik heb hier al een paar keer een tocht door de bergen ondernomen. Het Engadin is een prachtige omgeving voor alpinisten.' Hij keek uit het raam van de koets en boog zich een stukje naar Valentina toe. 'Kijk, het is opgehouden met sneeuwen! We zullen met goed weer in St. Moritz aankomen. Mag ik vragen waar u uitstapt? Blijft u in St. Moritz?'

Valentina verraste zichzelf door niet op madame Brochet te wachten, maar zelf te antwoorden: 'Ja, we verblijven in het Kurhaushotel in St. Moritz-Bad. De dokter heeft mij een kuur voorgeschreven en madame Brochet...' ze legde haar arm op die van haar begeleidster, '...is zo goed om mij gezelschap te houden.' Na een korte stilte vroeg ze hem: 'En waar verblijft u?'

Hij haalde zijn hand door zijn donkere lokken. 'In Pontresina. Daar zit ik nog dichter bij de bergen. Maar voor een geoefend wandelaar is de afstand van Pontresina naar St. Moritz niet ver. Als u mij toestaat, zal ik in het Kurhaus mijn opwachting maken. Misschien kan ik u dan overhalen een klein tochtje met mij te maken.'

Madame Brochet reageerde enthousiast op dit idee, en Valentina zei: 'Misschien, als we wat gewend zijn...'

'Ik beloof u dat ik een goede reisgids zal zijn. Ik weet meer dan er in de *Baedeker* staat,' antwoordde Richard G. Livingston glimlachend.

Henri Sauvignac had niet de behoefte het scheepsorkest te horen spelen. Hij had een hekel aan promenadeconcerten, ook wanneer die aan dek van een schip werden gegeven. Hij dacht aan Mrs Henderson, aan hoe ze erbij had gelegen toen hij haar verliet, met het witte hoofdkussen in haar armen.

Waarom had ze zo plotseling moeten huilen? Hij was toch een volslagen vreemde voor haar.

Ook moest hij, tot zijn eigen verbazing, weer aan Lisette denken. Lange tijd had hij niet meer zo vaak aan haar gedacht als hij nu hier op dit schip deed, dat hij niet kon verlaten en waar hij niet eens aan zijn eigen gedachten kon ontsnappen.

Het was alsof Lisette had getracht aan boord te komen en dat het haar nog was gelukt ook.

Henri lag op zijn bed en staarde naar het plafond, totdat hij in een onrustige halfslaap met vreemde dromen viel: dromen waarin de scheepskapel een circusvoorstelling begeleidde waarin de passagiers kunststukjes opvoerden. In het midden van de arena stond de dame in de witte avondjurk, en ze keek verwonderd naar wat er allemaal om haar heen gebeurde.

Maandag 25 juli

Valentina, die op last van de kapitein haar maaltijden in haar hut geserveerd kreeg, was de avond tevoren vroeg ingeslapen. En ze had aan één stuk doorgeslapen, zonder wakker te worden. Ze wreef in haar ogen, keek naar het plafond boven haar en had even tijd nodig om te beseffen waar ze zich bevond. Het was de eerste nacht in maanden waarin ze niet urenlang wakker had gelegen of uit verwarde dromen was opgeschrikt.

Er gebeurde iets met haar. Het was alsof ze eindelijk uit de oneindig lange, verschrikkelijke droom die haar leven was geworden wist te ontwaken.

Toen Valentina de toast voor het ontbijt rook, stelde ze met verwondering vast dat ze trek had. Ze merkte dat het water in de lampetkan koud was geworden en keek uit de patrijspoort naar buiten. Er kwam een lichte deining opzetten en de hemel verloor langzaam zijn blauwe kleur. En ze stelde vast dat ze geen greintje spijt voelde dat ze was gevlucht.

Tegen de middag kondigde de kapitein zijn bezoek aan, en Valentina vroeg Lotte, het kamermeisje, om haar te helpen bij het aankleden.

Kapitein Palmer had twee mededelingen voor haar. Ten eerste gaf hij Valentina toestemming het diner, waarvoor avondkleding de voorgeschreven dracht was, in de eetzaal te gebruiken. Ten tweede kwam hij vertellen dat er een passagier uit Berlijn aan boord was, een zekere madame Klöppler, die met haar kledingcollectie op weg was naar New York, waar haar japonnen in het warenhuis Macy's zouden worden verkocht. Madame Klöppler had zich bereid verklaard madame Meyer iets uit haar collectie te lenen, zodat ze ook overdag haar hut zou kunnen verlaten.

'Als u het goed vindt, wil ik u vanavond hier afhalen en naar de eetzaal begeleiden. Ik zal de chef-steward vragen u een plaats toe te wijzen.'

'Dank u,' antwoordde Valentina. 'Ik kan uw aanbod zeker waarderen. Dankzij u hoef ik me niet langer een crimineel te voelen, maar u kunt gerust zijn, ik ben niet van plan me vaak onder de passagiers te begeven. Ik wil geen verder opzien baren…'

'… en op opdringerige vragen zit u ook niet te wachten,' vulde de kapitein aan.

'Vanzelfsprekend zei ik ja toen dokter Kirschbaum me vroeg of ik madame Meyer wilde opzoeken. Een sympathieke man, die arts, ik mocht hem meteen. We raakten in gesprek toen ik hem om hoofdpijnpoeder vroeg, en toen ik hem vertelde dat ik kleding ontwerp, vroeg hij geïnteresseerd verder. Het is ten slotte geen beroep dat vaak door vrouwen wordt uitgeoefend. Ik ontwerp kleding voor de moderne vrouw, voor vrouwen die zich van oude denkbeelden willen bevrijden en zich comfortabel willen kleden.

Tegenwoordig doen vrouwen aan sport, ze rijden op rijwielen, ze oefenen een beroep uit. Het korset is niet meer van deze tijd. Het vervormt het vrouwelijk lichaam en is schadelijk voor de gezondheid, al probeert men ons voortdurend het tegendeel wijs te maken. Maar reformkleding zal terrein winnen. Warenhuis Wertheim in Berlijn heeft in maart van dit jaar met veel succes reformkleding getoond en er zelfs een speciale afdeling voor geopend, die overigens wordt geleid door een vriendin van mij, Else Oppler. Voor Macy's ga ik een soortgelijke afdeling inrichten. Toen ik dokter Kirschbaum over mijn werkzaamheden vertelde, vroeg hij me of ik bereid was madame Meyer een dagtenue te lenen. Omdat ik vind dat vrouwen elkaar moeten helpen en samen tegen onderdrukkende wetten en regels moeten vechten, zei ik onmiddellijk ja.

Madame Meyer is een bijzonder elegante vrouw, zij het in de traditionele zin des woord, maar mijn kleding staat haar fantastisch. Nu u het vraagt, nee, ze heeft me zeker niet meteen haar verhaal verteld. Integendeel, er was nagenoeg geen woord uit haar los te krijgen. Dat maakte het voor mij wel erg moeilijk om solidair te zijn. Het leed geen twijfel dat ze tot de betere kringen behoort, ik kan me zo iemand niet in onze avant-gardistische kunstenaarskringen voorstellen. Maar ze heeft wel iets ongehoords gedaan: ze heeft zich zonder geld of plaatsbewijs toegang tot dit schip weten te verschaffen en zal zich nu aan onderzoeken moeten onderwerpen, ze loopt zelfs het gevaar te worden gearresteerd. Dat zou je radicaal kunnen noemen, al vind ik het niet bij haar uiterlijke verschijning passen. Ik denk niet dat ze een bedriegster of een crimineel is.

Mogelijk heeft haar man misbruik van haar gemaakt of haar slecht behandeld. Het zal niet de eerste keer zijn dat een echtgenoot zijn vrouw de toegang tot haar vermogen weigert en haar voortdurend bedriegt.

Natuurlijk kan een vrouw tegenwoordig proberen te scheiden, maar zelfs wanneer ze een scheiding erdoor zou krijgen, is ze zonder idealen waarvoor ze kan vechten een uitgestotene in onze maatschappij. Of ze het gelijk nu aan haar kant heeft of niet.'

– BERCHTHILD KLÖPPLER, COUTURIER, PASSAGIER AAN BOORD VAN DE KROONLAND

Henri had die ochtend het schip verder verkend, het middageten gelaten voor wat het was en was in de namiddag, omdat hij noch

Billie noch zijn buurvrouw kon vinden, gaan liggen om een dutje te doen.

Hij ontwaakte uit zijn middagslaapje doordat het schip een licht slingerende beweging maakte. Hoewel het geslinger eigenlijk nauwelijks merkbaar was, merkte hij toch dat het zijn maag geen goed deed, en hij besloot op het promenadedek een frisse neus te gaan halen. Er was sprake van een lichte deining en de hemel was betrokken, maar niets leek op storm te wijzen. Toch leek het alsof alles in beweging was gekomen en veranderde: de hemel, de zee, het schip. Ongemerkt was het hele beeld anders geworden: het hemelsblauw had zich met wit en verschillende grijstinten vermengd en het water had een donkere, doffere kleur aangenomen.

Henri leunde over de reling en keek naar de golven waardoor de boeg van het schip voortploegde. Ze weken uiteen en kwamen dan weer samen, totdat ze weer deel uitmaakten van het grote geheel en niet langer van de andere golven te onderscheiden waren.

Toen hij zijn blik weer op het dek richtte, zag hij een paar meter verderop Lily in haar rolstoel zitten. Ze beantwoordde zijn glimlach en wenkte met haar hand. Ze was alleen, en Henri ging naar haar toe om zich voor te stellen.

Ze vertelde dat ze Lilian Mey heette en dat haar familie verwanten in Amerika had.

'De zee is mooi, vindt u niet?' zei ze opgewekt. 'Ik zou het liefst voortdurend hier buiten zitten, maar dat vindt mama niet goed. Ik kan eeuwig naar de zee en de hemel kijken. Hebt u gezien dat die voortdurend van kleur verschiet, met elke wolk en met elk uur van de dag? En die golven, die zijn als een tapijt waaronder een kudde kamelen met wiebelende bulten door de woestijn trekt...' Ze wikkelde een donkere pluk haar rond haar vinger. 'Dat is eigenlijk best wel een gek idee.' Ze zag er verlegen uit, alsof ze zich plotseling herinnerde wat haar moeder haar over conversatie had bijgebracht.

'In het geheel niet,' merkte Henri op, 'ik zie die kamelen zo voor me,' waarmee hij haar een lach ontlokte. Hij dacht even na. 'Ik vind de zee eng. Wanneer ik geen vaste grond onder de voeten heb, voel ik me onbehaaglijk. Die diepte onder me, die enorme hoeveelheid water... Ik vrees dat het daar beneden erg koud en ongezellig is.'

Lily knikte ernstig. Henri zag nu dat er een notitieboekje en een potlood op haar schoot lagen. 'Ja, maar als u naar de horizon kijkt, ziet u het kielzog niet langer. Ik heb gezien dat u over de reling leunde en naar beneden staarde. Wie dat doet, heeft het gevoel naar beneden te worden gezogen zonder dat men zich kan verzetten. Maar kijkt u nu eens naar dat prachtige oppervlak, dan ziet u al die schitterende kleuren. U laat uw blik net zo ver dwalen...' Ze hief haar het hoofd op en keek in de verte, '...totdat u de horizon bereikt. En daar waar hemel en aarde bijeenkomen, ziet u de oneindigheid. Natuurlijk is dat onzin. Het is niet de oneindigheid, maar ik noem het zo.'

Ze schoof haar rolstoel wat heen en weer, alsof ze niet zeker wist of ze een vreemde nog meer van haar gevoelens moest toevertrouwen. Toen vervolgde ze: 'Ik vind de horizon de mooiste lijn ter wereld. De mooiste blik die je je maar kunt wensen, een blik in de eeuwigheid.'

Henri luisterde verbaasd. Haar stem klonk steeds hartstochtelijker en haar gedachten lieten zich niet beteugelen door wat ze ook maar geleerd mocht hebben. Haar turkooizen jurk lichtte op tegen de achtergrond van de zilvergrijze zee. Henri voelde de deining nog wel, maar die stoorde hem minder. Lily had gelijk. De horizon was een betoverende lijn in de verte, waar alles wat zich van dichtbij bekeken niet kon verenigen leek samen te komen.

'Mademoiselle,' zei hij, 'mag ik u nog iets vragen?'

'Ja, natuurlijk!' Ze lachte.

'Hebt u niet het gevoel dat u hier, op dit schip en op het water, opgesloten bent?'

Lily keek hem verwonderd aan. 'Nee,' zei ze, hoofdschuddend.

'Waarom zou ik me zo voelen?' Heel even was haar tong tussen haar lippen te zien, een klein roze tongetje als van een poes. Wanneer ze nadacht, oogde ze erg kinderlijk. Toen zei ze langzaam: 'Nee, ik voel me op dit schip en op de oceaan niet opgesloten. Ik zit immers al gevangen in deze rolstoel.' Ze zweeg even. 'Het maakt niet uit of ik op het water of op het land ben. Ik kan niet weglopen zoals andere mensen. Nooit.'

Henri pakte haar hand en kuste die, want hij wist hierop geen antwoord te bedenken.

Henri voelde niet de behoefte om tijdens het diner per se tegenover Billie en Mr Brown te zitten, mede omdat hij niet zeker wist hoe Billie over zijn gedrag dacht. Misschien wenste ze dat de toenadering tussen hen nooit had plaatsgevonden.

Hij zat reeds aan tafel toen Mr Brown en Mrs Henderson de eetzaal betraden. Mr Brown droeg een feestelijk rokkostuum, Billie een zachtgroene japon van licht knisperende zijde. Op haar wangen was een lichte blos zichtbaar, haar blik gleed zoekend door de zaal en bleef toen op Henri's gezicht rusten. Even keek ze teleurgesteld omdat er aan zijn tafel nog maar één plaats vrij was, maar toen klapte ze haar waaier open en woof zichzelf heftig lucht toe. Vanaf haar plaatsje bij de deur keek ze hem met fonkelende ogen aan, die zo veel zeiden als: 'Lafaard! Schoft!'

Ze was ongetwijfeld woedend omdat hij haar de hele dag niet had opgezocht.

Wanneer Lisette woedend was, herinnerde Henri zich nu, steeg er altijd een vuurrode blos van haar hals omhoog naar haar gezicht. Dan zag ze eruit alsof ze in brand stond en voelde hij, gegrepen door een mengeling van angst en geamuseerdheid, de neiging haar tegen zich aan te houden en zo het vuur te temperen. Dat deed hij echter zelden, omdat ze hem dan steevast verweet dat hij haar alleen maar wilde afleiden en haar niet serieus nam. Wanneer ze kwaad werd, verstopte ze haar duimen in haar vuisten en huilde van woede. Dan zag hij aan de vertwijfelde, vechtlustige blik in haar ogen dat ze in gedachten messen naar hem wierp.

Haar vader had bij het circus gewerkt, en als kind had ze inderdaad geleerd messen te werpen. Henri twijfelde er geen seconde aan dat ze, als ze ooit een poging zou hebben gewaagd, hem recht in het hart zou hebben getroffen. Ze raakte niet snel buiten zinnen; in die vijf jaar dat ze elkaar hadden gekend had hij het drie, vier keer mogen meemaken. Eén keer had ze het op een buurman gemunt die zijn hond mishandelde, waarbij Henri zich volgens haar te veel op de vlakte hield, en een andere keer was ze van mening geweest dat hij veel te koel en neerbuigend tegen zijn moeder had gedaan. Weer een andere keer wilde zij hem woedend verlaten omdat ze hem met een andere vrouw in bed had aangetroffen.

Bijna weemoedig herinnerde hij zich dat ze met een groots gebaar de gordijnen van de ramen had getrokken en roerloos had toegekeken hoe die als een vormeloze hoop op de grond vielen. Ze had de koppen en schotels uit de keukenkast geveegd, die met veel kabaal op de tegelvloer in scherven waren gevallen. Maar dat was voor haar nog niet voldoende. Als een tijgerin kwam ze uiteindelijk voor het bed staan waarin Henri en het meisje, dat Lisette goed kende, verstijfd van schrik waren blijven liggen. Lisette had de beschermende deken van hen af getrokken en huilend aan het voeteneind staan schreeuwen: 'Loop naar de hel. Loop toch allebei naar de hel!'

Maar toen Lisette hem veel later uiteindelijk voorgoed verliet, was dat niet na een ruzie. Ze had slechts, toen Henri niet thuis was, haar weinige bezittingen die bij hem rondslingerden bijeengepakt en was simpelweg vertrokken.

Toen hij haar wilde opzoeken op de zolderkamer die ze huurde, bleek ze al te zijn verhuisd.

Mr Brown en Mrs Henderson werden door de chef-steward naar een tafel naast die van Henri geleid. Billie wierp Henri over haar schouder nog een vernietigende blik toe. Had hij niet op zijn minst in de vestibule voor de eetzaal op haar kunnen wachten? Gisteren was hij ook al niet bij het scheepsconcert verschenen, en evenmin bij het diner. Henri sloeg schuldbewust zijn ogen neer en bleef totdat de twee hadden plaatsgenomen nadrukkelijk de menukaart bestuderen.

Tegenover hem zat het ongewone paartje dat hem reeds aan het begin van de reis was opgevallen: de grote, slanke, goed uitziende man met zijn energieke, kleine metgezellin. Al snel bleek wie ze waren. De jongeman heette Thomas Witherspoon en reisde in gezelschap van zijn zus, Victoria Witherspoon, terug naar hun woonplaats New York. Ze hadden een uitgebreide reis door Europa gemaakt, die deels ten bate van zijn werk was geweest maar ook deels het karakter van een culturele studiereis had gehad.

Nadat iedereen zich beleefd aan elkaar had voorgesteld, verdiepten ze zich nogmaals in de omvangrijke menukaart. Totdat er opeens een geroezemoes door de zaal klonk en alle aanwezigen als op bevel hun hoofd omdraaiden en naar de ingang van de eetzaal keken.

Daar stond de kapitein. En naast hem, aan zijn arm, de onbekende vreemdelinge in de witte japon.

Onbewust legde Thomas Witherspoon de hand op zijn hart, Victoria Witherspoon legde haar hand daarentegen stevig op de arm van haar broer.

Henri Sauvignac vergat waaraan hij op dat moment dacht.

Billie Henderson verslikte zich in het woord dat ze net wilde zeggen.

Alle blikken richtten zich op Valentina.

De kapitein leek zich heel even te koesteren in de geheimzinnige gloed waardoor de dame in het wit werd omgeven, al begeleidde hij haar met name om haar tegen de nieuwsgierige blikken van de andere passagiers te beschermen. Hij wisselde een paar woorden met de chef-steward, die haastig naar hen toe was gelopen. De man knikte ijverig en gebaarde dat de gaste hem moest volgen. En toen leidde hij madame Meyer naar de vrije plaats aan de tafel van Thomas Witherspoon en Henri Sauvignac, die haar al leken te verwachten. Witherspoon stond op, als een slaapwandelaar. Ook Henri stond op en boog plechtig. Valentina keek hem aan en glimlachte. Toen viel haar blik op Thomas.

Henri zag dat ze haar ogen neersloeg en dat haar wimpers bijna onmerkbaar trilden. Die beweging raakte hem, omdat die niet hem betrof. Ze nam aan Henri's rechterzijde plaats. Alle blikken in de zaal waren nog steeds op haar gericht, alsof haar gezicht door een reusachtige lamp werd verlicht die de rest van het tafereel in het donker dompelde. Toen ze weer opkeek, keek ze recht in de grijsgroene ogen van Thomas Witherspoon.

Nee, dacht Valentina, maar ze kon haar blik niet afwenden.

Ja, zeiden zijn ogen.

'Nee,' zei ze zachtjes.

Henri had haar gefluisterde 'nee' gehoord en vroeg zich af waarom iemand zo een eerste gesprek met onbekenden aan boord van een oceaanstomer zou openen. Als hij in Parijs, in zijn geliefde bistro Chez Martine, had gezeten, zou hij zijn buurvrouw hebben gevraagd: 'Hoezo, "nee"?', maar hoe kon hij hier in vredesnaam een gesprek met haar aanknopen? De mooie vreemdelinge was geen gewone passagiere, en de vragen die men normaliter aan boord stelde, zouden nu indiscreet zijn. Daarom zei hij slechts uiterst saai: 'Henri Sauvignac. Het is mij een genoegen, madame.'

Ze knikte. 'Aangenaam,' antwoordde ze, 'ik ben madame Meyer.' Er verscheen een trekje rond haar mondhoek. 'Er doen ongetwijfeld al de nodige geruchten over mij de ronde, waardoor het moeilijk voor u zal zijn een gewoon gesprek met mij te voeren. Ik zal het u daarom gemakkelijk maken door u te vragen wat u aan boord van dit schip heeft gebracht. Als u een beetje fantasie heeft, zult u mij niet dezelfde saaie vraag durven stellen.' Ze hief haar wijnglas en knikte Henri als terloops toe.

Ze draagt geen juwelen, dacht Victoria Witherspoon, en dat terwijl ze zo'n dure japon aan heeft. En ook geen trouwring, stelde ze toen vast. Beide zaken maakten haar ongerust.

Haar blik heeft iets vermoeids, dacht Henri, maar die vermoeidheid ligt diep onder de oppervlakte, op de bodem van de barnstenen zee.

Dit is het moment waarop ik mijn hele leven, dertig jaar lang, heb gewacht, dacht Thomas Witherspoon.

Henri gaf madame Meyer het gewenste antwoord op haar vraag. 'Ik reis na aankomst in New York verder naar St. Louis,' zei hij, even zwijgend toen de steward garnalen met bleekselderij en mayonaise opdiende. Hij vertelde over de wereldtentoonstelling waarop zijn werk te zien zou zijn. Valentina luisterde aandachtig, maar leek niet helemaal bij de les, en dat deed hem pijn.

'Ik ben in Antwerpen geboren,' vervolgde hij desondanks, 'en heb daar bij een steenhouwer gewerkt. Later ben ik naar Parijs gegaan om aan de Académie des Beaux Arts te studeren. Ik heb lange tijd een atelier in Parijs gehad en zou daar ook zijn gebleven als mijn vader niet was overleden. Dat is nu ruim een jaar geleden.' Hij zweeg even, maar Valentina knikte hem slechts toe.

'Mijn vader had een transportbedrijf, en ik ben enig kind. Ik kon mijn moeder niet met de afwikkeling van al zijn zaken opzadelen. Ik wilde het bedrijf niet overnemen, maar was gedwongen de juridische aspecten van de overdracht aan zijn compagnon te controleren en de financiën van mijn moeder te regelen. Ik heb mijn atelier in Parijs opgegeven en ben teruggekeerd naar Antwerpen. Maar ik was liever in Frankrijk gebleven,' voegde hij er aan toe.

'Dus het hele gezin is naar Antwerpen verhuisd?' vroeg Valentina.

'O, ik heb geen gezin,' antwoordde Henri. De steward verloste hem van verdere uitleg door een groene schildpadsoep op tafel te zetten die heet gegeten diende te worden. Henri liet het thema rusten en zei in plaats daarvan: 'U baart veel opzien met uw japon, maar dat wist u zelf ook al. Hij staat u geweldig.'

Dat was niet bepaald een snedige opmerking, en ze glimlachte dan ook niet toen ze antwoordde: 'Dank u voor het compliment. Mijn echtgenoot stond erop dat ik hem droeg op die avond dat ik aan boord ben gekomen. We waren uitgenodigd voor een soiree bij zakenrelaties van mijn man. Hij handelt in Russische diamanten.' Ze greep naar haar oor, alsof ze daar diamanten verwachtte aan te treffen, maar ze droeg geen oorbellen. Ze liet haar hand meteen weer zakken, maar zei niets meer.

'Onder de passagiers is ook een groepje Russen, hebt u ze al gezien? Ze zijn in Dover aan boord gekomen. Ik heb gisterochtend champagne met hen gedronken.' Henri gebaarde naar de tafel waar de vijf Russen al aan de volgende gang zaten, zalm met karper.

Madame Meyer trok een ondoorgrondelijk gezicht: 'Hoewel mijn echtgenoot een Rus is, spreek ik slechts een paar woorden Russisch. Mijn vader was ook een Rus, maar die taal was bij ons thuis niet zo geliefd.'

Ze maakte een vaag gebaar en streek toen met de rug van haar hand over haar voorhoofd.

Thomas Witherspoon was een hoffelijk mens. Aanvankelijk had hij de conversatie aan de beeldhouwer tegenover hem overgelaten, maar nu vond hij het tijd om zich ook in het gesprek te mengen.

'Is het niet merkwaardig dat de vloer zo snel en onverwachts onder onze voeten begint te deinen?' Hij zweeg even en stelde zich toen met een verontschuldiging alsnog voor. Ze volgde de beweging van zijn lippen met haar blik maar leek niet te hebben verstaan wat hij zei. Ze had alleen op zijn gezicht gelet.

'Dat het weer zo snel kan omslaan,' ging hij verder. 'Zeker op zee. Eerder leek het alsof er nooit meer een wolkje aan de hemel zou verschijnen, maar nu ziet de lucht alweer grijs, en de zee ook. De officier vertelde me dat de wind ongetwijfeld zal toenemen, en de deining ook. Toch verwacht men geen storm. Tijdens de overtocht naar Europa werden we trouwens ook flink heen en weer geslingerd.' Hij keek Miss Witherspoon aan, die veelzeggend knikte en haar heldere grijze blik op madame Meyer liet rusten alsof die een vlinder was die ze met een speld wilde vastprikken.

'Ik hoop dat een dergelijke storm ons op de terugreis bespaard blijft,' zei Thomas.

'Het was verschrikkelijk,' voegde Miss Witherspoon eraan toe. Haar kleine, gedrongen gestalte leek nog verder ineen te krimpen. 'We werden allemaal ziek. In de eetzaal gleden de borden en de glazen over de tafels, maar niemand was nog tot eten in staat. De eetzaal was verlaten. De meesten bleven in hun hut, zeeziek en misselijk. Ik denk zelf dat het aan dek aangenamer zou zijn geweest, maar de toegang tot het dek was afgesloten, het was te gevaarlijk. De wind, begrijpt u wel? En er rolden zulke hoge golven over het dek... Ook Thomas was er erg aan toe, nietwaar Thomas?'

Haar broer, die zich in de aanblik van madame Meyer leek te hebben verloren, kwam weer tot zichzelf. 'Ja,' viel hij zijn zuster bij, waarna hij zich met een ongekende vrolijkheid weer tot de dame tegenover zich wendde. 'Geniet u maar van de entrecote Perigueux die voor u staat. Bij zo'n overtocht is nooit te zeggen of de eetlust eronder zal lijden. Met ons ging het pas weer beter toen we aan dek een frisse neus mochten halen. Zeelieden beweren altijd dat je het beste naar de verte kunt kijken en je blik op de horizon moet richten. Dat zou beter zijn voor ons evenwichtsorgaan. Het is een raad die ik nu waarschijnlijk ook ter harte zou nemen.'

'Waarom?' vroeg Valentina glimlachend, hoewel haar hart als een razende begon te kloppen en zij meer dan haar lief was begreep waarop hij doelde. 'Bent u soms uw evenwicht verloren?'

'Misschien vindt u het goed als ik u daarop het antwoord schuldig blijf,' merkte hij op, om er even later aan toe te voegen: 'Is dat me dan niet aan te zien?'

Valentina gaf geen antwoord. Henri schonk madame Meyers wijnglas bij, en Miss Witherspoon bracht het gesprek terug op het oorspronkelijke onderwerp: 'Het werkelijke probleem bij zeeziekte schuilt in ons oor, waar het evenwichtsorgaan zit, en niet in onze maag. Een zeeman heeft ons verteld dat vissers vaak hun buikje rond eten voordat ze het ruime sop kiezen, omdat een volle maag zou helpen tegen zeeziekte. Al kan men zich dat op zo'n moment echt niet voorstellen.' Ze legde haar hand op die van haar broer en liet hem daar rusten. 'Maar laten we madame Meyer niet te veel aan het schrikken maken, Thomas. Wellicht blijft zeeziekte haar bespaard. Ze heeft,' ze wierp madame Meyer een koele blik toe, 'waarschijnlijk al genoeg meegemaakt.'

De ontwapenende verschijning van madame Meyer en de gelukzalige, verwarde uitdrukking op het gezicht van haar broer hadden Miss Witherspoon in hoogste staat van paraatheid gebracht.

Valentina ging niet in op de uitnodiging om over haar lotgevallen te vertellen en richtte haar aandacht in plaats daarvan op haar entrecote. Henri bracht het gesprek op de Franse keuken in het algemeen en de bereiding van filet in het bijzonder.

Daarop wendde Valentina zich toch tot Miss Witherspoon, maar ze keek Thomas aan, alsof ze eigenlijk hem een vraag wilde stellen, en niet zijn zus.

'Reist u altijd samen, Miss Witherspoon? Of vaak?'

'O ja,' antwoordde Miss Witherspoon, 'we zijn allebei dol op reizen. Thomas is geoloog, en dat beroep brengt hem in alle uithoeken van de wereld. Ik begeleid hem zo vaak als ik kan.' Thomas Witherspoon zat er verlegen bij, maar zijn zus scheen het niet te merken. Ze boog zich naar Valentina toe, alsof ze haar iets vertrouwelijks wilde meedelen en zei: 'Het is voor Thomas ondoenlijk een gezin te hebben, hij zit dan hier, dan weer daar. Dat zou hij een vrouw en kinderen niet kunnen aandoen. Hij is zo bezorgd, dat is gewoon hartverwarmend...' Miss Witherspoon keek haar broer teder aan en vervolgde daarna op kordate toon, zijn stilzwijgende smeekbede om haar mond te houden volkomen negerend: 'Hij heeft altijd mij nog. Ik ben niet getrouwd. Dat verwijt Thomas me vaak, maar het betekent wel dat ik er altijd voor hem kan zijn als hij me nodig heeft. Ook een man die niet trouwt omdat hij zich geheel en aan zijn beroep wil wijden, vecht natuurlijk wel eens tegen de eenzaamheid.' Ze keek Valentina met een scherpe blik aan toen ze deze woorden sprak, alsof ze ook de eenzaamheid van de ander wilde vaststellen, en ging verder: 'Het is erg belangrijk om iemand te hebben die je begrijpt, vindt u niet? Het is moeilijk om alleen te zijn...' Haar kleine oogjes gleden over Valentina's gelijkmatige trekken, maar vonden daar geen antwoord en al helemaal geen instemming.

Het viel Henri, die het gesprek vol interesse volgde, op dat de huid van madame Meyer, die hem aanvankelijk aan marmer had doen denken, nu eerder op appelbloesem leek, een fluwelen bloemblaadje dat je tegen je lippen zou willen drukken.

Hij moest glimlachen toen er een beeld voor zijn geestesoog verscheen, een onvergetelijk, gelukkig beeld.

Ach ja, het was lente geweest. De zon scheen. Een kersenboom. En dan een sneeuwbui van witte bloemblaadjes die door een windvlaag over het frisse groene gras worden geblazen. Lisette, die met gespreide armen op een tuintafeltje staat. De bloesem dwarrelt om haar heen. De bloemblaadjes steken wit af tegen het gras. Lisette staat er nog steeds. Haar gezicht opgeheven naar de hemel, haar blote armen uitgestrekt. Het laken is van haar schouders gegleden en op de grond gevallen. 'Ik hou van je!' roept ze. Ze heeft het tegen de wind, de hemel, de boom, het gras. Ze draait zich om naar Henri en zegt: 'Spreid je armen en vang me op!' En terwijl ze springt en in zijn armen vliegt, roept ze: 'Hou je ook van mij?'

Madame Meyers smetteloze huid is niet als marmer, dacht Henri nogmaals. Door haar aderen stroomt bloed. Ze was geen beeld dat alleen bestond om anderen de gelegenheid te geven hun fantasieën als netten over haar heen te werpen. Nu zei ze met haar heldere, zachte stem tegen Thomas Witherspoon, op licht vragende toon: 'Wat fijn voor u, dat u een zuster hebt die er altijd voor u is…'

Thomas beantwoordde haar blik, terwijl zijn zus nadacht over de mogelijke betekenis van deze zin. Maar elk spoor van ironie ontbrak, Valentina had slechts herhaald wat Miss Witherspoon had gezegd. Toch was Miss Witherspoon op haar hoede.

'Ja, dat is waar,' zei Thomas Witherspoon voorzichtig. Hij greep naar zijn kristallen glas. De rode wijn klotste heen en weer. Valentina keek hem aan en wachtte geduldig af of hij nog iets wilde zeggen. Wie heeft gevonden waarnaar men een leven lang heeft gezocht, heeft geen haast. Zijn gezicht was jongensachtig en gladgeschoren, hij had snor noch baard, maar hij zag er niet uit als iemand die er op zijn vijftigste nog trots op zou zijn dat hij een eeuwige jongeling was en geen verantwoording hoefde te dragen.

Zijn ogen, dacht Valentina, zijn ogen zijn eerder groen dan grijs. Ook in veel andere opzichten was hij het tegendeel van zijn zus. Hij had een goed figuur, en zijn lichaam, zijn hele persoonlijkheid, straalde iets ontspannends uit, wat hem beminnelijk maakte. Wanneer hij glimlachte, werd deze indruk versterkt.

Henri vond hem bijzonder welopgevoed en was benieuwd of Witherspoon nog verder uit zijn schulp zou kruipen en meer zou vertellen.

'Mijn zus en ik waren als kind al onafscheidelijk,' zei Thomas, en hij keek Valentina in haar barnsteenkleurige ogen, zonder eerst zijn zus aan te kijken. Miss Witherspoon leunde achterover in haar stoel.

'Maar,' vervolgde hij, 'een gezin zou me ook erg gelukkig hebben gemaakt. Ik heb altijd graag kinderen gewild.'

Miss Witherspoon boog zich met een ruk naar voren, maar ze zei niets.

Thomas keek haar niet aan. 'Maar Victoria heeft gelijk, mijn manier van leven is voor een vrouw niet gemakkelijk te verdragen. Ik ben vaak weken, maanden achtereen op reis, ik neem bodemmonsters voor bedrijven en regeringen in streken waar men hoopt delfstoffen of bodemschatten aan te treffen.'

Victoria Witherspoon ontspande zich zichtbaar.

Haar broer schonk madame Meyer een glimlach, alsof hij wilde vragen: Kunt u zich voorstellen hoe een leven met mij zou zijn? Ondanks mijn beroep, ondanks mijn zus?

Valentina gaf geen antwoord en verdrong de gedachte die bij haar opkwam: dat ze graag haar vingers over zijn lippen en zijn wenkbrauwen zou willen laten dwalen, zodat ze zijn gezicht beter zou kunnen onthouden. Wenkbrauwen die in de loop der jaren borsteliger zouden worden, dacht ze.

Billie had intussen samen met Mr Brown de eetzaal verlaten en Henri daarbij koeltjes aangekeken, ondertussen ook madame Meyer monsterend met haar blik. Terwijl Henri Billie nakeek, zag Mr Witherspoon dat madame Meyer haar eclair had opgegeten. En omdat de koffie al was gedronken, stelde hij voor nog een glas wijn in de salon te drinken. Zijn zus had echter een andere voorstelling van de rest van de avond.

'Thomas, ik weet dat je na het eten graag een sigaartje rookt. Monsieur Sauvignac, rookt u ook?'

Henri knikte.

'Wel, lieverd,' zei Victoria tegen haar broer, 'dan kun je samen met monsieur Sauvignac een sigaar roken in de herensalon, dan nemen madame Meyer en ik nog een kopje thee in de bibliotheek.' Ze wendde zich vragend tot Valentina: 'Wat vindt u daarvan? Speelt u kaart? We kunnen een partijtje bridge spelen, we vinden vast wel een paar dames die willen meedoen...'

Valentina trok voorzichtig haar fraai gebogen wenkbrauwen omhoog.

'Ik wil Miss Witherspoon niet tegen de haren instrijken,' kwam Henri tussenbeide voordat ze iets kon zeggen, 'maar ik vind het nog wat vroeg om de dames van de heren te scheiden. Het is nog geen tien uur. Ik stel uw gezelschap zeer op prijs en ik zie daarvoor graag af van een sigaar,' zei hij tegen Valentina. 'Misschien wilt u ons een plezier doen en u bij ons in de lounge voegen?'

'Ja, doet u ons dat genoegen,' zei Thomas. 'Victoria, ik weet zeker dat er later nog genoeg gelegenheid zal zijn voor een spelletje kaart...'

'Ik zal me er verder niet mee bemoeien, Thomas.' Victoria's kleine gestalte verrees energiek van haar stoel. 'Je mag doen en laten wat je wilt, maar ik trek me nu liever terug. We zien elkaar morgen.' Ze pakte haar fluwelen avondtasje, streek haar rok glad en zei: 'Goedenavond, madame Meyer, monsieur Sauvignac.'

Ze waren alle drie opgestaan. Thomas Witherspoon, die boven iedereen uitstak, boog zich vooROver naar zijn kleine zus en drukte bij wijze van afscheid een zoen op haar wang. Het was jammer voor haar, maar deze keer zou ze niet winnen.

Terwijl Henri Miss Witherspoon nakeek, zei hij tegen Valentina: 'Wist u dat wij op dit schip buren zijn?'

Valentina lachte. 'Nee, dat wist ik niet.'

Henri zag tot zijn verbazing dat haar gezicht speels en onbekommerd oogde nu ze lachte, maar het was alsof ze zijn gedachten had geraden: er verscheen meteen weer een gesloten uitdrukking op haar gelaat.

En voordat Thomas iets kon zeggen om haar aandacht weer op hem te richten, verscheen kapitein Palmer aan de zijde van Valentina, bood haar zijn arm en zei: 'Madame, mag ik u terug naar uw hut begeleiden?'

Valentina gehoorzaamde, en Thomas moest genoegen nemen met een verontschuldigende, spijtige blik.

'Ik doe mijn uiterste best om het verblijf aan boord voor u zo aangenaam mogelijk te maken,' zei kapitein Palmer. Hij kuste Valentina's hand. 'Bent u tevreden? Ik heb u zelfs een middagjapon laten brengen, zodat u zich naar wens ook overdag vrij kunt bewegen.' Hij bleef haar hand vasthouden, alsof hij die nogmaals naar zijn lippen wilde brengen.

'U bent een echte gentleman, kapitein, maar ik had niets anders verwacht…'

'Als u me in dat geval zou willen toestaan…' zei de kapitein, en voordat Valentina iets kon zeggen, trok hij haar avondtasje onder haar arm vandaan, opende het en pakte de sleutel van haar hut eruit. 'Ik hoop,' vervolgde hij, 'dat u tevreden bent over uw onderkomen. De eerste klasse is het beste wat we te bieden hebben, en hopelijk voelt u zich hier op uw gemak.'

De gang was slechts schaars verlicht, maar Palmer vond het slot zonder enige moeite. Hij duwde de deur open en gebaarde dat ze naar binnen moest gaan. 'Alstublieft. Dat u zich thuis mag voelen op mijn schip!'

Valentina liep aarzelend naar binnen, bleef vlak achter de deur staan en wilde hem bij wijze van afscheid nogmaals bedanken, maar Palmer was haar hut al binnen gelopen.

'Dank u voor al uw moeite,' zei Valentina nerveus. 'Ik kan bijzonder waarderen wat u voor mij doet, maar ik kan me nu wel alleen

redden. Ik wens u welterusten. Misschien zien we elkaar morgen…'
Ze deed een stap naar voren, in de hoop dat dat hem tot de aftocht
zou dwingen, maar Palmer liet zich niet zo eenvoudig uitgeleide
doen.

'Madame,' begon hij weer. 'U weet vast nog wel dat u mij uw oorbellen hebt aangeboden, een aanbod dat ik, als ik zou willen, als samenzweerderig zou kunnen opvatten. U weet natuurlijk dat ik het
een en ander voor u kan doen, of juist kan laten. En omdat u bijzonder aantrekkelijk bent, is het wellicht aardig om te bedenken wat ik
voor u kan betekenen. Uiteraard blijft alles onder ons. Dat lijkt me
voor ieder van ons het beste, voor u wellicht nog meer dan voor mij.'

Hij had de deur van de hut zachtjes achter zich gesloten en leunde ertegenaan. Weer greep hij naar haar hand. En terwijl hij Valentina naar zich toe probeerde te trekken, ging hij verder: 'U bent de
opwindendste verstekelinge die ik ooit aan boord heb gehad. Waarom zouden we niet de vruchten van deze situatie plukken?'

Paniek overviel Valentina. Hij versperde met zijn lichaam de
deur, zodat ze nu moest zien te bereiken dat hij vrijwillig zou vertrekken. Ze moest tijd zien te winnen.

Ze bleven in het donker staan. Hij had het licht niet aangedaan,
en zijn arm bedekte de schakelaar.

'Kapitein,' zei Valentina, met een stem die niet trilde. 'Uw voorstel overvalt me een beetje. Ik heb u mijn oorbellen eerlijk gezegd
als onderpand voor de reiskosten gegeven, niet als onderpand voor
mezelf. Nu zie ik in dat u dat gebaar blijkbaar anders hebt opgevat
dan mijn bedoeling was, en dat u hier andere ideeën over hebt. Ik
zal uw voorstel in overweging nemen. Maar de reis is nog maar pas
begonnen, en u begrijpt vast wel dat ik erg moe ben. Ik weet echter
dat ik u veel dank verschuldigd ben. Als u mij nu zou willen toestaan…'

Ze duwde hem voorzichtig opzij, opende de deur en dwong hem
de hut te verlaten.

'Ik ben benieuwd naar uw beslissing,' zei kapitein Palmer in een poging zich een houding te geven, 'en ik wens u welterusten.'

Waarom had Valentina zich zomaar door Palmer laten wegvoeren, alsof hij de baas over haar was? Waarom was ze de kapitein zonder aarzelen gevolgd? Een tikje ontgoocheld door de abrupte manier waarop de avond aan zijn einde was gekomen zat Thomas Witherspoon in de rooksalon. Hij hield van Franse rode wijn, zeker in combinatie met een goede sigaar, en een overtocht naar Europa boekte hij steevast bij Europese rederijen als de Norddeutsche Lloyd of de Red Star Line, omdat deze maatschappijen betere wijnen hadden. Vanavond kon echter geen enkele bordeaux geestdrift bij hem opwekken en troost vond hij evenmin. Hij was onhandig geweest en veel te traag. Waarom was hij de kapitein niet in de rede gevallen om hem er hoffelijk op te wijzen dat hij, Thomas, op het punt stond met madame Meyer naar de salon te gaan? Hoe kon ze zonder te twijfelen met de kapitein meegaan? Haar blik had hem toch overduidelijk laten zien dat het haar speet? Hij wist zeker dat hij zich niet had vergist: die fascinerende, mooie, raadselachtige madame Meyer was net als hij. Een enkel moment was voldoende geweest om zijn leven overhoop te halen, maar nu wist hij dat hij opnieuw met leven moest beginnen: met haar, wie ze ook was.

Volgens geruchten was ze een verstekelinge, een blinde passagiere. Een juwelendievegge die aan boord op heterdaad was betrapt. Een courtisane die op rijke mannen aasde.

Maar dat geloofde hij allemaal niet. Dat ze zich twee dagen lang niet in de eetzaal had vertoond, had niets te betekenen. Wellicht had ze zich niet lekker gevoeld en had ze ervoor gekozen in haar hut te blijven. Dat ging anderen niets aan. Maar toch was het merkwaardig dat de kapitein zo met haar was omgegaan.

O, hij zou er wel achterkomen. Ze waren nog jong en hadden

hun hele leven nog voor zich. Er was tijd in overvloed, en niemand zou hem aan het twijfelen kunnen brengen: zij was zijn lot, of hij het nu wilde of niet. Of zij het nu wilde of niet. Of ze nu samen gelukkig zouden worden of elkaar alleen maar pijn, smart en dood zouden brengen: verzet had geen zin. Gezond verstand speelde geen rol, wat anderen ook zouden denken. En één ding wist hij zeker: voor het eerst in hun leven samen betekende zijn geluk het tegenovergestelde voor zijn zuster.

Hij moest met Victoria praten.

Thomas Witherspoon hield van zijn zus, maar zijn liefde voor haar was anders dan de hare voor hem. Hij was haar dankbaar en voelde zich met haar verbonden door een jeugd die een sterkere band tussen hen had gesmeed dan tussen broers en zussen gebruikelijk was, maar zij had hem nodig als de zuurstof die ze inademde. En ze zou zich met hand en tand verzetten tegen eenieder die haar een strobreed in de weg zou leggen.

Hij moest haar spreken, morgenvroeg, en hij zou, waar het Victoria betrof, de scheepsarts in vertrouwen moeten nemen.

Mijn lieve Charles,

Vergeef me dat ik pas nu weer bij je ben en aan je denk. Je denkt vast dat ik je ben vergeten, maar dat is onmogelijk. Je zult altijd in mijn hart zijn.

En toch blijft de wereld niet zoals ze was toen jij ging, dat geldt zelfs voor mijn kleine wereldje. Ik heb een besluit genomen. Ik heb mijn oude leven vaarwel gezegd en zit nu aan boord van een oceaanstomer die over een paar dagen de oevers van de Nieuwe Wereld zal bereiken.

Plotseling ben ik weer een deel van die wereld die me koud liet toen jij net was overleden. Ik weet niet waarheen mijn weg me voert. Misschien zal er in de haven van New York een man op me wachten die ik enige tijd geleden, na jouw dood, heb leren kennen en die me zei dat hij op mij zou wachten.

Maar dat houdt me minder bezig dan wat ik je nu ga vertellen: ik heb vanavond aangezeten aan het diner. Toen ik in de deuropening van de feestelijk verlichte eetzaal stond en mijn blik over de tafeltjes liet gaan, werd mijn aandacht plots getrokken door een van de gasten. Ik denk dat ik hem alleen maar heb gezien, alleen naar hem keek, omdat hij mij met zijn blik riep. Het was alsof hij iets in me herkende en verbaasd was dat ik hier ben. En ik had opeens het gevoel dat ik mijn hart moest vasthouden omdat ik het anders zou verliezen. Mijn hart, dat zo lang stil heeft gestaan en niet meer wilde kloppen, niet meer wilde voelen, klopte opeens vol verwachting, vol verlangen, vol hoop. Alsof door zijn blik het leven terug in mijn aderen vloeide.

Daarvoor schaam ik me, want ik dacht te zijn gestorven toen jij heenging. Zonder jou wilde mijn ziel niet leven. Dat weet je. Als je nog ergens bent, dan weet je dat.

Ik werd naar een tafel geleid, de tafel waaraan hij zat. De enige stoel die nog vrij was, was de stoel tegenover hem.

Wij keken elkaar aan. Ik at en dronk, en praatte zoals ik in al die jaren niet meer heb gesproken, ontspannen, zonder pijn.

Mijn liefste Charles, ik weet niet of je me kunt begrijpen, of dat je het mij vergeeft. Maar zo was het, en niet anders, of ik het nu wil of niet.

Valentina legde haar pen neer, sloot het ronde zilveren deksel van het inktpotje en schoof het vel papier opzij. Toen ging ze voor de spiegel van haar wastafel staan en keek naar haar spiegelbeeld. Dat was zij, Valentina, op een oceaanstomer, op volle zee. En dit schip voer niet domweg rondjes, het had een bestemming. Ze trok de haarspelden uit de opgestoken wrong, zodat haar haar los over haar schouders viel. Ze pakte de borstel van de commode en begon met oude vertrouwde bewegingen haar haar te borstelen. Opeens kreeg ze een binnenpretje, omdat ze aan de kleine Charles moest denken. Hij had altijd graag naar haar zitten kijken wanneer ze haar toilet maakte, of met zijn kleine handjes haar haar gekamd, aandachtig, alsof hij een belangrijke taak vervulde.

De meeste passagiers op al die reusachtige stoomschepen die elke week vanuit Antwerpen, Rotterdam, Bremerhaven, Hamburg, Southampton, Liverpool of Cork naar de Nieuwe Wereld vertrokken, bezaten niets en waagden alles om een nieuw leven te beginnen. Ze wilden niet op een beter hiernamaals wachten. Ze wilden nu leven.

Ze koesteren allemaal hoop, dacht Valentina. Het hele schip zat vol mensen die niets te verliezen hadden, die in tegenstelling tot haar geloofden in de toekomst, die geloofden dat geluk mogelijk was, ondanks alles wat ze hadden meegemaakt. Ze gaven niet alleen hun oude vaderland op, het land waar ze veroordeeld waren geweest tot bittere armoede, zonder kans op verbetering, of waar ze slachtoffer van vervolging waren geweest, nee, ze waren ook nog bereid hun handen uit de mouwen te steken en nog meer onbekende ontberingen onder ogen te komen.

Valentina keek nadenkend naar haar spiegelbeeld.

Viktor had haar gedwongen de witte japon te dragen. Hij wilde dat ze weer net zo werd als vroeger, vóór het ongeluk. Voorzichtig stroopte ze de japon van haar lijf. 'Mijn betoverende, onschuldige Valentina,' had Viktor uitgeroepen toen hij haar twee jaar geleden voor het eerst in dit glanzende gewaad had gezien. Bewonderend had hij zijn grote handen om haar taille gelegd. 'Valentina, mijn duifje, kijk toch eens,' had hij gezegd. 'Kijk in de spiegel en zie hoe wonderschoon en breekbaar je bent.'

Ja, toen was ze nog nergens schuldig aan geweest en was de enige zorg die haar plaagde de vraag of ze wel zou kunnen zingen in een japon met zo'n strak aangesnoerd lijfje. Die avond had Viktor haar trots meegenomen naar het zomerbal in het Grand Hotel Cabourg, nadat ze Charles zelf had ingestopt en het kindermeisje de nodige aanwijzingen had gegeven.

Ja, ze was breekbaar, zoals Viktor zei. Het leven was breekbaar. Het zou nooit meer zo zijn als vroeger.

Maar misschien was er een toekomst.

Henri was nog niet moe. De avond was veel te onverwacht aan een einde gekomen toen de kapitein de mooie madame Meyer had meegevoerd en Thomas Witherspoon zich vervolgens had verontschuldigd. Henri besloot de salon op te zoeken, waar de Russen het zich gezellig hadden gemaakt. Het vertrek was uitgevoerd in rood pluche, en het geluid van voetstappen werd door dik tapijt gedempt. Het was verleidelijk om sigarettenas te laten vallen in de bloempotten die met de gebruikelijke palmen waren gevuld en kostbare Chinese overpotten hadden, maar de heren hielden rekening met de dames en trokken zich voor een rokertje in de herensalon terug.

Even vroeg Henri zich af waarom de Russen niet in de rooksalon zaten, maar al snel zag hij waarom ze voor de gemeenschappelijke salon hadden gekozen: hier stond een piano.

Ze herkenden Henri meteen en gebaarden dat hij bij hen moest komen zitten. Omdat hij Billie en Mr Brown nergens zag, deed hij dat.

Het echtpaar Borg zat met een paar andere echtparen te kaarten. De vader van de drie kinderen was de enige die een glas whisky voor zich had, af en toe tilde hij zijn glas op, bekeek het, stak het de barkeeper toe en liet het bijvullen.

Al snel begonnen de Russen te zingen. Een van hen, Wanja, nam plaats aan de piano, en hij had nog maar een paar toetsen aangeslagen of de anderen vielen hem al bij. Vooral Andrej Ostrowski bleek een prachtige, indrukwekkende stem te hebben, die deed vermoeden dat hij op dit gebied lessen had genoten.

Misschien kwam het door zijn Armeense grootmoeder, maar

Henri vond het helemaal niet erg dat zijn ogen vochtig werden toen Andrej Russische volksliedjes zong. De wodka vloeide rijkelijk en de Russen proostten uitbundig met hem. Henri hield ze aardig bij.

Al snel wekten de melancholische muziek, de enorme hoeveelheden alcohol en het lichte schommelen van het grote schip op een nog veel grotere zee, die zich tot aan het einde van de wereld leek uit te strekken, een zwaarmoedigheid in hem op, het gevoel eenzaam en verloren te zijn op een eindeloze nachtelijke oceaan, en misschien ook wel in het leven.

Henri verontschuldigde zich. Hij had frisse lucht nodig. Hij voelde zich misselijk, maar het was niet de wodka die hem naar het dek dreef. Het was het gevoel van eenzaamheid en ontevredenheid met zichzelf.

Hij leunde tegen de reling en keek omhoog naar de hemel, die echter zwaar bewolkt was. Wolken waren voor de maan geschoven, en in de schaarse open plekken in het wolkendek waren nauwelijks sterren te zien. De weinige die er waren oogden bleek en mat en doofden uit wanneer een wolk ervoor schoof.

Opeens moest Henri denken aan de dag waarop hij voor het eerst Lisettes naakte lichaam had gezien. Ze verdiende haar geld door op de academie model te staan, en op een dag vroeg hij of ze ook voor hem alleen wilde poseren, hoewel hij in die tijd op zwart zaad zat en zich eigenlijk helemaal geen eigen model kon veroorloven. Iedere schilder of beeldhouwer heeft nu eenmaal modellen met wie hij bijzonder graag werkt: weliswaar kan ieder model voor langere tijd de gevraagde pose aannemen, maar ze wekken lang niet allemaal de lust tot tekenen op.

Toen Henri Lisette voor de eerste keer zag, wist hij onmiddellijk dat zij zíjn model was. Ze deed meer dan een pose aannemen die de kunstenaar hielp de anatomie van het menselijk lichaam te bestuderen. Haar lichaam drukte overgave en hartstocht uit, weerstand en begrip, intelligentie en zinnelijkheid.

Ze vulde de houding die men haar vroeg aan te nemen met leven, ze werd wat Henri in zijn fantasie zag.

Aanvankelijk belichaamde ze wat hij dacht en voelde, maar later wekte ze de beelden in hem op.

Ze was zijn muze.

Henri verlangde terug naar die wereld waarin Lisette had bestaan. Naar een wereld die voorgoed voorbij was.

Dinsdag 26 juli

'Ze was een verstekelinge, dat wist intussen iedereen. Ik denk liever niet aan wat ze moet hebben gedaan om de kapitein zover te krijgen dat hij haar naar het diner in de eetzaal van de eerste klasse begeleidde, maar ze beantwoordde onze blikken in elk geval alsof ze een koninklijke hoogheid was. Schaamteloos, dat is het enige woord dat ik ervoor kan bedenken. Doorgaans worden verstekelingen opgesloten zodra ze zijn ontdekt, maar blijkbaar weet zij het andere geslacht om haar vinger te winden. Alle mannen zaten haar met open mond aan te staren.

En als u het mij vraagt, is ze helemaal niet zo beeldschoon. Blijkbaar moet je als vrouw van een bepaalde soort zijn, andere dames, die er even fraai uitzien, krijgen minder aandacht.

Hoe dan ook, ik vond het, zeker met het oog op de jonge meisjes aan boord, allemaal erg onrustbarend. Haar gedrag had iets onbetamelijks, ook al deed ze alsof ze beter was dan wij allemaal bij elkaar.

Ik heb mijn dochter Lily in elk geval verboden met haar te praten. Jonge vrouwen zijn altijd zo romantisch en onrijp en neigen ertoe met zulke personen te dwepen.

Misschien heeft men dit verhaal gewoon te veel opgeklopt, kijk toch eens wat een meute journalisten zich hier heeft verzameld! Ze is in elk geval wel opgebloeid door al die aandacht die haar aan boord ten deel viel.

Tja, sommige mensen moeten nu eenmaal altijd in het middelpunt van de belangstelling staan.'

– HERMINE MEY, PASSAGIER AAN BOORD VAN DE KROONLAND

Victoria Witherspoon had in tijden niet zo slecht geslapen en zei dan ook tegen haar broer, toen die 's ochtends op haar deur klopte: 'Ga jij maar ontbijten, Thomas, ik heb geen honger. Ik vraag wel of het kamermeisje me een kopje thee wil brengen.' Toen ze zijn gezicht zag, voegde ze eraan toe: 'Maak je geen zorgen, ik heb alleen slecht geslapen.' Ze wreef even over haar slapen en duwde hem zachtjes in de richting van de deur.

'Maar je moet toch iets eten, Victoria,' drong Thomas bezorgd aan. 'Heb je weer nachtmerries gehad? Natuurlijk maak ik me zorgen als ik je zo zie!' Hij vreesde altijd voor een zware migraine wanneer hij zijn zuster zo zag. 'Zal ik dokter Kirschbaum vragen of hij even bij je komt kijken?'

'Onzin,' zei Victoria beslist, maar het deed haar goed dat Thomas zich zorgen over haar maakte. 'Kom na het ontbijt maar even langs. Ik neem vandaag de tijd om me aan te kleden, drink een kop thee, en dan zien we wel verder.'

Ze greep hem bij zijn arm en duwde hem nu echt naar buiten. 'Je zult echt niet alleen aan het ontbijt hoeven zitten.' Haar stem klonk vinniger toen ze dat zei. Deze keer zweeg Thomas niet, maar merkte op scherpere toon dan gewoonlijk op: 'Na het ontbijt wil ik even met je praten. Het is belangrijk.'

Na die woorden liet hij zijn zus alleen.

Thomas had gelijk: Victoria had nachtmerries gehad, of liever gezegd, een nachtmerrie die haar al sinds haar twaalfde plaagde. De droom over het brandende huis. Het was altijd hetzelfde huis en altijd hetzelfde tafereel dat ze voor zich zag: de keuken, de salon, alles stond in brand en iedereen liep te schreeuwen. Victoria weet dat ze terug moet, de vlammenzee in. Ze moet iemand redden, maar ze weet niet wie. Ze hoest, ze stikt bijna door de rook, haar kleren vatten vlam. Ze wordt wakker voordat ze weet of de redding is gelukt en of ze het zelf heeft overleefd.

Vaak was de nachtmerrie, ook in dat opzicht had Thomas gelijk, de voorbode van een heftige migraineaanval die Victoria weerloos maakte en haar aan haar bed kluisterde. Een aanval die de hele wereld in duisternis en pijn dompelde.

Thomas. Hij kende haar zo goed, bijna beter dan ze zichzelf kende. Victoria nipte aan haar thee. De geur van pepermunt deed haar goed.

Zoals Thomas gisteren bij de aanblik van die vrouw was verstard! Ze moest hem nu helpen het hoofd koel te houden, want het was zonneklaar dat zijn gezonde verstand hem in de steek dreigde te laten. Doorgaans was hij nooit zo onbezonnen, en daarom kwam het nu op haar, Victoria, aan. Ze moest Thomas duidelijk zien te maken dat deze vrouw niet zijn toekomst kon zijn. Dat kon ook niet. Ze had misschien wel veel geld, maar gedroeg zich beslist niet volgens de etiquette. Wie weet wat ze in het verleden had uitgespookt, of waartoe ze in staat zou kunnen zijn! Misschien zou ze zich wel aan Thomas vastklampen alsof hij een reddingsboei was, of misschien zou ze hem gebruiken om toegang te krijgen tot de Verenigde Staten of daar te kunnen blijven. Wat ze ook in haar schild voerde, één ding stond voor Victoria als een paal boven water: Thomas zou met haar nooit gelukkig worden.

Thomas Witherspoon snelde, niet zonder schuldgevoel jegens zijn door een slechte nachtrust geplaagde zus, naar de eetzaal, waar hem een bittere ontgoocheling wachtte: Valentina zat niet aan het ontbijt. Omdat hij niet de minste behoefte voelde zich met iemand anders te onderhouden, liep hij verder naar de spreekkamer van de scheepsarts, vastbesloten hem te vragen om even bij

Victoria te gaan kijken. Maar ook de arts was er niet.

Nadat hij de kamer leeg had aangetroffen, zette hij zijn zoektocht op het promenadedek voort. 'Geloof me, ik heb het met veel genoegen gedaan,' hoorde hij daar een dame met resolute stem tegen dokter Kirschbaum zeggen. 'Ze heeft zich ook zeer erkentelijk getoond voor mijn aanbod, al zag ik dat ze mijn creaties met een zekere scepsis bekeek.'

De dame, die met de arts over het dek heen en weer wandelde, vervolgde: 'Ik kan u niet zeggen of ze de kleding ook werkelijk zal dragen, maar meer kan ik op dit moment niet voor madame Meyer doen.'

Het tweetal nam plaats op een bankje, en Thomas bleef aandachtig luisterend bij de reling staan.

'O, u hoeft zich niet ongerust te maken,' hoorde hij de arts zeggen. 'Het was niet meer dan een ideetje van me, maar ik ben u zeer dankbaar dat u madame Meyer uw kleding hebt aangeboden.'

De corpulente dame knikte. Haar ronde gezicht met de krachtige, geprononceerde kin leek van nature strijdlustig te zijn, maar ze deed nu haar best mild over te komen. Ze was een opvallende verschijning, zeker omdat ze geen korset droeg. Onder een groene, versierde bolero droeg ze een japon van paars fluweel, die wijd golvend rond haar mollige gestalte viel.

'Ja, al voel ik me toch een tikje afgewezen,' zei ze, en na even te hebben nagedacht, ging ze gekrenkt verder: 'Alsof mijn kleding een huidaandoening zou veroorzaken! Ach, er zijn nu eenmaal altijd vrouwen die zich met de reformbeweging geen raad weten.' Ze zweeg opnieuw, en dokter Kirschbaum wachtte geduldig af.

'Toch zal ik die kleren moeten laten opknappen voordat ik ze in New York kan laten zien...'

'U bent uitzonderlijk genereus geweest,' zei dokter Kirschbaum. 'Mocht madame Meyer uw aanbod niet willen aannemen en besluiten uw kleren niet te dragen, dat heeft dat – daar ben ik zeker van –

niets met u of uw collectie te maken, maar alles met persoonlijke redenen van madame Meyer, die wij geen van beiden kennen.' Daarop stelde hij voor een kop thee of chocolade te laten brengen.

Madame Klöppler knikte kort en vervolgde toen: 'Onze reformbeweging stoot hier en daar nog steeds op onbegrip, of zelfs op afwijzing.' Ze keek de scheepsarts met een warme blik aan en zei: 'U zei al dat het altijd even duurt voordat nieuwe ideeën voet aan de grond krijgen, ook in de medische wereld. Dat is dan een ervaring die we delen.' Haar stem klonk zachter, maar toen flakkerde haar wrevel voor de allerlaatste keer op: 'Ik kan me alleen niet voorstellen dat men liever de hele dag en avond in een dergelijke strak ingeregen japon...'

De zin waaide weg op de wind. Ze wendde zich weer naar dokter Kirschbaum en vroeg hem zijn opvattingen over lichaam en ziel, en dan vooral de ziel, met haar te delen.

Thomas wilde het gesprek niet onderbreken, maar besloot eerst zelf bij zijn zuster te gaan kijken. Wie weet was een migraineaanval haar bespaard gebleven.

Billie, dacht Henri toen hij voor de spiegel zijn das stond te strikken. Ik zal je na het ontbijt onmiddellijk gaan zoeken en je uitnodigen voor een wandeling op het promenadedek of een partijtje tafeltennis, en ik zal vergiffenis vragen omdat ik te laf was om met jou aan dezelfde tafel te dineren. Je hebt immers gelijk. Ik wil geen spanningen, geen problemen. Ten slotte speelt ook Mr Brown een rol in jouw leven.

Henri was al op weg naar de deur toen er werd geklopt.

'Goedemorgen, monsieur, er is een schrijven voor u...' Een scheepsjongen hield een zilveren dienblad met een briefje erop omhoog.

Het was van Billie.

Henri, zou u naar het promenadedek willen komen? Nu meteen?
Billie Henderson

Het leek alsof ze die paar regels overhaast had neergeschreven, en Henri greep naar zijn overjas en haastte zich naar buiten.

Het was fris aan dek. Hij zag haar onmiddellijk, ze stond er kleumend bij, beide handen rond haar korte zwarte paletot boven haar zalmkleurige jurk geklemd. Een klein zwart hoedje was met een lint onder haar kin vastgebonden, zodat de wind er geen vat op kreeg.

'Goedemorgen, Mrs Henderson. U hebt me laten roepen, en daar ben ik dan. Uw bereidwillige dienaar.' Henri kuste haar hand, die in een zwarte handschoen was gestoken. Ze keek hem geërgerd aan en tussen haar wenkbrauwen vormde zich een strenge rimpel.

'Goedemorgen, Henri. U kunt uzelf beter niet als mijn dienaar betitelen nadat u bijna mijn minnaar bent geweest. Zeker niet nadat u een paar uur lang uit mijn leven verdween om u te kunnen wijden aan een dame in een witte avondrobe, voor wie u slechts luttele uren na ons samenzijn een plaats naast u hebt vrijgehouden.'

'Ik heb geen plaats voor madame Meyer vrijgehouden. Het was toeval dat men haar de stoel naast de mijne toewees.'

'Ze heet dus madame Meyer,' onderbrak Billie hem, 'en haar huid is wit als sneeuw. Dat is weer eens wat anders dan de vele zomersproeten van die middag.'

Met haar sarcasme kwetste ze zichzelf meer dan ze Henri pijn deed: in haar ooghoek zag hij een traan hulpeloos trillen, maar de druppel weigerde langs haar wang naar beneden te glijden. Henri leidde haar naar een ligstoel en zei: 'Billie, ga toch even zitten, zo ja. En ik zal het nogmaals zeggen: het was toeval dat madame Meyer gisteravond naast mij zat. Gelooft u toch wat ik zeg.'

'Ik heb niet veel tijd,' antwoordde ze met tegenzin, terwijl hij een tweede stoel bijtrok en naast haar ging zitten. 'We hebben al ontbeten en William zit in de herensalon. Hij zal me zo dadelijk ophalen.

Dus mocht u iets willen uitleggen, dan moet u snel zijn. Ik ben vooral benieuwd waarom u mij gisteravond hebt gemeden.'

Henri knikte.

'Ik hoop dat u een goed excuus hebt bedacht.'

Hij schudde zijn hoofd. 'Ik heb nergens spijt van en wilde zeker niet doen alsof er niets is gebeurd, maar ik had niet verwacht dat u door mij in huilen zou uitbarsten. Hoe had ik moeten zien dat het niet goed met u ging? Ik wilde alleen maar uw zomersproeten zien, ik wilde u zien lachen. Toen u zo nadrukkelijk het nummer van uw hut noemde, heb ik dat als een uitnodiging opgevat om naar u toe te komen. Ik dacht dat me een blijspel, en geen treurspel, te wachten stond toen ik aan uw deur klopte. Ik weet het, dat is niet erg deugdzaam van me, maar zo was het nu eenmaal. Ik nam aan dat u bepaalde betrekkingen met Mr Brown onderhoudt – vergeeft u me deze insinuatie, maar ik wil het kort houden, en daarom zal ik geen blad voor de mond nemen – en ik wilde aan deze liaison… Daaraan wilde ik niet tornen. We kennen elkaar immers niet, en ik weet niet in welke verhouding u tot Mr Brown staat. Ik wil niets kapotmaken.'

Ze keek Henri met grote ogen aan. 'Nee,' zei ze langzaam, 'dat is waar, we kennen elkaar niet. Maar wat ik nu begrijp, is dat u me niet eens wilt leren kennen, dat dat nooit uw intentie is geweest. Dat het wel zo praktisch voor u was als ik een verhouding had met Mr Brown, omdat u zich dan simpelweg kon amuseren, zonder verdere verplichtingen. Een klein zomeruitstapje, zogezegd, waarbij u een beetje verdwaald bent…'

Henri zweeg. Hij wilde niet tegen haar liegen; hij vond haar een opmerkelijke, aantrekkelijke vrouw en begeerde haar, en hij had de indruk gekregen dat dat gevoel wederzijds was. Hij wist niet goed waarom, maar het was duidelijk dat ze geen onervaren jonge vrouw was die een beschermde opvoeding had genoten. Het laatste wat hij wilde, was haar kwetsen.

Billie stond op uit haar ligstoel. Haar gezicht verried niets. Ze greep naar haar kleine paraplu zoals een kind naar een teddybeer zou grijpen.

Voordat ze weg kon lopen, pakte Henri haar bij haar arm: 'Ik heb u gisteravond niet gemeden. Maar ik wilde me niet bij u en Mr Brown voegen zonder te weten waarom u moest huilen.' Toch een leugentje. Hij verbeterde zichzelf meteen. 'Ik geef het toe, ik wilde niet graag bij uw zaken betrokken worden. Maar ik zou wel graag willen weten wat u aan het huilen maakt. Ik mag u graag. Geloof me…'

Ze trok haar hand uit de zijne, wendde zich af en zei, terwijl ze wegliep: 'Doet u geen moeite. Spaar uw krachten voor madame Meyer. U hoeft geen belangstelling voor mij te hebben, en u hoeft ook geen moeite te doen me beter te leren kennen.'

'Sommige mensen vallen op, andere niet. Zij is iemand die de aandacht naar zich toe trekt. Waarschijnlijk zonder het zelf te merken. De kapitein leidde haar persoonlijk de eetzaal binnen, vermoedelijk om haar te beschermen tegen al die nieuwsgierige blikken.

Ik heb kinderen, mij ziet niemand meer staan. Ik ben niet meer dan de moeder van mijn kinderen. Ik had gemakkelijk jaloers kunnen zijn toen ik zag hoe iedereen naar haar keek, nieuwsgierig, vol bewondering. Maar ik dacht alleen maar: ze heeft alles achter zich gelaten. Haar gezin, haar thuis, haar bezittingen, haar stad, haar land. Alles wat ze had.

Ze is vrij.

Ze staat daar in haar witte japon, en dat is het enige wat ze heeft: zichzelf en die japon.

Wij wisten intussen al dat ze zonder bagage aan boord was gekomen, zulke dingen spreken zich rond.

Ik dacht: Ze is vrij. Ze heeft alle ballast afgeworpen. Er is alleen nog maar de aarde, de zee, de hemel en zij.

Ja, toen was ik jaloers, ik benijdde haar ongelooflijk veel. Maar het was geen afgunst. Ik bewonderde haar moed, maar voelde ook hoe treurig dat was: dat ze alles in de steek moest laten, alleen om zichzelf te kunnen zijn.

Dat men de vrijheid zo duur moet betalen, met alles wat iemand dierbaar is. Maar kijk naar mij, betalen moeten we allemaal. Zelf ben ik helemaal niet meer degene die ik wilde worden. Ik ben niets meer, ook al ben ik echtgenote en moeder van drie kinderen. Daar denk je natuurlijk niet elke dag aan, dan heb je geen leven, maar zij bracht het me haarscherp in herinnering.

Ik zou niet met haar willen ruilen. Ik hou van mijn kinderen, ik zal ze nooit in de steek laten. Maar op dat moment wist ik ook dat ik ongelukkig ben.'

— MARIA VANSTRAATEN, PASSAGIER AAN BOORD VAN DE KROONLAND

De woestenij van grijsblauw water waar het schip doorheen kliefde, maakte Henri's wrevel alleen maar groter. Hopelijk weet de kapitein in elk geval wel wat zijn doel is, dacht hij grimmig.

Zelf wist hij niet eens meer of hij koffie of thee bij het ontbijt wilde, en hij wist al helemaal niet meer waarom hij zich eigenlijk had laten overhalen om aan boord van dit vermaledijde schip te gaan. Hij lag met de hele wereld overhoop. Wat gingen Billie en Mr Brown hem eigenlijk aan, of de verlegen madame Meyer, in wie niemand zich kon verplaatsen en die om een of andere, hem onbekende reden haar verstand leek te hebben verloren. Wat kon hij eraan doen dat Lily in een rolstoel zat, waarom zou hij zich interesseren voor een mannenkliekje als dat van de Russen, of voor gezinnen wier problemen hij niet deelde?

Hij wilde van dit schip af. Nu, meteen. Hij had genoeg van het knusse leventje en de omgang met anderen. Hij wilde naar zijn atelier en daar ongestoord werken. Hij wilde zo hard het gips van een gietsel slaan dat de brokken in het rond vlogen, hij wilde op de dunne roze gipslaag stuiten die het aardewerk als een kostbare huid omgaf. Hij wilde met een lus van draad de vochtige klei uit de houten vorm krabben en daarna de schone vorm in zijn hand houden. Iets wat hij zelf had geschapen. Hij zou de vorm uitgieten, en het bronzen gietstuk, het uiteindelijke beeld, zou weerspiegelen wat hij dacht en voelde. Het zou uitdrukken hoe hij de wereld zag. Hij wilde niets weten van het leven van anderen, van mensen die hij na deze overtocht nooit meer zou zien. Ze zouden allemaal verdergaan met hun eigen leven, net als hij, met meer of minder inspiratie. Madame Mey zou haar dochter manieren leren, of haar als het even kon onopvallend uit het zicht houden. Mr Witherspoon zou met zijn zus blijven reizen totdat ze allebei oud waren en eruitzagen als een stel gedroogde pruimen. De kinderen van Vanstraaten zouden slagen in het leven, of misschien wel mislukken. Madame Borg zou monsieur Borg waar mogelijk terechtwijzen, en het liet hem bovenal volslagen koud wat Billie en madame Meyer met hun leven zouden doen.

'Jij hebt toch alleen maar belangstelling voor jezelf,' hoorde hij Lisette achter zich zeggen. 'Dat weet ik toch?'

Henri's wrevel vlamde tot een plotselinge toorn op. Hij draaide zich om, maar zag niemand die hij van repliek kon dienen.

Natuurlijk niet, dat was dom van hem. Lisette was niet hier. Maar het was wel haar stem geweest. Henri ging op een van de banken aan dek zitten. Hij voelde zich zwak, zijn maag leek zich om te draaien.

Billie.

Lisette.

Op de een of andere manier kwam hij op dit godvergeten schip maar niet aan ontbijten toe.

Ach ja, dat gedoe met die jurk. Wat vreemd dat hij daar nu opeens aan moest denken. Een japon van ragfijne, champagnekleurige tafzijde, met een rok zo wijd als die van een baljurk en een strak, geborduurd lijfje. Het was een prachtige jurk geweest. Lisette had geen geld, dat had ze nooit gehad, en van haar vader kreeg ze geen centime. Waar had hij die ook vandaan moeten halen, waar hij zelf niets had? Henri kon Lisette wel uittekenen in altijd maar weer diezelfde zwarte lakense rok en de witte blouse met de opstaande kraag.

En toen opeens deze jurk.

Op een middag was ze opgewonden het atelier binnen gerend. De stad zwoegde onder een drukkende zomerhitte, en ze veegde haar bruine krullen, die zich zoals gewoonlijk niet lieten temmen, van haar verhitte voorhoofd. Het was de zomer van 1901. Ze had een groot pakket onder haar arm en zei: 'Ik moet je iets laten zien. Wacht even!' En ze was in de keuken verdwenen.

Toen ze weer tevoorschijn kwam, was ze veranderd in het mooiste meisje dat hij ooit had gezien. De zachte kleur van de jurk gaf haar gezicht een zoete zweem, en haar bruine ogen lichtten op. Ze had zelfs een beetje rouge op haar lippen gedaan. Voor het eerst zag hij hoe klein en tenger ze was, ondanks al haar hartstochtelijke levenslust. Ze ging voor hem staan, stralend, spreidde de armen uit, draaide driemaal om haar as en vroeg: 'En, wat vind je ervan?'

'Je ziet er adembenemend uit,' had hij geantwoord.

'Echt?'

'Ja. Echt.'

'Neem me dan in je armen,' had ze hem overmoedig opgedragen. Dat had hij gedaan, met enig ongeduld, want hij was druk bezig met een werkstuk dat hij wilde afmaken.

'Deze jurk heeft Giselle voor me gemaakt. Ik heb een tekening verkocht, stel je voor! Verkocht! Aan monsieur Moreau-Nélaton! Voor veel, heel veel geld. En van het geld heeft Giselle deze jurk voor mij gemaakt.'

Ze keek naar beneden en trok de glanzende tafzijde van de rok uiteen, alsof ze een schort openvouwde. 'Weet je waarom ik deze

128

jurk wilde hebben? Weet je waarom ik hem heb aangetrokken?'

'Nee,' had hij geantwoord, in gedachten alweer half bij zijn werk. 'Zeg, zullen we zondagavond uitgaan?' Hij probeerde het gesprek kort te houden. 'We zouden naar de opera kunnen gaan, dan kun jij deze jurk dragen. Ik moet deze buste voor madame Latour dit weekeinde afleveren, maar ik wil de zondagavond voor ons vrijhouden.'

'Maar ik…' zei ze bedrukt, 'ik heb hem aangetrokken omdat…'

'Lisette,' had hij ongeduldig gezegd, 'kunnen we een andere keer verder praten?'

'Maar ik wilde je iets heel belangrijks vertellen. Ik… wilde je vragen… of jij met mij… Of wij…'

'Lisette, luister, ik moet dit echt even afmaken. Zondag kun je me alles zeggen wat je wilt…'

'Het is al goed,' had ze geantwoord. Ze legde de bloemen die ze had meegebracht op zijn werktafel en verliet het atelier zonder nog een woord te zeggen.

Op de overloop van het bovendek vochten de twee zoons van de familie Vanstraaten aan de tafeltennistafel een heftig duel uit, waarbij ze elkaar de huid vol scholden.

Hun vader zat in de salon te lezen, maar keek op van zijn boek toen Henri binnenkwam en vroeg hem bij hem aan tafel plaats te nemen. Bij gebrek aan een excuus, en omdat hij rond deze tijd toch al niet meer op ontbijt hoefde te rekenen, ging Henri zitten en liet een kop koffie komen.

Hoewel monsieur Vanstraaten in het openbaar deed voorkomen alsof zijn vrouw en kinderen hem tamelijk koud lieten, bleek uit het gesprek dat volgde dat hij een bijzonder gedetailleerde voorstelling had van de toekomst van zijn zoons.

'Willem lijkt op mij,' zei monsieur Vanstraaten tevreden. 'Ik zie nu al de ingenieur in hem. Hij is een serieuze jongen, over wie ik me geen zorgen hoef te maken. Hij is nog maar dertien, maar begrijpt nu al waar het in het leven om draait.'

'Waar draait het in het leven dan om?' vroeg Henri verrast en met oprechte belangstelling.

'Wel,' Vanstraaten keek verbaasd op, 'hij weet bijvoorbeeld dat hij een fatsoenlijk beroep zal moeten kiezen, zodat hij een gezin kan onderhouden, en ik denk dat hij in zijn beroepsleven net zo serieus zal zijn en zijn doelen zal kunnen bereiken. Ik heb hem van kleins af aan geleerd dat het leven geen spel is.' Hij zweeg even en leek opnieuw tot een bepaalde slotsom te komen. 'We hebben allemaal zo onze dromen, maar het is beter die bijtijds te begraven.'

Weer zweeg hij even, bijna alsof hij hoopte dat Henri hem zou tegenspreken. Toen dat niet gebeurde, schraapte hij zijn keel en vervolgde, terwijl zijn handen de leuningen van zijn stoel stevig omklemden: 'Ja, we moeten onze dromen begraven. Dromen zijn bedrog. Zo is het leven.' Hij sloeg met zijn handpalmen op de kussens van de armleuningen. 'Ik wil niet dat mijn kinderen door dat inzicht worden verrast en dan de kluts kwijtraken. Ik wil hen op het leven voorbereiden. Leven betekent verplichtingen aangaan en die vervullen. Anselm, de jongste, heeft moeite met dat inzicht. Hij heeft een sterke hand nodig, die hem op het juiste pad houdt. Hij is snel afgeleid en met zijn elf jaar nog heel kinderlijk.'

Het gezicht van monsieur Vanstraaten drukte onbehagen uit, alsof hij alles wat kinderlijk was verdacht vond en aanzag voor een tegendraadse kracht die grote schade zou kunnen aanrichten.

'Hij beuzelt, hij treuzelt, hij interesseert zich voor alles en niets en is op school moeilijk onder controle te houden. Ik moet zijn meester telkens aansporen om hem kort te houden.' Vanstraaten keek Henri streng in de ogen, alsof die dezelfde tekortkomingen bezat. 'Thuis gaat het net zo. Die jongen is onrijp en zal nog veel moeten leren voordat hij begrijpt wat het inhoudt om rechten te studeren.' Hij streek over zijn verzorgde baard en leek blij te zijn dat hij zijn eigen kindertijd achter zich had gelaten.

'Weet hij nu al dat hij later rechten wil studeren?' vroeg Henri met toenemende verbazing.

'Ik ga ervan uit dat hij rechten wil studeren. Ouders dienen te weten waarin zij hun kinderen ondersteunen. Hebt u kinderen?'

'Nee,' antwoordde Henri aarzelend, en hij veegde verlegen met zijn hand een onzichtbaar stofje van zijn broekspijp, 'maar gaat u verder, ik vind het interessant te horen wat het vaderschap voor u inhoudt.'

Monsieur Vanstraaten knikte instemmend en ging toen verder: 'Het is niet eenvoudig. Iedere vader wil immers het beste voor zijn kinderen, maar wil ook nuttige leden van de maatschappij van hen maken. Mogelijk ben ik te streng, dat weet ik niet, maar ik heb voor beide jongens knapenkorsetten laten komen. Even van man tot man: ze bereiken nu allebei de leeftijd waarop jongens ertoe neigen hun krachten te verspillen en zichzelf te beschadigen. Deze korsetten worden door veel artsen aanbevolen. Ze voorkomen dat jonge knapen zichzelf... eh, tja... beschadigen...' Hij trok een gekweld gezicht, en Henri wist niet of hij aan zijn eigen jeugd dacht of plotseling medelijden met zijn zoons kreeg.

Hoe gaat monsieur Vanstraaten met zijn eigen lichaam en zijn eigen behoeften om? vroeg Henri zich af. Die zullen soms toch ook in tegenspraak zijn met wat plichtgevoel en de maatschappij van een mens verlangen? Vanstraaten had de neiging tot een zekere wreedheid die de man zelf ongetwijfeld als een teken van een sterk karakter beschouwde.

Uiteindelijk kwam het gesprek op de dame in het wit.

'En,' vroeg Henri, 'wat vindt u van de mooie blinde passagiere, van madame Meyer?'

'Ik weet niet wat ik van haar moet vinden,' zei monsieur Vanstraaten, 'wit als sneeuw, rood als bloed, zwart als ebbenhout...' Zijn lach klonk als een droge hoest. 'Enfin, iets in die trant. Ze is als de dromen die ik heb begraven. Romantisch. Vroeger dacht ik dat vrouwen zo waren, dat de liefde zo was, een sprookje, een droom. Maar zo is het niet. Vrouwenharten zijn bedrieglijk. De mooie vrouwen hebben het gemakkelijker en kloppen de mannen het geld uit de zak, maar bedrieglijk zijn ze allemaal. Het leven verlangt discipline van ons, en men doet er goed aan vrouwen kort te houden. Hetzelfde geldt voor ons eigen vlees.' Hij nam een slok water en tuitte toen zijn lippen. Henri keek gefascineerd naar het kusmondje dat monsieur Vanstraaten trok.

'Het is waar dat ik, toen ik haar zag, heel even dacht aan mijn oude dromen, aan mijn oude verloren dromen. Het was een weemoedig moment. Maar daar moet men mee leren leven. Dromen hebben tegenwoordig betrekking op techniek, op wetenschap. Op de toekomst. Het menselijk geluk is slechts een toevallige verschijning, een illusie, en streven naar een dergelijk geluk is niet meer dan toegeven aan onze zwakheden.' Zorgvuldig vouwde hij het servet op dat de kelner samen met de koffie had gebracht en eigenlijk voor Henri was bestemd.

Tijdens hun gesprek had monsieur Vanstraaten het geen enkele keer over zijn dochtertje gehad, en Henri vroeg zich heel even af of hij de man niet naar zijn plannen voor zijn dochter moest vragen. Hij haalde echter zijn zakhorloge uit zijn vestzak, klapte het open en zei na een blik op de wijzerplaat: 'Als u mij wilt verontschuldigen?' Hij stond op en boog lichtjes. 'Ik denk dat ik voordat de lunch wordt geserveerd nog een wandelingetje over het dek ga maken. Mijn hartelijke groeten aan uw vrouw.'

Henri had het gevoel dat hij door een molenrad was voortgedreven. Hij ademde diep in en daarna langzaam en opgelucht weer uit.

Met een plotselinge opwelling van dankbaarheid en liefde dacht hij aan zijn eigen vader, die het goed had gevonden dat Henri bij steenhouwer Jan Niehus in de leer was gegaan, hoewel het heel goed mogelijk was dat hij Henri's toekomst net zo uitgestippeld voor zich had gezien als monsieur Vanstraaten het toekomstige leven van zijn zoons. Dat Henri's vader van een mogelijk plan was afgeweken, getuigde van een groots karakter. Maar Henri was dan ook nooit systematisch geslagen omdat zijn vader dacht dat dat zijn opvoeding ten goede kwam, en over de vraag of zijn zoon masturbeerde, had de man vermoedelijk nooit echt nagedacht.

En hoewel Henri atheïst was, sloeg hij drie kruisen, als eerbetoon aan zijn Armeense grootmoeder, of zij nu voor het karakter van zijn vader verantwoordelijk was of niet.

Dokter Kirschbaum sloot zachtjes de deur van de hut en knikte toen Thomas Witherspoon hem vroeg of hij hem nog even kon spreken. 'Dan kunnen we het beste even naar mijn spreekkamer gaan,' meende hij. Hij liep al vooruit. 'Uw zus heeft nu rust nodig.'

Hij wond er geen doekjes om. 'Mr Witherspoon, ik heb uw zuster een injectie met morfine gegeven die er waarschijnlijk voor zal zorgen dat ze heel lang zal slapen. Het is het enige middel om migraine te bestrijden. De pijnen zijn ondraaglijk, en morfine is het enige wat helpt.'

'Dat weet ik,' zei Thomas. 'Mijn zus lijdt al zo lang als ik me kan herinneren aan migraine. Ik ken intussen de voortekenen. Eerst heeft ze nachtmerries, slaapt ze slecht, en dan weet ik al hoe laat het is. Ze krijgt thuis ook morfine.' Thomas klemde zijn handen ineen en beende voor de schrijftafel van de scheepsarts onrustig heen en weer.

'Vraagt u zich soms af of uw zuster aan morfine verslaafd is?' Dokter Kirschbaum vroeg het zo onomwonden dat Thomas ogenblikkelijk weer ging zitten.

'Ja, ik denk dat ze verslaafd is. Morfine is werkelijk het enige middel dat helpt, en ze krijgt het al jaren toegediend. Maar het is ook het enige middel dat haar grootste angst kan onderdrukken, namelijk de angst dat ik haar alleen zal laten. Soms vraag ik me wel eens af of ik misschien de oorzaak van haar aanvallen ben. Misschien doe ik iets wat haar ongerust maakt, of is het het idee dat ik zonder haar op reis zou kunnen gaan, of..'

'Bent u eigenlijk getrouwd?' onderbrak dokter Kirschbaum hem vriendelijk.

'Nee, ik ben niet getrouwd. Ik moet vanwege mijn beroep erg veel reizen. Als ik een gezin zou hebben, zou ik dat maar zelden zien.' Hij stond op en begon weer te ijsberen.

'En uw zuster begeleidt u op uw reizen?' vroeg de arts, zonder op antwoord te wachten. 'En ze ziet erop toe dat u geen vrouw zult leren kennen die bij u in de smaak zal vallen.' Hij leunde achterover in zijn stoel en bekeek Thomas aandachtig.

Thomas veegde een lok blond haar van zijn voorhoofd, ging weer zitten en keek dokter Kirschbaum met een plotselinge, ontwapenende glimlach aan. Rond zijn ogen verschenen charmante lachrimpeltjes.

De arts keek hem onderzoekend aan en zei toen: 'En zo nu en dan komt het natuurlijk voor dat een mooie vrouw verliefd op u wordt. Dat moet bijzonder moeilijk zijn voor uw zuster, die het blijkbaar als haar taak ziet u te beschermen.'

Thomas knikte. 'Ja, dat gevoel heeft ze inderdaad. Dat is altijd al zo geweest. Mijn zuster is tien jaar ouder dan ik, en hoewel we altijd een kindermeisje hebben gehad, heeft zij zich als een moeder om mij bekommerd.'

Thomas zag dat de dokter hem vragend aankeek en legde uit: 'Onze moeder overleed toen Victoria twaalf was en ik twee. Onze vader is nooit hertrouwd.'

Dokter Kirschbaum wilde vragen hoe hun moeder was gestorven, maar Thomas Witherspoon, die bevrijd oogde, had weer het woord genomen: 'Als kinderen werden we altijd goed verzorgd, mijn vader deed heel erg zijn best. Hij heeft zich zo goed mogelijk om ons bekommerd. Maar Victoria was er altijd, ze heeft me nooit uit het oog verloren. We waren onafscheidelijk, en dat is eigenlijk best bijzonder als het leeftijdsverschil zo groot is.'

'Wanneer is haar migraine begonnen? Weet u dat nog?'

'Ik weet het niet meer precies,' antwoordde Thomas. 'Ze was nog jong, misschien een jaar of vijftien, zestien. Ik kan dat niet precies zeggen.'

'En omdat ze aan migraine leed, kon ze niet naar partijtjes of bals gaan, zoals andere jonge meisjes, nietwaar? En verliefd worden, zich verloven en trouwen, zoals haar vriendinnen…'

Thomas Witherspoon antwoordde niet, maar dokter Kirschbaum wist ook zo wel dat hij het bij het rechte eind had. Hij wist niet wat hij moest doen nu hij op de grenzen van zijn kennis was gestuit, maar wat hij wel zeker wist, was dat morfine geen oplossing bood.

'Thomas, wat lief dat je naar me komt kijken!'

De morfine had Victoria onmiddellijk verlichting gebracht, en toen de razende hoofdpijn was weggeëbd en de misselijkheid was afgezakt, was ze ingedommeld. Thomas had haar laten slapen en zag dat ze nu niet alleen wakker was, maar ook kalm en ontspannen, zo ontspannen dat hij besloot het gesprek met haar te voeren dat hij die morgen al had aangekondigd. Hij ging naast haar bed zitten en pakte haar hand.

'Victoria,' zei hij, 'ik ben blij dat het weer beter met je gaat. Ik heb met de scheepsarts gesproken en zou het graag met jou over dat gesprek willen hebben.' Hij kon merken dat het idee haar niet aanstond, maar daardoor liet hij zich niet ontmoedigen.

'Ik maak me al enige tijd zorgen vanwege die morfine. Ik weet dat er geen ander middel tegen de migraine is en dat het werkt, en natuurlijk wil ik niets liever dan dat je weer beter wordt. Maar iedereen weet ook dat morfine verslavend is, en dokter Kirschbaum heeft bevestigd dat dat bij jou ook het geval is…'

'Thomas, heb ik je toestemming gegeven mijn persoonlijke zaken te bespreken?' viel Victoria hem opgewonden in de rede. 'En nog wel met een scheepsarts die zo over mij denkt! Mijn kwalen zijn mijn eigen zaak…'

'Daarin vergis je je,' onderbrak Thomas haar, 'jouw leven gaat mij wel degelijk aan, net zoals jij vindt dat mijn leven jou aangaat. Een verslaving aan morfine is te behandelen, het is mogelijk ervan af te komen, maar je hebt er wel ondersteuning bij nodig. Ik wil dat je weet dat ik van je hou, dat ik je noden ken en dat ik aan jouw kant sta. Maar dat is slechts één kant van de zaak. Jouw leven heeft een grote invloed op het mijne, en ook daarover wilde ik met je praten.'

Victoria was rechtop in bed gaan zitten. Ze was niet gewend dat haar broer een dergelijke toon bezigde en voelde niet de minste behoefte het onderhoud voort te zetten. 'Toe, geef me nog een glas water, en knoop dit goed in je oren: je gaat te ver. Als ik het gevoel heb dat ik hulp nodig heb, neem ik zelf wel een arts in vertrouwen. En wat jouw leven betreft: ik heb me altijd moeite getroost om voor je klaar te staan, maar je kunt natuurlijk doen en laten wat je wilt.'

Ze stapte uit bed en begon opgewonden door de hut heen en weer te lopen.

'Kalmeer nu toch eens!' riep Thomas uit. 'Ik weet dat je altijd voor me klaar staat en het beste voor me wenst, maar luister nu toch eens naar me!' Hij trok haar terug op het bed en probeerde weer haar hand vast te pakken, maar dat liet ze niet toe.

'Victoria, vanwege mij, of om andere redenen die ik niet ken, ben je nooit een verbintenis aangegaan, ben je nooit getrouwd. Maar je schijnt, bewust of onbewust, van mij hetzelfde te verwachten, en je bedenkt telkens redenen waarom ik me evenmin zou moeten binden.'

Victoria wilde hem onderbreken, maar hij gaf haar niet de kans.

'Je hebt wellicht gemerkt dat ik verliefd ben. Ik ben op slag verliefd geraakt op madame Meyer, verliefd als nooit tevoren. En ik sta niet toe dat jij mijn toekomst kapotmaakt, ook al weet ik dat je het beste met me voorhebt en ook al begrijp ik waarom je zo aan me hangt. Ik heb mijn leven aan je te danken.' Hij probeerde weer haar hand te pakken, haar in zijn armen te nemen. 'Ik weet dat ik wat dat betreft bij je in het krijt sta. Maar je mag niet proberen te verhinderen dat ik een vrouw liefheb, haar begeer, en mijn leven met haar wil delen. Zo groot kan mijn schuld jegens jou niet zijn.'

Zijn stem was met elke zin luider gaan klinken en Victoria had niet meer gepoogd hem te onderbreken, maar nu stond ze op en liep naar de deur.

'Ik weet het, ik weet het, ik ben je tot last,' zei ze bitter, 'ik ben een molensteen rond je nek, een blok aan je been, een last die je niet durft af te schudden omdat je je verplicht voelt me met je mee te dragen. Omdat je een fatsoenlijk man bent, netjes bent opgevoed. Weet je hoe het voelt om als vrouw in jouw schaduw te staan? Om een oude vrijster te zijn die voorkomt dat jij van de pleziertjes van het leven geniet? Jij, de knappe, stralende, geslaagde Thomas Witherspoon?' Ze opende de deur en gebaarde dat hij moest vertrekken. 'Ga weg, laat me alleen. Ik heb de boodschap begrepen.'

Ze hadden nog nooit zulke woorden tot elkaar gesproken, ze hadden nog nooit zo de degens gekruist. Toch wisten ze allebei dat er op dit moment niets meer te zeggen viel.

'Zoals je wilt,' antwoordde Thomas. 'Je weet heel goed dat ik niet zo over je denk, dat wat je suggereert onjuist is...'

'O, maar zo denk je wel,' kaatste Victoria terug, 'en het is goed dat de waarheid eens is uitgesproken.'

Daarop verliet Thomas zonder nog een woord te zeggen haar hut.

Het echtpaar dat de hut naast Henri Sauvignac had betrokken, had, zo stelde hij vast toen hij naar zijn hut terugkeerde, een heftige woordenwisselinig. Af en toe waren flarden van Clothildes hoge stem door de dunne wand heen te horen, gevolgd door de gedempte tonen van haar man. Henri kon niet verstaan waar de ruzie precies over ging, maar de losse woorden die hij opving – 'altijd', 'onverschillig', 'geïrriteerd', 'ontevreden', 'overdreven' – wekten de indruk dat het ging om het gebruikelijke, eeuwige spel van verwachting en ontgoocheling, van aandacht en desinteresse, aantrekken en afstoten.

Henri was blij dat hij er niet al te veel van verstond. In de hut naast de zijne hoorde hij de stemmen aanzwellen en zelfs de naam van madame Meyer vallen, en toen viel de deur met een klap in het slot. Blijkbaar had een der echtelieden de buitenlucht verkozen.

Henri had zijn schoenen en jacquet uitgetrokken en lag op zijn bed, zich afvragend wat hij gedurende de rest van de middag, die zich als een eeuwigheid voor hem uitstrekte, moest gaan doen. Hij had zijn das losgemaakt, zijn vest opengeknoopt en lag nu naar de gloeilamp aan het plafond te staren, die nieuwe, baanbrekende uitvinding. In het heldere, elektrische licht kon hij wel zien dat zijn schoenen niet goed waren gepoetst, maar hoe hij nu verder moest met zijn leven, bleef in nevelen gehuld. Wat dat betreft was hij in het tijdperk van de gaslamp blijven steken. Het lukte hem niet de donkere hoeken van zijn leven en zijn ziel te verlichten, en hij had het gevoel dat in die duistere hoeken ratten huisden, ratten die zich steeds verder naar buiten waagden. Herinneringen aan Lisette achtervolgden hem. Hij had Lisette vanuit Parijs meegenomen naar Antwerpen en hij zou haar ook meenemen naar New York, en vandaar verder naar St. Louis en weer terug naar Europa, als hij zijn gedrag niet veranderde.

Ja, hij had problemen met het idee getrouwd te zijn. Hij had niet gewild dat Lisette op een dag zo zou worden als Clothilde, als madame Meyer of madame Borg, of als de vrouw van die Belgische ondernemer wiens naam hem nu even niet te binnen schoot. Hij had niet gewild dat ze elkaar op een dag murw zouden maken met wederzijdse verwijten en hatelijke opmerkingen, dat ze kleinzielig de krenkingen zouden wreken waaraan ze elkaar hadden onderworpen. Hij had niet gewild dat ze op een dag elk woord van hem op een goudschaaltje zou wegen, of zijn hand ongeduldig van haar arm zou vegen, dat ze liever geld zou uitgeven aan japonnen en hoeden in plaats van haar naakte huid tegen de zijne te vlijen, dat ze op een dag hun kinderen zou verbieden wat ze zelf niet kon hebben.

Hij had gewild dat zij altijd Lisette bleef; Lisette, die beter kon tekenen dan hij, die haar armen in de lucht omhoogstak wanneer ze iets zag wat haar beviel, die hem soms een monster noemde maar zich ook aan hem overgaf met dezelfde hartstocht waarmee ze at en dronk en sprak en vreemde katten voerde; Lisette, die haar kleine vuisten balde wanneer woede haar in zijn greep kreeg en de deur van zijn atelier met een klap in het slot liet vallen wanneer ze wuivend en vol ongeduld vertrok. Hij had gewild dat ze nooit zou ophouden op haar tenen achter hem aan te sluipen, zich tegen hem aan te vlijen en met haar handen voor zijn ogen te roepen: 'Raad eens wie ik ben!' En telkens weer wilde hij zeggen: 'Ik zou het niet weten', en dan moest ze zich tegen hem aandrukken, haar handen onder zijn kiel laten glijden en zijn naakte borst strelen. Hij wilde dat ze nooit zou ophouden zijn hals met haar tong te beroeren, schrijlings op zijn knie gezeten. Hij wilde samen met haar inslapen, haar rug tegen zijn buik gedrukt, en haar laten gaan wanneer ze de volgende ochtend wilde vertrekken.

Maar toen had ze hem op een avond in zijn atelier bezocht, nadat ze elkaar een paar dagen niet hadden gezien. Ze had haar gebruikelijke zwarte rok gedragen, een witte blouse en een wollen omslagdoek die ze strak om zich heen had gewikkeld. Het was herfst, het weer was guur. Het was vroeg koud geworden. Ook in het atelier was het koud, maar Henri had geen nieuwe kolen in de kachel gegooid omdat hij gedwongen was geweest het werken te staken: de gaslampen gaven niet meer genoeg licht. Met een dikke wollen sjaal om zijn nek gewikkeld was hij bezig zijn gereedschap op te ruimen, hij noteerde met een potloodstompje op een stuk pakpapier welke beitels hij moest vervangen. In de kamer naast het atelier, waar hij sliep, had hij alvast het kleine potkacheltje opgestookt en als verrassing voor Lisette een met kersenpitten gevuld opgewarmd kussen in het bed gelegd. Ze moest snel warm zien te worden, ze had het altijd zo snel koud. Dan wilde ze altijd dat hij haar koude voeten warm wreef, maar hij wreef liever haar koude billen warm.

Ze hadden om de hoek bij Chez Martine het avondeten willen gebruiken, boeuf à la mode, dat bestelden ze altijd wanneer ze daar aten, dat was traditie. Maar wanneer ze elkaar een paar dagen niet hadden gezien, begonnen ze meestal met elkaar te kussen, en dan kwam van het een het ander, dan kleedde zij hem uit, of hij haar, en wanneer ze eenmaal begonnen waren, konden ze niet meer ophouden. Dan duurde het even voordat ze naar Martine konden: Lisette blozend en met haar haar in de war, en Henri met ongewassen, door het stof stijve, grijze haren.

Die avond had ze de deur ongewoon voorzichtig geopend. Ze had een fles rode bourgogne onder haar arm en had een geheimzinnige blik in haar ogen. Na een snelle kus was ze in de aangrenzende kamer verdwenen. 'Je mag pas over tien minuten binnenkomen, en was eerst je haren,' had ze hem toegeroepen. Dat was een ongewoon verzoek, al was het na een dag in zijn atelier, met al zijn poriën en zelfs zijn longen vol stof en gruis, een gerechtvaardigd verzoek.

In de andere kamer had ze alle kaarsen die ze kon vinden aangestoken, de wijn geopend, twee glazen gepakt en een roos op tafel gezet die ze waarschijnlijk in de voortuin had geplukt.

Henri vroeg zich af of hij een belangrijke datum was vergeten, misschien de dag waarop ze elkaar hadden leren kennen. Wat dat betreft was hij nu eenmaal erg vergeetachtig. Hij deed wat ze vroeg en trok zekerheidshalve ook nog een wit overhemd aan, met das en kraag. Lisette zat met een stralend gezicht aan tafel, haar handen achter haar hoofd in haar nek gevouwen. Het liefste had hij zich meteen op haar gestort omdat haar boezem hem zo opwond, het liefste wilde hij haar blouse losknopen, zijn handen onder de stof laten glijden en met zijn ruwe duimen heel zachtjes haar tepels strelen totdat die opzwollen, totdat ze kreunde van de hitte die in haar opwelde. Met zijn andere hand wilde hij haar rok omhoogschuiven en tussen al die jarretelles, kousenbanden en de zoompjes van haar directoire voelen of ze al vochtig tussen haar dijen was.

Het leek alsof ze wist wat hij van plan was, want ze schudde lachend haar hoofd en zei: 'Ga zitten. Ik moet iets belangrijks met je bespreken.' Haar ogen fonkelden donkerder dan gewoonlijk. Lisette was duidelijk opgewonden.

'Het is maar goed,' zei ze, 'dat ik niet bij mijn vader in het circus ben gebleven om een messenwerpster te worden' – ze lachte al bij de gedachte aan haar volgende woorden – 'want dan zou ik nu een hele kring van messen om je heen hebben geworpen, zodat je niet had kunnen ontsnappen.'

Haar gezicht lichtte op bij die gedachte, en ze leunde achterover in haar stoel, met haar hoofd in haar nek en haar armen naar achteren over de leuning. Ze oogde even overmoedig als een kind, even onbeschaamd als een bootwerker. Ze zag er verrukkelijk uit, hij had haar zelden zo zien stralen. Haar borsten leken voller dan gewoonlijk, en hij voelde zijn opwinding toenemen nu hij zag hoe ze haar soepele kleine lijfje uitrekte.

'Toe, Lisette, voor de draad ermee. Dit is een kwelling. Schiet op, anders ga ik jou ook nog kwellen.'

Hij was ongeduldig geworden en had haar naar het bed willen

dragen. Hoewel ze hier nu nog tegenover hem zat, vol levenslust, was hij in gedachten al veel verder. 'Toe,' hoorde hij haar al hijgend zeggen, zoals ze soms deed wanneer ze badend van het zweet tegen elkaar geplakt lagen, 'wees toch voorzichtig, ik ben net zo breekbaar als jouw stenen!' Hij zag nu al voor zich dat ze op zijn rug zou gaan zitten, zijn armen triomfantelijk vasthoudend, en in zijn nek zou bijten, teder maar tegelijkertijd met zo veel kracht dat de afdruk van haar tanden de volgende dag nog te zien zou zijn. 'Daar moet je toch tegen kunnen, je hebt zo'n dikke stierennek!' merkte ze altijd lachend op wanneer hij een kreet slaakte.

Dit keer wilde ze echter niet dat hij haar optilde. 'Henri,' zei ze opgewekt, 'ga zitten. Ik ben nu drieëntwintig jaar oud, we zijn al een hele tijd samen en ik word er ook niet jonger op. En ik heb een wens.'

Haar warme, donkere stem werd zachter en trilde nerveus. Ze zat nu kaarsrecht op haar stoel en sloeg haar armen om haar middel, alsof ze zichzelf wilde ondersteunen. Toen ging ze verder: 'Ik heb deze keer niet mijn mooie champagnekleurige jurk aangetrokken. Je weet dat ik bijgelovig ben, en hij heeft me de eerste keer ook geen geluk gebracht. Maar dit keer moet je me laten uitpraten.' Ze keek hem diep in zijn ogen en haar bovenlip trilde als bij een klein kind dat op het punt staat in snikken uit te barsten. 'Henri, wil je met me trouwen?' vroeg ze.

Hij was verstijfd. Kon geen woord uitbrengen en haar alleen maar aanstaren, volkomen van zijn stuk gebracht.

'Zul je met me trouwen?'

'Nee,' had hij geantwoord. 'Hoe kom je daar nu bij?'

Aan de andere kant van de tafel was haar gezicht van pijn vertrokken, alsof het voor zijn ogen oploste. Er schoot een verraste uitdrukking over haar gelaat, alsof de pijn heviger was dan ze zich ooit had kunnen voorstellen.

Hij had niet meer kunnen doen dan verstijfd naar haar verwrongen gezicht staren. En op een gegeven moment, alsof gezond verstand zou kunnen doen ophouden dat ze zo gekweld oogde, zei hij: 'Lisette, je bent de dochter van een messenwerper en vuurvreter! Hoe is het mogelijk dat je wilt trouwen? Je bent toch geen burgerlijk meisje? Je schildert, je tekent, je studeert aan de Académie. Je bent kunstenares. Je verkoopt schilderijen! Je hebt toch altijd geweten dat ik niets van het huwelijk moet hebben? Dat druist tegen al mijn denkbeelden in, en ook tegen de jouwe. Of heb ik ooit een andere indruk gewekt?'

Terwijl hij sprak en haar aankeek, knoopte zij langzaam, zonder het zelf te merken, de twee bovenste knoopjes van haar blouse dicht. Ze schudde haar hoofd. 'Nee, dat heb je niet,' zei ze.

Ze waren allebei opgestaan. Tussen hen in stond de oude houten tafel, de wijnglazen onaangeroerd. De kaarsen brandden, maar opeens hadden die niets feestelijks meer en oogden ze slechts duister en onwerkelijk.

Hij begreep niet wat er gebeurde.

Ze hadden toch naar Martine willen gaan, ze hadden toch, nadat ze elkaar hadden bemind, naar Martine willen gaan om daar boeuf à la mode te eten? Waarom stonden ze nu dan hier, met de tafel tussen hen in, en verroerden ze zich niet? In bed lag toch het kussen met de kersenpitten, dat Lisette een zachte, welgedane zucht zou ontlokken wanneer ze onder de dekens gleed?

'Lisette,' had hij verward gezegd. 'Lisette, alles kan toch zo blijven zoals het is?' Hij had een stap in haar richting gezet en wilde haar in zijn armen nemen, maar ze had heftig haar hoofd geschud, zonder iets te zeggen. Het leek alsof ze een slechte droom wilde afschudden, alsof ze van hem walgde.

Hij had nog een keer gepoogd haar in zijn armen te nemen, maar het lichaam dat gewoonlijk zo zacht en warm was, was nu stijf en afwijzend. Ze had zich uit zijn greep losgemaakt, had haar zwarte wollen omslagdoek gepakt en was vertrokken.

Binnen een paar dagen waren ook de weinige bezittingen die ze bij hem had laten liggen verdwenen.

Valentina liet zich in het warme water glijden. Lotte, het blonde scheepskamermeisje, had een bad voor haar laten vollopen en er, na toestemming van madame, zelfs een paar druppels rozenolie in gedaan. De hete damp steeg uit de kuip omhoog, sloeg neer tegen de wanden en hulde het licht van het peertje in een vochtige nevel. Valentina hoorde het gelijkmatige stampen van de machines en voelde de trillingen van het schip, maar toch had ze het gevoel dat de tijd zijn adem inhield. Dat dit een moment van geboorte was, het eerste uur van een nieuw geschonken leven.

Haar hand bewoog door het water, zachte golven streelden haar lange, dunne ledematen. Het water klotste rond haar schouders en drong tussen haar borsten; de rozengeur kwam vrij, steeg op en vulde de badkamer, herinneringen opwekkend aan de dag waarop de kleine Charles was geboren. De vroedvrouw had het kind op haar borst gelegd. Het had twaalf lange uren geduurd eer hij het levenslicht had gezien, maar voor een eerste kind was dat niet te lang, had de vroedvrouw tevreden gezegd, terwijl ze het kind waste en in warme doeken wikkelde. De kleine Charles schreeuwde zoals het hoorde. Alles was normaal verlopen, hoewel ze zelf volkomen in de war was door de pijn, de emotie, de angst en daarna de vreugde een gezond kind te hebben gebaard.

Haar grootmoeder had in de dagen voor en na de geboorte bij de familie Groesjkin gelogeerd en de leiding van het huishouden overgenomen. Voor de zoveelste keer vervulde ze de rol van Valentina's moeder, die vanuit Karlsbad een telegram stuurde waarin ze meldde dat het haar zo speet dat ze niet bij de geboorte van haar eerste kleinkind aanwezig had kunnen zijn.

Ach, die kleine Charles, wat had hij haar toch gelukkig gemaakt! Wat was het toch een prachtig kindje geweest, en wat was Viktor trots geweest op zijn zoon. Toen hadden ze een fijne tijd met elkaar beleefd, hoewel Valentina's grootmoeder twijfels bleef koesteren over het huwelijk en Valentina zelf ook wel vermoedde waar haar man 's avonds uithing. Trouw was hij nooit geweest.

Wat leek dat nu allemaal lang geleden, herinneringen aan een leven uit een grijs verleden.

Valentina ademde de rozengeur diep in. Het was alsof ze langzaam ontwaakte uit de dodelijke verstijving die ze met haar kind had gedeeld. Twee jaar lang had ze niet eens naar haar eigen lichaam willen kijken, maar als door een wonder, dat ze zelf ook niet begreep kwamen er, ondanks alle pijn die ze nog steeds voelde, op dit schip voor het eerst ook weer beelden in haar boven die haar gelukkig maakten. Tot gisteren waren al haar mooie herinneringen overvleugeld geweest door schrikbeelden en had het geleken alsof de dood haar niet alleen van haar kind had beroofd, maar ook van al het geluk dat ze in die twee korte jaren van zijn kinderleventje met hem had gedeeld. Het was alsof met haar kind ook haar vermogen om iets anders te ervaren dan smart en treurnis, vertwijfeling en schuld, was gestorven.

Valentina begon te huilen. Steeds meer tranen volgden elkaar op, ze stroomden over haar gezicht, vermengden zich met het badwater, wilden niet meer opdrogen. In een wereld zonder troost, in een wereld van duisternis en kou, was de mogelijkheid van geluk weer teruggekeerd.

Aanvankelijk kon Henri niet zeggen wat hij had gehoord. Klanken, het waren klanken geweest, maar niet van een instrument. Van een stem. Henri was ingedut, had iets gedroomd wat hij zich niet kon herinneren, en had de klanken waargenomen als een vage melodie. Een Frans kinderliedje, nee, een wiegelied. Henri stond op, liep wankelend door zijn hut en legde zijn oor tegen de wand. De klanken kwamen uit de hut van madame Meyer, geen twijfel mogelijk, al leek het soms ook alsof ze over zee kwamen aanwaaien en dan zwegen voordat de melodie ten einde was.

Henri liep de gang op. Daar was het stil. Hij moest zich hebben vergist, maar nee, daar was het weer, heel duidelijk, de aanzet van een lied, hetzelfde lied dat ook zijn moeder zo nu en dan had gezongen toen hij nog klein was.

Henri friste zich op, kamde zijn weerbarstige haar en draaide zijn snor, die zijn vrienden spottend zijn Nietzsche-snor noemden, in vorm. Daarna wreef hij met zijn witte zakdoek over zijn zwarte schoenen, koos een witte vlinderdas uit die bij zijn vest paste en een wit hemd met een hoge kraag dat bij zijn rokkostuum paste, en klopte in die kleding, geschikt voor het diner, op de deur van madame Meyer. Pas na een tweede keer kloppen hoorde hij iemand zeggen: 'Wie is daar?'

'Madame Meyer,' begon Henri, en hij schraapte zijn keel. 'Het spijt me dat ik u stoor. Ik ben Henri Sauvignac. Ik verblijf in de hut naast de uwe en zat gisteravond aan tafel naast u.'

De sleutel werd omgedraaid in het slot en de deur zwaaide open. Ze stond in de deuropening, net zo mooi als gisteren. Haar haar zat nu op een andere manier opgestoken, in een dikke, gevlochten wrong, en in plaats van de witte avondjurk droeg ze een huisjapon van paars fluweel. Door die kleur leek haar huid bleek als melk en haar haar goud als honing en hadden haar barnsteenkleurige ogen een donkere diepte gekregen.

'Goedendag,' zei Valentina verrast.

'Goedendag,' antwoordde Henri. 'Ik wilde u vragen of ik u naar het diner zou mogen begeleiden.'

Ze keek hem verbaasd en ietwat wantrouwend aan, maar toen lachte ze. 'Ja, graag. U bent de kapitein te vlug af, maar dat komt beslist niet ongelegen. Zou u me over een uur willen komen halen?'

Henri knikte en zei: 'Goed, ik zal over een uur bij u aankloppen.'

Henri kon niet zeggen wat hem ertoe aanzette toenadering tot madame Meyer te zoeken, buiten het feit dat hij zeer ontvankelijk was voor vrouwelijk schoon. Natuurlijk was hij even nieuwsgierig als de andere reizigers, maar voor de meeste van hen ging die nieuwsgierigheid niet erg diep en waren ze er tevreden mee te weten hoe die mooie, geheimzinnige dame heette en waarom ze aan boord was. Sensatiezucht was zelden een teken van diepgaande belangstelling voor het lot van een ander. Henri voelde echter wel de behoefte meer over haar te weten te komen, alsof haar verhaal op een of andere manier voor hem van betekenis kon zijn.

Deze drang was zelfs nog groter dan het verlangen deze vrouw te verleiden, en dat was voor Henri een geheel nieuwe, onbekende ervaring. Tot nu toe had hij altijd gedacht dat zijn leven niet met dat van anderen verbonden was; hij had zijn leven geleid, anderen het hunne. Natuurlijk had ook hij sympathie of antipathie jegens medemensen ervaren en gevoelens als aantrekkingskracht, genegenheid, vriendschap, begeerte en lust gevoeld, maar dat was vaak van korte duur geweest, en harmonie had steevast plaatsgemaakt voor onenigheid. Dan waren de levenspaden die elkaar korte tijd hadden gekruist weer uiteengeweken en was ieder weer veroordeeld geweest tot de eenzaamheid van zijn eigen lot.

Maar sinds hij had gezien hoe madame Meyer in Antwerpen uit het huurrijtuig was gestapt, was er iets in zijn leven veranderd. Het was alsof ze niet alleen haar eigen leven in die koets had achtergelaten, maar ook op geheimzinnige wijze iets voor hem had meegebracht: het deel van zijn leven dat hij wilde vergeten.

Hoewel de dame in het wit nauwelijks zichtbaar was en vooral had gezwegen, waren zijn herinneringen steeds sterker geworden. Vol verbazing had hij vastgesteld dat Lisette nog altijd een rol in zijn leven speelde, hoewel hij dat het liefst zou hebben ontkend. Ze wilde hem maar niet met rust laten, alsof tussen hen nog een rekening openstond die verhinderde dat hij vrede vond.

Tegelijkertijd hield ook Billie hem bezig, meer dan hij wilde toegeven. Hij kon niet langer ontkennen dat hij niet alleen belangstelling voor haar had, maar zich ook steeds meer verantwoordelijk voor haar voelde, hoe onaangenaam hij die gedachte ook vond. Die stond immers lijnrecht tegenover zijn opvatting dat ieder individu was veroordeeld tot een eenzaamheid die een ander niet zou kunnen opheffen. De gedachte dat ze in elk geval nog het gezelschap van Mr Brown kende, troostte hem nauwelijks, hoe vaak hij zichzelf er ook aan probeerde te herinneren dat, indien er iemand verantwoordelijk was voor haar lot, het Mr Brown was.

Het was een merkwaardig gevoel om madame Meyer naar het diner te begeleiden; niet alleen omdat Henri een vrij oud rokkostuum droeg dat op de armen hier en daar wat strak zat en waarvan de stof op enkele plaatsen glansde, maar vooral omdat hij aan de wal nooit een dame van haar stand naar de eettafel zou begeleiden.

Hier op zee, op dit licht slingerende schip waar vijftienhonderd passagiers in voor- en tegenspoed tot elkaar veroordeeld waren, heerste, ondanks alle inspanning van de bemanning om de schijn van orde op te houden, een uitzonderlijke situatie, een noodtoestand die niemand had uitgeroepen maar die eenieder kon waarnemen.

Het leek alsof iedereen aan boord besefte dat de grens tussen leven en dood hier dunner was dan waar dan ook, dat ze met dit schip ten onder konden gaan, en daarom nam hun lust tot leven toe. Twijfels, angsten en verlangens staken hier sterker de kop op dan aan land.

Nergens kwamen ze dichter bij het leven dan hier, en hoewel ontsnappen onmogelijk was, waren ze vrijer dan thuis. Hier konden de passagiers elkaar van alles toevertrouwen, want in Amerika zouden hun wegen zich immers scheiden en zouden ze elkaar nooit meer zien.

En zo, net zoals het weer en de zee veranderden, werden de kaarten aan boord onmerkbaar opnieuw geschud.

Valentina gaf Henri door haar elegantie en bevalligheid een ongewone luister en Henri, die nooit het leven van een groot causeur in de salon had geleid, voelde zich een beer aan de zijde van een prinses. Het glinsterende wit van haar met kant overtrokken satijnen jurk en de lange sleep gaven haar iets sprookjesachtigs. Ze was als een zeemeermin die 's avonds een mensengedaante aannam, een fee die in het maanlicht haar lange haar kamde. Ze was een schepsel van de nacht, een ster die aan de nachtelijke hemel straalde en met de ochtendschemering vervaagde.

Rondom hen was een amper waarneembaar geroezemoes en gefluister te horen. Monden bogen zich naar oren, ellebogen stootten tegen armen, blikken monsterden en verslonden het paar. Valentina liet alles gelaten over zich heen komen.

De stevig gebouwde ondernemer die Henri uit de krant meende te kennen, draaide zich schaamteloos naar hen om. Zijn metgezellin had hem iets toegefluisterd, en nu bekeek hij de mooie madame Meyer alsof hij haar wilde kopen en Henri naar de prijs wilde vragen. Hij liet zijn blik schattend over haar ranke lichaam gaan, tot aan de neuzen van haar witte avondschoentjes, die onder de zoom van haar jurk vandaan piepten. Zijn blik bleef rusten op het stukje naakte huid dat zichtbaar was tussen de zoom van haar korte kanten mouwtje en de rand van haar lange witte satijnen handschoenen. Henri voelde de neiging zijn arm om madame Meyer heen te slaan en haar tegen de ogen van deze man te beschermen.

Vanaf de andere kant van de zaal keek madame Vanstraaten onopvallend in hun richting, maar terwijl haar blik op madame Meyer bleef rusten, leken haar gedachten, getuige haar gezichtsuitdrukking, een heel andere, melancholieke richting in te slaan. Met een opofferend gebaar, waarin geen enkel verzet tegen haar eigen lot besloten lag, leidde ze haar kinderen langs de trap omlaag, in hun gebruikelijke volgorde van groot naar klein. Ze hield het meisje, de jongste, bij haar handje vast.

Haar man keek madame Meyer en Henri met een zeker ongenoegen aan. Hoewel hij niets kon inbrengen tegen de keurige indruk die Valentina maakte, leek hij haar te wantrouwen. Ze had een van zijn principes geschonden, al begreep hij niet in welk opzicht. De hoogblonde lokken van de dame die het gezelschap van de Belgische zakenman vormde, oefenden een grotere aantrekkingskracht op hem uit. Haar zoete, bloemige parfum lokte hem in haar richting, en hij koos voor de zijde van de trap waarlangs ook de ondernemer en zijn fraaie metgezellin afdaalden.

De vrouw merkte dat hij haar volgde, draaide heel even haar hoofd naar hem om en glimlachte uitdagend. Daarna liep ze verder alsof er niets was gebeurd. Meneer Vanstraaten struikelde over een traptrede en liep toen weer terug naar de andere kant van de trap, waar zijn gezin ook zonder hem de weg naar de eetzaal wist te vinden. Henri keek even naar de ingenieur en huisvader-tegen-wil-en-dank en probeerde intussen te ontdekken of hij Billie ergens zag, maar Valentina koesterde slechts één gedachte: dat die lange, slungelachtige Amerikaan nu, op dit moment, diende te verschijnen, zodat ze aan zijn tafel kon gaan zitten. Thomas, dacht ze, alsof ze hem zo kon oproepen.

Henri en Valentina namen net plaats aan een van de lange tafels toen Billie in een dieprode avondjurk de zaal betrad. Ze bleef even met opgeheven hoofd in de deuropening staan, en hoewel ze niet bijzonder lang was, trok ze met haar natuurlijke frisheid, die haar vergeleken met de vele dames en heren van gevorderde leeftijd levendig en opwindend maakte, onmiddellijk de aandacht. Een steward liep ijlings naar haar toe om haar naar een tafel te begeleiden. Het was de blonde man die ervan overtuigd was dat hij erg aantrekkelijk was, dacht Henri, die niet geheel van afgunstige gevoelens

gespeend was. Hij vond dat Billie de jonge man overdreven ver-
trouwelijk begroette, alsof ze elkaar al jaren kenden. Daarna liet ze
haar blik snel door de eetzaal glijden. Blijkbaar wist ze al waar ze
wilde zitten, want ze zette zonder aarzelen koers naar de tafel waaraan Henri en Valentina al hadden plaatsgenomen. Na een kort
knikje ging ze recht tegenover hen zitten.

Vanaf de tafel naast hen schonk Lily hem een kort glimlachje en
schudde bijna onmerkbaar haar hoofd, waardoor niet duidelijk was
of ze alleen haar haar wilde schikken of dat ze Henri iets wilde duidelijk maken. Henri beantwoordde haar groet en twijfelde er niet
aan dat niets van wat er aan zijn tafel plaatsvond aan haar aandacht
zou ontsnappen.

Enkele ogenblikken later verscheen Thomas Witherspoon in de
eetzaal, en zoals Billie steevast door Mr Brown werd geflankeerd,
zo werd hij begeleid door zijn oudere zus. Zodra hij Valentina zag
zitten, liep hij op haar af, zonder op aanwijzingen van de maître de
salle te wachten. Naast Valentina was echter geen plaats meer, zodat Thomas er na een korte groet genoegen mee moest nemen haar
van een afstand met zijn blik te verslinden. Hij trachtte haar conversatie met Henri en Billie te volgen zonder zijn directe tafelgenoten
al te zeer te beledigen, en ook Valentina keek keer op keer in zijn
richting, blij dat hij er was en tegelijkertijd bedroefd dat ze niet
dichter bij hem kon zitten.

Billie begroette Henri slechts vluchtig. Ze stroopte haar handschoenen af en wendde zich zonder aarzelen tot Valentina.

'Goedenavond,' zei ze luid en duidelijk, 'ik neem aan dat monsieur Sauvignac u nog niet over mij heeft verteld. Ik ben Billie Henderson.' Ze keek Henri met haar grijsblauwe ogen uitdagend aan.
In het schijnsel van de lampen waren haar sproeten bijna niet te
zien, of mogelijk had ze ze met een laagje poeder bedekt. Henri

staarde haar aan, beseffend dat ze geen blad voor de mond zou nemen.

'Monsieur Sauvignac heeft mij echter wel over u verteld,' ging ze verder.

Ze liegt dat het gedrukt staat, dacht Henri, huiverend bij de gedachte wat er nog allemaal kon volgen.

Valentina leek verrast, maar ze zei slechts: 'Aangenaam, Mrs, of Miss, Henderson... U kent mijn naam dus al. Valentina...'

'Meyer,' vulde Billie aan. Het antwoord op de vraag naar haar huwelijkse staat bleef ze schuldig. Ze keek nadrukkelijk naar de vleesbouillon die net was geserveerd en bewoog haar lepel met onstuimig roerende bewegingen heen en weer. 'Madame Meyer, u bent een beroemdheid op dit schip. Iedereen spreekt over u.' Ze nam een lepel van de bouillon en haar gezicht vertrok. 'Dat is heet! Weest u voorzichtig!'

'Wel, ik mag hopen dat men aan mijn naam niet al te snel de tong verbrandt,' antwoordde Valentina met een hoffelijke glimlach. 'U ziet er overigens betoverend uit in die japon,' voegde ze er beminnelijk aan toe. 'Misschien kunnen we beter over u spreken?'

Henri had zich zelden zo ongemakkelijk gevoeld als op dit moment. Valentina schoof haar soepkom opzij. 'Bent u Amerikaanse? Woont u in New York?'

'Nee, verder naar het zuiden, in Philadelphia.' Billie lachte onzeker, maar misschien bereidde ze alleen maar haar volgende aanval voor.

'Reist u alleen?' Valentina keek Billie aandachtig aan.

'Ja.' Billie sloeg haar ogen neer en bloosde licht. 'Min of meer.'

'Aha, ik meende u gisteren namelijk in het gezelschap van een heer te hebben gezien,' zei Valentina als terloops.

Billie kleurde nog roder, en Henri antwoordde snel in haar plaats: 'Ze heeft in Antwerpen Mr Brown getroffen, een oude kennis uit Philadelphia. Soms treft men pas ver van huis iemand die in feite vlakbij woont.'

De steward bracht de volgende gang, ham met madeirasaus. Mr Brown was nog steeds niet in de eetzaal verschenen.

'Waar is Mr Brown eigenlijk?' Henri had zich tot Bilie gewend. 'Ik zie hem nergens.'

'Waarom denkt u dat ik dat weet?'

'U schijnt hem van ons allemaal het beste te kennen,' merkte Henri op, maar vond dat gemeen van zichzelf toen hij zag hoe gekweld Billie keek.

'Hij had geen trek,' zei Billie, en ze rechtte haar rug. 'En ik wilde graag kennismaken met madame Meyer.'

De ham smaakte Henri absoluut niet. De korst was taai en het vlees zelf te zout. Bovendien hadden de worteltjes te lang gekookt.

'U bent erg eerlijk,' zei Valentina tegen Billie. 'Dat kan ik waarderen. De meeste mensen hier zouden dolgraag meer over mij te weten willen komen, maar niet per se mij persoonlijk willen leren kennen. Iemand als ik veroorzaakt immers de nodige deining, vindt u ook niet?'

Ze wendde zich tot Henri, keek naar zijn bord, dat nog behoorlijk vol was, en vroeg: 'Smaakt het u vandaag niet? Ik vind het niet zo slecht. Maar indien u Mr Brown werkelijk mist... We weten sinds gisteravond hoe dat gaat,' zei ze met een blik op Thomas Witherspoon, 'u kunt samen in de herensalon een sigaar roken, en ik gebruik met Mrs Henderson een kopje thee in de lounge.'

Geamuseerd legde ze haar hoofd in haar nek, en op dat moment voelde Henri een afkeer voor hen allebei, zowel voor Billie als voor madame Meyer, van wie hij nu wist dat ze Valentina heette.

Billie lachte en legde haar vinger tegen haar neus. Haar tanden waren klein en wit. Wanneer ze lachte, zag ze er gelukkig uit. Haar gezicht kon binnen een tel geheel veranderen, haar uitdrukking kon vliegensvlug wisselen tussen vrolijk en droevig, gesloten en stralend, en ze leek altijd precies dat te voelen wat haar gelaat uitdrukte. Er bestond een verwarrende veelvoud aan Billies, en ze waren allemaal even echt.

'Ik vraag me af,' zei Henri tegen Valentina, 'of Miss Witherspoon ons als voorbeeld zou moeten dienen, althans waar het ideeën over de scheiding der geslachten betreft.' Ook hij wierp Thomas Witherspoon een verontschuldigende blik toe. 'We zouden na het diner allen gezamenlijk een wandeling over het dek kunnen maken, vooropgesteld dat Mrs Henderson zich niet bij Mr Brown dient te voegen…'

'Mr Brown en ik hebben niets afgesproken,' antwoordde Billie een tikje onwillig, maar ook haastig, alsof ze dat voor eens en altijd duidelijk wilde maken. Een zweem van haar parfum met zijn geur van jasmijn zweefde naar Henri toe.

Valentina knikte. 'Een wandeling aan dek, dat is een goed idee.' Ze knikte nogmaals. 'Na de hele dag in mijn hut te hebben gezeten, zou ik graag even een stukje wandelen.'

Billie keek haar met grote ogen aan. 'Wilt u zeggen dat u de hele dag binnen hebt gezeten? In zo'n kleine hut?' Billie kon zich niet voorstellen hoe het moest zijn om zo lang in een dergelijke kleine ruimte opgesloten te zitten.

Valentina glimlachte. 'Ja. De etiquette verbiedt mij me overdag in avondkleding te vertonen, althans in het openbaar. En bovendien ben ik een verstekelinge, zoals het hele schip ondertussen al weet.'

Billie haalde adem en wilde iets zeggen. Op haar gezicht was een meelevende uitdrukking verschenen.

'U hoeft geen medelijden met mij te hebben. De kapitein was zeer voorkomend en dokter Kirschbaum ook. Er is een dame aan boord die met een collectie kleding naar New York reist en mij enige dagjaponnen heeft geleend, zodat ik me overdag toch aan boord kan vertonen. Maar of ik nu wel of niet aan dek kan komen, mijn situatie verandert niet. Ik weet niet waarheen dit schip mij brengt. Ik benut de dagen in mijn hut op mijn manier, zodat ik daarover kan nadenken.'

Billie probeerde te begrijpen wat Valentina zei. 'Maar het is toch duidelijk waarheen we varen? We zijn op weg naar New York,' zei ze naïef. 'Of we nu willen of niet. Ik zou het liefst willen terugkeren naar Rome. Daar bevalt het mij beter dan in Philadelphia, waar ik vandaan kom.' Billie nam een slok water, vervolgens een slok rode wijn en toen weer een slok water. 'Ja,' zei ze toen bedachtzaam, 'ik kan me wel voorstellen wat u bedoelt. Maar ik ken uw verhaal niet. Ik heb geen idee waarom u aan boord van dit schip bent en wat uw doel is.'

Ze viel stil en sloeg haar blik neer. Ze had lange donkere wimpers, donkerder dan haar kastanjebruine haar. Ze vielen neer over haar grijsblauwe blik, en Henri wachtte op het moment waarop ze met haar vinger tegen haar neus zou duwen, maar hij wachtte tevergeefs. Haar gezicht, dat zo vaak aan een heldere hemel deed denken, was nu bewolkt.

Met de steel van haar zilveren koffielepeltje tekende ze kringetjes op het witte damast, van een dwarsliggende acht tot een eindeloze slinger waaraan het lepeltje niet meer kon ontsnappen. Henri schoof zijn hand over de tafel, in een poging haar bewegingen te stoppen en haar hand te dwingen stil te blijven liggen, maar de tafel was te breed. Het zou onbeleefd zijn nog verder naar voren te leunen en haar arm aan te raken. Billies handen waren heel anders dan die van Lisette, zo kinderlijk en wit.

Lisette had nieuwsgierige, sterke handen, bijna even gebruind als de zijne, altijd klaar om iets aan te raken. Wanneer Lisette haar handen op die van Henri legde, leken ze heel klein, maar toch hadden ze veel met elkaar gemeen, hun handen en hun karakters. Allebei probeerden ze de wereld te begrijpen, niet alleen door te kijken, maar ook door die met hun handen aan te raken. Billies handen waren hulpelozer. Ze bleef met haar lepel onzichtbare lijnen op het damasten tafelkleed tekenen.

'Wel, zullen we dan maar een wandeling gaan maken?' vroeg Henri, in de hoop dat ze zou stoppen.

Billie keek op en legde het lepeltje neer. Ze knikte dankbaar, alsof hij haar uit de liggende acht had bevrijd, en stond met een snelle beweging op.

Ook Valentina stond op en keek daarbij verlangend in de richting van Thomas. Het was duidelijk dat hij op een dergelijk teken had zitten wachten, want hij stond haastig op, verontschuldigde zich bij zijn tafelgenoten, heel goed wetend dat hij onbeleefd was, en voegde zich bij Valentina.

'Het spijt me dat ik u stoor, maar ik zie dat u uw tafel verlaat… en ik heb nog helemaal geen gelegenheid…' stamelde hij, en Valentina antwoordde snel: 'Monsieur Sauvignac stelde voor een wandeling aan dek te maken. Het zou ons deugd doen indien u zich bij ons zou willen voegen.' Ze sprak wel over 'ons', maar kon niet weten wat Henri en Billie ervan vonden.

'Dat is bijzonder vriendelijk,' zei Thomas, opeens zeer vastberaden. 'Maar misschien mag ik u uitnodigen voor een glas wijn in de salon? Dan kunnen monsieur Sauvignac en Mrs Henderson zich na hun wandeling bij ons voegen, indien zij dat wensen.'

Billie was het onmiddellijk met dit voorstel eens: 'Ja, dat is een goed idee. Ik wilde u nog iets aan dek laten zien, monsieur Sauvignac. Komt u mee?' Haastig trok ze Henri met zich mee.

Valentina glimlachte en keek Thomas een tikje spottend aan. 'Waar is uw zuster, Mr Witherspoon? Mag u wel met mij mee naar de salon?'

Thomas ging er echter niet op in, en ze vroeg niet verder.

Op weg naar de salon kwamen ze kapitein Palmer tegen. 'Dit keer ontvoer ik haar,' zei Thomas met een vrolijk glimlachje, dat de angel uit zijn woorden haalde. 'De vorige keer was u mij te slim af, en dat heb ik u nog niet vergeven...'

De kapitein glimlachte terug, keek naar Valentina en antwoordde ietwat stijfjes: 'Ik wens u een prettige avond. De beslissing ligt natuurlijk geheel bij madame Meyer.'

Hij zal me niet verder lastigvallen, dacht Valentina opgelucht, maar ik hoef nu ook niet meer op zijn voorspraak te rekenen wanneer we in New York aankomen.

In de salon zaten de Russen te zingen en te drinken. De barpianist had, niet geheel onvrijwillig, het veld geruimd en zat tevreden aan een biertje.

'Ik reis regelmatig naar Rusland,' vertelde Thomas. 'Het is een fascinerend land, vol onrust en vol mogelijkheden, vol tegenstrijdigheden en ongerijmdheden, despotisme, bureaucratie en onrecht. Met oneindig weidse landschappen en enorme bodemschatten – dat is de reden dat ik daar heen ga,' legde hij glimlachend uit. 'Maar het broeit daar, en de heerschappij van de tsaar zal op den duur zelfs niet meer met geweld te handhaven zijn... Zei u gisteravond niet dat uw vader Russisch is en dat uw man in Russische diamanten handelt? De vindplaatsen in Siberië zijn nog niet zo lang geleden ontdekt en beloven grote winsten...'

Het verbaasde Valentina dat hij zo veel van Rusland wist, en opeens schaamde ze zich omdat ze nooit meer belangstelling voor het land had getoond. Alles wat haar vader betrof, was fascinerend maar ook verboden, trok haar aan en stootte haar gelijktijdig af.

'Ja,' antwoordde ze twijfelend, 'mijn vader is een Rus, een edelman die de wijde wereld in is getrokken en in Parijs is beland...'

'En hoe hebt u uitgerekend in Antwerpen – ik neem aan dat u uit die stad komt – een Rus leren kennen met wie u ook nog bent getrouwd?'

Valentina merkte dat een mistroostig gevoel zich van haar meester maakte. Hij had niet alleen een zus die als een kloek over hem waakte, hij had ook al ervaren dat ze getrouwd was. Waarom zaten ze hier eigenlijk bij elkaar, waarom keek hij haar zo aan en deed hij zo veel moeite voor haar? Het had toch allemaal geen zin. Hoe moest ze hem duidelijk maken wat haar ertoe had aangezet aan boord van dit schip te vluchten?

'Ben ik te ver gegaan? Wilt u liever niet antwoorden?' Thomas reikte haar een glas aan. 'Ik wilde u niet met vragen overvallen, ik wilde het alleen weten... omdat ik... alles aan u interessant vind...'

Valentina haalde diep adem, nam een slokje en zei toen: 'Mijn man is heel wat jaren ouder dan ik en een Rus, net als mijn vader. Ik denk dat dat een grote rol heeft gespeeld. Hij heeft heel snel om mijn hand gevraagd, bijna overhaast. We hebben elkaar op een bal leren kennen, mijn eerste bal. U weet ook wel dat een meisje zich dan als mogelijke bruid presenteert, en zeker wanneer ze niet onvermogend is, is de jacht al snel geopend...' Valentina's wangen waren rood aangelopen, en ze sprak haastig. 'En ik stam uit een gegoede familie. Geld speelde nooit een rol. Ik ben financieel onafhankelijk en heb ook nu, ook al ben ik getrouwd, de beschikking over de rente van mijn eigen vermogen, dat niet tot de gemeenschappelijke bezittingen wordt gerekend. Daar heeft mijn grootmoeder, die me heeft opgevoed, gelukkig voor gezorgd...' Ze nam haastig een slok wijn. 'Toch is het levenspad van vrouwen uit mijn klasse van jongs af aan voorbestemd: trouwen, kinderen krijgen en een leven vol luxe leiden, meer niet.'

Ze sprak steeds sneller. 'Daar komt nog bij dat mijn familie in Antwerpen vooral berucht is geworden door een zeker schandaal, waar ik, als u het mij niet kwalijk neemt, liever niet op inga. Ik had het gevoel dat ik zo snel mogelijk moest trouwen, niet alleen omdat dat vroeg of laat toch mijn lot zou zijn, maar ook omdat ik de roddelaars in onze stad niet nog meer gespreksstof wilde leveren... Een huwelijk leek me de beste oplossing.' Haar stem klonk nu vertwijfeld. 'Het zingen had ik toch moeten opgeven, een dergelijk beroep was voor mij niet weggelegd. Na dat schandaal in de familie was het uitgesloten dat ik zangeres zou worden, laat staan dat ik alleen naar optredens zou reizen. Men bezoekt weliswaar de opera, maar men encanailleert zich niet met de kunstenaars. Zingen mag alleen in de salon, als amusement voor de gasten, en is voor dames een manier om aan te tonen dat ze een goede opvoeding hebben genoten, met piano- en zangonderwijs...'

Thomas pakte haar bij haar hand en trok haar uit haar stoel. 'Kom, het is een mooie warme avond. Zullen we toch maar een wandeling aan dek maken?'

Ja, dat wilde ze. Ze had genoeg verteld, veel te veel, en wat moest hij wel niet van haar denken! Het was goed dat hij haar onderbrak.

Op het promenadedek was het donker. Slechts een paar sterren glinsterden in de verte, en de maan was door wolken aan het zicht onttrokken. Thomas sloeg zijn arm om Valentina heen. Ze verzette zich niet.

Nee, had ze moeten zeggen, dat mag u niet doen, en ik al helemaal niet, want zoals u weet, ben ik getrouwd. Maar ze zweeg en dacht slechts: Wat fijn, wat heerlijk om zijn arm om mij heen te voelen.

Viktors armen hadden heel anders aangevoeld, al vanaf het allereerste begin.

Viktor. Ze had hem op een bal ten huize van de familie Van Apel leren kennen. Ze was nog maar net achttien jaar en verscheen in een ragdunne, lichtblauwe baljurk met donkere tailleband en, als ze het zich goed kon herinneren, een bleekroze roos in haar haar.

Hij had haar ten dans gevraagd. Ze wist niet meer hoe vaak, maar hij was een zeer bekwaam danser. Later die avond had de gastvrouw, madame Van Apel, in haar handen geklapt om de aandacht van haar gasten te trekken en toen haar vinger bezwerend tegen haar lippen gedrukt. Ze verzocht iedereen te gaan zitten en mademoiselle Valentina, die enige liederen ten gehore zou brengen, met applaus te begroeten. Madame Van Apel was gewend aan gehoorzaamheid en respect: haar postuur was majestueus, hetgeen werd onderstreept door haar donkerpaarse zijden robe en de paarse veer in haar kapsel. Ze drukte haar kleine vlezige handen voor haar borst tegen elkaar, alsof ze zelf een aria wilde inzetten, en heel even kreeg haar publiek het benauwd, want madame Van Apel droeg doorgaans graag zelf iets voor. Ze haalde echter alleen maar diep adem en spreidde haar mollige, sterke armen, alsof ze de hele wereld wilde omhelzen.

Ginette, de dochter des huizes voor wie het bal werd gehouden en die met Valentina bevriend was, zou haar vriendin aan de vleugel begeleiden. Valentina had een aria van Händel gezongen, dat wist ze nog heel goed. Ze zette in:

> *Lascia la spina,*
> *cogli la rosa;*
> *tu vai cercando*
> *il tuo dolor.*
> *Canuta brina*
> *per mano ascosa,*
> *Giungerà quando*
> *Non crede il cor.*

Haar heldere mezzosopraan was voller en rijper dan het meisje dat daar in een onschuldige, bekoorlijke lichtblauwe baljurk stond. Het was alsof er tijdens het zingen een ander wezen uit haar tevoorschijn kwam, dat alleen in muziek tot uiting kon komen. Waarschijnlijk was Viktor Groesjkin op dat moment verliefd op Valentina geworden en had hij besloten haar te huwen.

Terwijl zij zong, had hij, zo vertelde hij later, zijn moeder in zijn geboortedorp in de Oekraïne voor zich gezien, zoals ze daar 's avonds met de andere meisjes had zitten zingen, en hoe ze uiteindelijk naar Kiev was getrokken, maar niet in staat was geweest daar samen met zijn vader haar geluk te vinden.

Gezeten in een stoel in de salon van Van Apel, in een met parfum bezwangerde lucht, had Viktor Valentina aanschouwd, het meisje wier haar in het licht van de kandelaar op de vleugel glansde als honing. Hij stelde zich voor dat hij haar kuste, dit schepsel dat de klanken voortbracht die zijn hart gelukkig en zacht maakten.

Het bleek dat Groesjkin zeventien jaar ouder was dan zij – een niet ongebruikelijk, maar toch aanzienlijk leeftijdsverschil – en er in financieel opzicht meer dan uitstekend voor stond. Hij kon de grootmoeder van zijn bruid, madame Meyer, op geloofwaardige wijze duidelijk maken dat hij haar kleinkind meer dan een leven op stand kon bieden.

Hij hield kantoor in de buurt van het Centraal Station, dat nog in aanbouw was maar nu al beloofde een prachtig bouwwerk te worden. De diamanthandel was grotendeels in handen van de Antwerpse joden, en al tijdens zijn eerste bezoek aan die stad had Viktor Groesjkin gezien dat de bron voor zijn toekomstige welstand hier lag. Antwerpen was de diamantstad bij uitstek.

Hij was ook een van de eersten die begreep dat de diamantvondst die in 1826 in Rusland was gedaan economisch gezien uiterst lucratief kon worden uitgebaat. Hij had zijn baan bij de bank in Kiev opgezegd en was samen met een collega die wel over kapitaal, maar in tegenstelling tot Viktor niet over koopmansgeest beschikte, naar Moskou getrokken en had aanvankelijk vanuit de hoofdstad handel gedreven in de diamanten die in de mijnen van Sacha waren gedolven. Zijn reizen voerden hem naar Jakoetië en Oost-Siberië en dwars door Rusland en Europa terug naar Antwerpen, waar hij de diamanten verkocht.

Uiteindelijk had hij zich in Antwerpen gevestigd. Een huwelijk met een vrouw uit de beste kringen zou hem alleen maar voordelen bieden.

Het had Valentina's grootmoeder bijzonder gespeten dat haar man, een van de gerenommeerdste advocaten van de stad, niet meer leefde. Ze had graag zijn mening gehoord en hem laten bepalen of de huwelijkskandidaat door de beugel kon. Het beviel haar allerminst dat Valentina een huwelijk overwoog met de eerste de beste aanbidder die op haar eerste bal met haar had gedanst en vond dat haar kleinkind met meer mannen moest kennismaken voordat ze, in alle rust, een beslissing zou nemen. Daar had ze ook met Valentina over gesproken. Haar kleindochter had echter koppig door het raam van haar kamer naar de tuin zitten kijken.

'Ik heb mijn beslissing genomen, grandmaman. Ik ga met hem trouwen,' had ze verklaard.

'Maar het is de eerste man die je ten dans heeft gevraagd, op je allereerste bal. Je bent mooi, je bent jong, we hoeven ons geen zorgen te maken over geld.' Madame Meyer verbaasde zich over het gedrag van haar kleinkind en zocht naar een verklaring. 'Je bent toch niet bang met lege handen thuis te komen en een oude vrijster te worden? Nee? Mooi zo. En wat betreft die geschiedenis van je vader en moeder…' Mathilde Meyer haalde diep adem en ging toen vastberaden verder: 'Daarover hoef je je ook geen zorgen te maken. Dat is iedereen al lang en breed vergeten, op je moeder na. Het mag toentertijd onaangenaam en krenkend zijn geweest, nu zal het er niemand meer van weerhouden om jouw hand te vragen.' Madame Meyer was vastbesloten om Valentina van een overhaaste beslissing af te houden. 'Er is werkelijk geen enkele reden om zo snel voor een man te kiezen. Het balseizoen begint net. Vele mannen zullen je ten dans vragen. Je kunt in alle rust overwegen welke je het beste bevalt, en als je dit seizoen nog geen keus kunt maken, is dat zeker geen ramp.'

Valentina bleef naar de tuin staren.

'Luister je wel? Valentina? Valja? Hoor je wat ik zeg? Je kunt ook volgend jaar, of het jaar daarop trouwen. Vroeg of laat, dat maakt niet uit.'

'Wat heb je tegen Groesjkin?' Valentina draaide zich met een ruk naar haar grootmoeder om.

'Ik heb niets tegen Groesjkin,' zei madame Meyer. 'Ik ben alleen bang dat je niet echt van hem houdt. Ik weet dat een huwelijk voor het leven is en dat het de moeite loont er eerst uitgebreid over na te denken. Je kunt immers nooit zeker weten of het de juiste beslissing was...' Ze zweeg, beseffend dat ze meer had gezegd dan ze had willen zeggen.

'Zie je wel,' viel Valentina haar in de rede. 'je weet dus nooit of het juist is, en of je wel gelukkig zult worden.'

'Nee,' had madame Meyer geantwoord, en daarop had ze de kamer verlaten.

Valentina en Thomas stonden zwijgend aan de reling. Valentina merkte nu pas dat ze lange tijd niets meer had gezegd. Ze had zich uit zijn omhelzing losgemaakt, maar miste zijn armen nu al, meer dan ze ooit die van Viktor had gemist.

'Mr Witherspoon,' zei ze, 'het spijt me. Ik weet niet wat ik moet zeggen. Het spijt me allemaal heel erg. U merkt wel hoezeer ik uw gezelschap op prijs stel...' Ze keek naar hem op, maar kon in de duisternis zijn uitdrukking niet onderscheiden. Pas toen hij zich vooroverboog en zijn gezicht dichterbij kwam, zag ze dat hij niet glimlachte. Ze sloot haar ogen en zei niets meer toen hij zijn lippen op de hare drukte.

Woensdag 27 juli

De lucht was vochtig en rook zilt, en er stonden krachtige rukwinden. Tussen de witte en donkergrijze wolken, die regen en een hevig zomeronweer beloofden, waren af en toe grote stukken blauwe hemel te zien.

Het was vroeg in de morgen en Henri was een van de eerste passagiers aan dek. Het opwaaiende zeeschuim deed de lucht ziltig geuren, en hij ademde diep in. Misschien zou de wind de laatste restjes kunnen verdrijven van zijn warrige dromen, waarin Victoria Witherspoon voor zijn ogen was gegroeid, haar gekromde rug had verloren en in een imposante vrouw van eind dertig, begin veertig was veranderd. Ook Lily had een rol gespeeld in zijn droom, maar toen hij wakker werd, had hij als eerste aan Billie moeten denken: aan haar lach, die onstuimig over haar lippen kon rollen, maar die, nu hij er langer over nadacht, ook iets wanhopigs leek te hebben, als het luide, hopeloze gedreins van een kind. Madame Meyer mocht dan een raadsel zijn, Billie was het net zo goed. Een wit raadsel en een rood raadsel.

Heel anders dan Lisette. Die was als water in een glas geweest, als een kleine beek die van steen naar steen stroomde. Zo had Henri haar in elk geval gezien. Of willen zien.

Hij bleef staan en keek uit over de zee. Voor de zoveelste keer wenste hij dat hij vaste grond onder de voeten had.

'Waar denkt u aan?' hoorde hij een jeugdige stem vragen.

Henri draaide zich om. Het was Lily. Ze droeg een matrozenjurk met een grote kraag en ze wikkelde haar donkerbruine paardenstaart rond haar vinger, terwijl ze Henri met pretoogjes aankeek. Het deed haar enorm veel plezier dat ze hem zo had verrast.

'Goedemorgen, Miss Mey,' riep Henri. 'U bent al vroeg wakker. Wat heeft u aan dek gelokt? Ik ben een oude man en kan niet meer zo goed slapen, maar u?'

Lily liet haar paardenstaart met rust en zei: 'Ik ben een ochtendmens, misschien wel omdat maman me zo vroeg naar bed stuurt. Ik kan niet veel langer slapen dan een oude heer. Het is hier buiten 's ochtends erg aangenaam. Papa heeft me aan dek gereden en haalt me straks op voor het ontbijt. Tot die tijd,' ze hield het notitieboekje omhoog dat in haar schoot had gelegen, 'schrijf ik mijn gedachten op.'

'Mag ik nieuwsgierig zijn en vragen of u een dagboek bijhoudt?' vroeg Henri. Het was tegenwoordig mode voor meisjes en jonge vrouwen om hun gedachten en gevoelens aan een dagboek toe te vertrouwen.

'Nee, het is geen dagboek.' Ze schudde zo heftig het hoofd dat haar paardenstaart van links naar rechts zwiepte. 'Ik noteer wat ik zie: het weer, de wolkenpartijen, de golfbewegingen, de kleuren van de hemel en de zee op de verschillende tijden van de dag.' Ze stak Henri vol vertrouwen het opengeslagen boekje toe. Hij pakte het aan en keek erin. In een sierlijk, krullerig en uiterst zorgvuldig handschrift had ze al haar observaties vastgelegd.

'Doet u dat al lang?' vroeg Henri onder de indruk.

'O ja,' antwoordde ze trots, 'al sinds mijn twaalfde schrijf ik alles op wat ik zie. Ik heb een boekje voor planten, eentje voor dieren, en dit hier is voor het weer. Sinds kort heb ik er ook eentje voor mensen.'

'Voor mensen?' vroeg Henri verwonderd. 'Wat schrijft u zoal daarin?'

'Ach, alles wat ik waarneem, alles wat me opvalt. Hoe de mensen eruitzien, hoe ze zich bewegen, hoe ze eten, hoe ze lachen.'

Henri draaide aan zijn walrussensnor. 'Dan hebt u mij waarschijnlijk gisteravond bij het diner geobserveerd. U hebt mij een teken gegeven, maar ik begreep niet wat u daarmee bedoelde.' Hij moest lachen, hoewel hij probeerde streng te kijken.

'Ik wilde u gewoon een hart onder de riem steken, maar moest ook mijn hoofd schudden. U zat daar zo met twee mooie vrouwen. Dat viel vast niet mee, ook al zag het eruit alsof u de hoofdprijs had gewonnen.' Lily lachte. 'U leek wel de beer die tussen Sneeuwwitje en Rozerood zat en niet kon kiezen wie de mooiste was.'

'Is dat zo?' vroeg Henri. Wonderlijk, wat zo'n kind allemaal dacht. 'En wie zou de beer volgens u het liefste kiezen?'

'Dat weet ik niet, want ik heb niet kunnen horen wat u zei.' Lily oogde nu een tikje verlegen, alsof ze bang was dat ze te ver was gegaan.

'Nu moet u niet terugkrabbelen, mijn beste Miss Mey.'

'Nee, ik weet het echt niet. Ik heb in mijn boekje opgeschreven dat madame Meyer, toen ik haar voor het eerst zag, zo eenzaam leek, alsof ze niet meer wilde leven. En Mrs Henderson lijkt in mijn ogen juist iemand die met volle teugen van het leven wil genieten, maar niet weet hoe. Maar dat is slechts wat ik denk. Vergeet het maar. Ik had dat niet moeten zeggen.' Wat ze over mensen schreef, was haar grootste geheim, dat wilde ze voor zichzelf houden. Ze had monsieur Sauvignac al veel te veel toevertrouwd, of in elk geval meer dan haar lief was.

'U ziet meer dan ik,' zei Henri vol bewondering, 'dat is wel zeker.'

Lily zweeg.

'Weet u al wat u later wilt worden?' vroeg Henri, in een poging het gesprek op een ander onderwerp te brengen. Een stralende zon brak tussen de witte en grijze wolken door.

Lily knipperde en hield haar hand boven haar ogen. 'Ja, dat weet ik al. Ik wil graag de wetenschap in. Natuurkunde of biologie.' Ze zweeg even. 'Of schrijfster worden.'

Henri gaf haar het notitieboekje terug. 'Dat klinkt interessant,' zei hij, 'en erg moedig. Alsof u grote plannen hebt in het leven.'

'O ja,' zei ze knikkend, 'die heb ik, maar maman wil er natuurlijk niets van horen. Zij vindt dat vrouwen moeten trouwen. En als een vrouw getrouwd is, zegt ze, dan heeft ze geen tijd om te studeren.'

'Vindt u dat ook?' vroeg Henri.

Lily keek hem nadenkend en een beetje treurig aan. 'Maman wil maar niet begrijpen dat ik nooit zal trouwen. Ze wil niet inzien dat ik in een rolstoel zit en geen kinderen kan krijgen.'

'U kunt misschien geen kinderen krijgen, maar dan kunt u toch nog wel trouwen? Er zijn vele echtparen die geen kinderen hebben...' merkte Henri op.

Lily reageerde geërgerd. 'U weet heus wel dat een vrouw in een rolstoel iets anders is. Dat ik geen kinderen kan krijgen, is niet de enige belemmering, ik stuit elke dag op belemmeringen. In alles, overal waar ik ga en sta. Weet u wat dat betekent? Probeert u het zich maar eens voor te stellen.' Ze klonk erg streng voor haar leeftijd.

'Maar u kunt toch verliefd worden, en een man kan toch ook op u verliefd worden?' wierp Henri tegen. Hij probeerde zo overtuigd mogelijk te klinken, maar ze doorzag hem meteen.

'Dat gelooft u toch zelf niet, wat u daar zegt.' Ze schudde minachtend haar hoofd. 'Maar los van het feit of u gelijk hebt of niet: ik wil helemaal niet trouwen. Ik wil studeren of schrijven. In Amerika en in Londen mogen vrouwen studeren, en in Berlijn, Zürich en Wenen ook. Dat heb ik al opgezocht. Onze familie komt uit Wenen, we hebben daar nog familie wonen. Ik zou graag in Wenen willen studeren en hoop maar dat dat kan...' Ze onderbrak zichzelf en zei. 'Kijk eens naar die glinstering op de golven!' Ze wees naar de zee, die plotseling in het zonlicht lag te schitteren.

'Misschien heeft maman gelijk,' hervatte Lily haar gedachte-gang. 'Misschien heeft een getrouwde vrouw geen tijd voor zichzelf en de wetenschap. Ik wil echter liever tijd voor mijn observaties en het schrijven hebben. Ik zou me vervelen als ik een huishouden zou moeten leiden, ook wanneer ik daartoe de kans zou krijgen. Dat eentonige geklets van maman en haar vriendinnen, daarbij val ik doorgaans in slaap.' Aan Lily's gezicht was te zien hoe saai ze het ge-zelschap van haar moeder vond.

'Het is een heel verschil of men moet kiezen tussen de weten-schap en het huishouden, of tussen de wetenschap en mensen van wie men houdt,' merkte Henri op, maar hij had meteen spijt van zijn uitspraak. Wie was hij, uitgerekend hij, om haar de les te lezen?

'Mag ik?' Hij rolde Lily tot vlak voor de reling en ging toen naast haar staan. Samen keken ze uit over de glinsterende zee. Het zou niet lang duren voordat de wolken opnieuw voor de zon zouden schuiven en het glanzende schijnsel weer zou zijn verdwenen.

Ze zeiden niets meer totdat Lily's vader haar voor het ontbijt kwam halen. Twee scheepsjongens tilden haar rolstoel moeiteloos op en droegen haar over de trap omlaag.

Lily wuifde nog even naar Henri, en in gedachten streek hij haar over haar wang. Hij stelde zich voor dat haar slanke jongemeisjes-armen zich om zijn nek klemden, dat hij haar uit die stoel tilde en haar naar de plek droeg waar ze zo graag wilde zijn: een collegezaal van de universiteit van Wenen. Daar zette hij haar behoedzaam op een stoel neer en bleef naast haar op de trap staan. Een professor in het zwart begroette vanachter zijn lessenaar de studenten en begon zijn college natuurkunde over het wezen van de zwaartekracht. Lily kneep al luisterend haar ogen half dicht en was Henri al snel verge-ten.

Op de trap naar de eetzaal liep Henri Billie tegen het lijf. Ook deze keer was ze alleen.

'Goedemorgen Mrs Henderson,' begroette hij haar. 'Mag ik u naar het ontbijt begeleiden? Hoe is het met Mr Brown?'

Billie pakte de rok van haar saffraangele japon bijeen, maar bleef desalniettemin bij haar volgende stap met de hak van haar zwarte rijglaarsje achter haar zoom haken. Henri pakte haar bij haar arm om te voorkomen dat ze zou struikelen, en hoewel ze zo te zien haar bedenkingen had, protesteerde ze niet.

'Hij heeft nog steeds geen trek.' Haar antwoord was erg kortaf, maar toen vervolgde ze, een tikje spraakzamer: 'Hij heeft last van zijn maag, dat overkomt hem vaker. Dokter Kirschbaum heeft rust aanbevolen, en kamillethee en beschuit. En als het even kan, moet hij een frisse neus gaan halen.'

Ze staarde weer voor zich uit, zoals ze wel vaker deed, en lette helemaal niet meer op de treden van de trap die ze afliepen. 'Ik wil na het ontbijt een wandeling met hem aan dek maken. Als het weer aangenaam genoeg is, kan hij daarna een ligstoel opzoeken.' Ze knikte, blijkbaar tevreden over haar plan, en leek helemaal te zijn vergeten dat Henri haar nog steeds aan de arm leidde. Tot zijn verbazing nam ze in de eetzaal naast hem plaats zonder een bijdehante opmerking te maken. Wat was er met haar aan de hand? Billie was en bleef een mysterie.

'Ik heb honger,' zei ze slechts, en ze bestelde een omelet met spek, porridge, pannenkoeken met ahornsiroop en thee. 'Koffie kan ik niet verdragen,' zei ze bijna verontschuldigend, terwijl ze het kunstig gevouwen servet over haar schoot uitspreidde.

'Mrs Henderson... Billie,' zei Henri, die het gevoel had dat dit een geschikt moment was voor wat hij wilde zeggen. 'Ik zou graag nog even met u willen praten, maar dit keer iets uitvoeriger. Er is sprake van een aantal misverstanden.'

Ze trok haar wenkbrauwen op, maar tot zijn verbazing kwam ze niet met een uitvlucht. 'William zal als middageten slechts een glas bouillon drinken, zo goed ken ik hem wel.' Ze deed niet langer een poging te verbergen dat ze hem tamelijk goed kende. 'Daarna zal hij even willen gaan liggen. We kunnen op het bovenste dek afspreken, bij de reddingsboten. Kort na de lunch, dan zitten de meeste gasten nog in de eetzaal en is het op het promenadedek nog niet zo druk.' Billie beet in haar volle lip en trok haar servet recht. Het leek wel alsof ze zich afvroeg of ze net op onbetamelijke en samenzweerderige wijze een afspraakje met Henri had gemaakt. Ze sloeg verward haar ogen neer, maar keek toen weer op, waarbij ze poogde een strenge, grijsblauwe blik op te zetten. Dat lukte haar niet.

'Dat is goed,' antwoordde Henri. Als hij wat geslepener was geweest, had hij misschien met een handkus voor dit voorgenomen rendez-vous onder vier ogen kunnen bedanken, maar daar dacht hij pas aan toen het te laat was. 'Mocht het regenen, dan kunnen we elkaar in de salon treffen,' zei hij daarom maar.

De steward kwam het ontbijt brengen, maar bij de aanblik van de omelet werd Billie plotseling lijkbleek. 'Zou ik misschien slechts wat toast en marmelade mogen hebben?' mompelde ze. Even leek het alsof ze onpasselijk dreigde te worden.

'Natuurlijk, madame,' antwoordde de steward. 'Zal ik de omelet weer mee terugnemen?'

'Ja, graag,' antwoordde Billie zwakjes. Ze was half opgestaan, alsof ze wilde weglopen, maar ging toen weer zitten.

'Voelt u zich onwel?' vroeg Henri. Ze oogde allerminst gezond.

'Het gaat wel weer,' antwoordde ze, duidelijk een tikje opgelaten. 'Ik word soms getroffen door een kortstondig gevoel van misselijkheid,' vervolgde ze, met een blik op de bonte glaskoepel boven haar. 'Maar dat gebeurt alleen 's morgens, daarna zakt het weer af.' Toen Henri zweeg, voegde ze eraan toe: 'U hoeft me niet zo aan te kijken, ik ben niet ziek! Kijk, daar komt uw porridge al, en mijn toast...'

Henri was blij dat ze weer als haar oude vertrouwde zelf klonk. De steward met de blauwe ogen glimlachte naar haar, maar de opdringerige vriendelijkheid van de jongeman werkte Henri op de zenuwen. 'Dank u,' zei hij afgemeten, maar het liefste had hij de jongeman met een beweging van zijn hand weggejaagd.

Billie had er niets van gemerkt. Ze zat met een gekwelde blik naar haar toast te kijken.

'Billie,' zei Henri, 'u bent niet verplicht uw toast op te eten als u dat niet wilt. Misschien wordt u geplaagd door een soortgelijke indigestie als Mr Brown?'

Ze keek hem verwonderd aan. 'Nee,' zei ze toen, 'nee, maar ik heb wel wat frisse lucht nodig. Doet u mij een plezier en nuttig rustig uw ontbijt. We zien elkaar om half een bij de reddingsboten.' Ze stond haastig op en rende bijna weg.

Het regende nog niet toen Henri stipt op tijd bij de reddingsboten aankwam. Ze hadden hun trefpunt niet erg precies gekozen, want aan beide zijden van het bovenste dek lagen ongeveer twintig reddingsboten. Henri liep langzaam de hele rij langs, om er zeker van te zijn dat hij Billie niet over het hoofd zou zien. Even later kwam ze aan dek, en hij zag haar meteen. Verder was er niemand te zien, op een scheepsjongen na die een hond uitliet en Henri groette.

Billie zag er nu beter uit. Ze had zich niet omgekleed en droeg nog steeds dezelfde saffraangele japon van die ochtend.

'Het liefst zou ik nu met u in een reddingssloep plaatsnemen, al is het niet mijn bedoeling het schip ten onder te laten gaan,' zei Henri.

'In deze?' vroeg Billie. Ze tikte met de punt van haar parasol tegen de dichtstbijzijnde sloep.

Ze is misschien toch net zo als Lisette, dacht Henri. 'Nee, liever niet te dicht bij de toegang tot het dek.' Hij wees naar de achtersteven. 'Liever daarachter, bij de laatste sloep. Aan het einde van de wereld, of in elk geval aan het einde van de wereld op dit schip. Gaat u mee?' vroeg hij.

'Naar het einde van de wereld op dit schip?' Billie keek Henri met onderzoekende blik aan. 'U houdt een slag om de arm, dat merk ik al. Vooral niet te veel beloven, nietwaar?'

Ze liep voor hem uit, en hij zag de krulletjes in haar nek kroezen. Ze droeg deze keer niet de duivenhoed, maar ook deze hoed troonde als een vogel op haar hoofd, een tikje voorover, alsof hij bij elke windstoot het evenwicht kon verliezen en dan op zou moeten fladderen om te voorkomen dat hij neer zou storten.

Natuurlijk was de sloep afgedekt, maar Henri klom moedig langs de treden van het kleine trapje omhoog, maakte het zeil los, sloeg het terug en hielp Billie in de boot te stappen. Daar troonde ze dan, in haar zachtgele jurk met het bijpassende zomerhoedje, hoog boven het dek van de Kroonland, in een roeibootje midden op de oceaan. Ze legde haar hoofd in haar nek en knipperde met haar ogen naar de hemel. Onder haar schuimde het kielwater en trok een wit spoor door het water.

'Ik ben blij,' zei Billie ernstig, 'dat u hebt gezegd dat u met me wilt praten.' Haar hoofd lag nog steeds in haar nek, en weer leek ze in de weidse verten te zien wat ze wilde zeggen. 'Ik ben het beu mezelf en anderen iets wijs te maken en zal u de waarheid zeggen.' Met haar hand streek ze over het hout van het bankje in de reddingssloep, en na een korte stilte zei ze tegen de wolken: 'Ik ben Miss Billie Henderson, ik ben achtentwintig jaar oud en ik werk op de afdeling damesmode van een warenhuis in Philadelphia. Mijn vader was zadelmaker, hij maakte koffers en tassen en had een kleine werkplaats. Hij stierf toen ik veertien was. Ik ben de oudste van drie meisjes. Na de dood van mijn vader heeft mijn moeder als strijkster in de wasserij van een groot hotel gewerkt. Daar hielp ze vroeger ook al af en toe, wanneer we thuis krap zaten. Ik solliciteerde naar een baan als verkoopster omdat mijn moeder niet genoeg kon verdienen om vier monden te voeden. Mijn twee zusjes waren nog te klein, en we hadden de werkplaats van de hand moeten doen.'

Billie keek Henri nadenkend aan. 'Mijn ouders hadden een erg gelukkig huwelijk en we hebben een fijne jeugd gehad.' Ze zweeg weer even en vervolgde toen: 'Ik kon bij het warenhuis Wanamaker's aan de slag. Meteen al in de eerste week vroeg de afdelingschef me naar zijn kantoor te komen. "U weet, mijn beste kind," zei hij, "dat uw loon niet voldoende is om van te leven. U kunt niet eens uzelf onderhouden, laat staan een gezin. Wanneer u geen man op het oog hebt met wie u kunt trouwen, zult u zich op andere wijze van de steun van een heer moeten verzekeren." Ik had geen man op het oog, ik was pas vijftien. Ik kende alleen maar jongens uit de buurt, en die waren ook nog maar vijftien, zestien jaar oud. Die wilden en konden zelfs in hun stoutste dromen nog niet aan trouwen denken.' Billie haalde diep adem, alsof het haar moeite kostte verder te spreken.

Henri pakte haar hand. Ga door, wilde hij haar zo duidelijk maken.

Ze slaakte een zucht en zei, opeens op merkwaardig onverschillige toon: 'De afdelingschef zei dat hij me kon helpen een heer te vinden die me zou willen ondersteunen. Hij zou me bij zijn kennissen aanbevelen. De andere meisjes zeiden: "Zorg er maar voor dat je bij hem in een goed blaadje staat, anders sta je heel snel weer op straat." De heer met wie Mr Welsh mij liet kennismaken, had weliswaar worstvingers en een kaal hoofd, maar hij was nog altijd aangenamer dan Mr Welsh.'

Henri zweeg. Ze was een jong meisje, dacht hij. Mijn hemel, ze was nog bijna een kind geweest.

'Die heer betaalde de huur van een woning voor me en nam me een, twee keer per week mee uit eten. Daardoor hield ik iets van mijn loon over en kon ik moeder, Josie en Ann wat toestoppen.' Billie omklemde haar parasol met beide vuisten, alsof ze hem wilde breken, maar het metaal was sterker dan haar handen. 'We waren een tijdlang samen, Mr Reed en ik. Ik weet niet meer precies hoe lang, maar op een dag kwam zijn vrouw erachter en moest hij me laten gaan. "Billie," zei hij tegen me, "mijn engel, ik kom terug. Zodra mijn vrouw is gekalmeerd, kom ik terug." Maar blijkbaar is ze nog steeds niet gekalmeerd, want ik heb Mr Reed in elk geval niet meer gezien. Na hem volgden nog een paar andere heren. Je went eraan. Op één na waren ze erg aardig.'

Henri was stilgevallen. Zijn voorgevoel van die eerste middag, toen ze het nummer van haar hut had genoemd, was juist geweest. Ze had behoefte aan een arm om haar heen, een schouder om op uit te huilen. Iemand die haar zag staan. Een paar dagen geleden had hij haar verhaal niet eens willen horen, maar nu was alles anders. De wereld was anders. Hij bevond zich aan boord van dit schip, zodat hij haar hand kon vasthouden en naar haar verhaal kon luisteren.

Want Lisette was dood.

Maar Billie leefde.

'Toen leerde ik Mr Brown kennen,' onderbrak Billie zijn gedachten. 'William. Dat is nu drie jaar geleden. Ik bediende hem in de winkel, hij zocht een vos voor zijn vrouw. Ik liet hem er eentje zien, ik streek over het vel. Het was een zilvervos. De pels was zo zacht, en ik legde de vos om mijn hals om hem te laten zien hoe die een vrouw zou staan, maar ook omdat ik de pels tegen mijn wangen wilde voelen. Hij keek me aan toen ik dat deed. Ik hield de pels voor mijn mond, voelde de zilveren haartjes kietelen in mijn neus, en toen ik weer naar hem keek, zag ik de blik die hij me toewierp. Die was niet begerig, niet eens verlangend, maar vooral eenzaam. Hij vroeg me of ik die avond met hem wilde dineren. Ik knikte. Waarom niet? Hij haalde mij na mijn werk op en gaf de stola die hij had gekocht aan mij. Korte tijd daarna gaf ik Mr Wyland, de heer die toen voor mij zorgde, de bons. Ik deed mijn best om niet verliefd op Mr Brown te worden, maar hij was sympathiek. We hebben samen mooie uren gedeeld.' Ze aarzelde even. 'Misschien ben ik toch verliefd op hem geworden. Hij heeft me fatsoenlijk behandeld.'

Ze keek naar de wolken. De hemel was nu betrokken, het laatste blauw was verdwenen. De wind was krachtiger geworden, en aan dek was niemand te zien.

'Ik weet niet eens precies hoeveel kinderen hij heeft. Ik geloof vier. Ik weet eigenlijk niet waarom hij bij mij komt, hij spreekt altijd vol trots over zijn gezin en zo liefdevol over zijn vrouw. Hij betaalt nu alweer drie jaar mijn woning voor me, en toen ik niet verliefd op hem was, kon dat me niet schelen, maar nu vraag ik me af waarom hij bij mij komt. Hij heeft thuis toch alles? Hij is zo'n liefhebbende vader en echtgenoot. Ik begrijp mannen niet, maar gelukkig vraagt ook niemand dat van me.'

De wind liet de rook die uit de schoorstenen opsteeg als een smerige vlag heen en weer bewegen. De golven werden steeds hoger en droegen machtige kronen van schuim. De regen leek elk moment te kunnen losbarsten, en het schip begon merkbaar heen en weer te slingeren.

Billie beefde. Henri trok zijn jacquet uit en legde het over haar schouders. 'Vertel eens verder,' zei hij, bang dat Billie voor altijd zou zwijgen als ze haar verhaal nu zou onderbreken.

'William moest voor zijn werk naar Parijs en naar Rome,' ging Billie hakkelend verder. 'Omdat zijn vrouw niet graag reist, vroeg hij of ik hem wilde vergezellen. Hij heeft met mijn chef bij het warenhuis gesproken en het voor elkaar gekregen dat ik bij terugkomst daar weer aan de slag kan. Mogelijk niet op de afdeling damesmode, maar wel ergens in de verkoop.' Ze dacht even na. 'Hoewel mode me het best bevalt. Al die mooie stoffen, die kleren, dat bont. Maar nu ik Parijs en Rome heb gezien, kan het me eigenlijk niet veel meer schelen. Welk meisje kan nu zeggen dat ze zo'n reis heeft gemaakt?'

Billie begon heviger te rillen en Henri ging naast haar zitten. 'We kunnen maar beter terug naar binnen gaan, het gaat steeds harder waaien.' Hij legde zijn linkerarm om haar heen en pakte met zijn rechterhand haar hand. Die paste zo goed in de zijne dat hij er bijna van schrok.

'Kort voordat we uit Rome vertrokken, voelde ik me plotseling niet lekker. Ik was misselijk en moest kort na het opstaan braken. William stuurde me naar een arts, en dat was erg onaangenaam. Ik had nog nooit een arts bezocht, en dit was nota bene een Italiaan! De *dottore* stelde allerlei vragen en zei na een kort onderzoek: "U bent in verwachting, *signora*. Feliciteert u uw echtgenoot namens mij!"'

Billie weigerde Henri aan te kijken, trok haar hand uit de zijne en schoof die onder haar dij. Toen bedacht ze zich en drukte haar beide handen tegen elkaar alsof ze handenwringend om zelfbeheersing bad.

Henri zag dat ze vocht tegen de tranen. 'Maar…' begon hij.

Ze vermoedde wat hij wilde vragen en schudde haar hoofd. 'Nee, ik heb niets tegen William gezegd. Ik heb verteld dat de arts heeft geconcludeerd dat ik een gevoelige maag heb, maar ik weet dat William zijn vermoedens koestert. Hij heeft dit vaak genoeg met zijn eigen vrouw meegemaakt.' Berustend liet ze haar hoofd hangen. 'Verliefd worden mag niet. Een vrouw als ik mag onder geen beding verliefd worden. Begrijpt u dat?'

'Maar Billie,' zei Henri, 'je moet met hem praten.'

Ze schudde beslist haar hoofd. 'Nee, dat doe ik niet,' zei ze.

'Dat moet je wel doen,' zei hij, 'je moet het hem vertellen!' Henri voelde een ongewone, niet te beheersen toorn opwellen, en dat was niets voor hem. 'En stel dat hij nu ook van jou houdt?' vroeg hij. 'Dat hij hier heel erg blij mee is?'

'Wat weet jij er nu van?' zei Billie boos. Ze stond op, de sloep wankelde, en Henri haastte zich om haar te hulp te komen. Behoedzaam leidde hij haar de trap af naar het dek.

De wind was gedraaid. De rookpluim uit de schoorstenen verspreidde zwarte roetvlokken over Billies zomerhoedje, en zwarte sneeuw dwarrelde neer op haar saffraangele jurk. De wind deed haar rok opbollen, rukte aan de stof, trok aan haar hoed. Roet kwam neer op Henri's schouders, handen en knieën.

'Pardon, madame... monsieur...' De eerste officier dook voor hen op. 'We moeten de promenadedekken afsluiten. Er is storm op til en het wordt hierbuiten te gevaarlijk.'

Op dat moment barstte een hevige bui los.

Een sterke windvlaag dreef de regen schuin door de lucht, en druppels sloegen als trommelslagen op de dekplanken. De officier zag dat de reddingssloep open was en wierp Henri en Billie een wantrouwende blik toe. Hij trachtte het zeil over de boot te trekken en uitte een vloek toen de wind er met zijn pet vandoor ging.

Henri had Billie bij haar hand gepakt en trok haar mee naar de deur die toegang gaf tot het inwendige van het schip. Ze zetten zich schrap tegen de wind, en Billie probeerde met haar rechterhand afwisselend haar hoed vast te houden en de zware natte zoom van haar jurk omhoog te trekken, zodat ze meer vaart kon maken. Ze renden merkwaardig zigzaggend heen en weer, zwierend alsof ze dronken waren, want het schip ging op en neer op een hevig golvende, loodgrijze zee. Wit schuim spatte in vlokken over het dek.

Het duurde gelukkig niet lang voordat ze het binnenste van het schip wisten te bereiken. Drijfnat van de regen bleven ze staan.

Billie staarde verlegen naar de hoed die ze in haar hand hield. De strik die als versiering diende, was door de regen platgedrukt, en de hoed zelf had zich volgezogen met water. Billies bruine lokken glansden van het vocht, druppels liepen van haar haar over haar voorhoofd. Haar neus glom naakt in haar ongepoederde, geschrokken gezicht.

Door de regen was de stof van haar jurk donker gekleurd, en haar rok en mouwen kleefden aan haar lichaam. Ze klappertandde.

'Zo vat je nog kou,' zei Henri, die zag dat het water dat van zijn lijf droop een plasje rond zijn voeten vormde. 'Ga je maar snel omkleden. William vraagt zich vast af waar je bent. En denk eraan, aanstaande moeders kunnen maar beter niet ziek worden.'

Met zijn wijsvinger streek hij voorzichtig een natte lok haar uit haar gezicht. Ze keek naar hem op, haar mond zacht en bevend van schrik; ze was een klein, verloren meisje dat op haar vijftiende al had geleerd hoe ze zich volwassen moest gedragen. Omwille van de 'heren', die een klein beetje verliefd op haar waren geworden; net genoeg om haar gezelschap op te zoeken, maar te weinig om het burgerlijke leventje met hun echtgenotes in gevaar te brengen.

Billie draaide zich om en wilde weglopen. Henri zag haar rug, de kraag van haar jurk die door de regen plat was komen te liggen en waaruit haar nek opsteeg als een bloemstengel, slank, donzig bij de aanzet van haar haar.

Ze moest voor zichzelf opkomen! Hij wilde dat ze voor zichzelf op leerde komen, niet alleen voor haarzelf, maar ook voor haar kind, haar leven.

'Billie,' riep hij haar na. Ze bleef staan en draaide zich half om. Hij nam haar in zijn armen. 'Je moet William de waarheid zeggen!'

'O nee, dat moet ik niet!' antwoordde Billie, 'en het zijn ook helemaal jouw zaken niet.'

De bemanning had touwen in de gangen gespannen waaraan de passagiers zich konden vasthouden, maar desondanks was lopen een marteling. De storm woedde al uren; hij zweepte de golven steeds hoger op en liet het schip heftig slingeren op de woeste baren. De golven sloegen tegen de wanden van het schip als woedende beesten die de stalen kolos aanvielen.

Wie nog niet zeeziek was, verzamelde zich in de gemeenschappelijke ruimtes, maar de salons liepen snel leeg. De eetzaal werd gesloten. Het had geen zin de tafels te dekken: het servies zou over de tafels schuiven, de eerste glazen waren al rinkelend gebroken. En de passagiers was de lust tot eten toch al vergaan.

Voor de reizigers van het tussendek was de storm het ergste. Ook zonder sterke golfslag was de toestand in de slaapzalen al bijna ondraaglijk: er was nagenoeg geen verse lucht, slechts een schemerig licht, en wie er genoeg van had als haringen opeengepakt te zitten, kon maar moeilijk ontsnappen omdat bagage elke stap belemmerde. Het ergste was nog de herrie die onafgebroken uit de machinekamer klonk. Inmiddels was ook de stank onbeschrijflijk. De toegangen naar de buitendekken waren afgesloten, de weinige toiletten waren moeilijk te bereiken, en bagage gleed onbeheerd door de gangen. De zure geur van braaksel hing in de lucht.

Donderdag 28 juli

De storm werd in de loop van de nacht heviger en was op donderdagochtend nog steeds niet afgezwakt. De lampen in de gangen en de vestibule flakkerden omdat de gloeilampen door de heftige bewegingen van het schip uit hun fittingen waren losgetrild en de generator bij tijd en wijle stokte. Het was alsof de stad op zee door een besmettelijke ziekte werd geteisterd.

Voor iedereen was het een ellendige nacht.

Victoria, van haar stuk gebracht door de ruzie met haar broer, was niet alleen in paniek geraakt door de storm, maar ook door haar vermoeden dat ze op het punt stond Thomas te verliezen. Ze was zeeziek en wist niet wat erger was: de doodsangst die de storm in haar opwekte, of het vooruitzicht op een leven zonder Thomas, de enige die haar bestaan zin wist te geven.

Thomas had er spijt van dat hij zo streng tegen zijn zus was geweest, en dat voor een vrouw die verre van vrij was en die mogelijk nooit de zijne zou kunnen worden. Hij twijfelde er niet aan dat Victoria het nu zwaar had, maar ze had haar hut vanbinnen afgesloten en weigerde hem binnen te laten. Tegelijkertijd voelde hij zijn hart naar Valentina uitgaan. Dit was geen kortstondige verliefdheid; hoe haar leven voordien ook mocht zijn geweest, hij hoorde vanaf nu bij haar. En wat hem verblindde, was niet haar schoonheid, maar de zekerheid dat hij de vrouw had gevonden die voor hem bestemd was.

Zoals alle andere passagiers was ook Valentina door zeeziekte overweldigd. Ze deed haar uiterste best zich keer op keer weer Thomas' kussen voor de geest te halen, maar de misselijkheid bleek sterker en onderdrukte niet alleen die herinnering, maar ook al haar pogingen om zichzelf voor haar korte geluk te straffen door aan haar huwelijk en aan Viktor te denken, of aan Richard, van wie ze nog niets had gehoord, hoewel ze zich met haar bericht min of meer aan zijn voeten had geworpen.

Billie dacht helemaal niets en gaf zich domweg aan haar ellende over. Ze had zich als een ziek dier in haar hut teruggetrokken.

Henri was graag bij haar gebleven, maar hij werd heen en weer geslingerd tussen zijn pas ontdekte zorgzaamheid en zijn ijdelheid. Want ook zijn maag kwam in opstand tegen het weer, en in die hulpeloze toestand vertoonde hij zich liever niet aan de vrouw die hij steeds meer wilde behagen.

William Brown, die zich vóór de storm al niet goed had gevoeld, bande met enige opluchting zijn zorgen over het toekomstige lot van Billie uit zijn gedachten. Het was hem al eerder opgevallen dat ze merkwaardig gedrag vertoonde, maar voordat hij zich verder in haar gevoelens kon verdiepen, diende hij eerst zijn eigen lichamelijke ongemakken te overwinnen.

De kapitein was zijn verstekelinge vergeten nu hij belangrijker zaken aan zijn hoofd had. Alleen de stormbestendige Jan Bartels, door weer en wind gehard, dacht met een mengeling van tedere bezorgdheid en genoegdoening aan Valentina. Of ze dit avontuur zou overleven was nu in de eerste plaats van zijn kwaliteiten als zeeman afhankelijk. Hij stond klaar, voor het schip en voor haar, omdat de liefde geen vragen stelt. Al sierde het haar allerminst dat ze hem zo gebruikte.

Op donderdagmiddag ging de storm liggen. Het schip leek op een spookschip, met als enige verschil dat de Kroonland niet met aan flarden gereten zeilen ronddobberde.

In de salon hielden vier van de Russen elkaar wakker. Andrej, de zanger, ontbrak: hij was zo zeeziek dat hij niet meer kon doen dan plat op zijn rug in zijn hut liggen en naar het plafond staren. De anderen, die in hun ellendige toestand niet alleen wilden zijn, zaten in de salon aan de thee en de wodka. Fjodor, de man met het vollemaansgezicht, hield de wodkafles zekerheidshalve tussen zijn knieën geklemd.

Heel langzaam kwamen de reizigers weer uit hun kooien tevoorschijn, bleek en gehavend; niet alleen door zeeziekte, maar ook door de angst het leven te verliezen. De storm had hen echter gespaard, en sommige reizigers waren zich daarvan zeer bewust.

In een hoekje van de salon zat madame Vanstraaten met haar dochtertje op schoot, alsof ze zichzelf en het kind alleen op deze manier voor al het kwaad om hen heen kon behoeden. Madame Borg was bij haar gaan zitten, en zoals zo veel passagiers die een vreselijke nacht hadden ervaren, probeerden ook de twee vrouwen de angst die de storm in hen had opgewekt van zich af te praten.

'Willem is er heel erg aan toe,' zei madame Borg. 'Hij oogt misschien wel blozend en gezond, maar hij verdraagt helemaal niets. De kleinste verandering in onze dagindeling brengt hem van zijn stuk. Ik moet alles bij hem uit zijn buurt houden, alles, en dan nu deze storm... Hij voelt zich zo ellendig dat hij me heeft gesmeekt hem alleen te laten. Als hij zich beroerd voelt, is hij het liefste alleen.' Madame Borg zag er ongelukkig uit. Ze vouwde haar handen. 'Man en vrouw dienen elkaar bij te staan, juist in ziekte en nood, maar in de loop der jaren heeft mijn man zich steeds meer in zichzelf teruggetrokken. Sinds het duidelijk is geworden dat we geen kinderen zullen krijgen, is hij nog korter van stof geworden dan hij daarvoor al was.' Madame Borg tastte naar haar blonde krulletjes en voelde of haar haar nog keurig opgestoken zat. 'Hij heeft me nooit verweten dat we kinderloos zijn gebleven, maar ook zijn zwijgen is een aanklacht, een afwijzing. Ik moet elk woord uit hem trekken.'

De kleine Olivia moest hevig niezen. Madame Vanstraaten haalde een kanten zakdoekje uit haar handtas en veegde de neus van haar dochtertje af. Ze trok bij die gelegenheid ook de strik op haar hoofdje weer recht. 'Olivia, lieverd, je verveelt je, nietwaar? Ga maar eens kijken of je een spelletje kunt vinden.' Ze wees naar een andere hoek van de ruimte.

Olivia knikte gehoorzaam en liep naar de notenhouten kast die verschillende spellen bevatte. Haar witte kniekousjes zakten af, en één kous hing al over haar zwarte lakschoentje. Het meisje merkte het tijdens het lopen, bleef staan en trok haar kousen zorgvuldig weer omhoog.

Madame Vanstraaten keek haar dochtertje na. Toen het kleintje buiten gehoorsafstand was, zei ze met een grimmig lachje: 'Ja, in de loop der jaren worden mannen steeds zwijgzamer.' Ze leek de laatste jaren met haar man aan zich voorbij te zien trekken. 'Op een bepaald moment is men uitgepraat, of er nu kinderen zijn of niet. Denkt u alstublieft niet dat het komt doordat u geen kinderen hebt. Het is een kwestie van ingesleten gewoontes, te veel wonden, te veel misverstanden. Wij praten al lang niet meer met elkaar. Soms zeg ik dat ik vind dat hij te streng is voor de kinderen, en hij is verschrikkelijk streng,' verzuchtte ze. 'Maar hij maakt niet eens meer ruzie met me. Hij ziet me niet staan.' Ze keek met een tedere blik naar haar dochtertje. 'Hij denkt dat Olivia niet zijn dochter is.'

Madame Borg kuchte verrast. Met een mengeling van ontzetting en medeleven boog ze zich naar madame Vanstraaten toe. 'O hemel, u arme!' zei ze hoofdschuddend. 'Dat hij iets dergelijks durft te insinueren!'

'Het is geen insinuatie,' zei madame Vanstraaten op zakelijke toon, alsof ze in de afgelopen uren tijdens het geweld van de storm tot het besef was gekomen dat ze toch niets meer te verliezen had. Dat het haar goed deed de waarheid te vertellen, om het even aan wie. Madame Borg wist geen woord uit te brengen.

'Mijn man heeft zich niet van mij laten scheiden, maar sinds deze misstap spreekt hij niet meer tegen me. In zijn wereld is een dergelijke zondeval ondenkbaar. Voor hem besta ik niet meer als zijn echtgenote. Mij rest nog één taak, in zijn ogen: het grootbrengen van de kinderen, zijn kinderen.' Madame Vanstraaten glimlachte weemoedig en vervolgde: 'Het was me liever geweest als hij me naar mijn familie had teruggestuurd en een scheiding had aangevraagd. Dan had ik mijn genadebrood in het huis van mijn ouders kunnen eten. Ze zijn genereuze, goedhartige mensen.'

Madame Borg, die zo graag moeder was geworden, keek madame Vanstraaten ontzet aan. Niet alleen het schip, maar haar hele wereldbeeld wankelde, en ze was gevleid en gechoqueerd tegelijk dat madame Vanstraaten haar dit alles wilde toevertrouwen.

'Maar,' zei ze, in een poging haar wereldbeeld weer recht te zetten, 'uw man komt u toch in zekere zin ook tegemoet, doordat hij u niet ten overstaan van de maatschappij laat vallen. U kunt verder leven zoals u gewend was, de kinderen zijn u niet afgepakt, en u bent niet blootgesteld...'

Madame Vanstraaten keek even of Olivia echt buiten gehoorsafstand was en zag dat ze een dominospel had gevonden en nu aan de speeltafel de stenen geduldig in een lange slang aan elkaar legde. Madame Vanstraaten glimlachte nogmaals melancholisch en antwoordde: 'O nee, mijn man ziet zijn gedrag niet als een genade, maar als straf, mijn straf, die hij me elke dag opnieuw oplegt en die levenslang geldt. Mijn man is zeer grondig. Hij stuurt, hij controleert, hij legt vast hoe we ons elke minuut van de dag dienen te gedragen en hoe we ons moeten voelen: zondaars en mislukkelingen, zwak vlees, als onwillige, luie schepsels die gekastijd moeten worden.'

Haar stem stokte. Ze rechtte haar rug, opende haar handtas, pakte er een nieuwe, schone gevouwen zakdoek uit en kneep die samen in haar hand. Ze bracht de zakdoek niet naar haar ogen.

Madame Borg gaf geen antwoord op die laatste woorden en wist niet eens of ze haar man dit ongelooflijke verhaal wel zou vertellen. Madame Vanstraaten zocht met haar blik naar haar dochtertje. Het meisje merkte dat haar moeder naar haar keek en lachte zwakjes. Ze voelde zich nog niet helemaal de oude.

'Kom, Olivia,' riep madame Vanstraaten zachtjes. Ze stond op uit haar stoel. 'We gaan eens kijken hoe de anderen het maken. Misschien willen ze wat thee of beschuit.'

Gehoorzaam legde het meisje de dominostenen terug in hun doos, borg de doos weer op in de kast en pakte de hand van haar moeder vast. 'We boffen dat wij tweeën niet zo zeeziek zijn,' zei madame Vanstraaten tegen Olivia, en ze knikte nog een keer naar madame Borg.

Henri, die als een van de eerste passagiers weer wat opknapte, besloot op zoek te gaan naar Billie. Hij maakte een rondje door alle gezamenlijke ruimtes. De rookkamer stonk naar verschaalde sigarettenrook, maar dat was nog altijd beter dan de stank die in de gangen hing. Enkele heren zaten op de bruine leren bank die zich langs de wanden van de ruimte uitstrekte, maar slechts één van hen rookte. Een van de elektrische peertjes aan het cassetteplafond was uitgevallen, zodat de hoek duister en zwaar oogde. Op het tapijt met zijn drukke dessin van rode en witte, met elkaar verweven guirlandes, zat een grote vlek die nog vochtig leek. Henri zag in gedachten goudbruine cognac, witte riesling en bordeauxrode bourgogne in hoge, slingerende bogen vanaf zilveren dienbladen door de lucht vliegen. Glazen die een eigen leven gingen leiden en een acrobatische voorstelling gaven.

In de eetzaal heerste een gapende leegte. De draaistoelen keerden de lange tafels afwijzend hun houten ruggen toe, het deksel van de vleugel was gesloten. Het was nu wel duidelijk waarom de stoelen aan de vloer waren vastgeschroefd.

Billie kwam Henri tijdens zijn rondgang nergens tegen.

Tegen de avond waren de dekken weer toegankelijk. De planken van het dek waren verzadigd van het vocht en het water droop van de reling. Een sterke, kille wind had blauwe gaten in de duistere wolkenhemel geslagen, gaten die zo blauw waren dat de kleur pijn deed aan de ogen. De zee was nog steeds erg woelig, maar de zwartgroene golven, nu gekroond met hoog opspattend wit schuim, sloegen minder krachtig tegen de wanden van het schip.

De wind leek de wolken telkens opnieuw aan stukken te scheuren; hij veegde grijze en zwarte flarden bijeen en dreef ze weer uit elkaar, als een onbarmhartige herder met zijn kudde.

Eindelijk verscheen de zon laag aan de horizon, als een grote, geel gloeiende bal die steeds roder werd en de omringende wolken in een hartstochtelijk purper en oranje dompelde.

Henri stond met zijn oude zwarte mantel om zich heen gewikkeld naar de gloed aan de hemel te staren. Als Billie zijn geklop dadelijk weer zou negeren, zou hij desnoods bij Mr Brown aankloppen om haar te vinden. Hoe zou zij de afgelopen uren zijn doorgekomen? Hoe vaker hij aan Billie dacht, hoe schaarser zijn herinneringen aan Lisette werden. Zij, die hem in gedachten had vergezeld sinds ze deze tastbare wereld had verlaten, was eindelijk verstomd.

Hij dacht aan hoe ze haar hand zonder iets te zeggen in de zijne had gelegd wanneer ze in Parijs gingen wandelen. Lisette, die de grote wereld beter aankon dan hij, maar die toch altijd bang was te verdwalen.

'Ik ben bang voor de mensen, dat weet je toch,' zei ze wanneer hij zijn hand om de hare sloot, steevast verrast door het vertrouwelijke gebaar. 'De wereld is te groot en te zwaar voor me. Ik weet dat je dat niet gelooft, maar het is zo.' Soms had ze haar hand teruggetrokken, haar armen omhooggestoken en geroepen: 'Ik wil alleen maar dat je me vasthoudt!'

Nu wilde hij dat hij dat had gedaan. Wat had hem tegengehouden? Waarom had hij al haar hartenwensen genegeerd? Nu zou hij – dat wist hij zeker, en daarom voelde hij zich zo ellendig – nu zou hij haar zonder aarzelen in zijn armen hebben genomen en zou hij simpelweg hebben geroepen: 'Natuurlijk! Natuurlijk hou ik je vast!'

'Monsieur Sauvignac!' klonk plotsklaps een stem achter hem. Valentina had hem al een tijdje gadegeslagen. Ze leunde in een bruine wollen deken gehuld tegen de wand die het binnenste van het schip van het buitenste promenadedek scheidde. Ze zag bijzonder bleek en moest telkens twee lokken haar uit haar gezicht strijken die door de wind waren losgeraakt.

'Madame Meyer!' zei Henri verheugd. Hij leunde naast haar tegen de wand. 'Ik vroeg me al af hoe het u was vergaan… Vermoedelijk niet veel anders dan mij en alle anderen…'

Ze probeerde te glimlachen. 'Ik word niet zo snel zeeziek. Niettemin… Het is vervelend niet te weten hoe lang het nog duurt. Ja ik voelde me… beroerd… Na al die uren moest ik echt wel even een frisse neus halen, zoals u ziet.' In haar bleke gezicht leek haar neus spitser dan gewoonlijk.

'Ik wilde net kijken hoe het met Mrs Henderson is,' legde Henri uit, 'maar misschien treffen we elkaar later in de eetzaal? Vooropgesteld dat u zich kunt voorstellen dat we ooit weer iets zullen eten…'

Valentina aarzelde. 'O hemel, ik zou het niet weten,' zei ze, 'ik denk het niet.'

Toen Henri bij zijn hut terugkeerde, zag hij dat er een briefje onder zijn deur door was geschoven. Het was een boodschap van Billie. Ze

wist door haar schutterige handschrift met wijde uithalen een heel
vel met een paar regels te vullen.

Henri, ik ga met hem praten. Ik weet nog niet wanneer, maar ik
heb het me voorgenomen. Ik was zo misselijk, ik heb wel duizend
keer gebraakt. Ik kom niet naar het diner. Tot later.

Henri keek naar het scheef dubbelgevouwen vel in zijn hand alsof
het poëzie betrof. Sinds wanneer was hij zo romantisch? Enkele
inktvlekken sierden het papier, en de tekst was niet vrij van spel-
foutjes. Maar hoeveel bezwaren hij ook tegen zijn gevoelens jegens
Billie in wist te brengen, het hielp allemaal niets. Hij stak het briefje in de binnenzak van zijn jacquet, zodat hij het later nog eens zou
kunnen bekijken, deze naar jasmijn geurende afgezant van Miss
Henderson.

Kom naar me toe nadat je met William hebt gesproken. Hut 11.
Beloof het! Mocht ik niet in mijn hut zijn, zoek me dan in de eet-
zaal of de salon.
Henri

schreef hij terug, en belde toen om de scheepsjongen die zijn postil-
jon d'amour moest zijn.
Lisette gaf geen commentaar. Ze zweeg, alsof ze van boord was
gegaan. Geen herinnering, geen tafereel dat voor zijn geestesoog
verscheen en haar bij hem terugbracht.

De gedraaide trap naar de eetzaal lag er dof bij. De paar passagiers
die zich buiten hun hutten waagden, oogden verloren. Ze namen
voorzichtige stappen en hielden zich aan de notenhouten trapleuning vast, alsof de storm het schip nog steeds in zijn greep had. De
purser stond bij de deur van de eetzaal en begroette de passagiers

die voor het diner verschenen. Alle lampen brandden, maar de zaal maakte een ongewone indruk. Het licht werd niet zoals gewoonlijk weerspiegeld in het kristal van de vele glazen en het rijkelijk gedekte tafelzilver, want de stewards hadden de tafel niet volledig gedekt. Ook de bloemstukken die doorgaans de tafel sierden, waren verwijderd, zodat er geen chaos zou ontstaan indien het schip opnieuw zou gaan slingeren.

Henri ging in zijn eentje aan een tafel zitten, hoewel hij een paar bekenden zag, onder wie het echtpaar Borg, het echtpaar Vanstraaten en het groepje Russen. De knappe steward met de blauwe ogen bracht hem de menukaart, en Henri werd nogmaals overvallen door een golf van onpasselijkheid toen hij het menu las.

Grapefruitcocktail
Quenelles of Foie-Gras President
Cold Consommé Madrilène/ Potage Okra
Délice of Kapak, Plymouth
Cold Asparagus, Vinaigrette Sauce
Saddle of Lamb aux Primeurs
Boiled and Château Potatoes
Roast Vermont Capon à la Broche
Salad Californienne
Washington Pudding/Apricot Delaware
French Pastry
Dessert
Coffee

Soep, asperges en een paar hapjes kapoen leken hem een verstandige keuze, en Henri nam zich voor uitsluitend water te drinken. Hij knikte net naar de steward om zijn bestelling op te geven toen hij Valentina in de deuropening zag staan. Zoekend keek ze om zich heen, maar Thomas noch Victoria was aan tafel verschenen, en nadat Valentina haar opkomende twijfel had onderdrukt, wist ze niet goed of ze daarover ongelukkig of opgelucht moest zijn.

Henri sprong op en vroeg haar bij hem aan te schuiven. 'Ik zie dat u het toch aandurft een hapje te eten,' zei hij, en hij gaf haar de menukaart aan.

Ze glimlachte zwakjes en bestelde een heldere bouillon. 'Ik weet niet of men het feit dat ik iets probeer te eten vermetel kan noemen,' zei ze.

Ze keek zo onopvallend mogelijk de eetzaal rond, verontrust door de gedachte dat ze Thomas in haar nervositeit over het hoofd kon hebben gezien. Hij bleek echter echt niet aanwezig, en ze voelde zich dom omdat dat haar zo'n pijn deed.

'Mijn beste madame Meyer,' antwoordde Henri, 'veel mensen aan boord vinden dat u iets ongehoords hebt gepresteerd: u hebt met alle conventies gebroken. Ik weet niet of ik dat zou hebben gedurfd.'

Ze keek hem verwonderd aan. 'Maar ik heb daar helemaal niet zo veel over nagedacht als u nu denkt!' riep ze uit. 'Ik ben gewoon aan boord gegaan omdat ik het leven dat ik leidde niet meer kon verdragen.' Ze begreep blijkbaar niet dat men dat gewaagd vond.

'Hopelijk staat u mij toe u te vragen of u ooit een vrouw hebt ontmoet die iets vergelijkbaars heeft gedaan? Mannen worden in hun opvoeding voorbereid op het nemen van ingrijpende beslissingen, maar u bent een vrouw. U dient zich, zoals alle vrouwen, te houden aan een reeks van conventies en beperkingen, omdat minachting de prijs is die u voor vrijheid zou moeten betalen. Om uit zo'n keurslijf te breken...'

Ze onderbrak Henri met een snelle, ongeduldige beweging van haar hand: 'Ik heb mijzelf nooit als lid van die conventionele wereld beschouwd. Daar hoorde ik nooit bij. Van jongs af aan heb ik geweten dat ik anders was.' Ze keek hem glimlachend aan. 'Is dat voor u als kunstenaar ook niet het geval?'

Henri knikte. 'Ja, natuurlijk,' begon hij, maar toen onderbrak hij zichzelf met: 'Als we ons toch allebei een buitenstaander voelen, als dat is wat ons met elkaar verbindt, wilt u het mij dan toestaan u als Valentina aan te spreken?' Hij boog even snel, als verontschuldiging voor zijn omwonden verzoek, en legde zijn hand op zijn borst: 'Henri. U zei tegen Miss Henderson dat u... Valentina heet... En mocht u nog meer argumenten nodig hebben, dan kan ik u zeggen dat ook een samen doorstane storm een band schept...'

'Ja, zoals op dit schip op merkwaardige wijze wel vaker gebeurt, zonder dat men zich verzetten kan...' Ze dacht aan Thomas Witherspoon, die nog steeds niet was verschenen. Het leek alsof ze hem al een eeuwigheid niet meer had gezien.

'Als we weer wijn kunnen verdragen, zullen we daarop klinken, vindt u niet? Maar staat u mij nog een vraag toe: waarom beschouwt u uzelf als een buitenstaander?'

Valentina aarzelde. Tot hoe ver wilde ze Henri Sauvignac in vertrouwen nemen? 'Ik begrijp waarom u dat vraagt,' zei ze ten slotte. 'Het klopt dat ik een leven vol voorrechten leid. Ik ben opgevoed door mijn grootmoeder, die altijd zeer goed voor me is geweest. En ik had het geluk in een welgestelde familie ter wereld te komen.'

Er scheen iets door haar gedachten te gaan, als een wolk die men mijmerend nakijkt wanneer hij langs de hemel drijft.

'Er moet iets zijn gebeurd, anders was u nooit naar de haven gekomen om aan boord van dit schip te gaan. Een schip dat overigens al uren eerder had moeten vertrekken. Hoe kon u weten dat het uren vertraging had?'

'U wilt weten wat er is gebeurd? Waarom ik naar de haven ben gegaan? Hemel, dat zijn erg persoonlijke vragen, en dat is een erg lang verhaal. Weet u zeker dat u dat allemaal wilt horen?'

Ze verwachtte blijkbaar geen antwoord op haar vraag en vervolgde: 'Elke geschiedenis heeft een voorgeschiedenis. Ik ben bij mijn grootmoeder opgegroeid, in Antwerpen. Mijn moeder zag ik zelden. Ze lijdt aan een zwakke gezondheid en brengt haar tijd vooral door met het bezoeken van allerlei kuuroorden in Europa. Dat doet ze al sinds mijn geboorte. Mijn vader heb ik nooit gekend. Hij verliet mijn moeder toen ze nog van mij in verwachting was.'

Henri staarde haar vol ongeloof aan. Wat vertelde ze daar? Hij voelde een vlammende hitte in zich opwellen en moest zijn kraag losknopen.

'Wat scheelt u nu?' vroeg Valentina verbijsterd. 'U bent helemaal rood aangelopen! Voelt u zich onwel? Hier is uw glas, neem een slok water... Monsieur... Henri?'

'Nee, nee... Het gaat wel weer,' mompelde hij. Hij liet zijn hand onder zijn kraag glijden. 'Vertelt u alstublieft verder!' Hij legde verontschuldigend zijn hand op de hare. 'Alstublieft! Uw vader heeft uw moeder verlaten voordat u ter wereld kwam...'

Het verbaasde Valentina dat zijn stem plotseling zo hees klonk, maar ze vervolgde: 'Mijn moeder heeft mijn vader in Parijs leren kennen, in de salon van de familie Montagnol. De Montagnols waren goede vrienden van mijn grootvader, die hen heeft leren kennen toen hij rechten studeerde aan de Sorbonne. Mijn moeder heeft enkele maanden bij hen doorgebracht, teneinde Parijs te leren kennen en een dame van de wereld te worden. Ze was toen pas achttien, mijn vader drieëntwintig. Mijn moeder speelde voortreffelijk piano, iedereen moedigde haar altijd aan om iets te spelen. Op een avond, in september 1876, begeleidde ze mijn vader, die eveneens bij de Montagnols verbleef, op de vleugel. Mijn vader was niet alleen erg attractief, zoals men dat noemt, en charmant, maar hij had ook een stem die vrouwenharten deed smelten. Op deze avond droeg hij enkele liederen voor, en mijn moeder begeleidde hem op de vleugel.' Valentina scheen in gedachten verzonken. Ze had het tafereel al zo vaak voor zich gezien. 'Ze werd halsoverkop verliefd op hem.'

'U hebt blijkbaar veel van uw vader geërfd,' zei Henri. 'In elk geval uw stem... en uw schoonheid.'

'Mijn moeder is ook beeldschoon,' merkte Valentina haastig op, alsof ze haar in bescherming moest nemen. 'Hoe mijn vader eruitzag, weet ik enkel dankzij een schilderij dat een Parijse salonschilder ter gelegenheid van het huwelijk van mijn ouders heeft gemaakt. Het hangt bij mijn grootmoeder thuis, ondanks de schande die mijn vader over de familie heeft gebracht. Op dat schilderij speelt mijn moeder op de vleugel. Ze is er nog echt een meisje en kijkt vol aanbidding naar mijn vader op…' Valentina zweeg even, alsof ze in gedachten voor het schilderij stond. 'Mijn vader draagt een zwart rokkostuum en leunt op de vleugel. Hij is lang en slank en heeft donker haar.' Als kind had ze zo vaak naar het schilderij staan kijken dat ze elk detail uit haar hoofd kende. Dan had ze zich voorgesteld hoe de stem van haar vader klonk, wanneer hij sprak en zong, hoe hij zich over de vleugel heen naar haar moeder had gebogen en haar glimlachend ten dans had gevraagd. Hoe hij haar voor het eerst had gekust.

Toen zei ze onverwacht fel: 'Hij heeft nooit geprobeerd contact met mij op te nemen.'

Grote zielenpijn gaat nooit echt over en heeft de eigenschap tot leven te komen wanneer men hem wekt. De gebeurtenis waarover Valentina vertelde, lag in het verre verleden, maar de pijn was er nog steeds. Haar ogen vulden zich met tranen.

'Hij heeft het nooit uitgelegd? U nooit geschreven? Uw moeder heeft hem nooit meer gezien?'

'Nee,' antwoordde Valentina, 'hij heeft nooit geschreven. Hij is van de ene dag op de andere dag verdwenen.'

'Aha,' zei Henri. Met schorre stem voegde hij eraan toe: 'Ik ken nog iemand die nooit heeft gepoogd zijn dochter te zien. Ik…'

Maar ze had hem niet gehoord en sprak alweer verder: 'Mijn ouders zijn in Antwerpen getrouwd, zes maanden nadat ze elkaar hebben leren kennen. Mijn grootvader was tegen het huwelijk. Mijn vader had geen beroep, hoewel hij in Moskou enkele semesters economie had gestudeerd. Hij was met zijn rijkere neef op een uitgebreide reis door Europa en zou de landgoederen van zijn vader overnemen.'

'Dat kan ik mij herinneren,' viel Henri haar in de rede, 'dat u hebt verteld dat uw vader Russisch is. Dat zei u al toen ik u de Russen hier aan boord wilde voorstellen...'

'Ik kreeg een Russische naam, Valentina. Ik weet niet waarom, want alleen al die naam moet mijn moeder hebben gekrenkt. Het is de naam van mijn grootmoeder van vaderszijde, die verder niemand uit mijn familie kent. Elke keer wanneer mijn naam valt, moet mijn moeder aan mijn vader denken, aan wat hij haar heeft aangedaan. Ik ben de doorn in haar vlees, het levende, alomtegenwoordige bewijs van haar schande.' Ze zei het met een zekere ironie, maar ze bloosde alsof ze zich nog steeds voor haar bestaan schaamde.

'Mijn moeder is de schande nooit te boven gekomen. Heel Antwerpen sprak erover, dat die knappe Andrej haar had verlaten en spoorloos was verdwenen toen ze zeven maanden zwanger was. Ze waren nog geen jaar getrouwd. Gelukkig heeft mijn grootvader dat alles niet meer hoeven meemaken, en evenmin dat het paar tegen zijn wil en met de halfslachtige toestemming van mijn grootmoeder is getrouwd en bij haar introk. Nadat mijn vader was verdwenen, werd mijn moeder ziek,' zette ze haar verhaal voort. 'Mijn grootmoeder zegt dat ze apathisch werd en niet meer sliep. Na mijn geboorte leed ze aan het ene vrouwenkwaaltje na het andere.'

Ze keek Henri aan, bang dat ze hem verveelde, maar hij knikte slechts ten teken dat ze verder moest gaan.

'Mijn moeder reisde van kuuroord naar kuuroord, van de ene genezende bron naar de andere. Dat doet ze nog steeds.' Valentina schudde haar hoofd. 'Ze reist de wonderdokters achterna; eerst verafgoodt ze hen, maar als de kuur niet werkt, laat ze hen vallen. En tussendoor komt ze nu en dan naar huis.' Ze haalde hulpeloos haar schouders op. 'Dat ik zo op mijn vader lijk, was niet bepaald in mijn voordeel. "Valentina," zei mijn moeder altijd wanneer ik haar als kind te zien kreeg, "wees zoet en luister naar je grootmoeder. Je weet dat ik niet voor je kan zorgen. Wees dankbaar dat je bij grand-maman mag wonen, die zo goed voor je is." En dan zuchtte ze…' Valentina imiteerde de zucht. '… en streek ze me afwezig over mijn haar en zei ze: "Word niet zoals je vader!" En dan wendde ze zich tot mijn grootmoeder om te vertellen over de behandelingen die ze overal tevergeefs had ondergaan, in Baden-Baden en Bad Ragaz tot aan de thermen van Saturnia.'

Valentina zweeg plotseling. Thomas Witherspoon was in de deuropening verschenen. Hij oogde bleek en nog langer dan ge-woonlijk, hij streek zijn haar van zijn voorhoofd en keek zoekend in het rond. Valentina kon haar blik niet van hem afhouden, alsof hij haar sneller zou ontdekken wanneer ze geboeid in zijn richting keek. Ze merkte niet eens dat ze was stilgevallen en dat Henri wachtte totdat ze haar verhaal zou hervatten.

Ze was simpelweg van het ene op het andere moment vergeten dat Henri er was.

Toen zag Thomas haar zitten en stond Valentina half op uit haar stoel, alsof ze Thomas tegemoet wilde snellen.

Ook al zou het zo dadelijk tot haar doordringen dat ze hier met Henri zat, ook al zou Thomas de beleefdheid hebben Henri bij het gesprek te betrekken, dan nog was duidelijk dat de avond voorgoed een andere wending had genomen.

Henri stond op. Hij voelde zich opeens moe en rillerig, alsof hij kou had gevat. Hij had de behoefte alleen te zijn.

Hoewel Valentina zelf in het geheel niet kon vermoeden welke betekenis haar verhaal voor hem had, besefte hij nu waarom hij met de mooie vreemdelinge had moeten kennismaken.

'Alstublieft, komt u bij ons zitten,' zei Valentina ten slotte blozend tegen Thomas Witherspoon. Zijn ogen hadden de kleur van de zee, groen en grijs, met een zweem van blauw erin. Nee, dacht Valentina, net zoals die eerste keer. Nee. Ik wil het niet, het kan niet. Maar toch wil ik het, schoot het tegelijkertijd door haar hoofd, hoewel het niet kan, niet mag.

Henri benutte de gelegenheid om Thomas zijn plaats aan te bieden en zich te verontschuldigen. 'Ik hoop, Mr Witherspoon, dat uw zuster en u de storm redelijk hebben doorstaan. Excuseert u mij, ik wil me nu graag terugtrekken. Ik weet zeker dat u mijn plaats tegenover madame Meyer uitstekend zult kunnen innemen.'

Zijn laatste zin klonk een tikje gekrenkt, daar het hem niet was ontgaan waar Valentina's sympathieën lagen. 'Valentina…' Hij boog even en verliet de eetzaal.

'Monsieur Sauvignac mag u dus bij de voornaam noemen…' merkte Thomas op.

'O hemel, hoe gaat het met u?' wierp Valentina het over een andere boeg. Thomas zag erg pips uit. 'U hebt me een paar dagen geleden nog gewaarschuwd en me aangeraden van mijn entrecote te genieten. U had gelijk,' ging ze verder. 'Ik heb een dag lang het gevoel gehad dat ik nooit een hap meer door mijn keel zou krijgen… Maar wat ziet u bleek…'

'Ja, ik heb niet bepaald zeebenen.' Hij trok een jongensachtige grimas. 'Het is maar goed dat ik voor mijn beroep meer met vaste grond te doen heb. Victoria en ik hebben behoorlijk geleden.'

De steward vroeg naar zijn wensen, maar Thomas wilde slechts zwarte thee en wendde zich toen weer tot Valentina. 'Ik had graag een oogje op u gehouden, maar vreesde dat dat te opdringerig zou lijken. Ik heb nog aan dokter Kirschbaum gevraagd of hij u had gesproken, maar hij meende dat u in uw hut was, en het speet me zo dat ik u daar niet kon opzoeken. Ik heb me nu hierheen gewaagd in de hoop u aan te treffen.'

Hij keek haar stralend en ontwapenend aan. Valentina voelde dat ze onbeheerst begon te huiveren, over haar hele lichaam, en probeerde dat gevoel uit alle macht te onderdrukken. Het maakte haar bang, en ze had geen idee hoe dit nu verder moest.

'Ja,' zei ze alleen maar hulpeloos, 'ja.' Het moest hem opvallen hoe verward ze was. Of erger, dat ze verliefd op hem was. Ze moest zich beheersen, nu meteen. Ze had al genoeg aangericht. Als Richard haar bericht had ontvangen, zou hij op de kade in New York op haar wachten... En hoe zou ze dat aan Thomas moeten uitleggen?

'U ziet er geweldig uit,' onderbrak Thomas haar gedachten, 'de storm heeft geen vat op u gehad...'

'Dat is echt niet zo,' protesteerde ze. 'Maar waar is uw zuster?'

Hij schudde het hoofd en trok een ernstig gezicht. 'We hebben geen van beiden zeebenen, maar Victoria raakt aan land al in paniek van onweer. Mijn moeder is bij een brand om het leven gekomen, en bliksem kan brand veroorzaken. Arme Victoria. Ze is nog steeds in haar hut.' Hij repte met geen woord over de woordenwisseling met zijn zuster.

'Wat vervelend,' zei Valentina. Ze legde kort haar hand op de zijne, maar trok die snel terug toen ze zijn warme huid voelde. Met Richard was het anders, dacht ze. Aan Viktor dacht ze niet eens.

Thomas tilde de hand op die zij had aangeraakt. 'Is er soms iets mis? U trekt uw hand zo snel terug. Of wilt u het nogmaals proberen?' Hij legde zijn hand weer op de tafel en schoof hem in haar richting.

O hemel, dacht Valentina, hoe red ik me hieruit? En omdat er geen redding was, ontglipte haar een bruusk: 'Mr Witherspoon, ik ben getrouwd. Dat weet u. En er is nog veel meer wat u niet weet. Dat alles bij elkaar genomen, maakt het voor ons onmogelijk... samen te zijn. Het zou waarschijnlijk beter zijn elkaar te ontlopen. '

'Maar Valentina,' zei Thomas, die niets begreep van haar plotselinge afwijzing, 'ik weet dat u getrouwd bent. En u weet dat ik dat weet. Het maakt niet uit wat er in uw leven tot dusver is voorgevallen, dat is uw verleden. Maar nu hebben wij elkaar ontmoet. Voor ons ligt geen verleden, maar een toekomst…'

'Nee,' wierp ze bijna onvriendelijk tegen, 'voor ons ligt geen toekomst. U hebt een toekomst en ik heb een toekomst; dat is me op deze reis wel duidelijk geworden. Maar voor ons ligt geen gezamenlijke toekomst. Wij zullen nooit een gezamenlijke toekomst hebben.'

Thomas zweeg, alsof hij wachtte totdat ze die zin terugnam, maar toen ze bleef zwijgen, trok hij zijn hand terug en zei vormelijk: 'Mijn verontschuldigingen omdat ik me te veel vrijheden heb gepermitteerd. Ik verbeeldde me dat u net zo dacht als ik, maar wellicht heb ik me door mijn gevoelens laten meeslepen en niet beseft dat het u geheel anders zou kunnen vergaan…' Hij stond op en voegde er stijfjes aan toe: 'Het spijt me dat ik me heb vergist, dat was erg dom van me Vergeeft u mij. Ik ga kijken hoe Victoria het maakt.'

Maar u kon het niet weten, wilde Valentina uitroepen, ik heb u immers niet alles verteld, maar het is waar, ik voel het net zoals u…

Maar ze zei niets, stond slechts verward op en keek hem aan alsof het verlossende woord van hem moest komen.

En ze hoorde inderdaad een stem zeggen: 'Kan ik u ergens mee van dienst zijn?' maar het was slechts de steward die naast haar was komen te staan. Valentina schudde onwillig het hoofd.

En Thomas maakte al een buiging en liep de zaal uit.

Richard. Ze had hem geschreven, niet alleen omdat ze een oplossing voor haar netelige situatie diende te vinden, maar ook omdat hij een van de aardigste mensen was die ze ooit had ontmoet. Ze vond hem aantrekkelijk, voor zover ze in de periode na Charles' dood nog tot dergelijke gevoelens in staat was geweest. Hij was jong en onbekommerd en had de toekomst voor zich in het land waar de toekomst werd gemaakt. En... ze had hem leren kennen en geschreven voordat ze wist dat er op deze wereld ook een Thomas bestond.

De uitgestrekte hemel boven het Engadin. In de nabijheid van Richard had ze kunnen ademen, ondanks de duisternis die haar hart gevangen hield. Hij verlichtte haar treurige, vermoeide ziel, ogenschijnlijk zonder enige inspanning. In hem leek al het optimisme verankerd dat zij was kwijtgeraakt: de gedachte dat het leven goed is, dat het goed is te leven. Of verbeterde haar stemming simpelweg door de verten van het landschap, de berglucht en het milde herfstzonnetje dat na die eerste sneeuwval in St. Moritz teruggekeerd was, precies zoals dokter Koch, de huisarts, al had voorspeld?

De jonge Amerikaan had zijn belofte gehouden en had al enkele dagen nadat Valentina en madame Brochet hun intrek in het Kurhaushotel hadden genomen vanuit Pontresina zijn opwachting gemaakt.

Het hotel was een goede keuze gebleken. Dokter Koch stuurde al langer vrouwelijke patiënten naar St. Moritz-Bad omdat de koolzuurrijke, ijzerhoudende bronnen een uitstekende reputatie hadden. In de laatste jaren waren er luxueuze badhuizen verrezen die zich konden meten met die van Baden-Baden en bovendien werden omringd door een indrukwekkend landschap met zuivere lucht en veel zon. St. Moritz was uitgegroeid tot een internationaal trefpunt, en dokter Koch hoopte dat niet alleen de baden en de berglucht, maar ook het societyleven dat ze in het Engadin zou aantreffen, Valentina zouden kunnen afleiden en haar genezing zouden bespoedigen.

Hij had voor Valentina en madame Brochet een suite bestaande uit een salon en twee slaapkamers geboekt in het hotel met de imposante classicistische pui, dat plaats bood aan driehonderd gasten en hun personeel. Nadat Valentina het hotel had verkend, meldde ze zich met madame Brochet bij dokter Brügger, die haar voorschreef welke badkuren ze diende te volgen. Naast de eetzaal met vierhonderd zitplaatsen waren er ook een muziekkamer en een danszaal, twee damessalons, een bibliotheek, een restaurant en een koffiezaal met biljart en een leestafel met de nieuwste kranten uit Zwitserland, Engeland, Frankrijk, Italië en Duitsland. Dat laatste deed vooral madame Brochet, die een grote belangstelling voor politiek had, erg veel deugd. Vanuit het kantoortje van de Zwitserse Post- en Telegrafiedienst in het hotel stuurde madame Brochet een telegram naar Antwerpen waarin ze meldde dat ze goed waren aangekomen en tevreden waren over de kamers. In het kantoortje konden ook toegangsbewijzen voor de badhuizen worden aangeschaft, en bovendien had dokter Koch al verteld dat de bank van Graubünden kantoor hield in het hotel, zodat Valentina geld zou kunnen laten overmaken.

Op de middag van hun eerste dag had dokter Brügger Valentina onderzocht, nadat ze hem de papieren en de begeleidende brief van dokter Koch had gegeven. Hij had samen met dokter Berry een behandelplan voor haar opgesteld en haar aangemoedigd zo veel mogelijk te gaan wandelen. De frisse berglucht zou haar net zo goed doen als het drinken van het geneeskrachtige water en het nemen van baden.

Valentina was blij dat de berglucht snel moe maakte. De slapeloze nachten van de voorbije maanden maakten nu plaats voor een loodzware slaap die haar in elk geval een paar uur lang alles deed vergeten. Ze was ook blij met de strakke dagindeling die het kuren met zich meebracht en die haar dwong tot een regelmatig verloop van de dag, zonder dat ze er al te veel over na hoefde te denken.

's Ochtends ging ze naar de baden, die vanuit het hotel te bereiken waren, zonder dat ze een voet buiten de deur hoefde te zetten. Het bronwater, dat met behulp van een stoommachine werd verwarmd en daarna in badkuipen werd overgepompt, rook zurig, en

Valentina rilde wanneer ze in bad stapte; de temperatuur van het water was lager dan die van haar lichaam. De belletjes koolzuur op haar huid prikkelden echter aangenaam en zorgden al snel voor een weldadige warmte. Toen de verpleegster haar uit bad hielp en haar in een handdoek wikkelde, zag Valentina tot haar grote verbazing dat ze zo rood als een kreeft was.

's Middags gaf het kuurorkest concerten in de tuinen die tussen Hotel Victoria en het Kurhaus lagen, en de gasten die in St. Moritz-Dorp logeerden, konden per elektrische tram gerieflijk naar St. Moritz-Bad rijden. Richard Livingston kwam te voet vanuit Pontresina naar St. Moritz, een wandeling van een uur die hij graag voor lief nam om de fraaie madame Groesjkin te kunnen treffen.

Hij durfde niet elke dag langs te komen, daar hij niet te veel beslag op haar tijd wilde leggen: hij wist dat ze in de rouw was en dat haar hoofd waarschijnlijk niet naar gezelschap zou staan. Bovendien was hij vooral hierheen gekomen om lange voettochten te ondernemen, indien het weer het toestond; daarop had hij zich al maanden lopen verheugen. Toch kon hij de gedachten aan die in rouw gedompelde schone maar moeilijk uit zijn hoofd verdrijven: ze zwermden en zoemden als hinderlijke muggen in zijn schedel rond en dreven hem bijkans tot wanhoop omdat hij haar maar niet leek te kunnen vergeten, waar hij ook was. Telkens zag hij haar voor zich, zoals ze in de postkoets had gezeten: de breekbare gestalte met de smalle taille, gehuld in haar zwarte reiskostuum, haar handen gevouwen in haar schoot, haar bleke gezicht verborgen achter de zwarte voile. Ze was zo mooi dat hij een zachte huivering had gevoeld toen ze de voile had teruggeslagen en hem had aangekeken. Een rilling die van zijn lendenen naar zijn hart trok. Haar ogen herinnerden hem aan een Egyptisch beeld dat hij ooit in een museum had gezien.

Hij moest madame Groesjkin weer zien, ondanks de bezwaren die hij zelf maar al te goed kende, zoals het meisje dat hij in New

York het hof had gemaakt en dat alle recht had te verwachten dat hij na zijn terugkeer om haar hand zou vragen. Hij was al twee jaar verliefd op Cynthia, en nu hij sinds kort als partner en opvolger tot een gerenommeerd en geslaagd architectenbureau in New York was toegetreden, waren er geen belemmeringen meer. Hij kon zijn eigen brood verdienen en een gezin stichten.

Hij had zich aan zijn belofte jegens Cynthia gehouden en haar na zijn aankomst in Pontresina getelegrafeerd dat hij gezond en wel was aangekomen. Daarvan was geen woord gelogen, maar toch had hij het gevoel dat hij haar bedroog omdat hij de ontmoeting met madame Groesjkin verzweeg. Natuurlijk wist hij dat het bijzonder merkwaardig zou zijn een medereizigster te noemen in wier gezelschap hij slechts een aantal uren had verkeerd. Hij wist echter ook dat deze ontmoeting zijn leven zou veranderen, of misschien al had veranderd.

Hij trof madame Groesjkin en haar gezelschap, madame Brochet – de wijze waarop hij haar naam uitsprak, met een sterk Amerikaans accent, maakte haar aan het lachen – in de foyer van het Kurhaus. Het was nog redelijk vroeg in de middag, maar de pompeuze elektrische kroonluchter was al aangestoken. Richard liet zijn blik door de grote ruimte dwalen, langs de balustrade die zich op witte slanke zuilen voor de elegant gebogen trap verhief, maar hij kreeg de beide dames pas in het vizier toen hij in de grote spiegel aan de schoorsteenmantel keek: madame Groesjkin zat er kalmpjes bij terwijl madame Brochet haar blijkbaar probeerde te vermaken door iets uit de krant voor te lezen.

Toen hij de twee dames begroette, leek de gezelschapsdame verheugder over zijn komst dan madame Groesjkin zelf. Het leek wel alsof de mooie reisgenote hem helemaal niet herkende, hoewel ze pas drie dagen geleden waren aangekomen. Maar Richard Livingston was geen man die zich makkelijk liet ontmoedigen. Zijn voorouders waren eigenzinnig en volhardend geweest en hadden hun doelen bereikt door offers te brengen, en door zijn vriendelijke, evenwichtige aard was hij niet snel gekrenkt en vatte hij niet meteen alles persoonlijk op, een eigenschap die hem uiterst prettig in de omgang maakte.

'Aangenaam,' liet madame Brochet zich ontvallen toen ze hem zag staan, en ze stak hem haar hand toe. Hij boog hoffelijk, glimlachte en zei toen tegen madame Groesjkin: 'Madame, misschien kent u me nog? We zijn samen in de postkoets uit Chur hierheen gereisd. Ik besef dat de plotselinge vroege sneeuw meer indruk moet hebben gemaakt dan mijn gezelschap, maar ik ben toch erg blij u weer te zien en zou u graag mijn diensten als gids willen aanbieden, mocht u de omgeving willen verkennen. Zoals ik al eerder zei, komt de familie van mijn moeder uit deze streek, en ik kan u van alles vertellen over de heilzame bronnen van St. Moritz, de forellen in het meer, de uitstekende Veltliner, de berenjacht...'

Hij sprak onbekommerd, maar zeker niet tactloos, en Valentina liet hem begaan. Ze vroeg hem plaats te nemen en glimlachte zelfs heel kort toen ze hem op de vrije rieten stoel naast de hare wees.

Adeline Brochet keek tevreden toe. De conversatie zou nu veel gemakkelijker verlopen en het zou aangenaam zijn de tafel te delen met zo'n knappe, onderhoudende jongeman.

In de dagen daarna had Mr Livingston de beide dames begeleid tijdens een wandeling door het kuurpark en bij een concert van het orkest; tot de voorgenomen wandeling langs de Inn was het niet gekomen omdat Valentina zich daarvoor te vermoeid achtte, en dus kon Richard hun niet de vissen laten zien die hoog in het dal zo dicht bij de bron in het heldere water van de bruisende beek zwommen.

Maar toen Richard zich een paar dagen lang niet meldde, miste niet alleen madame Brochet zijn gezelschap, maar Valentina ook, al zou ze dat gevoel zelf nooit zo hebben omschreven. Ze vond het simpelweg aangenamer wanneer hij zich bij hen voegde, en ze hield zichzelf voor dat ze hem waardeerde omdat hij zo veel over de streek wist te vertellen.

Tijdens zijn laatste bezoek had hij haar een foto van de berenjacht getoond, een beeld dat Valentina maar niet kon vergeten. De neergeschoten berin lag op haar buik, met alle vier de poten gestrekt, alsof ze de dorpskinderen die zich om haar heen hadden verzameld wilde uitnodigen op haar rug paardje te rijden. Haar kop rustte op een deken van bladeren, en er was bloed noch wond te zien. Een idylle van de dood, een foto waarop de jagers met een ernstige blik en zonder jagerstrots in de camera keken.

Madame Brochet bevestigde dat Mr Livingston veel meer wist te vertellen dan de *Baedeker*, en toen hij tijdens zijn volgende bezoek voorstelde langs het meer naar de hoeve te wandelen en daar de middagthee te gebruiken, zeiden ze beiden ja. Vanaf die dag duurden hun gemeenschappelijke wandelingen steeds langer. Valentina merkte dat de baden haar sterkten en dat ze, of ze het nu wilde of niet, weer trek kreeg, zelfs honger. Dat gevoel was in tegenspraak met haar gedachte dat het leven en de wereld niets meer met haar te maken wilden hebben, en voor het eerst sinds de dood van Charles sliep ze weer even goed als voor zijn ongeluk.

Hoewel ze zeer terughoudend tegenover Richard was, merkte ze dat er een verandering in haar plaatsvond. Nu luisterde ze wanneer hij iets vertelde, wat ze aanvankelijk niet had gedaan, of in elk geval had ze toen niet door een vraag of opmerking laten merken dat zijn woorden haar belangstelling hadden. Nu vroeg ze echter door: hoe bepaalde bloemen heetten, hoe je bij de Rosegg-gletsjer kwam, en wanneer de nieuwe spoorlijn van Chur naar St. Moritz zou worden geopend. Ze vroeg welke bergwandelingen Richard had gemaakt en of hij al op de Muottas Muragl was geweest.

Nu en dan glimlachte ze, en Richard werd langzaam verliefd op die schuwe, gereserveerde madame Groesjkin en haar zeldzame glimlach, zoals iemand op een zeldzame bloem verliefd wordt die wel bekeken maar niet geplukt mag worden.

Hij was vrolijk en vol energie, hij geloofde in zichzelf en in wat hij met zijn beroep kon bewerkstelligen. Hij deelde het geloof in de toekomst van de stad waarin hij woonde, hij geloofde in New York en zijn opkomende ambitie en in zijn eigen kracht die hij aan zijn voorouders uit deze bergen ontleende. Zijn vriendelijke donkere ogen straalden een onvervalst vertrouwen uit, en er was niets levenslustiger dan zijn lach. Madame Brochet bewonderde de glans van zijn dikke zwarte lokken en de donkere, zuidelijke teint die hij van zijn moeder had geërfd. 'Italië ligt hier vlakbij,' had hij geantwoord, 'dat is ook te zien aan de mensen die uit deze streek komen.'

Op een dag kwam hij met een voorstel: 'Als u wilt, kunnen we met de paardenomnibus een tochtje naar Maloja maken. Vanaf daar loopt de weg steil door het Bergell naar beneden, naar Italië. Binnen drie uur kunnen we in Chiavenna zijn…'

Madame Groesjkin leek alles te zijn wat hij niet was: raadselachtig en muzikaal, lieftallig en doordrenkt van een melancholie die deed denken aan de dauw die nu 's ochtends boven het vochtige dal hing en vertelde van de herfst en de vergankelijkheid van de zomer. Pas met haar was de wereld compleet, pas met haar was hij compleet; met alle lichte en donkere kanten, de luide en stille klanken die een leven rijk maakten. Hij hield van haar, hij begeerde haar, en na een paar weken wist hij dat hij Cynthia voor haar zou willen opgeven, Cynthia die net zo was als hij; doorzichtig, helder en duidelijk, verknocht aan haar familie en tevreden met het soort leven dat de maatschappij voor haar in petto had: kinderen, een landhuis, een societyleven met bals en gala's, liefdadigheidsbazaars en theevisites.

Maar hij kon zich niet losrukken van de gedachte dat zij, madame Groesjkin, hem kon leren wat pijn en passie, extase en stilte, zwaarmoedigheid en geluk betekenden.

Het was intussen oktober geworden. Binnenkort zou de winter beginnen. 'In het Engadin is het negen maanden winter en drie maanden koud,' placht Richards moeder te zeggen. De naalden van de lariks waren herfstachtig verkleurd en lichtten als goud op tegen de blauwe hemel; ze bedekten de wandelwegen met een dik geel tapijt. De nachten zouden weldra bijzonder koud worden, en de sneeuw die de toppen van de bergen al had bepoederd, zou ras ook het dal bereiken.

De laatste gasten reisden af. Pas met Kerstmis, wanneer de wintergasten zouden komen die de hotels in St. Moritz en Pontresina sinds kort probeerden te lokken, zou het sociale leven weer opbloeien.

Madame Brochet had reeds alle reisbescheiden voor de tocht per postkoets naar Chur en de verdere reis naar Antwerpen geregeld. Op 5 oktober zouden ze vertrekken.

Bij wijze van afscheid ondernamen ze nog een laatste uitstapje met Richard. Ze stapten in de omnibus van hotel Maloja Palace, een dubbeldekspaardentram waarvoor vijf paarden waren gespannen en die tweemaal daags tussen het hotel en St. Moritz pendelde. Op het open bovendek was het al te koud, en daarom namen ze plaats op het gesloten benendek. Ook hier konden ze echter gedurende de anderhalf uur durende tocht genieten van het fraaie uitzicht op de meren. Het was een vorstelijke afsluiting.

Het Maloja Palace lag op bijna tweeduizend meter hoogte en was indrukwekkendste grand hotel dat Valentina ooit had gezien. Madame Brochet wilde beslist de lift, de verschillende salons, de eigen bakkerij, de huisdrukkerij en het schilderatelier bezichtigen, en Valentina drukte haar op het hart de tijd te nemen. Richard liep ondertussen met Valentina naar de aanlegsteiger van het hotel. Hij wist dat hij nu al zijn moed bijeen moest garen. Er zou geen andere gelegenheid meer komen om een paar minuten alleen met madame Groesjkin door te brengen. De zon stond al laag en dompelde het

meer in een gouden gloed, een paar bootjes deinden op het glinsterende water, en een koele bries stak op. Valentina huiverde van de
kou en trok haar korte zwarte cape met de weelderige bontkraag
dichter om zich heen. Haar kin verdween in het bont en Richard
blies een paar afgevallen lariksnaalden van haar schouder.

Valentina glimlachte. 'Ik zal u missen,' zei ze weemoedig, 'net zoals dit dal, waar ik kan ademen en waar mijn pijn beter te verdragen
is. Thuis zal alles me weer aan de dood herinneren, alles…' Haar
blik gleed naar de wit besneeuwde toppen, die weldra hun schaduw
over het dal zouden werpen. 'Nee, ik zou liever niet naar huis reizen. Ik gruw van thuis. Ik wil u bedanken, Mr Livingston, ik ben u
zeer dankbaar voor uw vriendelijke afleiding, uw aanwezigheid…'
Ze viel stil en keek langs de omheining van de aanlegsteiger, waarop zijn krachtige, gebruinde handen rustten. Voorzichtig legde ze
haar handen naast de zijne, en Richard streek voorzichtig over het
bont waarmee haar handschoenen waren afgezet.

'Ik wil u ook bedanken, madame Groesjkin,' zei hij bijna fluiste-
rend, hoewel er niemand in de buurt was die hem kon horen.
'U hebt vast wel gemerkt hoeveel waarde ik aan uw gezelschap
hecht. U vertrekt morgen, en als ik nu niets zeg, zullen wij elkaar
nooit meer zien en nooit meer iets van elkaar horen. En dan zal
mijn leven plotseling leeg en zinloos zijn.' Hij legde zijn hand op de
hare, maar pakte die niet vast. 'Ik kan slechts zo vrij spreken omdat
dit ons afscheid is, omdat ik het nu moet zeggen of anders voor altijd moet zwijgen… Ik weet het, u bent in de rouw. Ik weet dat u een
kind hebt verloren, en ik weet dat wat ik u wil bieden, wel het laatste is waaraan u denkt…'

Ze trok haar hand geschrokken onder de zijne vandaan. Hij vervolgde desalniettemin: 'Kijkt u mij alstublieft aan, al is het maar
voor even. Ik wil u laten weten dat ik in New York altijd voor u klaar
zal staan, mocht u daar behoefte aan hebben.' Hij pakte haar hand,
hield die vast en kuste vol vuur de tengere vingers in de hand-

schoen. Hij keek Valentina vragend en ernstig aan, maar deze keer ontweek ze zijn blik niet.

'Ik hou van u,' zei Richard. 'Kom naar New York, naar mij. Begin een nieuw leven, met mij. Een leven waarvan u niet gruwt, dat u niet hoeft te haten. In een nieuw land, waar niets u aan het verleden herinnert.'

Valentina keek hem met grote ogen aan. 'Ik begrijp u niet,' prevelde ze.

'O jawel,' wierp hij tegen, 'het is heel eenvoudig te begrijpen. Ik hou van u. Ik wil mijn leven met u delen. Ik wil voor u zorgen. Ik kan voor u zorgen. Gelooft u me niet?'

De zon zakte verder weg achter de horizon. De schaduwen werden langer. Valentina wendde haar gezicht af, maar Richard draaide het voorzichtig weer naar hem toe.

'Ik overval u op ongeoorloofde wijze met mijn liefdesverklaring…' Zijn stem klonk smekend.

Ze schudde zachtjes haar hoofd. 'Nee,' zei ze, 'niet ongeoorloofd. En ik acht u niet minder omdat u uw hart hebt laten spreken. Ik waardeer u daarom zelfs nog meer, hoewel ik zulke uitspraken zou moeten verfoeien.' Ze bloosde. 'Maar u weet dat ik niets kan zeggen. Dat ik u met geen mogelijkheid zal kunnen antwoorden. Dat u een droom najaagt, een lief, maar verward idee… U moet deze gedachte weer vergeten. Belooft u me dat? Richard?'

'Nee,' zei hij, hoofdschuddend.

Op dat moment werden ze onderbroken.

'Hier zijn jullie!' riep madame Brochet al van verre. Ze kwam snel aangelopen en oogde opgelucht. 'De omnibus kan elk moment vertrekken! Ik heb de koetsier gevraagd op ons te wachten… Kom… snel…'

Ze had zich alweer omgedraaid en liep ijlings terug in de richting van het hotel, waar de paardentram stond te wachten.

De volgende morgen waren de wegen besneeuwd. De laarzen van madame Brochet en madame Groesjkin lieten in de sneeuw een spoor achter dat al snel verwaaide. De postkoets vertrok vroeg in de ochtend, en Mr Livingston had de avond tevoren, na het uitstapje met de beide dames, al afscheid van hen genomen. Tot grote teleurstelling van madame Brochet had Valentina hem niet gevraagd samen met hen het avondmaal in het hotel te gebruiken. Hij kuste madame Brochet en madame Groesjkin de hand en gaf Valentina een kleine envelop die hij al de hele dag in zijn jaszak bij zich moest hebben gedragen. Het bevatte zijn adres in New York, dat Valentina keer op keer las.

Daarna had ze het briefje en de envelop weggegooid.

Toen de postkoets op de ochtend van de vijfde oktober St. Moritz verliet, vertoonde het gezicht van madame Groesjkin weer die afwezige uitdrukking die madame Brochet zo goed van haar kende.

Henri sliep die nacht onrustig. Hij was alleen met zijn schaamte, zonder troost.

Valentina kon niets weten van de overeenkomsten tussen haar verhaal en Henri's leven, maar Henri had het gevoel dat ze, terwijl ze haar eigen verhaal vertelde, Lisettes zongebruinde handje in de zijne had gelegd met de woorden: 'Kijk dan, hier is ze. Kijk nog één keer, voor de laatste keer. Ik heb haar vanuit een andere wereld hierheen gevoerd, opdat je een laatste maal met haar kunt spreken, voordat ze voorgoed verdwijnt. Voordat je je leven voor altijd in je eentje moet doorbrengen.'

Valentina zou Lisette met zich meenemen. Omhoog naar de sterrenhemel, omlaag naar de diepstes onder ons leven. En terwijl Henri in het duister van zijn hut in zijn bed lag, keek hij in de afgrond die in zijn binnenste gaapte.

Hij had in de hut geen briefje van Billie aangetroffen, en ook dat leek hem plotseling van groot belang. Hoorde zij niet bij het leven dat pas zou beginnen wanneer Lisette was verdwenen? Moest hij Lisette bij wijze van afscheid niet nog iets vertellen?

Henri tastte in het duister naar zijn kleren en kleedde zich aan zonder het licht aan te doen. Hij schoof zijn schoenen aan zijn voeten, ging op de bank zitten en strikte zijn veters in het donker, opende de deur en sloot die stilletjes achter zich. De nachtlampjes wierpen een vaal schijnsel in de gangen, die het inwendige van het schip doorkliefden als mijngangen in een berg. Hij klom langs de trappen omhoog alsof hij ontsteeg aan Hades, aan zijn eigen schaduwrijk waarin hij gevangen had gezeten. Hij opende de deur naar het bovendek. Het moest tegen half vijf 's ochtends lopen, want toen hij het promenadedek betrad, was er aan de horizon een eerste streep wit licht te zien. De lucht rook naar leven, de ochtend naderde.

Huiverend van de kou trok hij zijn jas wat strakker om zich heen en leunde over de reling. De golven onder hem waren zwart als de hemel, nog steeds een spiegelbeeld van de nacht. Hij wilde nog eenmaal in gedachten met Lisette praten en haar om vergeving smeken. En dat moest hierbuiten gebeuren, waar hij dichter bij het oneindige was waarin ze zich nu bevond.

Het was een dag in juni, drie maanden voordat Lisette hem had verlaten. Het was drukkend warm, en die middag trok een onweer met hevige donderslagen en zware regenval over het land. Tegen de avond was de rust weergekeerd. Een briesje speelde door de bomen, de bladeren ruisten en deinden gelijkmatig, als golven op zee. De vochtige aarde was door de wind alweer opgedroogd, en morgen zou het wederom net zo heet worden als vandaag. Hij bracht met Lisette een weekeinde op het platteland door, in de buurt van Pontoise. Daar vierden ze samen met goede vrienden dat Henri een nieuwe opdracht had binnengehaald die hem de komende maanden financiële zekerheid zou bieden.

Het avondrood ontlokte Lisette een uitroep van bewondering. De wolken hadden de zachtroze tint van pruimenbloesem, de horizon was een kersenrode lijn die langzaam uiteenrafelde, alsof de schilder hem op nat aquarelpapier had getrokken. Ze maakten een wandeling en zeiden niet veel. In de plassen en poelen waren de kikkers aan hun kwakende concert begonnen, en in de invallende duisternis zwermden glimwormpjes door de lucht. Ze zweefden over de weides en tussen de bomen door, geluidloos, als buitelende, betoverende lichtjes, die hier en daar opflakkerden tussen de grashalmen.

Later hadden Lisette en hij elkaar bemind, wederom zonder een woord te zeggen. Het was een bijzondere nacht geweest, de mooiste die hij ooit met Lisette had beleefd.

Opeens was Henri gelukkig. Alle onrust viel van hem af. Hij wist nu hoe gelukkig hij die nacht was geweest en begreep dat Lisette een deel van hem was geworden, hoezeer hij dat ook mocht hebben ontkend.

Niemand had tot in zijn binnenste mogen doordringen; niemand, ook hijzelf niet, had mogen zien hoe groot zijn verlangen was, hoe groot zijn angst te worden afgewezen. Dat was echter dom geweest, verkeerd. Daardoor had hij zo veel kapot weten te maken.

Toen Lisette hem verliet, was hij minder argeloos geweest dan hij zichzelf had willen wijsmaken, maar toch had hij net gedaan alsof hij niet wist waarom Lisette had gevraagd of hij met haar wilde trouwen. Ze was zwanger, maar dat had ze hem niet met zo veel woorden verteld. Daarvoor was hij haar dankbaar geweest, want nu kon hij doen alsof hij van niets wist, iets wat hij zelfs tot op de dag van vandaag bijna nog durfde te geloven.

Ze had hem bij haar vertrek met een mengeling van verdriet en trots aangekeken. Maar haar verdriet betrof ook hem: hij had niet alleen haar verraden, maar ook zijn liefde voor haar.

De dag brak aan. De vale streep licht aan de horizon werd breder.

'Lisette,' zei Henri zachtjes. 'Kun je me horen? Ik hou van je. Ik hou meer van je dan ik ooit had kunnen zeggen. Meer dan ik ooit heb durven toegeven. Ik heb je verraden en alleen gelaten. Ik heb je verlaten, hoewel jij degene was die is weggegaan. Ik heb ons kind verloochend, en mezelf.'

De dageraad kleurde een wolk roze, en toen nog een. Venus, de morgenster, stond nog aan de hemel. Henri haalde diep adem. De vochtige zoute lucht deed zijn ogen branden. 'Ik schaam me,' zei hij. 'O god, wat ben ik blij dat niemand me kan zien. Met sommige dingen moet een mens alleen kunnen zijn.'

De zon kwam vlammend op en dompelde de hemel en de zee onder in haar gouden gloed. Henri sloot zijn ogen voor het verblindende licht. Warmte stroomde door hem heen, vermengd met een droefheid die vreemd genoeg niet van geluk ter onderscheiden was.

Lisette vergaf het hem. Hij zag haar voor zich staan, haar bijna spichtige gestalte. Ondanks al haar kracht had ze altijd iets broos gehad. Het meisje dat altijd zo graag had gelachen, knikte hem nu ernstig toe. Toen draaide ze zich om en verdween. Ze was al ver weg toen ze zich een laatste maal omdraaide en naar hem zwaaide. Nu, zo leek het – maar hij kon het niet zeker weten, omdat haar gezicht al zo ver weg was – glimlachte ze wel.

Vrijdag 29 juli

Het schip kwam langzaam tot leven. Het zou niet lang meer duren voordat de eerste passagiers op het promenadedek zouden verschijnen. Henri stond nog steeds buiten bij de reling, wetend dat hij de slaap toch niet meer zou kunnen vatten. Voor het eerst sinds de Kroonland Antwerpen had verlaten, genoot hij van zijn verblijf aan boord, en met een zekere nieuwsgierigheid en belangstelling dacht hij aan Amerika en aan de wereldtentoonstelling in St. Louis.

Het was een hele eer om voor een reis als deze te worden uitgenodigd, het betekende erkenning voor zijn werk. En het was een geweldige gelegenheid om een nieuw continent te leren kennen.

De zon klom langs de nu vriendelijker ogende hemel omhoog. Henri glimlachte. Hij had wat hij het zondagsgevoel noemde. Hij verkeerde in een feestelijke, bijna plechtige stemming; hij, voor wie de zondag geen enkele betekenis had, die nooit onderscheid maakte tussen de dagen van de week en slechts één zorg had, namelijk dat hij 's zondags niet mocht werken. Maar nu was er dat zondagse gevoel. Net als vroeger, toen de zondag stilte betekende. Kerkgang. Bezoek. Wandelen.

Tijdens zijn jeugd in Antwerpen kende de zondag net zo'n regelmaat als alle andere dingen in zijn leventje. Berthe, de kokkin, had een pas gesteven schort over haar zwarte lakense jurk aangedaan en droeg speciaal voor de zondag een wit kraagje en een ovale emaillen broche met rode en roze rozen erop. Die broche had Henri's vader haar tot groot ongenoegen van zijn vrouw cadeau gedaan toen ze tien jaar bij de familie Sauvignac werkzaam was, en het sieraad troonde uitsluitend op zondag op Berthes weelderige boezem, als een triomf in de stille, taaie strijd die ze al jaren met Henri's moeder uitvocht.

Henri's moeder had een afkeer van Berthes zware, vette gerechten en beweerde dat het eten haar zwaarmoedig maakte. Bovendien lette ze op haar figuur. Ze bewonderde de beeldschone keizerin Sisi van Oostenrijk met haar wespentaille, en omdat moeders familie deels van Oostenrijkse afkomst was, veroorloofde ze het zich met een vreemd koningshuis te dwepen. Henri's vader verdedigde Berthes keuken tijdens de openlijke disputen telkens weer en zei dan: 'Mijn mannen werken hard en moeten fatsoenlijk eten. En jij, Gilberte' – en daarbij keek hij zijn vrouw met een verzoenende zucht aan – 'zult hopelijk niet eerdaags het voorbeeld van keizerin Sisi volgen en alleen nog vleessap tot je te nemen.'

Na een dergelijke zin liet hij zijn blik vol genoegen naar Berthes boezem afdwalen, die tijdens die verhitte woordenwisselingen altijd hevig op en neer deinde. Het was een beweging die Henri zo boeide dat hij vaak zijn best deed om Berthe tot rennen aan te zetten, zodat hij haar borsten op en neer kon zien gaan. Blijkbaar werd zijn vader getroffen door een soortgelijke fascinatie. Toen Henri's moeder een keer een zieke tante in Brussel had bezocht, had hij gezien dat zijn vader de kokkin lachend door het huis achterna had gezeten. Ondanks haar gevulde gestalte was Berthe rap en beweeglijk, en Henri's vader, die eerder robuust dan snel was, raakte door de achtervolging eerder buiten adem dan zij. Vanachter de deur van zijn kinderkamer op de bovenste verdieping kon Henri duidelijk zien dat Berthe zich maar al te graag liet vangen. Ze hikte van plezier toen zijn vader naar haar stevige heupen greep, en toen hij iets in haar oor fluisterde, verscheen er op haar wangen een blos die zich tot aan haar witblonde haren uitspreidde.

Henri's vader liet haar niet los, maar hield zijn mond dicht bij haar oor, bij die welgevormde oorschelp die Henri altijd vol bewondering had bekeken, en deed toen iets wat haar deed giechelen en zachtjes deed kreunen. Berthes kamer was op zolder, boven Henri's kamer, en daarheen voerde zijn vader haar mee. Hij liep vlak achter haar de trap op, zijn lichaam tegen haar rug gedrukt en zijn handen rond haar borsten, alsof hij twee meloenen vasthield. Ze was nog steeds rood als een kreeft, een kleur waarop Henri zijn moeder, die naar bleekheid neigde en wier wangen de gelige tint van aan de lucht gedroogd perkament hadden, nooit had kunnen betrappen.

Henri sloot stilletjes de deur van zijn kinderkamer, zodat ze hem niet zouden zien. Hij wist dat het dienstmeisje de stad in was gegaan, en hij wist dat Berthe dat ook wist, want die had het meisje zelf gevraagd boodschappen te doen. Henri's vader had nu eigenlijk op zijn kantoor moeten zitten, alle voermannen waren nog onderweg.

Henri bleef vlak achter de deur staan. Het hout kraakte onder hun voeten... Ja, ze gingen inderdaad naar boven, naar Berthes zolderkamer. Toen de deur achter hen was dichtgevallen, sloop Henri de twee voorzichtig achterna. Hij wist precies waar hij moest lopen om de krakende planken te vermijden, want zijn vriend Paul en hij oefenden dat keer op keer wanneer ze speelden dat er op zolder een schat verborgen lag. Maar waar Paul en hij slechts van een schat konden dromen, had zijn vader er echt een gevonden, en nu maakte hij zich niet ver van de verstopplaats van de kinderen gereed om ervan te genieten.

Henri bleef voor de deur van de zolderkamer staan en bloosde net zo hevig als Berthe toen hij door het sleutelgat loerde. Hij kende Berthes kamer goed. Voor het kleine dakraam stond de rechthoekige houten tafel waaraan ze soms zat te handwerken of kleding verstelde, en daarvoor stond een stoel, met links haar bed. Rechts naast de deur, buiten het zicht van het sleutelgat, stond een kast waarin al haar bezittingen waren gestouwd. Door het sleutelgat keek Henri rechtstreeks op de tafel en de stoel, en als hij zijn best deed, kon hij ook nog het bovenste gedeelte van het bed zien. Zijn vader had zijn jas uitgetrokken en over de stoel geworpen, maar zijn zilvergrijze vest en zijn hemd had hij nog aan.

Berthe lag op haar rug, en zijn vader had haar rok omhooggeschoven en knielde tussen haar benen. Henri zag niet meer dan de rug van het zilvergrijze vest en het dichte zwarte haar op het hoofd van zijn vader.

Geboeid zag Henri dat een zweetplek zich langzaam over het vest verspreidde en dat het zilvergrijs van de zijde in een dof grauw veranderde.

Helaas kon hij niet veel van Berthes lichaam zien. Zijn vader stond in de weg en beperkte het zicht op Berthe, maar zijn fantasieën over haar lichaam dat zich aan zijn vader overgaf, hielden hem nog jarenlang gezelschap: bij het inslapen, bij het wakker worden, en vaak ook tijdens de langdradige lessen op school, als hij tenminste niet spijbelde. Dan zag hij Berthes heuvellandschappen voor zich, die strakke, zachte huid zonder rimpels.

Berthe was niet dik, maar welgevormd, en ze gaf zich ongeremd over aan de vleselijke genoegens, iets wat Henri's fantasie ongelooflijk voedde. Hij sloeg haar gade wanneer ze stond te koken en haar ronde vinger in de saus doopte, hem aflikte, hem nogmaals in de pan doopte en haar tong weer genotzuchtig over haar huid liet gaan, waarna ze de saus naar behoefte kruidde. Ze vermaalde de peper in een messing mortier, en liet de stamper piepend over de bodem van de vijzel gaan, zodat de zwarte peperkorrels met een licht geknak en geknars werden vermorzeld. Wanneer ze zout wilde toevoegen, liet ze haar duim, wijs- en middelvinger in de witte porseleinen pot met het opschrift zout zakken en wierp ze het snufje zwierig in de pan. Ze strooide de kruiden speels over het gebraad of de groenten, met dezelfde bewegingen waarmee Henri later natte, verse gips over de kleivormen zou werpen waarvan hij afgietsels wilde maken. Hij keek naar haar wanneer ze haar hoed opzette voordat ze het huis verliet en de hoedenspeld vaststak; dan kwam het puntje van haar tong tussen haar lippen tevoorschijn. Vanaf dat moment was hij geboeid door de bewegingen die vrouwen met hun tong en lippen konden maken, een fascinatie die hem ook als volwassene niet losliet.

Berthes hoedenspeld was aan het uiteinde versierd met een parel, vermoedelijk een valse, hoewel zijn vader bij tijd en wijle erg gul voor haar kon zijn. Henri stelde zich soms voor dat hij met die speld lichtjes haar naakte buik streelde, totdat haar huid huiverend samentrok. Dan zag hij voor zich dat ze kippenvel kreeg en dat haar vel daarna weer rimpelloos werd, en dan fantaseerde hij keer op keer dat hij haar uitkleedde en stukje bij beetje haar heerlijkheden ontblootte.

Omdat hij toen nog maar twaalf was en nog niet wist wat er op het beslissende moment gebeurde, waarover de oudere jongens op school met een besmuikt lachje en met hun hand voor hun mond fluisterden, gaf hij zich slechts over aan de gedachte dat Berthes naakte, overweldigende schoonheid hem zo van zijn zinnen zou beroven dat zij met hem kon doen wat vrouwen zoal met mannen deden.

Berthe werd het middelpunt van zijn universum, de maat der dingen. Hij zag haar in de keuken zweten wanneer ze het zware fornuis opstookte, dikke pannenlappen pakte om de ijzeren stookklep te openen en het binnenste met hout te vullen, zodat de vlammen na een eerste aarzelende knispering opvlamden. Wanneer ze daarna weer haar rug rechtte, parelde het zweet op haar voorhoofd en wist hij dat hij haar het vagevuur had zien opstoken waarin hij ooit vanwege zijn zondige gedachten zou moeten branden.

Henri's moeder zweette nooit. In tegenstelling tot Berthe poederde ze zich en meed ze de zon.

's Zondags maakte de familie gewoonlijk een wandeling, nadat Berthe, met de broche op haar boezem, het zondagse braadstuk en de appelcompote had geserveerd. Henri's moeder hield niet van zondagen: op zondag was Berthe machtiger dan ooit omdat dan uitgebreid werd gegeten, en de wandelingen drukten even zwaar op haar gemoed als de zon en de zware kost. Wat betreft hun uitje waren er drie mogelijkheden: een wandeling langs de Schelde en de haven, favoriet bij Henri en zijn vader; een wandeling over de nieuwe elegante boulevard, waaraan zijn moeder de voorkeur gaf, of een ritje met paard en wagen naar het platteland. Madame Sauvignac was echter bang voor paarden en hield niet van het opdwarrelende stof, en Henri's vader, die het liefst thuis was, voelde niet vaak de behoefte een wat langer uitstapje te maken.

Henri hield van zijn moeder, maar hij wist niet of die liefde wederzijds was. Wanneer zij aanwezig was, leek er een sluier over de wereld te hangen, waardoor de dingen niet duidelijk te zien waren, en dat maakte Henri onzeker. Dan heerste er lusteloosheid, en hoewel hij zich vaak vol liefde in haar armen wilde storten en dicht tegen haar aan wilde kruipen, begreep hij dat dit te veel voor haar zou zijn, een last, een te grote vraag van zijn kant, een hevig verlangen dat ze niet kon beantwoorden.

In deze vage wereld werd nooit duidelijk of ze hem wel zag, of hij er voor haar eigenlijk wel was; zijn vreugde en verdriet, zijn verlangens en zorgen leken net zo onwerkelijk als hijzelf. Het was alsof zijn bestaan een last was die ze niet kon dragen en die alleen kon worden verlicht indien hij onzichtbaar werd, terwijl Henri juist zijn best deed zichtbaar te worden en erkenning voor zijn bestaan te verwerven. Toch aanbad hij zijn moeder, juist omdat ze zo onbereikbaar was.

In zijn kinderlijke voorstellingen was ze een koningin die alle mensen dienden, van wie elke wens werd vervuld maar die desondanks tot een ongelukkig bestaan was veroordeeld omdat het nog niemand was gelukt de spreuk te vinden die de betovering kon opheffen. Maar wanneer hij naar haar toe ging, verhit, opgewonden of terneergeslagen en geërgerd vanwege een vriendje of een leraar, en ze haar hand heel even op zijn hoofd legde en zei: 'Later, Henri, later...' dan wist hij dat hij niet degene zou zijn die haar zou redden en van wie ze, eindelijk, om die reden zou houden.

Zijn vader kon haar liefde evenmin winnen, dat merkte hij heel duidelijk, al kon hij niet weten dat Paul Sauvignac voor zijn moeder eigenlijk tweede keus was geweest. Ze had gehoopt dankzij haar schoonheid boven haar stand te kunnen trouwen, maar hoewel dat voor een Antwerpse predikantsdochter niet onmogelijk was, was ze niet in haar poging geslaagd.

Henri schaamde zich dat hij niet alleen van zijn moeder hield, maar op een geheel andere, verlangende wijze ook van Berthe. Berthe was het leven. Berthe lachte en zweette, at en dronk, geeuwde, likte met haar tong langs haar lippen, hakte soepgroente fijn op het grote hakblok en kreunde op raadselachtig tevreden wijze wanneer Henri's vader in haar zolderkamertje op haar lag.

Ze lachte goedmoedig wanneer Henri haar vroeg of hij zijn huiswerk in de keuken mocht maken en stak hem, alsof hij een jong vogeltje was dat zijn snavel wijd open sperde, af en toe iets lekkers toe, waarbij ze ook zichzelf uit de koektrommel bediende en zo haar samenzwering met Henri bevestigde.

Het goede weer had meer passagiers aan dek gelokt. Frisse lucht leek voor menigeen vandaag belangrijker dan een uitgebreid ontbijt.

Henri was nog in zijn gedachten verzonken toen iemand achter hem zijn keel schraapte en op beleefde toon zei: 'Goedemorgen, monsieur Sauvignac.'

Hij draaide zich om en keek in de koele ogen van William Brown.

'Stoor ik?' vroeg Mr Brown hoffelijk.

'Nee, zeker niet,' antwoordde Henri, hoewel hij geen zin had in een gesprek.

De man tegenover hem was zoals altijd onberispelijk gekleed. Mr Brown droeg blauwe schoenen met een wit inzetsel, een donkerblauw pak van licht zomers linnen en een platte strohoed met blauwe band. Zijn gezicht oogde onveranderd rustig en beheerst, maar Henri zag in zijn hals rode vlekjes die zich bijna tot aan zijn wangen uitstrekten.

'Ik heb vernomen dat u zich onwel voelde,' zei Henri. 'Hoe is het nu met u? We hebben u in de eetzaal gemist. En toen die storm ons allemaal te pakken kreeg…'

'Zo kunt u het wel stellen…' antwoordde William Brown.

De scheepsjongen sjouwde de ligstoelen aan dek en zette ze in keurige rijen neer.

'Wilt u soms even zitten?' vroeg Henri met een gebaar naar de stoelen.

'Ach, ik weet niet of we nu naast elkaar moeten gaan zitten alsof het een vakantie betreft,' antwoordde Mr Brown, 'maar als u wilt, kunnen we daar plaatsnemen.' Hij wees naar een witgeverfde houten bank.

Henri wist niet wat Billie Mr Brown over hen beiden had verteld en voelde zich daardoor wat onzeker.

De Amerikaan nam zijn hoed af en legde die op zijn knie. Een lichte zeebries speelde door zijn blonde haar, zodat er een lok over zijn voorhoofd viel. Opeens zag hij er veel jonger uit, en met een verlegen gebaar streek hij zijn haar van zijn voorhoofd. 'Eerlijk gezegd had ik hier liever niet zo met u gezeten. Miss Henderson heeft u in vertrouwen genomen op een manier die me allerminst bevalt. Ze is soms te spontaan.' Zijn toon klonk afkeurend. 'Hopelijk hebt u er begrip voor dat ik u om discretie vraag?'

Henri knikte. 'U kunt erop rekenen dat dit onder ons zal blijven.'

'Dank u,' zei Mr Brown afgemeten. 'Dan zijn de zaken duidelijk en hoef ik niet om de hete brij heen te draaien. Miss Henderson heeft u immers al volledig op de hoogte gebracht.' Hij schraapte zijn keel.

'Miss Henderson is...' Hij schraapte opnieuw zijn keel en draaide de strohoed rond in zijn handen, 'al enige tijd mijn minnares. Ik heb haar mee op reis genomen omdat ik haar iets van de wereld wilde laten zien en haar een ervaring wilde laten opdoen die normaal gesproken buiten haar bereik had gelegen. Ik hoop dat ze er op de lange termijn goede herinneringen aan over zal houden. Maar u weet nu natuurlijk al dat ze in verwachting is. Natuurlijk zal ik de kosten voor de afbreking van de zwangerschap voldoen; ik neem aan dat ze begrijpt dat ik geen onwettig kind wil, zelfs niet wanneer ze het zonder mijn hulp zou willen grootbrengen. Niet omdat ik Miss Henderson niet financieel kan ondersteunen – dat zou het probleem niet zijn – maar omdat een dergelijke situatie me chantabel zou maken. Ik heb vier kinderen en een echtgenote, die ik allen lief heb. Ik heb mijn leven op orde, zoals men dat uitdrukt. Elk mogelijk bewijs van een relatie met Miss Henderson, en dat geldt al helemaal voor een kind, zou een bedreiging vormen voor mijn huidige bestaan, dat me in vele opzichten tevreden stelt. Bovendien wil ik niet dat mijn gezin wordt gekwetst.'

Hij pauzeerde even, alsof hij op commentaar van Henri wachtte. Toen voegde hij eraan toe: 'En mijn kantoor wil ik ook zonder schandalen voortzetten.'

Henri zweeg. Blijkbaar vatte Mr Brown zijn zwijgen op als instemming, want hij zette met een rustig, nu gelaten gebaar zijn hoed weer op.

Ten slotte zei Henri: 'Mag ik u nog iets vragen, Mr Brown?'

'Natuurlijk,' antwoordde de octrooigemachtigde beleefd, blijkbaar verrast dat een gesprek dat voor hem was afgesloten voor Henri nog niet ten einde was.

'Houdt u van Billie?'

Kleine zweetdruppeltjes verschenen op Mr Browns bovenlip. Hij hield zich in, maar zijn toon had een zekere scherpte toen hij zei: 'Ik weet niet wat u het recht geeft tot een dergelijke vraag. Maar nu Miss Henderson u toch al tot getuige van onze intieme betrekking heeft gemaakt…' Hij zweeg even en staarde naar de horizon. 'Ja. Ik hou van Miss Henderson. Dat verrast u wellicht. Ik hou van haar zoals een man voor wie zijn gezin vrijwel alles betekent maar van een vrouw kan houden. Elk leven, al is het nog zo rijk, kent onvervulde verlangens. Miss Henderson was voor mij een geschenk; ze is teder, nieuwsgierig…' Hij zocht naar woorden. '… levendig.'

Ze zwegen beiden een tijdlang en keken uit over de zee.

'U bedoelt dat u van Billie houdt omdat ze zo levendig is?' vroeg Henri.

Mr Brown knikte en legde nadrukkelijk zijn wijsvinger tegen zijn lippen, alsof hij zichzelf wilde verbieden er nog langer over te spreken of aan te denken. Toch voegde hij eraan toe: 'Billie moet echter inzien dat ze zich naar mijn bestaan moet voegen. De dingen zijn nu eenmaal zoals ze zijn. Als ze dat aanvaardt, kunnen we een hele tijd bij elkaar blijven, mits mijn situatie dat toestaat. Ze heeft toch al geen andere keuze dan zo te leven als ze nu leeft, of ik haar nu onderhoud of een ander. Deze manier van leven bederft de vrouwen, want laten we eerlijk zijn, welke man wil er nog met zo'n meisje trouwen?'

Henri probeerde kalm te blijven. Hij had geen reden zich verheven te voelen boven de ander, maar toch was zijn toon dreigend toen hij zei: 'Vergeef me mijn woorden, Mr Brown, ik weet dat ik niet het recht heb me in deze zaak te mengen. Maar…'

William Brown maande hem met een afgemeten beweging tot stilte. 'Ik ben ook niet in uw mening geïnteresseerd, monsieur Sauvignac.' Hij leek nu vastbesloten het gesprek te beëindigen. 'U en ik,' ging hij verder, 'zijn geen vrienden. Het toeval heeft ons samengebracht. U hebt, zo mag ik dat toch wel stellen, tijdens deze reis meer interesse in Miss Henderson getoond dan in mij. Of wilt u dat soms ontkennen? Hoe dan ook, dit is een gesprek van mannen onder elkaar. Ik reken op uw discretie, meer verwacht ik niet van u. En ik wil nog dit zeggen: Miss Henderson heeft vanaf de allereerste dag geweten wat ze van een betrekking met mij kon verwachten. Daarover heb ik haar nooit in het ongewisse gelaten.' Hij stond op. 'Maar ik kan u verzekeren dat ik Miss Henderson zal helpen de komende weken financieel te overbruggen. Het warenhuis heeft haar overigens weer een betrekking toegezegd. Wanneer ze haar zwangerschap laat afbreken, kan ze haar oude werkzaamheden voortzetten.' Hij tastte naar zijn hals en trok zijn kraag recht. 'En u moet weten dat Miss Henderson met mijn voorstel akkoord is gegaan. Ik denk dat ze haar besef voor realiteit weer heeft teruggekregen. We zijn het over alle te volgen stappen eens geworden.'

Ook Henri was opgestaan.

'Als u niets meer te zeggen heeft...'

'Nee,' zei Henri, 'ik heb hieraan niets toe te voegen. Of nee, toch wel: Billie mag u graag. Ze is echt verliefd op u geworden. Al in het prille begin, toen u een vosje voor uw vrouw kwam kopen.'

William lachte gekweld en wilde al weglopen.

'En ze verwacht een kind van u,' voegde Henri er nog aan toe.

'Ik heb er al vier,' antwoordde Mr Brown, 'en een vrouw heb ik ook al. Ik zal u dankbaar zijn indien u Billie en mij van nu af aan met rust wilt laten. Ze is nog steeds mijn minnares en heeft me te verstaan gegeven dat ze dat wil blijven.'

William Brown en Henri Sauvignac gingen uit elkaar zonder naar elkaar te buigen en schudden elkaar evenmin de hand.

Ja, ze wilde dokter Kirschbaum opzoeken. Had hij niet gezegd dat ze altijd met hem kon komen praten? Valentina was ongelukkig. Ze had lange tijd niets meer gevoeld, maar nu wisselden haar gevoelens elkaar af als de wisselbaden bij een kuur. Het ene moment dacht ze vol verlangen aan Thomas en zijn omhelzing, maar een tel later werd ze weer overvallen door vertwijfeling. Wat zou hij van haar denken wanneer ze zou bekennen dat ze als getrouwde vrouw en verstekelinge op weg was naar een andere man? Hoe kon ze hem uitleggen dat ze ondanks alles toch verliefd op hem was geworden?

En wat moest ze tegen Richard zeggen? Hoe kon ze hem teleurstellen nadat ze hem eerst had geschreven: 'Wilt u er voor mij zijn?'

Eén ding was haar in de laatste dagen wel duidelijk geworden: naar Viktor zou ze niet meer terugkeren. Het was weliswaar impulsief en onbezonnen geweest om zomaar weg te lopen, maar ze had er goed aan gedaan. Viktor was wie hij was, hem viel eigenlijk niets te verwijten, maar ze wilde niet meer met hem samen leven. Hun huwelijk was een vergissing geweest: hij had wel met haar willen trouwen, maar zij had slechts ja gezegd omdat ze wilde voldoen aan de plichten die de maatschappij haar oplegde, en omdat ze een onopvallend bestaan op stand wilde leiden. Viktor hield op zijn eigen manier van haar, ook al verhinderde zijn jaloezie dat ze een normaal leven kon leiden en sloot hij haar op in een gouden kooi waarin ze op zijn bezoek en zijn wensen mocht wachten. Maar zij hield niet van hem, ze had slechts zijn vastberadenheid en macht bewonderd: hij was een surrogaat geweest voor de vader die ze nooit had gehad. Zij had slechts de plicht van een huwelijk willen vervullen, maar had, na een jeugd zonder vader en moeder, met geen mogelijkheid kunnen weten wat liefde, een relatie, een huwelijk nu echt inhielden…

Hoe ze het ook bekeek, een terugkeer naar Viktor was uitgesloten. Net zoals een terugkeer van de kleine Charles voor altijd onmogelijk was. Het maakte niet uit of ze Viktor ooit had liefgehad, het veranderde niets aan haar beslissing.

Een deel van haar was voor altijd gestorven toen ze haar kind had verloren. Maar het deel van haar dat Viktor vol jaloezie probeerde te bezitten, dat hij dwong hem ter wille te zijn en dat hem ertoe bracht haar tassen te doorwoelen, haar correspondentie te lezen en zijn bediende op te dragen haar te bespioneren, dat deel begon ze nu voor zichzelf terug te winnen...

Ze klopte aan de deur van dokter Kirschbaum.

'Madame Meyer!' Hij leek blij haar te zien en vroeg haar binnen te komen. 'U hebt dus besloten het aanbod van madame Klöppler aan te nemen. De jurk kan zich weliswaar niet meten met uw avondjapon, maar hij staat u goed. Wat brengt u naar mijn spreekkamer? Zo te zien hebt u de storm goed doorstaan.'

'Ik neem aan dat u me toch geen middel tegen zeeziekte had kunnen voorschrijven,' zei Valentina glimlachend, 'of vergis ik me? Nee, ik ben hier niet vanwege lichamelijke ongemakken, maar omdat ik me herinnerde dat u hebt aangeboden me ook in andere opzichten bij te staan.'

'In dat geval hoeven we niet in de spreekkamer te blijven zitten,' zei dokter Kirschbaum spontaan. 'Wat dacht u van een wandeling aan dek?'

Tijdens een wandeling ging spreken en denken doorgaans gemakkelijker, maar desondanks kon Valentina geen goed begin bedenken.

'Alles wat u mij toevertrouwt, valt onder mijn zwijgplicht als arts,' probeerde dokter Kirschbaum haar aan te sporen, 'ook wanneer het niet om lichamelijke kwalen gaat.'

'Toen u mij onderzocht, wilde u weten of ik iemand in Amerika kende die mij na aankomst zou kunnen helpen,' begon Valentina. 'Ik heb erover nagedacht en ik ken inderdaad iemand, een man die ik tijdens mijn kuur heb leren kennen en met wie ik zeer goed over-

weg kon...' Ze zweeg even. 'Ik heb deze man via het radiotelegra-
fiestation aan boord van dit schip een bericht gezonden...'

'Hebt u al antwoord gekregen?' vroeg Kirschbaum.

'Nee, nog niet, en ook dat maakt me onzeker. Maar er is nog iets.
Een paar maanden geleden bekende deze man gevoelens voor mij te
koesteren, bijzonder tedere gevoelens, maar ik was getrouwd, en
bovendien had ik kort tevoren mijn kind verloren...' Ze viel nogmaals stil.

'En nu vaart u naar hem toe, maar weet u niet of u dat eigenlijk
nog wel wilt?'

'Ja,' beaamde Valentina met een opgelucht knikje.

Dokter Kirschbaum dacht na en knikte toen ook. 'Dat is inderdaad een moeilijke kwestie.' Hij dacht nog even na. 'Is er daarnaast
nog iets wat u bezighoudt, iets wat deze verandering van mening
kan hebben veroorzaakt?'

Valentina bloosde.

'Aha.' Meer zei dokter Kirschbaum niet, maar hij versnelde zijn
pas, alsof hij tot een inzicht was gekomen. 'Wilt u mijn mening horen?' vroeg hij uiteindelijk.

Valentina knikte.

'Ik denk dat u eens moet beginnen u af te vragen wat u met uw leven wilt beginnen, los van de vraag wat andere mensen van u willen,
of wat u denkt anderen schuldig te zijn.' Hij keek haar vriendelijk aan.
'Dat klinkt wellicht wat ongewoon, en u bent waarschijnlijk met heel
andere ideeën opgevoed, maar ik ben van mening dat ieder mens,
man of vrouw, de plicht heeft na te denken over de vraag wat zijn of
haar talenten en gaven zijn, en hoe we de dromen kunnen vervullen
die we diep in ons met ons meedragen. We kunnen onze bestemming
alleen vervullen indien we de dingen die we doen met liefde doen.
Slechts wat we met liefde doen, zal op den duur slagen. Daarom moeten we uitzoeken waarvan we eigenlijk houden.' Dokter Kirschbaum
gaf Valentina een zakdoek aan. 'De stormen die in ons binnenste

woeden, zijn soms heftiger dan de stormen hier buiten op zee,' zei hij zakelijk, 'maar… Aha, Mr Witherspoon… Goedemorgen!'

Valentina bloosde nog heviger, hetgeen dokter Kirschbaum niet ontging.

Thomas boog beleefd naar Valentina en wendde zich toen terstond tot de arts: 'Vergeef me dat ik uw gesprek onderbreek… maar het is belangrijk. Ik zou u willen vragen naar mijn zuster te gaan, omdat ze…'

Hij werd onderbroken door een jonge matroos, die van verre riep: 'Dokter Kirschbaum… Kom snel! Snel!' Buiten adem bleef hij voor de scheepsarts staan en zei hijgend: 'Op het tussendek is een jongen van de trap gevallen… Het ziet er slecht uit… Hij ademt niet meer…'

'Ik kom eraan,' zei dokter Kirschbaum met een blik op Valentina, die lijkbleek was geworden. 'Mr Witherspoon, zou u zo goed willen zijn madame Meyer naar haar hut te begeleiden? Ik raad haar aan even te gaan liggen, maar ik heb mijn spreekkamer voor mijn andere patiënt nodig. Bestelt u maar koffie voor madame Meyer.' Tegen Valentina zei hij: 'Drink minstens twee koppen, daar zult u van opknappen.' En nogmaals tegen Thomas: 'Ik kom dadelijk bij uw zus kijken, maakt u zich maar geen zorgen…'

Hij volgde in allerijl de matroos, Thomas en Valentina samen achterlatend.

'Thomas,' zei Valentina. 'Mr Witherspoon…' Ze stonden voor de deur van Valentina's hut.

'Ik zal dadelijk koffie voor u bestellen, zoals dokter Kirschbaum heeft aangeraden,' antwoordde Thomas.

Als hij zo voorkomend blijft doen, dacht Valentina een tikje vertwijfeld, hoe kan ik dan ooit nader tot hem komen?

'Wilt u niet even een moment bij me komen zitten?' Ze opende de hut.

Zijn blik was bijna even koel als die van zijn zuster. 'Ik moet echt even bij Victoria kijken…'

Valentina vatte moed en zei: 'Uw zuster zal echt niet weglopen, Mr Witherspoon. Die blijft haar hele leven uw zus. Wilt u niet even binnenkomen? Toe, ik smeek u.'

Ze wachtte zijn antwoord niet af, maar liep naar binnen, vlijde zich op haar bed neer en sloot haar ogen.

Hij belde om de steward, bestelde koffie en ging op een stoel naast het bed zitten.

Wat wilde ze?

Valentina zweeg en merkte dat het flauwe gevoel dat haar had overvallen langzaam verdween.

'U vraagt zich natuurlijk af wat ik zo plotseling weer van u wil,' zei ze eindelijk.

Zijn blik was nog steeds terughoudend, maar zijn ogen hadden hun koude grijze glans verloren, en ze zag opnieuw het groen van een kalme zee in zijn blik.

'Ik ben getrouwd, dat valt niet te ontkennen. Maar ik ben niet van plan naar mijn man terug te keren. Wat dat betreft had ik mij anders kunnen gedragen. Ik durfde uw hand niet vast te pakken.'

Hij bekeek zijn handen. Hoewel hij erg lang was en een mannelijke uitstraling had, waren zijn handen smal en fijn, als de handen van een muzikant. Het hadden bijna de handen van een vrouw kunnen zijn.

'Waarom?' vroeg hij. 'Ze zien er toch niet gewelddadig uit, of wel?' Eindelijk verscheen er rond zijn mond een glimlach.

'Soms zien gevaarlijke dingen er verre van gewelddadig uit,' zei ze, en ze voegde eraan toe: 'U hebt erg mooie handen… Bespeelt u een instrument?'

Hij lachte. 'Mijn pianospel stelt bijzonder weinig voor, daarmee heb ik het niet ver gebracht. Als geoloog ben ik succesvoller. Maar ik hou van muziek, dat zeker. Mijn moeder was een getalenteerd violiste, en ze zou zich in haar graf omdraaien als ze wist hoe weinig ik met haar muzikale erfenis heb gedaan.'

'O,' zei Valentina, 'dan zouden onze moeders elkaar zeker hebben gemogen; mijn moeder was totdat ze ziek werd een zeer bedreven pianiste.'

'En hoe staat het met u? Moet u mij ook iets bekennen?'

'Ik heb vroeger gezongen.'

'En nu zingt u niet meer?'

'Nee, niet meer sinds mijn zoontje is gestorven. Maar dat is een ander verhaal.'

'Wat voor verhaal?' vroeg Thomas. 'Wat heeft dit allemaal te betekenen? Ik ken u niet, ik weet niets over u, maar toen ik u zondagavond voor het eerst zag, wist ik dat u degene bent op wie ik al mijn hele leven heb gewacht. Het verraste me geenszins dat men u naar mijn tafel voerde, dat moest zo zijn, dat was me meteen duidelijk. De wereld had zich opnieuw geordend, alles viel op zijn plaats. Ik vroeg me toen niets af en vraag me nu evenmin iets af: het is zoals het is. Toen u me afwees, vatte ik dat op als een teken dat u met rust gelaten wilde worden. Ik wilde u ook niet langer lastigvallen. Maar het verandert niets aan mijn gevoelens. Die heb ik niet in de hand.'

Ze was rechtop gaan zitten, leunde met haar rug tegen de wand van de hut en keek hem aan. 'Ik zal u het verhaal over de witte avondjapon vertellen. Dan zult u veel meer over mij begrijpen.

23 juli, de dag waarop de Kroonland uit Antwerpen vertrok en ik aan boord ging, is de sterfdag van mijn kind. Mijn zoontje Charles stierf op 23 juli 1902. Hij was twee jaar oud. Mijn man en ik brachten de zomervakantie door aan zee, in Normandië, in Cabourg. We hadden een huis gehuurd. Ik ben op 22 juli jarig en ik werd toen drieëntwintig. Dat voorjaar waren Viktor, mijn man, en ik een paar dagen in Parijs geweest, waar Viktor bij een beroemd modehuis een avondjapon voor me had besteld. Hij zocht de stof en de snit uit en

gaf de opdracht de japon kort voor mijn verjaardag te leveren, zodat hij me die cadeau zou kunnen doen. Het was deze jurk.' Ze streek over het zware witte satijn van de japon die op het bed lag.

'De japon werd tijdig geleverd, en ik nam hem nog ingepakt mee op vakantie, met het voornemen de jurk pas op mijn verjaardag voor het eerst dragen. Die dag zou er een groot bal in Grand Hotel Cabourg worden gegeven, en 's middags was er een klein concert. Men had mij gevraagd om daar te zingen. Ik deed dat graag, hoewel het zou betekenen dat ik die dag weinig tijd voor Charles zou hebben. De dag daarop zou ik er echter helemaal voor hem zijn.'

Ze raakte met haar hand haar haar aan. 'Het bal was een bruisend feest. "Precies wat ik me voor jouw verjaardag heb gewenst," zei mijn man. Ik weet niet waarom, maar ik had het erg benauwd. Misschien kwam het omdat de japon in de taille zo strak was ingeregen, maar ik had in elk geval het gevoel dat ik niet goed kon ademen. In die jurk zal ik nooit goed kunnen zingen, dacht ik.'

'Er is nog koffie,' zei Thomas. 'Hier, neemt u nog een kop koffie. Dokter Kirschbaum vond dat u koffie moest drinken…'

'Dank u,' zei Valentina. Ze pakte het kopje aan. 'Ik voel me alweer beter. Het werd laat, Viktor had veel gedronken. Ik wilde naar huis, maar hij had een paar Russen getroffen die hij kende en vond dat ik hem dat plezier moest gunnen. Toen we eindelijk vertrokken, was het drie uur in de ochtend. Charles en het kindermeisje waren in diepe slaap verzonken, maar Viktor was nog helemaal in feeststemming. "Nu drinken we nog een fles champagne op jou, mijn duifje," zei hij. Ik sliep al half, maar hij…'

'Hij wilde u nog beminnen,' vulde Thomas aan.

Valentina knikte. 'Daarna sliepen we in. 's Morgens zorgde ik altijd zelf voor mijn kind, het kindermeisje wist dat ik om die reden altijd vroeg opstond. Later nam zij de zorg voor Charles dan weer van me over. Maar die ochtend versliep ik me. Tijdens onze vakanties stond Viktor altijd laat op, zeker wanneer hij veel had gedronken, dus hij lag ook nog in bed. Tegen tienen werd ik wakker. Soms liep Charles 's ochtends op zijn blote voeten en in zijn nachthemd onze kamer in, maar dat was die ochtend niet gebeurd. Ik trok een ochtendjas aan en liep naar de kinderkamer. De deur stond open, maar de deur van de kamer van het kindermeisje was nog dicht. Waarschijnlijk sliep ze nog. Charles was niet in zijn kamer, en ik zag nu dat we die nacht waren vergeten de voordeur af te sluiten. We hadden meer gedronken dan gewoonlijk, we hadden er niet op gelet. En nu stond de voordeur wagenwijd open. Ik liep de tuin in.'

Valentina stem was heser geworden en stokte. Thomas onderbrak haar niet.

'Ik vond hem in de vijver. De tuin had een vijver. Die was niet diep, maar Charles was pas twee. Hij lag met zijn hoofd onder water.'

Ze viel stil.

'Veel meer is er niet over te zeggen,' voegde ze er na een tijdje aan toe. 'De afstand tussen Viktor en mij werd steeds groter, al kan ik achteraf moeilijk zeggen of er ooit wel sprake is geweest van een hechte band. Ik verweet hem ons kind te hebben gedood, hij sloeg me bij wijze van antwoord in mijn gezicht.' Ze streek met haar wijsvinger over een minuscuul litteken op haar bovenlip. 'Dit komt door zijn zegelring. Mijn verwijt was onterecht, ik voel me zelf al schuldig genoeg. We hebben beiden verzuimd de voordeur op slot te doen, en ik was tenslotte degene die zich heeft verslapen. Niettemin verweet ik hem dat hij het zo laat had willen maken en dat we zo veel hadden gedronken dat ik me, geheel tegen mijn gewoonte in, versliep. Niet dat het er nog iets toe doet.'

Thomas pakte haar hand, en deze keer liet ze hem begaan.

'Viktor heeft me altijd bedrogen, maar na de dood van Charles deed hij geen moeite meer dat te verbergen. Wij rouwden elk op geheel verschillende manieren. Hij nam 's nachts soms meisjes mee naar huis. Ik zong niet meer. Ik wilde niets meer, helemaal niets meer. Onze huisarts stuurde me afgelopen nazomer op kuur in St. Moritz. Daar…' Ze viel meer stil.

'En daar?' vroeg Thomas.

'Ach, dat is een ander verhaal,' zei Valentina.

Maar hoewel Thomas Witherspoon nog lang niet alles over Valentina wist, besefte hij wel dat er nog steeds iets belangrijks tussen hen in stond.

'Valentina.' Hij trok haar naar zich toe en kuste haar. 'Vertel me ook daarover. Vertel me over alles wat tussen ons kan staan. Zodat ik je kan bewijzen dat het ons niet kan scheiden.'

Valentina dacht aan dokter Kirschbaum, aan wat hij had gezegd. 'Later,' zei ze, en ze sloot haar ogen, zodat niets haar kon afleiden en haar geluk enkel en alleen uit deze tedere kus leek te bestaan.

Op hetzelfde moment hield Henri Billie in zijn armen. Haar gezicht was opgezwollen van het huilen. Ze had zich in haar peignoir gewikkeld en klemde zich aan Henri vast alsof ze schipbreukelingen op open zee waren.

'Ik wil nooit meer opstaan,' fluisterde ze tegen zijn borst, 'ik wil me nooit meer aankleden, nooit meer andere mensen onder ogen komen.'

Henri moest glimlachen, duwde haar een stukje van zich af zodat hij haar gezicht kon zien, en streek haar warrige haren uit haar gezicht. 'Hoezo? Nooit meer? Ook niet als ik je nu als een klein meisje aankleed, je schoenen dichtknoop, je aan de hand neem en je voor een heerlijk ontbijt in de tweede klasse van de Kroonland uitnodig?'

Ze keek hem verrast aan, vlijde opnieuw haar hoofd tegen zijn borst en mompelde: 'Waarom de tweede klasse?'

'Omdat niemand ons daar kent en iedereen zal denken dat je er altijd zo uitziet als nu. Niemand zal denken dat je misschien hebt zitten grienen.'

Ze moest lachen, hoewel het huilen haar nader stond, en ze wreef haar voorhoofd over zijn jasje. 'Je ruikt naar de zee,' zei ze zachtjes.

'En als jij wat hebt gegeten, gaan we ergens aan dek in een paar gemakkelijke stoelen naar de zee zitten kijken. Dan zul jij ook zo gaan ruiken.'

'Draai je om, dan kleed ik me aan,' zei ze met een glimlachje.

'Doe niet zo flauw, Billie, dat hoeft toch niet? Ik pak nu een washandje en ga je gezicht wassen, en daarna ga ik je stukje bij beetje aankleden met al die kledingstukken die door die wonderlijke damesmode worden voorgeschreven. En jij blijft netjes stilzitten. Wees een lief meisje. En bij alles wat ik je aantrek, stel jij je voor dat ik het weer uittrek, omdat ik je sproeten zo graag wil zien.'

Overdreven langzaam begon hij Billie aan te kleden, en op haar gezicht verscheen een extatische uitdrukking, even gelukzalig alsof ze in trance verkeerde. Haar bruine krullen kringelden alle kanten op. Henri vroeg zich af wanneer iemand Billie voor het laatst had aangekleed. Het was waarschijnlijk heel, heel erg lang geleden. Hij zette haar op de bank, trok haar zwarte laarsjes over haar voeten en reeg ze dicht.

'Je haar zul je zelf moeten opsteken, want ik weet niet hoe dat moet,' zei hij ten slotte, toen ze als een opgedirkte etalagepop voor hem zat.

Ze knikte. Toen wees ze naar de wastafel, naar het kleine flesje dat daar stond.

Henri pakte het flesje, trok de glazen stop in de vorm van een duif eraf en hield de flacon onder zijn neus. De zachte, lieflijke geur van roos en jasmijn. Hij bevochtigde zijn wijsvinger met het parfum, kuste het kuiltje in Billies hals en bracht daar wat van het reukwater aan.

'Mijn werk is volbracht,' zei hij. 'Wat ben je toch mooi.'

Ze stond op, liep naar de wastafel en begon haar haar te kammen. Via de spiegel glimlachte ze naar hem toen ze zag dat hij haar gadesloeg.

'Ik dacht dat je me nooit meer zou komen opzoeken,' zei ze. Haar stem klonk nog een tikje verstikt door het huilen. 'Waarom zou je ook?' Plotseling werden haar wimpers weer nat van de tranen. 'Heeft William je verteld wat hij tegen me heeft gezegd?' Ze keek Henri aan. De snik die volgde, was zo onverwacht en hevig dat hij van schrik ineenkromp.

'Ik vrees dat hij me nog veel meer heeft verteld,' antwoordde hij.

'Hij zei dat je in dit leven niet alles kunt hebben,' zei Billie, zijn opmerking negerend. De tranen liepen haar weer over het gezicht. 'En toen dacht ik: ja, hij heeft gelijk. Ik kan misschien beter bij hem blijven. Wie weet hoe een volgende man is.'

'Mr Brown bedoelt dat jíj in dit leven niet alles kunt hebben,' zei Henri op sarcastische toon. 'Hij heeft makkelijk praten, hij heeft alles wat zijn hartje begeert.'

Hij wist niet of ze hoorde wat hij zei, want ze vervolgde: 'Als ik ooit nog een volgende heer vind, nadat ik mijn kindje heb laten weghalen. En als ik bij de engeltjesmaker niet de dood vind...'

Henri trok haar in zijn armen. 'Je zult wel weer iemand vinden,' zei hij. 'Sterker nog, je hebt al iemand gevonden.'

Ze ging niet op zijn woorden in. Wat vreemd, dacht hij, dat niemand in de gaten heeft wat ik wil zeggen. Blijkbaar moest hij nog veel over vrouwen leren, en in bepaalde opzichten was dat krenkend; hij had zichzelf altijd als een kenner beschouwd.

'Kom maar,' zei hij, 'dan gaan we ontbijten. Dan kun jij mij vertellen hoe je gesprek met William is verlopen, en dan zal ik je vertellen waarom ik je nu pas ben komen opzoeken.'

En terwijl Henri Billie naar de eetzaal van de tweede klasse leidde, waar de entree wat bescheidener was en de tapijten groen in plaats van rood waren, bedacht hij hoe vreemd die mannenwereld waarvan hij zelf deel uitmaakte toch eigenlijk was. Wat had hij toch een hekel aan al die huichelarij, aan wat men moraal durfde te noemen maar wat eigenlijk een schamel excuus was voor het dienen van niets anders dan eigenbelang. En hij dacht aan zijn vader en aan Berthe, de kokkin, en aan de dag waarop zij het huis van de familie Sauvignac had verlaten.

Hij was toen een jaar of dertien, veertien geweest, en Berthe vormde nog steeds het middelpunt van zijn mooiste fantasieën.

'Jongen,' zei ze op de vroege vooravond van die bewuste dag, terwijl ze haar rozige, naar zeepwater geurende handen zwaar op zijn schouders liet rusten, 'morgen verlaat ik dit huis. Jullie krijgen een nieuwe kokkin, die minder machtig kookt.'

'Maar ik wil niet dat je weggaat!' had hij geroepen, overvallen door een wanhoop die hij nog niet begreep. 'En dat wil papa vast ook niet!' voegde hij er heftig aan toe.

'Mevrouw heeft dat zo bepaald, en mevrouw gaat over het personeel. Ik heb mijn spullen al gepakt.'

'Waar ga je heen?'

'Naar mijn moeder op het platteland. Dat is de enige plek waar ik naartoe kan. Ik heb geen woning, ik ben altijd een inwonende kokkin geweest.'

'Als je een nieuwe meneer en mevrouw hebt gevonden, zul je me dan je adres sturen?'

Ze had hem zwijgend tegen zich aan gedrukt. Haar lichaam was zacht en goed, en hij had wel voor altijd in haar armen willen blijven. Ze rook naar zeep en dragon, haar lievelingskruid dat ze vaak gebruikte, vooral wanneer ze kip bereidde. Toen ze Henri losliet, stonden de tranen in haar ogen.

De avond erop bediende het dienstmeisje aan tafel. Er was geen Berthe die haar hoofd om de hoek van de deur stak om te vragen of alles naar wens was, en Henri's ouders zaten zwijgend aan tafel. Het eten van zijn vader bleef onaangeroerd op diens bord liggen. Het mes van Henri's moeder kraste over het porselein.

Sinds die dag was Henri's vader 's avonds nog maar af en toe thuis. Hij kwam net zoals vroeger stipt om zes uur thuis om het avondmaal te gebruiken, maar trok zich daarna niet meer met een glas cognac, een sigaar en de krant in zijn oorfauteuil terug. Nu ging hij 's avonds vaak uit en kwam pas in het holst van de nacht terug. Het ontging Henri niet dat zijn vader, die toch al nooit veel had gesproken, nog zwijgzamer was geworden.

Ook dit schreef zijn moeder toe aan zijn Armeense afkomst.

Henri glimlachte toen hij aan zijn vader dacht. De beste man was zeker geen revolutionair geweest, maar hij had in elk geval getracht zonder huichelarij te leven. Hij had de grenzen van zijn burgerlijke leven nooit overschreden, maar voor het eerst kwam bij Henri de gedachte op dat zijn vader hem wellicht toestemming had gegeven om bij de steenhouwer in de leer gegaan omdat hij zijn nageslacht meer vrijheid gunde dan hij zelf had gekregen.

En opeens besefte Henri dat zijn vader werkelijk van Berthe had gehouden.

Hij opende de deur naar de eetzaal van de tweede klasse. Ze hadden allebei honger. Billie werkte met grote happen een roerei met spek weg, maar nog geen twee minuten later werd ze eerst krijtwit en toen vuurrood. Smekend keek ze Henri aan.

'Henri, het toilet. Weet jij waar hier het toilet is?' fluisterde ze op zachte toon. Aangezien de eetzaal van de tweede klasse voor hem zo onbekend was als een vreemde stad, vroeg Henri het aan een van de stewards. Zodra de man hun de toiletten had gewezen, stoof Billie ervandoor.

'Is uw echtgenote onwel geworden?' vroeg de steward meelevend.

'Nee, hoor,' zei Henri, 'mijn echtgenote is slechts in blijde verwachting.'

'Ik heb wel duizend keer op de deur van je hut geklopt,' zei Henri. 'Waarom gaf je geen antwoord? En waarom deed je niet open? Waarom ben je na je gesprek met William niet naar me toe gekomen?'

Ze zaten op het promenadedek van de tweede klasse. Billie was na haar overhaaste gang naar het toilet alweer aardig opgeknapt.

'Waarom? Waarom? Omdat ik in Williams hut was, daarom.' De wind speelde met de bruine lokken die uit haar knot waren ontsnapt, en haar gezicht was niet langer opgezwollen van het huilen. De frisse licht deed haar zo goed dat ze tot een weerwoord in staat was.

'Maar ik heb ook bij hem aangeklopt, toen ik je nergens kon vinden!' riep Henri uit. Hij trok zijn lip op en krabde aan zijn snor. 'Hij zei dat hij niet wist waar je was.'

'Dat heb ik gehoord,' antwoordde zij. 'Hij was erg in zijn nopjes omdat hij je kon wegsturen. "Lieve Billie," zei hij tegen me, en hij hield me bij mijn pols vast, "ik raad je aan het gezelschap van deze man te mijden. Hij brengt je op gedachten die je uiteindelijk alleen maar ongelukkig zullen maken. De waarheid luidt dat je niet bepaald veel mogelijkheden hebt om aan deze situatie te ontsnappen." En daar heeft hij gelijk in, Henri,' merkte ze op. '"Ik wil je helpen," zei William tegen me. "Ik zal met je chef in het warenhuis gaan praten en ervoor zorgen dat hij een excuus bedenkt wanneer je een paar dagen niet aanwezig zult zijn. Ik zal je kamer blijven betalen en we kunnen elkaar blijven zien, mits je maar niets tegen je collega's of je familie zegt." Waarop ik zei dat ik niet veel keus had.' Billies gezichtsuitdrukking, die zo snel kon veranderen, ging van berusting naar afschuw. Ze tastte naar Henri's hand.

'Maar op dat moment merkte ik dat ik van hem walg. Hij trok me tegen zich aan en zei: "Ik wist wel dat je een verstandig meisje was dat tot inkeer zou komen… Je weet toch dat ik van je hou en je begeer en dat je mijn geluk bent? Maar je begrijpt toch wel dat ik niets kan veranderen. Ik kan mijn leven niet zomaar omgooien, ik heb mijn verplichtingen. Jegens mijn gezin, de maatschappij, mezelf…'"

'Maar blijkbaar niet jegens jou,' viel Henri haar ongeduldig in de rede.

Billie keek hem geërgerd aan. 'Hoe bedoel je?' vroeg ze, maar Henri negeerde haar vraag en zei op felle toon: 'En, wat heb je hem geantwoord?'

'Niets,' zei Billie. Ze staarde in de verte, alsof ze daar een antwoord zou vinden. Maar omdat de horizon blijkbaar niets te vertellen had, haalde ze slechts onbeholpen haar schouders op en zei: 'Hij heeft me omhelsd en me gekust.' Ze zweeg even en trok een gekweld gezicht. 'Maar ik walgde van hem…'

Henri stond op, hielp Billie uit haar ligstoel op te staan en sloeg zijn arm om haar heen. Nadat hij haar bovenlip had gekust, zei hij: 'Laten we een stukje gaan wandelen. Binnenkort zijn we van dit ellendige schip af, en dan reizen we verder naar St. Louis.'

'Naar St. Louis? Hoe bedoel je?' riep Billie uit. 'Wil jij me nu ook al voorschrijven wat ik moet doen?'

Ze maakte zich van hem los, ijsbeerde even opgewonden heen en weer en leek toen weer wat te kalmeren. 'Henri, iedereen zegt wat ik moet doen, maar ik heb zelf blijkbaar niets te vertellen. Dat is zo…' Ze haalde haar schouders op. 'Ik heb geld noch opleiding, ik heb een baantje waarvan ik niet eens kan leven, en ik ben afhankelijk van Mr Welsh en van Mr Brown, en straks ook nog van een engeltjesmaakster van wie ik alleen maar kan hopen dat ze me niet per ongeluk zal doden, en geloof me, dat is vreselijk. Echt vreselijk,' herhaalde ze, en ze schudde haar hoofd, alsof ze betwijfelde of Henri haar wel had begrepen.

'Laat me toch even uitpraten,' zei Henri. Hij pakte haar bij haar arm, maar Billie trok zich stampvoetend los.

'Jij hebt me helemaal niets te vertellen! Niet ook jij nog eens!' Ze keek hem woedend aan.

'Uitgerekend dat probeer ik al mijn hele leven lang te vermijden,' zei Henri met een diepe zucht.

'Wat bedoel je?' vroeg Billie.

'Als je me niet laat uitpraten kan ik dat ook niet uitleggen.'

Ze knikte. 'Goed, ik luister.'

Henri schraapte zijn keel, en zijn ogen fonkelden donker. 'Ten eerste,' zei hij, en zijn mondhoek krulde om, 'ten eerste wilde ik je vragen mee te gaan naar St. Louis. Daar wordt de wereldtentoonstelling gehouden, en enkele van mijn werken…'

'Ja, ik weet heus wel dat daar de wereldtentoonstelling wordt gehouden,' zei Billie.

O hemel, dacht Henri, als dit zo doorgaat, eindigen we net zo als het echtpaar Borg.

'Wat kijk je nu?' vroeg Billie. 'Heb ik iets verkeerds gezegd?'

'Nee,' zei Henri. 'Ten tweede… ten tweede vroeg ik me af of je Mr Brown zou willen verlaten en met mij terug zou willen reizen naar Antwerpen.'

'Maar wat moet ik daar?' riep Billie uit. Toen legde ze haar wijsvinger tegen haar neus, alsof ze die recht wilde zetten, en zei met een stralende glimlach: 'Alleen als je met me trouwt, Henri.'

Henri kreunde. 'Jij bent nog erger dan Lisette, Billie…'

'En wie is Lisette?'

Ze hadden al een paar keer een rondje over het dek gelopen en waren nu bij de reling blijven staan. Henri boog zich eroverheen en staarde in de diepte.

'Als je niet heel even je mond houdt, spring ik nog van dit schip!' In Antwerpen zou hij beslist een bezigheid voor haar moeten vinden, anders zou hij nooit meer rustig kunnen werken.

'Lisette is een vrouw van wie ik heel veel heb gehouden zonder het echt te beseffen.' Voordat Billie kon protesteren, trok hij haar dicht tegen zich aan. 'Wees nu even stil en luister naar me. Lisette zat model voor me, zodat ze geld voor haar eigen studie kon verdienen. Ze kon veel beter tekenen dan ik en studeerde schilderkunst. We zijn een aantal jaren samen geweest, en ze was de wonderbaarlijkste geliefde die je je kunt voorstellen.'

Billie opende haar mond, maar Henri was haar te vlug af: 'Toen kende ik jou toch nog niet! Zij wilde trouwen, ik niet. Ik heb ooit plechtig gezworen nooit te zullen trouwen omdat ik niet zo wilde leven als mijn ouders, of als al die andere echtparen die ik om me heen zag. En toen heeft ze me verlaten, zonder dat ik wist dat ze zwanger was. Ik had het wel kunnen raden, maar ik wilde het niet weten. Na haar vertrek ben ik naar haar op zoek gegaan, maar ik kon haar niet vinden. Ze had al haar sporen uitgewist.'

Billie keek hem vol medeleven aan. 'Wat verschrikkelijk!' Ze gaf een por tegen zijn arm. 'Toe, vertel verder.'

'Maanden later kreeg ik een brief van een vrouw bij wie Lisette een kamer had gehuurd, nadat ze de zolderkamer waar ze tijdens onze verhouding had gewoond had verlaten. "Geachte heer Sauvignac," schreef haar hospita, "ik deel u mede dat Lisette Morisot, die bij mij een kamer huurde, aan kraamvrouwenkoorts is overleden."' Henri kende de brief van buiten. '"Tijdens haar laatste uren heeft ze uw naam herhaaldelijk genoemd, maar ik heb uw adres pas veel later in de papieren van mademoiselle Morisot aangetroffen. Het dochtertje aan wie Lisette Morisot het leven heeft geschonken, is overgebracht naar het weeshuis van Orleans, de stad waar de familie van de overledene vandaan komt."'

Billie verstijfde in zijn armen. Henri wachtte even en verwachtte een luide kreet, maar ze keek hem slechts ongelovig aan.

'Je hoort het al,' zei hij, 'ik ben een schoft. Geen haar beter dan Mr Brown.'

'En het kind?' vroeg Billie.

'Ik ben niet naar Orleans gegaan.'

'Hoe lang is dat nu geleden?'

'Ruim een jaar.'

Billie keek hem aan. 'Laten we naar binnen gaan,' zei ze toen, 'ik heb het koud.'

'Dadelijk, Billie.' Hij hield haar tegen. 'Lisette heeft ooit tegen me gezegd: "Je hart is onbereikbaar, net als de achterkant van de maan." Maar de dingen hoeven niet zo te blijven zoals ze zijn. Jij hoeft niet bij William te blijven, en mijn hart is niet als de maan. Jij kunt een ander leven leiden dan je tot dusver hebt geleid, en ik kan dat ook. Ik wil met jou samenleven, Billie. Ik wil met jou naar St. Louis reizen en dan terug naar Antwerpen. We kunnen trouwen en dan naar Rome reizen…' Hij glimlachte naar haar. 'Ik wil je in Rome beminnen, ik zie het al voor me…'

Ze keerde hem abrupt de rug toe, haalde diep adem en draaide zich weer om. 'In Rome!' zei ze.

De ontzetting die zijn verhaal bij haar had opgewekt, was nog op haar gezicht te lezen, net als de twijfel over de vraag met wie ze zich had ingelaten. Toen legde ze beide handen op zijn borst en knikte langzaam.

'Doet u toch open! Miss Witherspoon, alstublieft!' Dokter Kirschbaum klopte herhaaldelijk op de deur van de hut. 'Ik ben het, dokter Kirschbaum. Uw broer heeft me gevraagd bij u te gaan kijken.'

Thomas stond zwijgend naast hem.

'Miss Witherspoon! Uw broer heeft me over uw woordenwisseling verteld, dat u hem niet wilt zien… Maar wilt u alstublieft de deur voor mij openen?'

Het bleef stil.

'Ik haal een sleutel,' zei dokter Kirschbaum tegen Thomas. 'Blijft u hier maar even wachten.'

Thomas bleef zichzelf van alles verwijten. Hij had eerder moeten eisen dat de deur werd opengebroken. Het kamermeisje en de steward hadden weliswaar bevestigd dat Victoria thee en een lichte maaltijd naar haar hut had laten brengen, maar dat was gisteravond geweest.

Dokter Kirschbaum kwam vrij snel terug, in gezelschap van twee helpers. 'Je weet maar nooit,' zei hij tegen Thomas, en hij haalde de deur van het slot.

'Ik wil eerst zelf even kijken. Wacht u hier maar even.' Hij verdween naar binnen en riep al snel: 'Briggs, Keller, kom vlug. We moeten haar naar boven brengen, naar mijn spreekkamer.' De beide mannen tilden Victoria op en droegen haar weg. Ontzet keek Thomas hen na.

'Komt u maar mee, Mr Witherspoon,' zei dokter Kirschbaum rustig, 'uw zuster is buiten bewustzijn, maar ik kan haar redden als ik nu meteen haar maag leegpomp...' Hij snelde de mannen achterna.

Thomas haastte zich achter de dokter aan.

'Weet u of ze naast morfine nog regelmatig andere medicijnen inneemt?' vroeg Kirschbaum.

'Ja, ze zweert bij Veronal, dat zou het beste werken bij slapeloosheid.'

'O, en ik roep al tijden dat men Veronal uitsluitend op recept zou moeten verstrekken!' riep Kirschbaum verhit uit, 'geen enkel slaapmiddel is zo geschikt om...' Hij zweeg abrupt.

'Vermoedelijk heeft ze een overdosis genomen,' voegde hij er toen zakelijk aan toe. 'Wacht u hier.' Hij wees op een stoel in het voorvertrek en verdween zelf in de spreekkamer.

Valentina had Thomas nog nooit zo gezien.

'Vertel, wat is er aan de hand? Is er iets gebeurd? Thomas, je bent bijna buiten zinnen!' Ze trok hem in haar armen.

'Ja... Er is iets gebeurd. Victoria heeft geprobeerd zich van het leven te beroven. Ik had je niet verteld dat we een woordenwisseling hebben gehad, een hevige woordenwisseling... en toen ging het stormen. Ze is doodsbenauwd voor noodweer, maar ze wilde me niet binnenlaten, en eerlijk gezegd voelde ik me zelf ook niet al te best… Maar toen ze me ook vandaag niet binnen liet en niet op mijn kloppen reageerde, werd ik bang… Ik had niet zo tegen haar mogen spreken. Ik had de tijd moeten nemen om haar alles uit te leggen…'

Valentina deed geschrokken een stap naar achteren. 'Het is mijn schuld,' zei ze ontzet. 'Ze heeft het gedaan omdat ze bang is jou aan mij te verliezen. Ze kan je niet loslaten… en jij hebt ook moeite je van haar los te maken. Ze is immers de enige familie die je nog hebt. Ik had nooit tussen jullie in moeten komen.'

Thomas trok haar weer naar zich toe. 'Je hebt gelijk, en ook weer niet. Victoria zal tijd nodig hebben om zonder me te leren leven, om te begrijpen dat ze me niet hoeft te verliezen, maar… Je hebt nog niet eens gevraagd hoe het met haar gaat.'

'Ze leeft toch nog? Anders had je het wel gezegd…'

'O ja? Tot nu toe heb ik nog helemaal niet gezegd hoe het met haar is. Ja, ze zal blijven leven. Dokter Kirschbaum houdt haar nog even in de ziekenboeg ter observatie, maar ik mag haar al bezoeken. Daarom kan ik niet met je dineren, en dat wilde ik je komen vertellen.'

Valentina knikte hulpeloos. 'O, Thomas, ik vind het zo erg voor je. Ik hoop dat het haar snel beter gaat. Het zal beslist snel beter gaan…'

Hij hield haar even tegen zich aan. 'Ik moet nu naar haar toe, Valentina. We zien elkaar morgen weer.'

Zaterdag 30 juli

Hoe had ze kunnen denken dat zij en Thomas elkaar zouden vinden? De liefde was één ding, maar het echte leven was een heel ander verhaal. Niet alles wat samen zou moeten komen, kwam dat ook. Haar idee om Richard te schrijven was ook niet meer dan een hersenspinsel geweest, een mooie droom. Hij had niet geantwoord. Hun afscheid in St. Moritz was alweer een tijd geleden. Hoop had ze hem nooit gegeven, en er waren geen brieven heen en weer gegaan. Ze hadden niet eens een onschuldige, vriendschappelijke correspondentie gevoerd. Misschien had Richard al lang een andere vrouw gevonden. Misschien had hij haar bericht meteen vernietigd, uit angst dat hij argwaan zou wekken als hij het zou bewaren.

Ze kon niets anders doen dan Richards zwijgen aanvaarden, net zoals ze een naderend afscheid van Thomas en de dood van Charles moest aanvaarden. Daar kon geen enkele kwellende gedachte iets aan veranderen. Ze was de Kroonland op gevlucht om zichzelf te bevrijden. Maar vrijheid bestond niet, ook niet in Amerika. Niemand kon zich van zichzelf bevrijden, tenzij men vrijwillig voor de dood koos. Er bestond geen vrijheid zonder voorwaarden, die werden bepaald door allerhande omstandigheden en door het eigen karakter.

Valentina pakte de goudbruine jurk die ze van madame Klöppler had gekregen. Ze kleedde zich aan, stak haar haar op en liep toen met kaarsrechte rug naar de hut van dokter Kirschbaum.

'Ik heb de jongen niet kunnen redden.' De arts pakte Valentina voorzichtigheidshalve bij haar arm. 'Niemand kon er iets aan doen. Toen de deuren naar de dekken na de storm eindelijk weer werden geopend, verdrong iedereen zich om maar als eerste een frisse neus te kunnen halen. Op het tussendek hebben de passagiers zo weinig ruimte, de lucht is er verstikkend. Een paar kinderen deden een wedstrijdje wie het eerst aan dek was, en daarbij is die jongen van een ijzeren trap gevallen en heeft hij zijn nek gebroken.'

Dokter Kirschbaum hield nog steeds haar arm vast, maar ze maakte zich los, in de hoop dat dat gebaar haar kon helpen kalm te blijven.

'Hoe oud was hij? Zou ik zijn familie kunnen spreken, dokter? Denkt u dat dat kan?'

'Ja, dat is zeker mogelijk. De jongen was elf. Hij heette Mischa Adamowicz.'

Valentina wilde weglopen, maar dokter Kirschbaum hield haar tegen met de woorden: 'Met Miss Witherspoon, met wie u naar ik meen ook hebt kennisgemaakt, gaat het gelukkig alweer wat beter. Ze zal binnenkort naar haar hut kunnen terugkeren. Misschien zou u ook haar willen bezoeken? Het is vreemd, zo gebeurt er heel lang niets, en dan opeens van alles tegelijk… En o,' er viel hem nog iets in, 'hebt u al antwoord ontvangen op het bericht dat u hebt laten versturen? Morgen komen we in New York aan…'

Valentina schudde haar hoofd.

'Als ik u was, zou ik het toch even bij de marconist navragen. Sommige dingen in het leven moeten we aanvaarden, dat weet u als geen ander. Maar daarom hoeven we nog niet bij de pakken neer te gaan zitten. De kunst is, zoals vaak het geval is, om het verschil te zien,' zei hij glimlachend. Na die woorden begeleidde hij haar naar de deur.

Op het tussendek verwachtte men geen bezoek uit de eerste klasse en de meeste emigranten keken Valentina dan ook wantrouwend aan.

'Ik ben op zoek naar de familie van Mischa Adamowicz,' zei Valentina smekend, maar de meeste passagiers hier verstonden Frans noch Engels of wilden niet antwoorden. Ten slotte kwam er een oude vrouw naar haar toe. 'Ze heeft ons niets gedaan,' zei ze tegen de anderen, en ze bracht Valentina naar de familie van de jongen.

De hele onderneming was heilloos. De familie van de dode jongen kwam uit Polen en begreep geen woord van wat de vreemde vrouw zei. Toch pakte Valentina de hand van de moeder vast, gaf die een kneepje en zei: 'Madame Adamowicz, ik weet dat u me niet kunt verstaan, maar ik wil tegen u zeggen dat ik uw smart begrijp. Ik heb ook een kind verloren, net als u...'

Haar ogen waren vol tranen gelopen, van medelijden, maar ook van onmacht. Een van de omstanders, die wat gebroken Frans sprak, mengde zich in hun gesprek. Hij had begrepen wat Valentina wilde zeggen en vertaalde het zo goed en kwaad als het ging voor de Poolse vrouw. Haar gezicht klaarde op, en ze knikte begrijpend en beantwoordde Valentina's handdruk.

Meer kon Valentina niet doen. Ieder mens is met zijn leed alleen, ook wanneer er anderen zijn die zijn lot delen.

De radio-officier begroette Valentina vriendelijk. Toen ze hem vroeg of hij de twee berichten die ze een paar dagen geleden naar hem toe had laten brengen had doorgeseind, zocht hij in zijn papieren en haalde het bericht tevoorschijn dat ze aan haar grootmoeder had laten sturen. Een tweede bericht van haar kon hij niet vinden, en toen Valentina doorvroeg, wist hij met zekerheid te melden dat ze hem slechts één bericht hadden gegeven. Geen twijfel mogelijk, een tweede had hij nooit gezien.

Die Jan, dacht Valentina, die moet mijn berichten hebben gelezen. Hij is ongetwijfeld jaloers geworden, dat kan niet anders! Hoe kon ik zo naïef zijn dit van hem te verlangen! Hij heeft me gered, maar hij heeft me er ook voor gestraft toen ik een andere man om hulp wilde vragen…

Jan was verliefd op haar. Hoe had ze daar blind voor kunnen zijn?

Omdat ik dat wilde zijn, beantwoordde ze haar eigen vraag schuldbewust.

Maar nu bleek dat Jan, zonder het te weten, haar juist een enorme gunst had bewezen door haar bericht niet door te geven. Richard wist helemaal niet dat ze op weg was naar New York. Ze kon Jan wel zoenen! Zodra ze van boord zou zijn en zonder gevaar contact met hem kon opnemen, zou ze hem alles uitleggen…

Ze wilde het tegenover zichzelf niet toegeven, maar ze was op zoek naar Thomas. Het licht verblindde haar toen ze uitkeek over zee. Iedereen die ze aan boord had leren kennen, leek te zijn verdwenen: Thomas, Henri, Billie Henderson, en zelfs de onberispelijke verschijning van Mr Brown leek door het schip te zijn opgeslokt. Alleen de Russen over wie Henri had gesproken, waren op het promenadedek te vinden, waar ze lachend een luidruchtig potje shuffleboard speelden.

Valentina was teleurgesteld. Ze wilde net naar de brug wandelen om daar in een dekstoel te gaan liggen toen ze het jonge meisje in de rolstoel zag met wie Henri Sauvignac al eerder kennis had gemaakt. Het meisje zat aantekeningen te maken in een notitieboekje; haar donkere lokken, die ze vandaag niet had samengebonden, vielen telkens voor haar gezicht wanneer ze zich vooroverboog, en ze stopte haar haar voortdurend met haar linkerhand terug achter haar oor terwijl ze met de rechter schreef. Lily droeg een lichtblauw zomerjurkje, witte kousen en witte rijglaarsjes, wat haar een kinderlijke uitstraling gaf. Maar toen Valentina dichterbij kwam en het meisje naar haar opkeek, zag Valentina twee donkere, onderzoekende ogen. Ze bleef staan, en Lily zei: 'Goedendag, madame Meyer.'

'Goedendag. U weet wie ik ben!' Valentina was verrast.

'Dat weet iedereen,' antwoordde het meisje. 'Het hele schip spreekt over u. Ik ben Lily, Lily Mey. U mag me Lily noemen, ik ben pas zestien.' Ze glimlachte onbekommerd naar Valentina.

Die beantwoordde haar lach en zei: 'Monsieur Sauvignac heeft mij over u verteld. Hij is erg onder de indruk van u.'

'Waarom?' vroeg Lily verwonderd. Het compliment leek haar in verlegenheid te brengen.

'Volgens hem bent u een erg intelligente jongedame. U noteert alles wat u om u heen ziet…' Valentina leunde tegen de reling. 'En dat zie ik nu met eigen ogen. Mag ik vragen waar u zich het meeste voor interesseert?'

Lily knikte. 'Natuurlijk. Ik interesseer me voor alle natuurverschijnselen. En voor mensen.'

'Monsieur Sauvignac vertelde me dat u wilt gaan studeren. Natuurkunde, was het niet?'

Lily keek Valentina verrast aan. 'Hij heeft u een heleboel over mij verteld! Ja, dat klopt. Ik wil natuurkunde studeren. Of schrijfster worden.'

'En waarom spreekt u dat zo aan? Het spijt me dat ik zo nieuwsgierig ben, maar het klinkt allemaal erg interessant. Ik vind het indrukwekkend dat u al zo'n duidelijk beeld van uw toekomst hebt. Dat kan lang niet iedereen zeggen.'

'Ik wil meer over de sterren weten, over het heelal, en je kunt alleen maar astronomie studeren als je verstand hebt van natuurkunde. Het universum is oneindig, onbegrensd, en de fantasie ook. Wanneer je verhalen schrijft, zijn er ook oneindig veel mogelijkheden, een universum aan mogelijkheden…' Ze keek naar de zee en ging toen verder: 'Mijn wereld is begrensd.' Ze haalde haar handen van de leuning van de rolstoel en liet ze in haar schoot zakken. 'Ik zal nooit alleen kunnen wonen en zal heel veel ervaringen aan me voorbij zien gaan. Mijn wereld is klein. Maar het universum zal er altijd zijn.' Ze keek Valentina doordringend aan. 'En dat wil ik betreden. Ik wil deel uitmaken van een groot oneindig universum.'

Valentina knikte. 'Dat klinkt mooi,' zei ze, 'dat kan ik begrijpen. Ik heb er nog nooit over nagedacht. Maar u hebt gelijk. Naar zoiets dienen we te streven.' Ze glimlachte weer.

'Het is de eerste keer dat ik u overdag zie,' zei Lily. 'Uw jurk is mooi, maar wanneer ik aan u denk, stel ik me u toch in die witte avondjapon voor.'

'O ja?' zei Valentina. 'U denkt dus aan mij?'

Lily voelde zich betrapt en beschaamd. Zoals gewoonlijk was ze weer een flapuit geweest, en nu kon ze haar woorden niet meer terugnemen. 'Ik heb bedacht dat ik best eens een verhaal over een vrouw als u zou willen schrijven. Een vrouw die opeens op een schip opduikt. In een witte avondjapon. Een vrouw die niemand kent...'

Valentina lachte. 'En wat voor verhaal zou dat dan worden?'

Lily keek naar de lucht en dacht na. 'Het verhaal van een vrouw die een bijzondere gave heeft. Ze is verdrietig omdat ze niet zo kan leven zoals andere mensen. Ze durft niet goed zichzelf te zijn en wil haar leven ontvluchten, maar dan beseft ze dat dat niet gaat. Je kunt net zomin voor jezelf vluchten als voor je eigen schaduw.' Ze kauwde op haar potlood. 'Is het u wel eens opgevallen hoe schaduwen de mensen volgen? Dat kun je hier 's middags aan dek heel mooi zien.'

'Ik zal er voortaan op letten,' zei Valentina. 'Bedankt dat u me dit verhaal hebt willen vertellen.'

Lily haalde haar schouders op. 'Het had ook een ander verhaal kunnen zijn.' Ze keek naar de zee. 'De zee vertelt iedereen een ander verhaal.'

'Zo,' zei dokter Kirschbaum, 'het ergste hebben we nu wel achter de rug. Ik wil u vragen nog even wat uit te rusten in uw hut en vanavond tijdens het diner niet meteen de gehele menukaart te bestellen, maar we hebben het ergste in principe gehad.'

Hij glimlachte opbeurend naar Victoria Witherspoon, maar stond nog niet op om haar naar buiten te begeleiden. Hij dacht terug aan zijn gesprek met Thomas Witherspoon en vroeg zich af hoe hij zijn patiënte aan het praten zou kunnen krijgen. 'U weet nu dat elk medicijn gif kan zijn. Een beetje Veronal helpt weliswaar bij het inslapen, maar te veel kan dodelijk zijn.' Hij liet in het midden of hij dacht dat ze met opzet een te hoge dosis had genomen. 'Hetzelfde geldt voor de morfine die ik u tegen uw migraine heb gegeven. U zult ongetwijfeld hebben gemerkt dat de werking van dat middel, zoals van bijna alle medicijnen, uiteindelijk vermindert en dat men, hoeveel men ook neemt, de kwaal eigenlijk niet kan bestrijden.'

Hij streek over zijn korte witte baard en vervolgde zonder Victoria aan te kijken: 'Ik ken veel migrainepatiënten die aan morfine gewend zijn geraakt en die het ook als het enige geneesmiddel voor andere kwalen ervaren. Is het mogelijk dat u het ook als middel tegen gevoelens van angst en paniek hebt gebruikt? En de Veronal eveneens?'

Zijn toon was zo licht en rustig dat Victoria zich ontspande. Ze leek bijna opgelucht dat dokter Kirschbaum het onderwerp aanroerde, hoewel ze het Thomas bijzonder kwalijk nam dat hij er met de arts over had gesproken en daarmee hun stilzwijgende afspraak om te zwijgen had geschonden.

Dokter Kirschbaum schonk een glas water voor Victoria in en zag haar voor het eerst niet alleen als patiënte, maar ook als vrouw in de beste jaren van haar leven. Ze was klein en op het eerste gezicht niet bijzonder aantrekkelijk omdat ze zich onopvallend, bijna onhandig kleedde, alsof ze geen aandacht wilde trekken, en al helemaal niet die van een man, maar ze had mooie handen, een zachte huid en een gezicht dat welgevormd en harmonisch had kunnen zijn als haar grijze ogen niet zo achterdochtig de wereld in zouden kijken. Maar achter haar wantrouwende, kille blik ontwaarde dokter Kirschbaum bij nader inzien vooral een diepe, wezenlijke angst voor verlies, voor eenzaamheid, voor het leven zelf – voor hoe haar leven had kunnen zijn. En Victoria zag, toen dokter Kirschbaum haar zo vriendelijk aankeek en haar het glas aangaf, opeens hoe grauw haar verschijning was, hoe kleurloos en saai het eeuwige grijs, zwart, beige en bruin van haar kleren was.

'Ja,' zei ze, 'ik was bang voor de storm. Ik ben altijd bang voor storm, ook aan land. Ik vrees onweer, al sinds mijn kindertijd. Donder en bliksem verscheuren niet alleen de hemel, ze kunnen ook levens, gezinnen verscheuren…'

'Wilt u daarmee zeggen dat donder en bliksem ook uw leven hebben getroffen?' De arts leunde geïnteresseerd naar voren. Aan haar gezicht kon hij zien dat hij het bij het rechte eind had.

'Ja,' zei Victoria. Haar gewoonlijk zo gesloten gezicht had een hulpeloze uitdrukking aangenomen. 'De bliksem heeft ons gezin getroffen. Mijn moeder is bij een brand omgekomen toen ik twaalf was en Thomas nog maar twee. Het was tijdens een onweer. De bliksem sloeg in ons huis en zette alles in vuur en vlam…' De oude angst overviel haar opnieuw. 'Mijn vader was niet thuis, dus ik trok Thomas, die er niets van begreep en alleen maar huilde en schreeuwde, mee de straat op. Mijn moeder was boven, ik riep haar, ik zag de vlammen uit de ramen slaan… Ik riep nog naar haar, maar de brandweer kwam te laat. Voor mijn moeder kwamen ze te laat.'

Ze verstomde, en ook dokter Kirschbaum zweeg. Hij stond op, pakte de karaf, schonk Victoria bij en ging weer naast haar zitten.

'Ik ben bang,' zei Victoria zachtjes. 'Altijd weer diezelfde angst. 's Nachts, wanneer het donker is, wanneer het onweert, wanneer ik over ongelukken hoor, wanneer…'

'… uw broer weggaat en u hem niet kunt beschermen…' vulde de scheepsarts aan.

Victoria knikte.

'U kunt hem niet beschermen, Miss Witherspoon,' zei dokter Kirschbaum. 'U hebt hem weliswaar een keer het leven gered, maar u kunt hem niet tegen alles beschermen.'

Ze keek hem geschrokken aan en haar grijze ogen vulden zich met tranen. De dokter had zojuist haar grootste angst verwoord.

Ze schudde haar hoofd en greep naar haar voorhoofd alsof ze zijn woorden wilde uitwissen, uit haar herinnering wilde verdrijven. Die mochten het zich daar niet gemakkelijk maken, want dan zouden ze de spot met haar drijven en haar kwetsen. Ze wreef over haar slapen, maar er kwam geen hoofdpijn opzetten. De verschrikkelijke zin liet zich niet uitbannen, maar galmde keer op keer door haar hoofd: 'U hebt hem weliswaar een keer het leven gered, maar u kunt hem niet tegen alles beschermen.'

Dokter Kirschbaum wist dat de waarheid wreed was, maar hij wist ook dat hij nog wreder moest zijn als hij haar echt wilde helpen. 'En hoe groot de gevaren ook zijn waarin hij zich begeeft, u mag hem zijn leven niet afpakken. Het is zíjn leven, en al hebt u nog zo'n hechte band, u hebt ook nog een eigen leven, Miss Witherspoon, dat van uzelf, onafhankelijk van dat van uw broer. Een eigen leven dat u zelf moet leven en verdragen en dat zijn eigen gevaren kent.'

Hij besloot niets te zeggen over het geluk dat ze haar broer misgunde, en ook zichzelf ontzegde.

'Probeert u maar even te slapen,' was alles wat hij zei. 'Ik twijfel er niet aan dat u na deze gebeurtenis goed zult slapen, het was erg aangrijpend. Ik kom later, op zijn laatst morgen, nog even bij u kijken. Als u wilt, kunnen we ons gesprek dan voortzetten...'

Hij keek haar aan en stelde vast dat haar gezicht merkwaardig genoeg niet langer zo gekweld oogde. Integendeel, het was ontspannen, en een voorzichtige glimlach zonder een spoor van bitterheid sierde haar trekken.

Dokter Kirschbaum glimlachte eveneens. 'Ik verheug me erop,' zei hij, 'u binnenkort weer te zien.'

Het laatste diner, zaterdag 30 juli

Billie zag er met de dag betoverender uit. Ze bloeide zo op dat het William Brown oprecht speet haar te verliezen. Nadat hij zijn witte vest had aangetrokken en zijn witte vlinderdas had omgeknoopt, keek hij in de spiegel boven de wastafel en klopte wat eau de cologne op zijn pas geschoren hals, zich afvragend wat de toekomst hem zou brengen.

Hij had als vanzelfsprekend aangenomen dat alles zich naar zijn plannen en beslissingen zou voegen. Dat gold zowel voor zijn vrouw, die zich met de kinderen bezighield en weinig vragen stelde, die hij bovendien toch niet tot in detail zou willen beantwoorden, als ook voor Billie, die zich in een zwakke positie bevond en weinig alternatieven had. Hij had het als aangenaam en vleiend ervaren dat ze verliefd op hem was geworden, maar nu bleek pijnlijk duidelijk dat zij, en met haar nog vele andere zaken, uit zijn leven zou verdwijnen.

Hij klopte met een opbeurend gebaar op zijn wangen, maar dat hielp niets. Een treurigheid die aan troosteloosheid grensde maakte zich van hem meester, en opeens had hij het gevoel dat hij in de woestijn in een zandkuil was gevallen of door drijfzand werd opgeslokt. Hij was geslaagd in het leven, dat stond buiten kijf, en daar zou niets aan veranderen. Hij zorgde goed voor zijn gezin en zou dat blijven doen. Onmiddellijk na aankomst in New York zou hij zijn vrouw telegraferen dat hij weldra behouden in Philadelphia zou

253

aankomen. En toch oogde de wereld somber. Natuurlijk verheugde hij zich op het weerzien met zijn kinderen; die hadden hem nodig en boden hem een doel in het leven.

Mr Brown schoof zijn voeten in de lakschoenen die bij zijn rokkostuum hoorden en besefte opeens dat de dagen die hij met Billie in Rome had doorgebracht een teerspijs zouden zijn voor de lange jaren die nog voor hem lagen.

Niet dat hij nu ongelukkig was, daarvoor stelde de wereld waarin hij leefde hem voldoende tevreden, maar er was toch voor altijd iets verloren gegaan.

Hij verliet zijn hut en sloot de deur achter zich.

Misschien, bedacht hij, moest hij het nu zien te bolwerken zonder de spontane nonchalance en de naïeve tederheid die zo kenmerkend voor Billie waren geweest en die het leven draaglijk hadden gemaakt.

Misschien zou hij op een dag een nieuwe minnares zoeken. Jeugdige frisheid was immers te koop, dat gold zelfs voor een bepaalde mate van tederheid.

Misschien.

Billie had haar avondjurk aangetrokken en zei tegen Henri: 'Zorg er volgende keer toch alsjeblieft voor dat ik me niet met zo'n rood hoofd onder de mensen hoef te vertonen. Wat zullen ze wel niet denken?' Ze kuste Henri voorzichtig op zijn mond.

'Ze denken vast dat je heel stout bent geweest en kort voor het diner niets anders te doen had dan vol passie een man beminnen. En ze zullen zich afvragen wie van je begeleiders zich zo gelukkig mag prijzen.'

Billie keek hem ontzet aan. 'Denk je dat echt, Henri?'

'Nee,' zei hij lachend, 'daarvoor zijn de mensen te veel met zichzelf bezig. Maar ik kan niet wachten totdat je heel keurig zult zeggen: "Ik denk dat ik mijn hut maar eens ga opzoeken. Ik ben moe."'

'Waarom niet?' Billie legde haar vinger tegen haar neus.

'Omdat we dan weer dat gaan doen wat we het liefste doen.'

'Je bent een monster, Henri!'

'Jullie hebben dus toch heel veel gemeen…' zei Henri, en voordat Billie nog iets kon zeggen, kuste hij haar op haar mond.

'Binnen,' zei Victoria. Ze droeg een mauve jurk die Thomas haar nog nooit had zien dragen en die haar een veel zachtere uitstraling gaf.

Haar broer omhelsde haar. 'Ik vind het fijn dat je hebt besloten aan het diner te verschijnen. Het zal je goed doen een kleinigheid te eten, en mocht je te vermoeid raken, dan breng ik je terug naar je hut. Morgen zien we wel weer verder. We doen het stapje voor stapje.'

'Lotte,' zei Valentina, terwijl ze zich aan de deurklink vasthield en het kamermeisje het korset zo strak mogelijk aantrok, 'ben jij wel eens verliefd geweest?'

'Nee, madame,' stotterde Lotte. Ze schrok zo van die persoonlijke vraag dat ze het rijgsnoer liet vieren.

'Is er onder al die matrozen, scheepsjongens en stewards hier aan boord niemand die jouw belangstelling heeft?'

'O jawel, madame, een van de koks…'

'Pas dan maar op dat je niet in zo'n heilloze, wanordelijke situatie verzeild raakt als vele vrouwen voor jou al is overkomen.'

'Hoe bedoelt u dat, madame?' vroeg Lotte.

'Laat maar,' zei Valentina. 'Je zult zulke fouten vast niet maken.'

'Zoals het madame belieft,' zei Lotte, en ze maakte zich uit de voeten.

Het scheepsorkest zat klaar. Toen de gasten van de eerste klasse de grote trap naar de eetzaal afdaalden voor een laatste gezamenlijk diner op zee, werden ze bij de deur door feestelijke muziek begroet.

Het uitstekende menu, de goede wijn, de muziek en het gevoel dat ze ondanks de storm de Nieuwe Wereld zouden bereiken, zorgden voor een levendige en ontspannen atmosfeer onder de passagiers. Het ongeluk op het tussendek versterkte het gevoel van opluchting dat men de lange reis over de oceaan had doorstaan. De dood van de jongen had degenen die niet bij het ongeval betrokken waren koude rillingen bezorgd en, heel kort, een gevoel van dankbaarheid opgewekt omdat een dergelijk lot hun bespaard was gebleven.

Ook voor de opeengepakte emigranten was het einde van hun lijden in zicht. Ze feestten en dansten op hun eigen manier op het tussendek. En mogelijk waren ze uitgelatener dan de passagiers van de hogere klassen omdat er in hun kringen naast onzekerheid, angst, armoe en dood ook een grenzeloze hoop mee danste.

Op het eerste gezicht was er aan de al min of meer vertrouwde tafelschikking in de eerste klasse niet veel veranderd. Mr Brown en Billie hadden besloten bij het galadiner op deze laatste avond gezamenlijk te verschijnen, voordat ze weldra het schip gescheiden zouden verlaten. Mr Brown hechtte aan conventies. Henri zou Valentina begeleiden, die met Thomas had afgesproken dat hij zich nu vooral om zijn zus moest bekommeren.

Madame Borg had voor zichzelf en haar man een plaats ver van de familie Vanstraaten gezocht; de onthullingen die ze tijdens de storm ter kennis had moeten nemen, vond ze toch bijzonder beschamend.

Het gezin Vanstraaten zat in de oude vertrouwde rangschikking aan tafel, en zo zou het blijven totdat een van de opgroeiende kinderen de in steen gehouwen orde van het gezin zou verlaten. Anselm Vanstraaten, de jongste zoon, zat in zijn neus te peuteren, en aan de ijzige blik van monsieur Vanstraaten te zien zou de moeder van het gezin daar later voor moeten boeten.

Lily was op haar verzoek dichter bij monsieur Sauvignac en madame Meyer aangeschoven, een wens die haar vader maar al te graag en haar moeder Hermine met grote tegenzin had vervuld. Hermine was zoals altijd zeer elegant gekleed, dit keer in een saffierblauwe japon en een stola van zilvervos, maar haar dochter gaf blijk van minder modebewustzijn en hulde zich onbekommerd in de meisjesachtige matrozendracht die ze in elk geval mentaal al lang was ontgroeid. Dwars over de tafel heen onderhield ze zich op opgetogen toon met Henri over beeldhouwkunst.

De Russen hadden zich in de loop van de week bijna een delirium gedronken, en Henri was blij dat hij zo veel aan zijn hoofd had gehad dat hij zich niet bij hen had kunnen voegen. Desondanks vroeg hij zich af of hij het op een dag zou berouwen dat hij niet had deelgenomen aan hun uitgelaten vrijgezellenfeest; hij kon nu nog niet goed inschatten hoe streng Billie in de toekomst zou worden.

Madame Klöppler was blij dat Valentina zich toch in een van haar creaties had gehuld en zo haar werk onder de aandacht van een breder publiek had gebracht, in elk geval aan boord van de Kroonland. Ze meldde de passagiers aan haar tafel dat ze best bereid was om voor geïnteresseerden een voordracht over deze nieuwste mode te houden.

Na het diner zochten veel passagiers van de eerste klasse de rookkamer en de gemeenschappelijke salon op. Men legde een kaartje en voerde gesprekken, en vooral de anders zo puriteinse Amerikanen offerden een laatste keer aan Bacchus, daar er aan boord zeer goede wijnen voorhanden waren.

William Brown verontschuldigde zich en zocht de rooksalon op om daar bij een sigaar over zijn toekomst na te denken.

'Ik ben u dank verschuldigd, Valentina,' begon Henri op de weg naar de salon, maar zijn metgezellin had vooral oog voor Thomas, die zijn zuster naar haar hut terugbracht. Dokter Kirschbaum had beloofd na het avondeten nog een keer bij haar te komen kijken.

'Gaat u alvast maar naar de salon,' had Thomas tegen Valentina, Henri en Billie gezegd, 'dan voeg ik me dadelijk bij u.'

'Wat zei u, Henri?' zei Valentina. 'Het spijt me, ik was in gedachten…' Het was duidelijk dat ze zich schaamde omdat ze niet naar hem had geluisterd.

Henri keek haar met meer geduld aan dan hij gewoon was. Ze hoorde simpelweg niet wat belangrijk was, in elk geval niet wanneer het hem betrof.

'Ik heb u bedankt,' zei hij droogjes. Zijn dichte zwarte snor trilde lichtjes.

'Waarvoor?' Valentina keek hem niet-begrijpend aan. Ze pakte de sleep van haar witte japon en plaatste haar voet sierlijk op de tree voor haar.

'Zo zijn ze,' glimlachte Henri, 'de sterrenkoninginnen en de godinnen. Zo ver verwijderd van ons stervelingen hier op aarde. Nee, neemt me het mij niet kwalijk, het was niet boos bedoeld. U kunt niet weten waarom ik u dankbaar ben. En ik wil het nu ook niet nader toelichten, dat zou een te lang verhaal worden.'

Valentina keek hem met een verontschuldigend glimlachje aan. 'We weten niet veel van elkaar…'

'Dat geeft niet. Soms helpen we een ander zonder het te beseffen. Kom, dan zoeken we een goed plekje in de salon op.'

Billie had al een vrije tafel gezien. 'Daar!' riep ze. 'Die is heel geschikt.' Ze trok Henri met zich mee.

De Russen kwamen met hun vijven binnen, vastbesloten muziek te gaan maken, en groetten Henri met een knipoog toen ze Billie in haar rode avondjapon aan zijn arm zagen.

'Nu leert u eindelijk eens die Russen kennen over wie ik u al heb verteld,' zei Henri tegen Valentina. 'Ik meen dat u zei dat uw vader en man Russisch zijn?'

Valentina knikte en bekeek het vijftal zonder al te veel nieuwsgierigheid. Waar bleef Thomas toch? Ze verlangde ernaar hem weer te zien.

Een van de Russen – 'Dat is Wanja,' zei Henri – ging aan de piano zitten, de andere vier hieven het glas. Fjodor, de man met het vollemaansgezicht, had een paar flessen wodka besteld, zodat de steward niet voortdurend naar hun wensen hoefde te vragen. De donkerharige man met de grijze slapen – 'Andrej,' fluisterde Henri Valentina toe – zette een Russisch volksliedje in, en zijn vier vrienden vielen hem bij. Opeens luisterde Valentina aandachtig. De man die tegen de piano geleund stond had een prachtige stem, zacht, diep en soepel. Ze liet het glas zakken dat ze naar haar lippen wilde brengen en keek de zanger aan. Het ontging hem niet, en zonder zijn lied te onderbreken hief hij met een charmant gebaar zijn glas bij wijze van groet in haar richting.

Op dat moment ervoer Valentina dat geluk verschillende gedaanten kende, en ze ervoer dat geluk op verschillende manieren te vinden was. Muziek was er een van. Ze kende het lied dat de Rus daarna aanhief, maar zijn vrienden kenden het niet, en daarom zwegen ze. Andrej nam plaats aan de piano en begeleidde zichzelf. Valentina liet haar lippen geluidloos met zijn woorden mee bewegen, en het was alsof hij alleen voor haar zong, in haar plaats:

Seit ich ihn gesehen, glaub' ich blind zu sein
Wo ich hin nur blicke, seh' ich ihn allein...

Ze had het lied van Schumann zelf ook al eens gezongen, en zonder het te willen zong ze zachtjes mee. De Rus zag het en knikte haar bemoedigend toe, en ze lachte terug en ze viel hem bij, voorzichtig, zonder haar stem te forceren, die al zo lang niet meer was gebruikt. Ze haalde diep adem en ze merkte dat de strak ingeregen japon haar

belemmerde haar longen te vullen. Die kon niet langer worden gedragen.

In elk geval niet door een Valentina die zong.

Op dat moment kwam Thomas de salon binnen, dolgelukkig dat hij
Valentina weer zag. Tien minuten zonder haar leken een eeuwigheid. Hij nam heel stilletjes plaats, zodat hij het zingende groepje
niet zou storen.

'Wat kun jij schitterend zingen,' zei hij toen het lied was afgelopen. 'Ik zal alles in het werk stellen om ervoor te zorgen dat je in
New York zult kunnen zingen. Je zult roem vergaren, dat weet ik
zeker, en ik zal een beroemde vrouw hebben die ik naar haar concerten mag begeleiden.'

'Ja,' zei ze, 'misschien wel.'

Zondag 31 juli

'We zullen weldra in New York aankomen,' zei de kapitein met een zekere tevredenheid tegen Valentina. 'Ik heb u aan het begin van de reis al gezegd dat ik verplicht ben verstekelingen als u aan de inspecteurs over te dragen. De marconist heeft de douane al ingelicht. Dat betekent dat u samen met de reizigers van het tussendek vanaf het schip rechtstreeks per veer naar Ellis Island wordt gebracht, om daar te worden verhoord...'

Valentina hoorde hem onbewogen aan. Het was duidelijk dat hij zijn invloed niet voor haar zou gebruiken omdat ze niet op zijn 'aanbod', waar geen getuigen van waren, was ingegaan.

Kapitein Palmer scheen het voorval volledig te zijn vergeten en vervolgde op zakelijke toon: 'De douanebeambten komen per boot aan boord en controleren de passagiers van de eerste en tweede klasse. Deze passagiers kunnen dan, zodra we de haven zijn binnengelopen, zonder verdere formaliteiten van boord gaan.'

Hij hief zijn hoofd op en monsterde Valentina met een koele blik. 'En ik moet u, madame Meyer, helaas verzoeken om tot aan de overdracht aan de autoriteiten van Ellis Island in uw hut te blijven en mij alles te overhandigen wat u tijdens de overtocht in bruikleen is gegeven.' Hij bekeek haar zonder enig gevoel te tonen en wees op de jurk van madame Klöppler die ze droeg. 'Dat betekent dus ook dat u uw eigen japon weer aantrekt.'

'Kapitein, ik heb begrip voor uw voorschriften, en u hebt me tijdens de reis veel toegestaan, maar kan ik madame Klöppler niet vragen of ik de japon nog even mag lenen – uiteraard zal ik haar betalen, zodra ik mijn advocaat heb kunnen bereiken en hem heb kunnen vragen geld over te maken...'

De kapitein glimlachte en vouwde zijn handen over elkaar. 'Ik zou het u graag willen toestaan, maar ik moet u zo overdragen als u mij na uw ontdekking bent voorgeleid.'

'Maar ik heb me zelf bij u gemeld!' riep Valentina geërgerd uit, 'en ik heb nog een ander dringend verzoek: ik wil Mr Witherspoon spreken, een passagier uit de eerste klasse. Het hoeft maar een paar minuten te duren, en ik kan me niet voorstellen dat dat niet zou mogen...' Valentina was van streek. Hoe kon ze Thomas nu op de hoogte brengen? Hij had gezegd dat hij in New York bij haar zou blijven en bij de autoriteiten borg voor haar zou staan!

'Het spijt me.' Palmer schudde zijn hoofd. 'De bepalingen gelden per direct. We bevinden ons immers al in de territoriale wateren en ik kan geen uitzondering maken. Ach, en dan is er nog iets...' Hij stond al op het punt de hut te verlaten, maar draaide zich om en haalde Valentina's oorbellen uit de zak van zijn uniform. 'Mag ik u uw oorbellen teruggeven? Ik heb er alle vertrouwen in dat u de Red Star Line alle onkosten zult vergoeden zodra u weer toegang hebt tot uw rekening of contact hebt kunnen opnemen met de mensen die financieel voor u borg staan.'

Hij liet de diamanten in haar hand glijden en ging.

Voor de hut hield een officier de wacht.

Uit het spiegelgladde water en de ochtendnevel van de eenendertigste juli dook het Vrijheidsbeeld op, een aanblik die door de reizigers op het tussendek met 'Hoera!' werd begroet. Nog steeds koesterden ze allemaal de hoop dat ze voet aan land zouden mogen zetten in de Nieuwe Wereld, en dat ze in het land van de onbegrensde mogelijkheden een nieuw leven zouden kunnen beginnen in vrijheid en gelijkheid.

De mannen wuifden met hun hoeden, de vrouwen begonnen de bezittingen van hun gezin bijeen te zoeken. Iedereen verdrong zich op de dekken. De lang verwachte skyline van Manhattan kwam dichterbij en – was dat niet een wonder? – enkele gebouwen leken inderdaad aan de wolken te krabben!

Ze waren er! Ze waren in New York!

Dokter Kirschbaum was niet in zijn spreekkamer, en daar begreep Victoria niets van. Waar kon hij dan zijn? Ze had lang lopen dralen voordat ze eindelijk moed had verzameld om hem nog eenmaal op te zoeken, en nu was hij er niet. Ze moest met tegenzin bekennen dat dat haar teleurstelde. Welnu, ze kon hem altijd nog schriftelijk bedanken, maar dat was niet hetzelfde als hem nogmaals zien…

'U ziet er goed uit, Miss Witherspoon,' hoorde ze de arts opeens roepen.

Dokter Kirschbaum had haar pas herkend toen hij dichterbij was gekomen, omdat Victoria een zomerse japon van wit linnen droeg. 'Was u naar mij op zoek? Het spijt me als u hebt moeten wachten. Kan ik nog iets voor u doen? Wilt u binnenkomen?'

Victoria schudde haar hoofd. 'Nee, nee, dat is niet nodig. Ik voel me uitstekend… Ik wilde alleen afscheid van u nemen. En u bedanken…'

'Omdat ik uw maag heb leeggepompt? Nee, er is niets waarvoor u mij dank verschuldigd bent. Ik ben erg blij dat ik u heb mogen leren kennen.' Hij meende wat hij zei.

'U bent niet zachtzinnig met mij omgegaan, en dat bedoel ik niet alleen met betrekking tot het leegpompen van mijn maag,' zei ze, en haar opmerking klonk strenger dan ze had willen zijn.

Dokter Kirschbaum glimlachte. 'Dat weet ik.'

Hij verontschuldigde zich niet, en dat beviel Victoria. Ze vroeg zich af hoe oud hij was. Zijn kortgeknipte ringbaardje en zijn haar waren wit, maar de lachrimpeltjes bij zijn ogen gaven hem iets heel jeugdigs.

'Misschien ben ik daarom vandaag wel teruggekomen. U hebt mij aangeboden ons gesprek voort te zetten. Dat is niet zo eenvoudig, u werkt tenslotte op zee. Maar mocht u een paar dagen in New York zijn en wat vrije tijd omhanden hebben...' Ze haalde een opgevouwen vel papier uit haar handtas. 'Dit is ons adres in New York. Het zou mij verheugen indien u een kopje thee zou willen komen drinken... Ik zou u graag meer willen vragen over aan morfine verslaafde patiënten die zich aan een ontwenningskuur hebben onderworpen... En...' ze haalde diep adem, '...ik zou ook graag met u over mijn broer willen praten...' Ze voelde zich ongemakkelijk omdat ze zo persoonlijk werd, maar als ze nu niet alles zei wat ze wilde zeggen, zou het te laat zijn. Eenmaal van boord zou ze hem nooit meer zien.

'Het is moeilijk voor u dat uw broer verliefd is geworden.'

'Ja,' antwoordde ze.

Hij stak het briefje met haar adres in zijn zak en zei toen met een bijna onmerkbare knipoog: 'Ik wil u graag bezoeken, en ik weet zeker dat we nog heel veel andere gespreksonderwerpen zullen vinden dan alleen maar uw broer...'

Toen ze zijn hartverwarmende voorstel hoorde, streek ze verlegen over het eeuwig kreukelende linnen van haar japon en zei na een korte stilte een tikje preuts: 'Ik moet nu gaan.'

Maar dokter Kirschbaum werd haar steeds dierbaarder.

Thomas was woedend. De douanebeambten waren weliswaar bijzonder voorkomend en beleefd, maar ze maakten hem ondubbelzinnig duidelijk dat hij op dit moment noch met Valentina kon spreken, noch officieel voor haar borg kon staan. Hij hoefde ook geen poging te doen om op dit moment op Ellis Island nog iets voor haar te regelen. Men handelde doorgaans meerdere duizenden immigranten per dag af, en bij een dergelijke overbelasting waren bijzondere wensen niet te vervullen. Feit bleef bovendien dat madame

Meyer illegaal aan boord was gegaan en daarom dus eerst door de immigratiedienst moest worden verhoord.

Bij elk afwijzend antwoord raakte Thomas verder buiten zichzelf.

Tot Valentina's hut werd hij niet toegelaten. En terwijl Victoria vol verwachting bijna zoiets als geluk ervoer, voelde haar broer zich machtelozer dan ooit tevoren.

Langzaam leidden de loodsen de Kroonland de haven van New York binnen. Aan de kade wachtten nieuwsgierigen, vrienden, verwanten. De schoorstenen stootten onregelmatige slierten rook uit. Het getoeter van de scheepshoorn galmde door de haven. De passagiers verdrongen elkaar op de dekken. Niemand wilde de intocht in de haven missen. De kinderen hingen ver over de reling en zwaaiden naar de mensen aan land. Op het tussendek had iedereen zijn bagage bijeengegaard en om zich heen verzameld, manden, kisten, bundels, koffers. De vrouwen droegen hoofddoeken, de mannen hoeden. Ondanks het warme weer hadden ze hun jassen aangetrokken, zodat ze die niet in hun handen hoefden te dragen. Meer dan vijftienhonderd mensen wachtten totdat ze eindelijk weer voet aan wal konden zetten.

De massa op de kade begroette het schip. Namen gonsden door de lucht, kinderen werden opgetild. Huurkoetsen stonden klaar. Er waren zelfs een paar automobielen te zien.

De passagiers van de eerste klasse gingen als eersten van boord, gevolgd door die van de tweede klasse.

De immigranten die geduldig in de gangen stonden te wachten, kregen te horen dat ze het beloofde land niet meteen mochten betreden. Ze werden eerst naar Ellis Island gebracht, en op dat eiland werd over hun lot beschikt.

Dokter Kirschbaum stond aan de reling en zag de passagiers de Kroonland verlaten. Met moeite ontwaarde hij de kleine gestalte van Victoria Witherspoon. Ook zij had telkens weer zoekend om zich heen gekeken, en nu stak ze haar hand naar hem op. Hij zwaaide terug. Ze was een bijzondere vrouw, vond hij.

Fotografen legden het ogenblik met hun camera's vast. Honden blaften, de zwepen van de koetsiers knalden door de lucht wanneer ze kwamen aanrijden.

Dokter Kirschbaum werd overvallen door een lichte melancholie. Hij vroeg zich af waar zijn thuis was. De zee was geen echt thuis, dat was een woestijn van water, waar hij altijd alleen in achterbleef. Misschien werd het tijd daar eens iets aan te veranderen, dacht hij, voordat hij zich van de reling afwendde en in het binnenste van het schip verdween.

Billie had haar hand in die van Henri gelegd. Ze was met stomheid geslagen, overweldigd door het vooruitzicht op een heel nieuw leven dat zou beginnen zodra ze voet op Amerikaanse bodem hadden gezet. Ze had Henri het vuur aan de schenen gelegd met haar talloze vragen en gemerkt dat er op veel dingen nog helemaal geen antwoord kon worden gegeven. De toekomst moest eerst nog ontstaan.

Ook Henri was zwijgzaam, voortdurend in gedachten verzonken. Hij had nu niet alleen een vrouw, maar ook nog eens een vrouw die het kind van een ander droeg. Hoe hij het ook wendde of keerde, het jonge leven dat Billie nu nog onder haar hart droeg, zou hen voortdurend aan Mr Brown herinneren. Het deerde Henri niet wat zijn omgeving van de afkomst van het kind zou vinden, maar hij vond het heel onaangenaam dat Mr Brown zo duidelijk zijn stempel op hun levens zou drukken. Er was weinig wat hij zo verachtte als het zelfingenomen gedrag van de ander, en wie weet zou het kind naar zijn vader aarden of hem zelfs willen opzoeken wanneer het groter was. Die gedachte wekte een andere bij hem op, die niet minder onaangenaam was: zelf had hij ook een dochter, en wie weet zou die op een dag naar hem, Henri, vragen. Billie was niet de enige die een moeizame erfenis met zich mee torste, maar toch waren het juist die sporen van hun oude leven die hem hoop gaven. Billies kind, zijn eigen kind; hun kinderen stonden voor de toekomst, brachten het leven terug in zijn bestaan. Hij zou nu uitgedaagd worden om hun dat te geven wat zijn vader hem had geschonken: liefde, begrip, vertrouwen. Hij moest even lachen toen hij aan zijn vader dacht. Ja, hij zou zijn best doen.

Henri keek Billie van opzij aan. Haar wangen bloosden van opwinding, haar ogen straalden. Ze was vol verwachting. Klaar voor het nieuwe begin, voor de wereld die voor hen lag, voor de liefde. Henri kneep in haar hand. Zonder hem aan te kijken kneep ze terug, teder maar stevig.

Buiten op de kade stortten de journalisten zich als een wilde horde op de eerste passagiers die over de gangway aan land kwamen. Verstekelingen waren geen zeldzaamheid, maar een verstekelinge in een witte avondjapon die zonder vervoerbewijs, geld of bagage aan boord van een oceaanstomer was gestapt – dat was sensationeel. Het nieuws was al voor aankomst van het schip naar de pers doorgesijpeld, en hoe meer passagiers en bemanningsleden de journalisten met hun vragen konden bestoken, hoe meer verhalen ze de roddelzieke New Yorkers zouden kunnen voorschotelen.

Maar de vrouw in kwestie zelf, die nu al door de hele stad 'de dame in het wit' werd genoemd, kregen ze niet te zien…

In haar hut wachtte Valentina op het veer dat haar samen met de immigranten van het tussendek naar Ellis Island zou brengen. Richard Livingston stond niet op de kade; hij had immers nooit het bericht gekregen waarin ze hem had gevraagd haar te komen halen.

Thomas had ze niet meer gezien. Even geloofde ze dat ze hem haar naam hoorde roepen, maar toen had die stem zich in een geroezemoes van andere stemmen weer verwijderd.

Daar zat ze dan. In New York. De man op wie ze in haar nood haar hoop had gevestigd, wist niets van haar aankomst; de man op wie ze verliefd was, was door een plotselinge golf van haar weggerukt en aan land gespoeld op een strand dat ze niet mocht betreden.

Ze was nu helemaal op zichzelf aangewezen, en voor het eerst sinds haar vlucht was ze bang. Nu moest ze voortzetten waaraan ze zonder nadenken was begonnen: haar leven in eigen hand nemen.

Toen ze haar voet op de gangway had gezet en de Kroonland had betreden, had ze nog geen dromen over haar toekomst gekoesterd. Nu droomde ze niet alleen, maar moest ze die toekomst vorm zien te geven.

Valentina was een andere vrouw geworden.

De drieëntwintigste juli leek oneindig ver achter haar te liggen, als een verre dag uit een ander leven.

Op die drieëntwintigste juli had Viktor Groesjkin uiterst vroeg in de morgen het bordeel aan de haven verlaten waar hij een trouwe bezoeker was. De uitgesleten houten treden zuchtten zachtjes onder zijn zware stappen. In de vestibule pakte hij zijn hoed, mantel en stok met de zilveren knop in de vorm van een berenkop en verliet het etablissement van madame Gilberte, dat er in het ochtendlicht aanzienlijk minder verleidelijk uitzag dan in het donker van de avonduren.

Het was een mooie nacht geweest. Hij had met Nana verkeerd, een mollige mulattin die waarschijnlijk afkomstig was uit Congo en nog maar enkele weken in het bordeel werkte. Aanvankelijk had hij uit nieuwsgierigheid voor haar gekozen, maar nu was hij al een paar keer naar haar teruggekeerd.

God mocht weten wat haar hierheen had gevoerd. Waarschijnlijk had iemand haar een beter leven beloofd, maar dat zou nog lang op zich laten wachten. Tijdens hun eerste kennismaking had hij haar in de hoek van de salon op een rode pluchen stoel zien zitten, met haar handen in haar schoot gevouwen. Haar witte korset was slechts een klein beetje geopend, en onder haar onderjurk hield ze haar benen zo dicht tegen elkaar dat het leek alsof ze ze nooit zou durven spreiden. Naast haar stond een gaslamp op een tafeltje dat was bedekt met een dikke, kanten antimakassar, die door de gemorste drank groezelig was geworden. De lamp was laag gedraaid en het licht gaf haar donkere huid een zachte bronskleurige teint. De andere vrouwen zaten bij elkaar, ze kwebbelden, geeuwden of staarden moe voor zich uit. Ze hadden Viktor Groesjkin begroet als de oude bekende die hij was en geprobeerd hem naar hun tafel te lokken. Maar Viktor liet zich niet afleiden. Hij stapte zonder dralen op het nieuwe meisje af, monsterde haar, trok zonder haast met zijn rechterhand haar aan de voorzijde kruislings geregen korset een stuk verder open. Daarna schoof hij zijn hand in de warmte onder het lijfje en tilde met een keurende beweging een van haar borsten op, zodat die als een donkere vrucht over de rand van haar korset hing. De anderen vielen stil en keken toe. Het meisje wendde het hoofd af en keek opzij. Ze leek in gedachten verzonken, alsof ze iets heel anders voor zich zag. Misschien zag ze palmbladeren in de wind bewegen, of een strand waar haar blote voeten afdrukken achterlieten in het zand: misschien zag ze pelikanen in het water duiken of roze flamingo's met één poot opgetrokken naast ondiepe meertjes staan. Groesjkins andere hand drong tussen haar knieën en schoof daarbij haar rok omhoog. Ze keek hem nog steeds niet aan. Het was warm, de lucht in de salon was benauwd. Ondanks de wijd geopende ramen was er geen zuchtje wind. De dijen waarlangs Viktor Groesjkin zijn hand omhoog liet gaan, waren vochtig en kleverig, en hij koos dit meisje nog voordat zijn vingers verder tot haar waren doorgedrongen. Het duizelde hem. Zijn bloeddruk was te hoog. De anderen waaierden zich koelte toe, staarden naar het tafereel of roddelden erover, en madame Gilberte gaf het nieuwe meisje met een kort knikje te kennen dat ze de klant naar boven moest volgen.

Viktor vond het nieuwe meisje opwindender dan alle andere vrouwen met wie hij hier zijn avonden had doorgebracht. Hij mocht haar. Ze was zacht en goedhartig, had een mooi achterste, en haar weelderige borsten hadden krachtige zwarte tepels, die hij opwindend vond. Wanneer hij haar liet zweten, parelde het vocht tussen haar borsten, en hij stelde zich voor dat hij het zout der aarde oplikte wanneer hij zijn tong vanaf haar navel tussen haar borsten door omhoog liet gaan. Haar buik was als een kussen uit zijn kindertijd. Hij was vannacht tussen haar dijen in slaap gevallen en had het niet nodig gevonden om op te staan en fatsoenshalve naar huis te gaan. Hij had voor een hele nacht betaald, en bovendien was hij hier een goede klant en hadden zijn vrouw en hij al sinds lange tijd gescheiden slaapkamers.

Nu zou hij nog even langs zijn huis gaan en daarna, alvorens naar kantoor te gaan, in het koffiehuis ontbijten. Hij had een paar opdrachten voor zijn koetsier en wilde met zijn huisknecht de dag doornemen. Het geluid van zijn stappen op de kasseien echode in de smalle steegjes en vermengde zich met het geklop van paardenhoeven en het geratel van de eerste huurrijtuigen en vrachtkarren van die ochtend.

Viktor Groesjkin bedroog zijn vrouw, zonder zich van enig kwaad bewust te zijn. Hij hield van Valentina. En hij hield in het bijzonder van haar wanneer ze zong. Mijn duifje, mijn vogeltje, dacht hij dan trots en ontroerd. Wanneer ze zong, herinnerde dat hem aan zijn moeder, wier stem kon kwinkeleren als een merel tijdens het ochtendgloren.

Terwijl Viktor Groesjkin zijn nieuwe woonhuis aan de boulevard opzocht, dat paste bij zijn stand, besloot Jan Bartels, officier op de Kroonland, het schip dat aan de Rijnkaai voor anker lag en nog die dag naar New York zou vertrekken, hetzelfde huis met een bezoek te vereren.

En terwijl Viktor Groesjkin tevreden vaststelde dat de enige maanden tevoren betrokken vertrekken alle comfort boden die men zich maar kon wensen, zoals elektrisch licht, centrale verwarming en een badkamer die naar de nieuwste Engelse mode was ingericht, dacht Jan Bartels aan zijn moeder, die hij op zijn minst heel even hoopte te kunnen zien.

Na enkele uren op kantoor kwam Viktor Groesjkin precies om half een weer thuis. Hoewel hij humeurig kon zijn, vooral wanneer hij had gedronken, kon men wat het middageten betrof de klok op hem gelijk zetten. Griet Bartels, de kokkin, herkende hem al van verre aan de voetstappen op de trap. Iedereen herkende hem aan zijn tred, die zwaar en gelijkmatig was. De dienstbodes aten om elf uur en nu, stipt om half een, haalde Griet met een gehaakte blauwe pannenlap de vis uit de oven en prikte ze met het mes in de aardappelen om te zien of ze al gaar waren.

Monsieur Groesjkin duwde met te veel kracht de voordeur open, alsof hij weerstand verwachtte. Ook daaraan herkenden de andere bewoners van het huis hem. Groesjkin glimlachte tevreden toen hij in de vestibule bleef staan en de vis rook, die blijkbaar net klaar was. Hij hield van vis. Met een zwierig gebaar legde hij hoed en stok neer, waste zijn handen – een arts had hem verteld dat dat goed was voor de gezondheid, en hoewel hij het betwijfelde, hield hij zich aan die regel – en riep om zijn vrouw.

In plaats van Valentina kwam het dienstmeisje aangelopen. 'Goedemiddag, monsieur Groesjkin,' zei ze. Ze hing zijn hoed aan de kapstok recht omdat ze te laat was om de hoed van hem aan te nemen. 'U kunt aan tafel. Madame laat zich verontschuldigen, ze voelt zich niet lekker. Ze wil geen dejeuner.' Het meisje probeerde Groesjkin naar de eetkamer te leiden, maar hij bleef in de vestibule staan, sloeg geërgerd met de hand tegen de bladeren van de kamerpalm die de vestibule een zweem van exotische burgerlijke grandeur moest geven en zei: 'Wat is er nu weer? Ik eet 's middags niet graag alleen. Dat weet iedereen. Ga naar madame,' zijn stem zwol aan nu zijn woede toenam, 'en maak haar duidelijk dat ik haar aanstellerij zat ben.' Hij liep rood aan en voelde een steek boven zijn linkeroog, een teken dat hij weldra hoofdpijn zou krijgen.

'Vanavond zijn wij, zoals mijn vrouw heus wel weet, bij de familie De Wael uitgenodigd. Voor mij is dat een uiterst belangrijke invitatie.' Hij greep met zijn hand naar zijn voorhoofd, daar waar hij de steek van pijn had gevoeld. 'We zullen om zeven uur het huis verlaten, en ik wens madame te zien in de witte avondjapon die ik in Parijs voor haar heb laten maken.'

Babette beet op haar lip en knikte. Madame zou weigeren die japon te dragen, maar Viktor Groesjkin voegde er dreigend aan toe, alsof hij vermoedde wat Babette dacht: 'Ik sta erop. Zeg dat tegen haar. En ik zal geen tegenspraak dulden, hoor je dat? Beslist niet!'

Groesjkin liet zich in de eetkamer op een stoel met een hoge leuning vallen, schonk zich uit de kristallen karaf wat water in en riep in de richting van de keuken: 'De soep! Waar blijft de soep?'

Zijn goede humeur was in rook opgegaan, en na de soep at hij zonder een enkel compliment de vis van Griet op, wat niet zijn gewoonte was waar het zijn lievelingsgerecht betrof. Hij begaf zich snel weer naar zijn werk.

De brandende middaghitte drong door tot in alle hoeken van zijn kantoor. Eerst had hij geprobeerd wat frisse lucht binnen te laten door ramen en deuren tegen elkaar open te zetten, maar er stond geen zuchtje wind, en de vellen papier op zijn schrijftafel bleven roerloos liggen.

Vervolgens sloot hij de ramen en trok de gordijnen dicht om het felle zonlicht buiten te houden. Door de zware wijnrode portières baadde het kantoor in een troebel rood licht.

Groesjkin ging weer aan zijn eikenhouten bureau zitten en

trachtte papieren te ordenen en de belangrijkste correspondentie af te handelen. Maar hij had moeite zich te concentreren. Ook zakelijke beslommeringen kwelden hem: Anton Wiesenthal, een belangrijke klant, had geprobeerd de prijs voor de laatste zending diamanten te drukken door over de kwaliteit te klagen. Hij beweerde dat er sprake was van onzuiverheden, die Groesjkin zelf met de beste wil van de wereld niet kon ontdekken.

Viktor probeerde zijn ergernis te vergeten door aan Nana te denken. Meestal hielp het al wanneer hij zich voorstelde hoe haar donkere borsten uit het korset puilden, maar vandaag had hij zich zo druk gemaakt dat hij zich meer details moest voorstellen. Hij dacht aan de afgelopen nacht. Hij hield van het geluid waarmee haar naakte billen tegen zijn dijen kletsten wanneer ze op hem zat. Viktor Groesjkin zuchtte en voelde het zweet op zijn voorhoofd parelen. Met een schok keerde hij terug naar zijn kantoor toen hij hoorde dat er werd aangebeld. Hij veegde met een zakdoek langs zijn voorhoofd en dronk het glas water dat op zijn bureau stond in één teug leeg. Even bleef hij zitten, maar toen herinnerde hij zich dat hij zijn koetsier op kantoor had ontboden en stond hij op om hem binnen te laten.

Frans kwam de nieuwe schoenen brengen die Groesjkin had laten maken, maar hij wist dat dit slechts een voorwendsel was.

'Wel Frans, wat heb je me te melden?'

Frans, een rijzige man die kleiner probeerde te lijken dan zijn baas, had de schoenendoos nog in zijn hand, maar de etiquette gebood dat hij zijn hoed afnam. Hij zette de doos omstandig op het rooktafeltje en nam toen zijn hoed af. Hij was trots dat hij nu wel iets te melden had, daar hij vaak de dringende wens van zijn broodheer in het geheel niet kon vervullen, omdat madame Groesjkin zelden buiten kwam. Vroeger was tweemaal in de week de zangleraar gekomen en had madame veel geoefend, of was ze met de baby bezig geweest. Ze had erop gestaan het kind zelf te verzorgen en deed alles zelf: verschonen, baden, voeden, met hem wandelen. Alleen Griet mocht haar nu en dan vervangen. Babette, die zich daardoor gepasseerd voelde, noemde de kleine Charles om die reden misnoegd 'het rotjoch', en één keer had ze zelfs giftig gezegd: 'De duvel hale dat rotjoch,' maar toen het kind al met twee jaar was gestorven, had ze een kruis geslagen en gezegd: 'Ons lieve Heer heeft het kindeke tot zich genomen.'

Over een bezoek, laat staan een heimelijke ontmoeting met anderen viel er niets te berichten. Sinds de dood van de kleine Charles was madame gestopt met zingen en ging ze ook niet meer uit. Voorheen was ze al niet vaak ingegaan op uitnodigingen van dames uit de beste kringen om 's middags thee te komen drinken, en ook thuis leek ze niets omhanden te hebben. Handwerken had ze nooit graag gedaan, en ze spaarde ook geen ansichtkaarten, plantjes voor in een herbarium of modebladen. Ze las wel veel, maar wat viel daarover te zeggen? Frans wist immers niet wat madame las en of dat Groesjkin interesseerde. En niemand kon de gedachten van madame lezen.

'Je weet,' zei Groesjkin nu tegen zijn koetsier, 'dat alles wat madame doet mij interesseert. Dus vertel...'

De koetsier ging trots in de houding staan, liet zijn stem zakken alsof het een samenzwering betrof en zei: 'Vandaag was er bezoek. Herenbezoek.'

Viktor Groesjkin liep rood aan. Alsof hij vandaag al niet genoeg ellende had gehad. Hij liet zich op de stoel achter zijn bureau vallen en vroeg Frans, die voor het bureau stond, streng: 'Weet je ook wie het was?'

'Ja, monsieur. Het was Jan Bartels, de zoon van Griet. Hij was bij zijn moeder in de keuken.'

Groesjkin leunde ongeduldig op zijn stoel naar voren. 'En verder,' vroeg hij bars. 'Heeft mijn vrouw de jonge man ontvangen?'

'Nee, monsieur. Ze heeft niemand ontvangen.'

Maar dat antwoord stelde Viktor Groesjkin niet gerust, integendeel. Hij zag zijn vrouw voor zich terwijl ze in de salon een man ontving, om het even welke man, Jan Bartels of een ander. Dat ze hem haar hand reikte. Naast hem op de canapé plaatsnam. Haar hand op de arm van de gast legde. Zich op vertrouwelijke toon met hem onderhield.

Hij hapte naar lucht. Een verzengend vuur steeg in hem op, dat tot in zijn ogen drong en zijn hersens oploste.

En toen moest hij er weer aan denken dat zij hem nauwelijks nog een glimlach schonk. Al maanden had hij het gevoel dat ze alleen nog met de grootste weerzin toestond dat hij met haar sliep. Ze schoof de rouw om haar kind naar voren als een schild, was prikkelbaar geworden. Hij voelde zich al schuldig wanneer hij alleen al de slaapkamer betrad. Wanneer hij onder de dekens gleed, schoof ze opzij en verstarde. Haar koele en onbewogen vlees was een belediging. Hij sliep dan met haar uit woede over haar afwijzing, om haar wil te breken, maar ook uit hulpeloosheid, omdat hij niet wist hoe hij tot haar kon doordringen. Ze zei niets. Maar hij merkte wel dat haar weerstand groeide en dat ze niet zou buigen. Ze zorgde ervoor dat hij zich schaamde omdat hij haar hart niet wist te bereiken. Hij kon dan niet bij haar blijven liggen. Meestal stond hij op, kleedde zich aan en ging naar het bordeel, te zeer van streek om nog te kunnen slapen.

Frans stond nog steeds te wachten, en Groesjkin kwam weer tot zichzelf. 'Verder nog iets, Frans? Is er verder nog iets?'

'Nee,' antwoordde de koetsier met een korte buiging.

'Ga dan! En neem die schoenen mee.'

'Moet ik u naar huis rijden, monsieur Groesjkin?'

'Nee,' antwoordde Groesjkin kortaf.

Frans nam met een buiging afscheid, maar Groesjkin reageerde niet. Hij leek zich weer in zijn papieren te hebben verdiept.

Op de eerste verdieping van het huis op Boulevard nummer 19 brak Babette, het dienstmeisje, in tranen uit. Ze liep de keuken in om steun bij Griet te zoeken.

'Griet,' riep ze, hoewel haar verhouding met de kokkin niet bepaald goed was, 'Griet, je moet me met madame helpen.'

Griet zette de ketel met heet water, die ze net van het fornuis had gepakt, weer neer en draaide zich om naar Babette.

'Madame wil de Parijse japon niet aantrekken, je weet wel welke ik bedoel. Ik wist dat ze dat zou weigeren, maar monsieur heeft me bevolen haar duidelijk te maken dat hij haar vanavond in de witte japon wil zien en dat hij geen tegenspraak duldt. Maar madame wil zich niet laten aankleden. Wat moet ik nu doen? Monsieur wordt vast zo kwaad dat hij me nog zal ontslaan...'

'Waar is madame?' vroeg Griet werktuiglijk en zonder een woord van geruststelling voor Babette, die in de deuropening was blijven staan. Ze liet uit gewoonte nog een korte onderzoekende blik door de keuken gaan, om te zien of er in haar afwezigheid niets zou aanbranden, maar omdat monsieur en madame vanavond naar een soiree moesten, had ze besloten voor het personeel en zichzelf alleen een broodmaaltijd te bereiden. Door de ongewone zomerhitte had iedereen toch al weinig eetlust.

'Madame is in haar kamer. Ze is juist uit bad gekomen.'

Griet knikte en mompelde: 'Ik had vanochtend al een raar voorgevoel.'

Ze liet de vertwijfelde Babette achter en ging Valentina geruststellen.

Babette had eerder voor mevrouw een bad laten vollopen. De damp sloeg van de geëmailleerde kuip met zijn hoge achterkant en de leeuwenpootjes, want madame hield van hete baden. De koperen kranen blonken als goud. Viktor Groesjkin verlangde dat Babette ze dagelijks poetste totdat ze glommen.

Naast de kuip stond een gemakkelijke rieten stoel en een palm in een met chinoiserie beschilderde geglazuurde overpot. Voor het raam was een wit gordijn van Engelse tule gespannen, maar Babette had de badkamer nog verder tegen het schaamteloos felle julilicht afgeschermd door de groene fluwelen gordijnen dicht te trekken. In het geheimzinnige groenige schemerlicht, dat het gevoel opwekte dat men zich in een Indisch oerwoud bevond, had Babette de bad-handdoeken van frottéstof klaargelegd. Op een tweede stoel lagen het korset, het kamizool, de jarretelgordel en de witte zijden kousen.

Ten slotte had ze de beslagen spiegel gezeemd en badzout in het bad gestrooid, dat het water troebel maakte en degene die een bad nam de aanblik van het eigen lichaam moest besparen. Monsieur Groesjkin moest daar altijd om lachen, maar alle dames van Londen tot Rome gebruikten het.

Madame wilde niet dat Babette in de badkamer bleef terwijl ze baadde, en daarom had het dienstmeisje alvast de witte japon in de kleedkamer klaargelegd, hoewel madame vastbesloten haar hoofd had geschud toen ze haar over monsieurs wens had verteld.

Het was de mooiste japon die Babette ooit had gezien, en ze streek vol ontzag over het glanzende satijn en het ragfijne kant dat de jurk bedekte zoals schuimkoppen van het fijnste zeeschuim de kust sieren.

Het waren haar zaken niet, maar madame was een beetje raar. Mooi, zacht en zwijgzaam, en toch soms zo vastberaden en tegen-draads. Zelf was ze nog niet zo lang in dienst van de familie Groesj-kin, en ze kende het verhaal van de japon niet, maar madame had al eens eerder geweigerd het gewaad te dragen, hoewel monsieur dat graag had gewild. Toen had monsieur toegegeven en geen voet bij stuk gehouden en had madame zoals altijd zwart gedragen.

Maar vandaag was het anders, dat voelde ze. De vochtige hitte greep de mensen aan. De zwoele warmte hing al dagen boven de stad, drong door tot in de stegen en de kamers en drukte zwaar op het gemoed. De hemel was door het vocht bijna grijs, hoewel de zon aan een wolkeloze hemel stond. Het was het soort weer dat de zwijgzame lieden nog zwijgzamer maakte en de driftkoppen driftiger; de zieken kreunden luider en de honden lagen lam op hun zij uitgestrekt, overal waar ze ook maar een stukje schaduw konden vinden.

'Valentina. Valja,' zei Griet zacht en bezwerend tegen madame Groesjkin, alsof ze het tegen een kind had. 'Luister, Valentina. Babette heeft me verteld dat monsieur Groesjkin erop staat dat je vandaag de witte japon draagt. Je hoeft mij niet uit te leggen waarom je dat niet wilt, dat weet ik wel. Ik ben slechts je min en je kokkin, je bent mij geen antwoord schuldig. Maar ik heb een slecht voorgevoel. Vanochtend vond ik vreemde ingewanden in een vis...'

Valentina moest even lachen, maar ze onderbrak de kokkin niet.

Griet ging koppig verder: 'En dat betekent niets goeds. Ik geloof daar nu eenmaal in. Ook al lach jij erom, en Jan ook.' Ze zweeg even en keek naar Valentina, haar mooie Valentina.

'Jan was vanochtend hier. Hij vaart nu op de Kroonland. Jan moest ook lachen, maar neem van mij aan dat ik weet wat het betekent als ik zoiets zie.'

'Waarom heb je niet gezegd dat Jan er was?' vroeg Valentina. 'Ik had hem graag weer eens gezien, dat weet je toch!'

Griet liet zich niet afbrengen van wat ze wilde zeggen en maakte een afwijzend gebaar. 'Babette zei dat je niemand wilde zien, en Jan moest weer terug naar het schip. Ze hebben vertraging, maar zodra het vanavond vloed is, varen ze uit.' Ze ademde diep in en vervolgde: 'Maar wat ik je eigenlijk wilde zeggen, is dit: je kunt maar beter die japon dragen wanneer monsieur dat zo wil. Hij zal zich niet laten vermurwen, dat heeft hij Babette al onomwonden gezegd. Hij had vanmiddag een bijzonder slecht humeur, en dat zal zeker zo blijven als jij zo onwillig blijft doen. Je bent mooi als een godin in die jurk, hij aanbidt je als je dat kleed draagt, ondanks alles wat er is gebeurd. Hij wil dat jij vanavond de mooiste en stralendste van alle vrouwen bent, want het is een belangrijke avond voor hem. En dat kan ik wel begrijpen.'

Valentina's gezicht verried niets. Ze wendde zich af, zodat ze Griet niet aan hoefde te kijken, en drukte de grote badhanddoek tegen haar boezem, alsof ze het koud had.

'Je kunt gaan,' zei ze slechts, zonder antwoord te geven op Griets verzoek.

Om zes uur kwam Viktor Groesjkin thuis om zich op te frissen en zich voor de avond om te kleden. Griet hoorde zijn voetstappen op de trap en sloot voorzichtigheidshalve de keukendeur, waarbij Babette nog snel bij haar naar binnen glipte. De huisknecht was de enige die meneer begroette en naar diens wensen vroeg. Groesjkin verlangde dat de knecht een rok, hoge hoed, het witte vest, een schoon wit hemd en een witte vlinderdas voor hem klaar legde en trok zich toen in zijn kamer terug.

Hij was die middag niet in staat gebleken zijn sombere gedachten van zich af te schudden. Hoewel hij Jan Bartels niet kende en Frans hem had verteld dat Valentina hem niet had ontvangen of zelfs maar uit de verte had gezien, wist hij wel dat Valentina en Jan Bartels als kinderen samen hadden gespeeld en toen erg op elkaar gesteld waren geweest. En dat Griet, de kokkin, Valentina de borst had gegeven, terwijl ze Jan naar het platteland had moeten sturen om haar betrekking te kunnen houden. Hij had het altijd al onaangenaam gevonden dat zijn vrouw die oude kokkin mee in het huishouden had ingebracht.

Niemand mocht in de buurt van Valentina komen, behalve hij, en het liefst had hij gezien dat er ook niemand in haar buurt was die haar had gekend voordat hij kennis met haar had gemaakt en verliefd op haar was geworden. De vermaledijde gedachte dat Valentina misschien wel verliefd was geweest op die Jan Bartels en met weemoed aan het verleden dacht, was hem blijven achtervolgen.

Valentina sprak nooit over Jan Bartels, maar misschien wel om die reden: omdat ze aan hem dacht. Wie niets te verbergen heeft, kan rustig over mensen praten die in zijn of haar gedachten opduiken…

Het was een slechte dag. Het was er al mee begonnen dat hij zijn middagmaal alleen had moeten gebruiken, hoewel hij Valentina steeds weer uitdrukkelijk had gezegd dat hij wilde dat ze tijdens de lunch bij hem aan tafel kwam zitten; daarna had hij dat gedoe met Wiesenthal gehad, en ten slotte waren er nog zijn fantasieën geweest, die hem achtervolgden en kwelden als de vlammen van de hel. Samen met de zwoele hitte van deze drieëntwintigste juli vormden ze een onzalig, explosief mengsel. Op dit soort dagen kon hij merken dat hij te veel at en dronk, want dan balden zijn lichamelijk ongemak en zijn sombere stemming samen tot een onduidelijk en broos gevoel van wrok, dat in hem rommelde als hete lava.

Valentina wees hem af, ze verzette zich tegen hem. En juist omdat hij diep in zijn binnenste wel begrip voor haar voelde – iets wat hij voor geen prijs wilde toegeven – verlangde hij er hevig naar dat haar gedrag zou veranderen, zodat hij de duisternis in zijn eigen ziel, waaraan hij liever niet dacht, eindelijk kon vergeten.

Viktor Groesjkin sloeg een goed figuur in zijn rokkostuum. Hij was klein van stuk en fors gebouwd, maar zijn blonde haar was dik en dicht, en hij wekte de indruk een geslaagd man te zijn die nooit aan zijn eigen kunnen twijfelde.

Hij had het ver geschopt, bedacht hij met een zekere ijdelheid. Wie had ooit kunnen denken dat hij in de rijkste kringen van Antwerpen zou verkeren? Hij greep naar zijn witte handschoenen, maar trok die nog niet aan.

Zijn vader, een onbeduidende boekhouder, had morsmouwen gedragen, zijn leven lang in hetzelfde handelskantoor gewerkt, en weinig verdiend en weinig gesproken. Hij was krenterig en bekrompen geweest, in zijn omgeving was elke lach en elk lied gestorven. De woning die ze in Kiev bewoonden, was net zo duister als de sombere ernst die vader over het gezin bracht. De oude Groesjkin leidde een vreugdeloos bestaan, maar het ontbrak hem aan de eerzucht om zijn situatie te verbeteren.

Viktors moeder Katharina, zijn merel, stopte met zingen. Slechts een enkele keer, als het zomer was en ze de vensters wijd opende terwijl ze zat te verstellen of te naaien, zong ze het lied uit haar moederland dat ze ook Viktor had geleerd. Viktor hield van zijn moeder en wist dat ze een beter leven had verdiend. En hij wist ook, al heel jong, dat hij nooit zo wilde leven als zijn vader.

Hij had weinig met Boris Groesjkin gemeen. In tegenstelling tot zijn vader was hij handig, begreep hij dingen snel en beschikte hij over zakelijk talent. En anders dan zijn vader verlangde hij naar het goede leven: hij kende geen maat, dronk graag en gaf zijn geld, als hij het had, gemakkelijk uit. Ook voor anderen, want hij was een vrijgevig mens. Hoewel hij net als zijn moeder een vrolijk karakter had, kon hij met een slok op driftig en gewelddadig worden, maar muziek wist hem altijd tot bedaren te brengen. Hij hield van opera en zang en beschikte tegen de verwachting in over een bewonderenswaardige kennis en muzikaal gevoel. Hij omschreef zichzelf soms als een Russische dansende beer, die met zoete klanken te temmen was.

En precies dat had Valentina gedaan.

Viktor keek op zijn zakhorloge. Het was tien voor zeven. Valentina had zich nog niet laten zien, maar als ze niet uit zichzelf naar beneden zou komen, zou hij weldra aan haar deur kloppen. Hij verlangde ernaar haar te zien en merkte dat hij ongeduldig werd. Hij verlangde er vooral naar om haar te zien zoals ze ooit was geweest, toen ze nog had gezongen en hij haar in zijn armen had gehouden als een kostbaar geschenk, een beloning voor het feit dat hij zijn doel in het leven had bereikt.

Op het moment dat de pendule met zijn zware gewicht van messing zeven uur sloeg, stond Viktor Groesjkin op en verliet de salon. Hij begaf zich naar de kamer van zijn vrouw, en toen de laatste slag uit de salon was verstomd, klopte hij op haar deur.

Valentina deed de deur open. Lang en slank stond ze in de deuropening, gekleed in een elegante zwarte jurk met een hoge, opstaande kanten kraag. 'We kunnen gaan,' zei ze.

Viktor keek haar aan en zag haar gezicht als in een waas voor zich. Hij voelde weer de steek achter zijn rechteroog, een korte, snijdende pijn.

Toen welde er een toorn in hem op die heviger en agressiever was dan de woede van die middag. Het was alsof de toorn een rode kleur had en hem als een vloeistof, als bloed, van binnenuit vulde. Hij deed een stap haar kamer in, duwde Valentina naar achteren en gooide de deur met een klap achter zich dicht. Hij wist dat hij nog geen tel later buiten zinnen kon raken, maar het rode waas bleef opwellen.

Hij sloot zijn beide handen om Valentina's nek en schudde haar door elkaar. 'Je wilt je tegen mij verzetten?' wist hij uit te brengen. 'Ben je vergeten dat je mijn vrouw bent? Dat je slechts een vrouw bent? Dat je moet gaan waar ik ga, dat je moet doen wat ik zeg?'

Hij liet haar nek los en deed een stap naar achteren, alsof hij haar gelegenheid wilde geven tot antwoorden. Maar Valentina zweeg.

'Waarom zeg je niets?' schreeuwde hij. 'Ben ik geen antwoord waard? Je wilt niet met me naar bed, je wilt niet met me aan tafel zitten, je draagt die verschrikkelijke zwarte kleren als een verwijt aan mij. Elke dag opnieuw zeggen die kleren me dat het mijn schuld is dat jij zo ongelukkig bent.'

'Vandaag is het de sterfdag van Charles,' zei Valentina rustig.

'Ja, vandaag is het zijn sterfdag. Wil je soms beweren dat ik dat niet weet? Maar het is de tweede sterfdag, het is nu al twee jaar geleden, en ik wil dat je ophoudt met rouwen. Ik wil weer normaal leven.' Hij schreeuwde nog steeds.

'Maar ik kan niet normaal leven,' wierp Valentina vijandig tegen.

Hij keek haar aan, verrast dat ze überhaupt iets zei, maar toen begreep hij wat ze had gezegd. Hij pakte haar opnieuw vast. 'Je leeft domweg niet meer met mij samen. Denk je soms dat ik niet merk dat je andere mannen in huis noodt, dat je aan je minnaar denkt, dat je je afvraagt hoe je van me af kunt komen? Nu de wet bepaalt dat vrouwen zich kunnen laten scheiden?'

'Je bent gek!' zei Valentina. 'Je bent meer gegrepen door jaloezie dan door verdriet. Ja, dat is het, je kunt het niet verdragen dat ik meer aan ons kind denk dan aan jou. Je bent jaloers op je eigen kind, jouw dode kind...'

Zijn hoofd barstte uit elkaar, haar mooie bleke gezicht vertrok zich voor zijn ogen tot een grimas, en hij haalde uit en gaf dat vreemde gezicht een klap, zodat het weer werd zoals het altijd was geweest.

'Je trekt nu die witte japon aan,' zei hij rustig, alsof de klap die hij haar had gegeven hem weer bij zinnen had gebracht. Hij ging achter haar staan en maakte het bovenste van de vele knoopjes los waarmee de jurk op de rug was gesloten. Toen rukte hij de japon met één enkele beweging naar beneden. Hij draaide Valentina als een stuk speelgoed weer om, zodat hij haar kon aankijken.

Tot zijn tevredenheid zag hij tranen in haar ogen staan. Ze hoefde maar één woord te zeggen, dan zou hij haar onmiddellijk weer met een klap tot zwijgen dwingen.

'Ik zal tegen Babette zeggen dat ze je moet helpen met omkleden,' zei hij ongeduldig, en hij greep naar de bel. 'Babette!'

'Ja, monsieur.' Babette was verstijfd van angst, maar wist een reverence te maken. Ze keek haar madame niet aan.

'Help madame de witte japon aan te trekken. Ze heeft een ander korset nodig. En trek het lijfje goed strak aan. De japon heeft een erg nauwsluitende taille, dat weet madame ook. Bovendien wil ik dat mijn vrouw de diamanten oorbellen draagt die ik haar ter gelegenheid van ons huwelijk heb gegeven. Ik wacht hier voor de deur op haar. En schiet op. Ik kom niet graag te laat, zeker niet bij een diner dat zo belangrijk voor me is.'

Viktor Groesjkin ging naar de badkamer en keek in de spiegel. Zijn gezicht was grimmig, vertrokken door hoofdpijn. Dat was hij, Viktor Groesjkin, en hij had zijn vrouw geslagen. Pas voor de tweede keer, dacht hij, toen een golf van spijt in hem dreigde op te wellen. Hij hoefde nergens spijt van te hebben; hij had beide keren een goede reden gehad en was, zei hij tegen zichzelf, een veel welwillender echtgenoot dan de meeste andere mannen.

Hij ging naar de salon, schonk een glas wodka in, dronk het in één teug op en ging toen voor de deur van Valentina's kamer op haar staan wachten.

Babette opende de deur, keek om het hoekje om te zien of ze Viktor Groesjkin zag en leidde, toen dat het geval bleek te zijn, haar mevrouw met een mengeling van schrik en eerbied naar buiten.

Ja, in deze japon was ze net een koningin, een schepsel uit een wereld tussen droom en werkelijkheid, waarin elfen en kobolden, koningen van licht en duisternis, draken en drakendoders bestonden. Babette had nog nooit zo'n verschijning gezien, en angst sloeg haar om het hart omdat dit droombeeld uit zo'n gruwelijk en wreed tafereel was voortgekomen.

Ook Viktor keek naar zijn vrouw. Eindelijk zag ze eruit zoals hij had gewild. Hij wilde haar net zijn arm reiken toen hem een kwellende gedachte inviel. Hij pakte het tasje, dat aan de pols van haar in een lange witte handschoen gestoken hand hing, en maakte het open, zodat hij het, zoals zijn gewoonte was geworden, kon doorzoeken. Ook deze keer vond hij niets wat enige verdachtmaking kon rechtvaardigen. Een kam, een poederdoos, wat rouge. Geen parfum, geen geld, op een paar muntjes na – meer stond hij niet toe, want ze kon alle rekeningen naar huis laten sturen. Geen verdachte briefjes of papieren. Hij sloot het buideltje weer en gaf het met een onzeker lachje terug.

Ze verlieten samen het huis en hij noemde Frans, de koetsier die al een tijdje stond te wachten, het adres waar hij hen heen moest rijden.

De familie De Wael had, net als Viktor Groesjkin, voor een huis in een van de beste straten van de stad gekozen. De boulevard, die ooit deel had uitgemaakt van de versterkingen van de oude stad Antwerpen, was een centrale avenue geworden nu de stad zich aan het begin van de nieuwe eeuw tot ver buiten de oude grenzen uitbreidde. Viktor zou bij de soiree van vanavond de belangrijkste notabelen van de stad treffen. De diamanthandel was weliswaar in joodse handen en Groesjkin verkocht zijn Russische waar aan hen, maar omdat het de oude Vlaamse families waren die de juwelen droegen, was het belangrijk in hun kringen te verkeren. Dat werd de joodse handelaren belet, maar omdat Groesjkin een Rus was en zijn vrouw uit een invloedrijk geslacht van de Belgische bourgeoisie stamde, werd hij dankzij Valentina's afkomst wel geregeld uitgenodigd. En omdat hij een gewiekst zakenman was, was hij vastbesloten dit voordeel uit te buiten.

De salon was feestelijk verlicht, en hoewel het huis al over elektrisch licht beschikte, stonden er overal zilveren kandelaren met kaarsen die hun warme gloed verspreidden. Dat licht deed de dames in hun avondrobes nog bezielder en geheimzinniger lijken.

De lange tafel in de eetkamer was voor vierentwintig personen gedekt. De vrouw des huizes had aan alles gedacht: alles was versierd met schitterende bloemen, een symfonie in roze en wit. Porselein en tafelzilver glommen, en de kaarten voor het menu en de tafelschikking deden denken aan een galadiner in een voornaam hotel.

Viktor Groesjkin leidde zijn mooie vrouw naar haar plaats. Ze zou, zo stelde de vrouw des huizes vast nadat ze met haar wakkere blik de aanwezige dames en hun japonnen had gemonsterd, de koningin van de avond zijn, dat leed geen twijfel.

Valentina's haar was in een losse wrong opgestoken, zodat haar mooie profiel en de lichte welving van haar nek werden benadrukt. Afgezien van de diamanten oorbellen droeg ze geen sieraden.

Groesjkin was nog steeds gespannen. Niet omdat Valentina zo zwijgzaam was, dat deerde hem niet, maar omdat hij voelde dat deze avond, zo feestelijk en luisterrijk, volgens ongeschreven regels zou verlopen. Regels die de oude, rijke Antwerpse families hadden opgesteld en die Viktor Groesjkin nooit zou begrijpen. Hij was een buitenstaander, een parvenu.

Valentina kende deze regels wel. Ze was ermee opgegroeid en ze bewoog zich ongedwongen en gracieus over het slagveld van maatschappelijke ambitie. Alleen dankzij haar was de deur geopend naar een wereld waarvan hij al zo lang hij zich kon heugen deel had willen uitmaken, al sinds hij had gezien dat zijn moeder niet het leven leidde dat ze verdiende.

Om die reden, of misschien wel omdat hij Valentina's verzet nog steeds niet helemaal had kunnen breken, wendde hij zich tot madame De Wael, die schuin tegenover hem zat en net had verteld over de première van *La Traviata* die ze in Parijs had bijgewoond. Ze was vol lof over de uitvoering, maar de hoofdrolspeelster had haar teleurgesteld. Viktor Groesjkin merkte op: 'In feite zijn veel zangeressen minder kundig dan hun reputatie doet vermoeden. Andere daarentegen…' Hij zweeg even veelbetekenend, keek naar Valentina en wendde zich toen weer tot madame De Wael: 'U weet dat ik de stem van mijn vrouw verafgood..'

Wederom keek hij naar Valentina, maar die wendde haar hoofd af en keek opzij. Haar gezicht verried niets.

'Als het u en de aanwezige gasten mocht verheugen,' – Groesjkin schraapte veelbetekenend zijn keel – 'zou mijn vrouw u na het diner graag van haar zangkunst laten genieten…'

Madame De Wael keek verrast op, maar Valentina kwam met een onverwacht heftige beweging overeind, waarbij ze haar wijnglas omstootte. Een rode vlek verspreidde zich over het witte gesteven damast van het tafellaken, tot aan de kandelaar aan toe. Valentina bleef naast de tafel staan, met kaarsrechte rug en een rood aangelopen gezicht.

'Excuseert u mij,' zei Valentina. Ze pakte haar handschoenen, zag vanuit haar ooghoek Viktors ongelovige gezicht en de nieuwsgierige, op schandaal beluste blikken van haar disgenoten, die haar aankeken alsof ze in het volle licht midden op het toneel stond.

'Excuseert u mij,' zei Valentina nogmaals, 'ik voel me een tikje onwel. Ik ben zo terug.'

Ze verliet de ruimte. Niemand zei iets. Het gezelschap hield de adem in.

De fine fleur had haar schandaal.

Valentina sloot de deur van de eetkamer achter zich en liep uiterst kalm door de vestibule. Ze knikte even naar de huisknecht, maar stond buiten voordat de bediende haar had kunnen vragen wat ze wenste.

Pas toen het tot Viktor doordrong wat er aan de hand was en hij opstond om haar achterna te gaan, had zij al de rij huurrijtuigen op de Sint-Jacobsmarkt bereikt.

Een van de koetsiers, een oudere man in een tot op de draad versleten overjas, kwam naar haar toe en opende zonder iets te zeggen het portier voor haar. De man had het afgeleerd zich te verbazen over de passagiers die hij vervoerde, maar mocht hij de behoefte voelen zich te verwonderen, dan zou deze dame hem meer dan voldoende reden kunnen bieden.

'Naar de haven, naar de Rijnkaai. Snel!' zei Valentina haastig, en ze trok zelf het portier dicht.

Ellis Island

Ze hadden geluk en hoefden niet lang op het veer te wachten. Al een paar uur nadat de Kroonland aan de pier had aangemeerd, werden de passagiers van het tussendek, onder wie ook Valentina in haar witte avondjapon, van Manhattan, het eiland van hun verlangen dat ze nog steeds niet mochten betreden, naar het nabijgelegen Ellis Island overgebracht. Niet ver van Valentina stond de familie van de verongelukte jongen. Ze zwaaide, maar de massa stond zo dicht opeengepakt dat ze niet dichterbij kon komen. Ze voelde zich verloren, even eenzaam als ze zich na Charles' dood had gevoeld. Thomas, dacht ze wanhopig, Thomas, waar ben je? Wat hebben we elkaar toch snel verloren, terwijl we elkaar nog maar net hadden gevonden...

Het hoofdgebouw van de immigratiedienst was een monumentaal, pas opgetrokken pand dat de uitgeputte nieuwelingen met een imposante pui welkom heette. De passagiers waren niet alleen moe, maar vreesden ook wat hun te wachten stond: het medisch onderzoek en het verhoor van de inspecteurs, die een taal spraken die bijna niemand verstond. Moeders hielden de handjes van hun kinderen stevig vast om ze in het gedrang niet te verliezen, en veel nieuwkomers waren ook bang dat ze de bagage zouden kwijtraken die ze in de hal van het grote hoofdgebouw moesten achterlaten. Hoe moesten ze ooit hun reisgoed terugvinden tussen de armzalige bezittingen van honderden, misschien wel duizenden mensen? Of misschien zou het wel worden gestolen. Maar ze werden al naar boven geloodst, de trap op. Valentina werd door de massa meegevoerd, in het kielzog van een familie met grootmoeder en kinderen, van wie de jongste door de moeder op de arm werd meegedragen.

De familie van de jongen had Valentina al lang uit het oog verloren.

Boven moest iedereen zich in lange rijen opstellen. Twee keuringsartsen stelden zich aan het begin van de rij op en keurden een voor een de mannen, vrouwen en kinderen, die een stap naar voren moesten doen wanneer ze aan de beurt waren. Iedereen had een briefje opgespeld gekregen met de naam van het schip dat hen hierheen had vervoerd, en ze hadden allemaal de papieren in hun hand waarop de rederij voor vertrek hun belangrijkste persoonlijke gegevens had ingevuld. Valentina's naam was al doorgegeven, en ze hield slechts het gezondheidsattest van dokter Kirschbaum in haar hand. Vol medelijden keek ze naar de oude vrouw die voor haar in de rij stond. Het mensje was zo krom gewerkt dat ze bijna niet meer op haar benen kon staan, en de keuringsarts zette met krijt een merkteken op haar kleding. Een dergelijke aanduiding betekende nader onderzoek, en de vrouw keek angstig naar haar zoon. De ervaren artsen ontging niets, zeker geen uiterlijk zichtbare misvormingen en ziektes als lamme vingers, horrelvoeten, kromme ruggen, roodvonk of mazelen. Zetten de artsen met krijt een teken op iemands kleding, dan betekende dat dat die persoon zou worden overgebracht naar de ziekenboeg en in quarantaine zou moeten blijven. De vrouw met het kind op haar arm stapte naar voren. Valentina zag dat de arts met een haakje het onderste ooglid van het meisje naar beneden trok, waarop het kleintje van schrik begon te krijten. De arts schudde zijn hoofd, en een tolk probeerde de familie duidelijk te maken dat ze de Verenigde Staten niet binnenkwamen indien een van hen aan een besmettelijke oogontsteking leed.

De vader probeerde opgewonden uit te leggen dat het gezin voor vertrek nog was onderzocht. Dat was een voorwaarde die de rederij stelde, aangezien afgewezen immigranten op kosten van de scheepvaartmaatschappij terug naar het land van herkomst moesten worden vervoerd.

Mijn god, dacht Valentina, wat gaat er nu gebeuren? De man gebaarde wanhopig en trok de tolk aan zijn mouw, alsof die er iets aan kon veranderen. Maar de man schudde zijn hoofd. Volgende!

Maar ze kunnen die familie toch niet uit elkaar halen, dacht Valentina. Ze kunnen de grootmoeder en het kind toch niet terugsturen!

Maar toen was zij al aan de beurt. Valentina was kerngezond, zodat de artsen haar niet hoefden te onderzoeken, maar de inspecteurs legden haar het vuur aan de schenen en wilden haar naam, leeftijd, geslacht, burgerlijke staat, taal, nationaliteit, financiële situatie, laatste woonplaats en reisdoel weten.

'Bent u al eens eerder in de Verenigde Staten geweest? Hebt u ooit in de gevangenis gezeten? Bent u van een steunfonds afhankelijk geweest?'

Valentina schudde haar hoofd.

'Van ons krijgt u geen visum,' zei de inspecteur opeens, en toen hij haar verbijsterde gezicht zag, voegde hij er snel aan toe: 'Wanneer wij u de toegang tot het land weigeren, dient u zich bij de balie te vervoegen waar bijzondere verhoren plaatsvinden. Daar zal men u vertellen welke stappen u nu moet ondernemen. Volgende!'

Valentina voelde dat de tranen in haar ogen sprongen. Door het waas van vocht zag ze dat de familie van de dode jongen door mocht lopen. De ouders zwaaiden dolgelukkig naar haar, en hun nu oudste zoon zwaaide met het Amerikaanse vlaggetje dat hij had gekregen. Heel even had de gedachte aan hun nieuwe vaderland het verlies van hun zoon naar de achtergrond verdrongen.

Valentina zwaaide met tranen in haar ogen terug.

Over de zee…

Gedurende de volgende dagen werd de lading van de Kroonland gelost en nieuwe lading aan boord genomen. Er werden weer tonnen kolen gebunkerd, postzakken werden afgeleverd, en leeftocht voor de overtocht werd ingeslagen: dertienhonderd pond boter, honderd gros eieren, negentig mud meel, twaalf schepel havermout en maïs, 175 mud aardappelen, 8500 pond vers fruit, honderd kratten groente, zestien gros slakroppen, veertien vaten oesters en mosselen, zeventienhonderd pond vis, negenhonderd pond varkensvlees, zeshonderd pond ham, dertienhonderd pond rundvlees, 2200 pond schapenvlees, twaalfhonderd pond lamsvlees, zesduizend pond gevogelte, zeshonderd liter melk, duizend blokken ijs en duizenden flessen met allerlei dranken.

Bij de bemanning hadden een paar wisselingen plaatsgevonden. Jan Bartels was op de terugreis niet aan boord, maar de knappe steward bediende Valentina met alle egards en vriendelijkheid toen ze op de dag van de afwijzing door de autoriteiten als enige gast voor het diner in de eetzaal verscheen, gekleed in haar witte avondjapon.

De kapitein bleek bijzonder welwillend, daar hij zijn wraak al had gehad. Hij stelde Valentina, die net als alle andere afgewezen immigranten met hetzelfde schip terug diende te reizen, weer een hut in de eerste klasse ter beschikking. Hij twijfelde er niet aan dat ze zich aan haar belofte zou houden en bij aankomst in Antwerpen de Red

Star Line de kosten voor de overtocht en de terugreis zou vergoeden. En wie weet zou hij er nog profijt van kunnen hebben als hij de dame gunstig gezind zou zijn…

Enkele dagen later kwamen de passagiers aan boord. Nee, ze kon het niet verdragen. Ze zou haar hut niet verlaten. Valentina wilde niemand zien. Ze wilde niet langer opzien baren, geen stof tot roddels bieden, en ze voelde niet de behoefte om ook maar met iemand een woord te wisselen. Ze had voor niemand belangstelling en wilde niet dat iemand belangstelling voor haar zou koesteren.

Dokter Kirschbaum was de enige die troost kon bieden. Ze prees zich gelukkig dat hij in elk geval weer aan boord was. De gedachte aan de scheepsarts luchtte haar op en maakte haar blij. Ze zou hem vragen haar op te zoeken zodra hij in de gelegenheid was. Ze hoopte dat hij daar tijd voor zou hebben. Ze wilde hem vertellen wat ze allemaal van plan was.

Wanneer ze in Antwerpen aanmeerden, zou ze een huurrijtuig nemen en naar het huis van haar moeder gaan. Ze zou Viktor opzoeken, zich verontschuldigen voor haar overhaaste vlucht en de echtscheiding aanvragen. Daarna wilde ze haar advocaat vragen een overzicht van haar financiële situatie te maken en te regelen wat nodig was, en ze zou haar zanglessen weer voortzetten. En ze zou zich over Jan ontfermen. Wellicht had hij hulp nodig.

En Thomas? Thomas was haar niet als een prins op een wit paard op Ellis Island te hulp geschoten en had haar niet naar zijn slot in New York gevoerd. Misschien had ze te hoge verwachtingen van de liefde. Ze waren er zo zeker van geweest dat ze samen aan land zouden gaan en Valentina's zaak bij de autoriteiten zouden bepleiten dat hij niet eens de moeite had genomen haar zijn adres te geven.

Maar misschien was het ook wel beter zo. Nu was ze gedwongen eerst haar oude leven af te handelen voordat ze aan een nieuw kon beginnen. Ze moest haar eigen weg gaan. Wellicht kon ze later een poging wagen om Thomas op te sporen. Onmogelijk was het niet. Wat had dokter Kirschbaum ook alweer gezegd? Sommige dingen in het leven moeten we aanvaarden. Maar daarom hoeven we nog niet bij de pakken neer te gaan zitten.

Maar ze had de tijd.

Valentina glimlachte bij de gedachte aan Thomas. Eén ding was zeker: wat er ook zou gebeuren, ze zou haar leven lang aan Thomas blijven denken. Van niemand anders houden.

Sommige herinneringen zijn mooi, ook wanneer ze pijn doen. En sommige hebben meer macht over het leven dan welke toekomstige gebeurtenis ook ooit zal kunnen hebben. Ook daarover wilde ze met dokter Kirschbaum praten.

Valentina zuchtte.

Het leven is vreemd, dacht ze. En wat de liefde betreft, dat is al helemaal een groot raadsel.

Victoria Witherspoon was meegekomen naar de haven. De gedachte dat ze de komende maanden van het gezelschap van haar broer verstoken zou zijn, deerde haar allerminst. Thomas had haar gevraagd of zij toezicht wilde houden op de uitbreiding van het zomerhuis op Long Island, en tijdens zijn afwezigheid wilde ze met de architect de details van de ophanden zijnde verbouwing doornemen. Ze had zo haar eigen ideeën over het huis, om het even wat Thomas ervan zou vinden. Hij zou zich toch wel naar haar wensen schikken, en bovendien bracht hij het grootste deel van het jaar in het buitenland door. En wie weet waar hij zich uiteindelijk zou vestigen, zeker met het oog op het avontuur waaraan hij nu zou beginnen…

Thomas boog zich naar haar toe en kuste haar op beide wangen.

'Ik hoop dat je het me niet kwalijk zult nemen,' zei ze, haar keel schrapend omdat haar stem een tikje hees klonk, 'dat ik hier niet verdrietig ga staan wachten totdat de Kroonland met jou aan boord uitvaart. Na alles wat we hebben meegemaakt, heb ik voor even genoeg van schepen.'

Ze keek met een strenge blik in de verte. 'Ook al moet ik bekennen dat het oversteken van hele oceanen en het ontdekken van nieuwe oevers zeker ook zijn charme heeft.'

Naspel

Mijn vriend bereikte met de Kroonland, na onderweg een flinke storm te hebben doorstaan, de Nieuwe Wereld en werd koopman in New York. Ik werd journalist.

De dame in de witte jurk heb ik nooit meer gezien, maar in zekere zin had ze toch invloed op mijn leven. In een artikel dat op 3 augustus 1904 in *The New York Times* verscheen maar pas enkele weken later door dagbladen in Antwerpen werd overgenomen, las ik dat ze als verstekelinge aan boord van de Kroonland was ontdekt en dat haar in Amerika een visum was geweigerd; de autoriteiten hadden haar met hetzelfde schip terug naar Antwerpen gestuurd. Toen ik dat artikel onder ogen kreeg, had het schip de haven allang bereikt en was inmiddels opnieuw uitgevaren. Het lukte mij niet haar op te sporen, de bevolkingsregisters waren nog niet zo volledig als nu, en het was ook helemaal niet zeker of ze wel uit Antwerpen kwam en daar na haar terugkeer gebleven was. Mijn vriend kon me niet verder helpen. Hij schreef me dat hij haar heel kort had gezien: na een dodelijk ongeval op het tussendek was ze daarheen gekomen en had ze gevraagd naar het gezin dat een zoon had verloren, maar meer wist hij ook niet over haar te vertellen.

Op mijn verzoek wendde hij zich tot de Amerikaanse autoriteiten, maar die wilden hem slechts vertellen wat ik al uit de krant wist: dat in de archieven van Ellis Island de aantekening 'teruggestuurd' achter haar naam stond vermeld. Hij wist wel te vertellen dat de kwestie in New York veel stof had doen opwaaien: in hun streven de zucht naar sensatie en roddels van de New Yorkers te bevredigen hadden journalisten zo veel als ze konden over de zaak geschreven. Ze hadden alle passagiers en bemanningsleden die ze maar te pakken konden krijgen geïnterviewd.

Mettertijd vergat ik de dame in het wit. Ik trouwde met een vrouw die me vaag aan haar herinnerde; het huwelijk was niet bijzonder gelukkig.

Nu, dertig jaar later, ben ik bij een verhuizing op de oude, met rood vloeipapier gevoerde envelop gestuit waarin ik de ring bewaarde die de dame in het wit me op die drieëntwintigste juli 1904 had gegeven.

In de smalle gouden ring was de naam Viktor gegraveerd.

De geheimzinnige vreemdelinge was nog één keer in mijn leven teruggekeerd. De wereld is intussen veranderd. De maatschappelijke orde die zij toentertijd wilde ontvluchten bestaat niet meer. De grote oorlog heeft die goeddeels vernietigd. Rusland werd door een revolutie geteisterd en veranderde in een geheel andere maatschappij, in Italië zijn de fascisten van Mussolini aan de macht gekomen en in Duitsland de nationaal-socialisten. Niets zal blijven zoals het was. Andere stormen dan die zij beleefde, pakken zich samen, en het zou me niets verbazen als die elegante oceaanreuzen binnenkort een ander doel zullen dienen. Alleen de stroom mensen die vrijheid en een nieuw vaderland zoekt, zal nooit opdrogen.

Die paar puzzelstukjes die ik over het leven van de dame in het wit bijeen kan leggen, vormen geen volledig verhaal, vertellen niet de waarheid.

En toch had ik het gevoel dat ik haar, toen ik de ring die ze me had gegeven weer in mijn handen hield, een verhaal moest geven: omdat ieder mens dat nodig heeft, ook als de sporen die hij in het zand heeft achtergelaten allang zijn verwaaid.

Verhalen vormen een band tussen de generaties, ze dragen bij

aan het ontstaan van onze eigen geschiedenis en die van steden, ge-
bieden, naties.

Daarom heb ik het verhaal geschreven zoals het had kunnen zijn.
De absolute waarheid bestaat immers toch niet.

Ik zei het al, ik heb de dame in het wit nooit meer gezien. Maar ik
blijf naar haar op zoek. Ze is de verstekeling die in ieders leven bestaat. Die me in mijn leven begeleidt en het richting geeft, zonder
dat ik dat ooit zal kunnen begrijpen.

Nawoord

'*Woman Crosses Ocean In An Evening Gown On Liner Without Another Dress*', kopte *The New York Times* op 3 augustus 1904. Dit bericht, dat indertijd de wereld rondging, vormde de inspiratie voor het verhaal dat in dit boek wordt verteld.

Aan boord van de oceaanstomer Kroonland, die van Antwerpen naar New York voer, is inderdaad een geheimzinnige dame in het wit aangetroffen, en ze reisde inderdaad zonder geld en bagage, hoewel ze over een vast inkomen uit een eigen vermogen beschikte. Ze gaf geen bevredigende verklaring over hoe ze aan boord was gekomen en werd door de Amerikaanse autoriteiten met hetzelfde schip teruggestuurd als waarmee ze was gekomen.

Het artikel luidde:

Detained on board the Red Star Line steamship Kroonland, which arrived here on Monday from Antwerp, is a young woman whose only costume – the one in which she boarded the vessel, and the only one she wore during the voyage and since the ship arrived here – is a beautiful evening gown of white silk, almost covered with fine lace, with a lowcut bodice and short sleeves and a long train. The woman has not a cent in money... She is a possessor of a beautiful voice, and an expert pianist.
How the woman happened to take the trip the officers of the ship do not know and her presence aboard in the unusual costume she cannot satisfactorily explain herself...

Dit oude krantenbericht, waarvan een vriend in augustus 2004 een herdruk in *The Herald Tribune* aantrof, wakkerde mijn fantasie aan. Met deze roman heb ik geprobeerd de geheimzinnige 'dame in het wit' een geschiedenis te geven.

Alle namen en karakters, ook de hoofdpersoon, zijn fictief.

Zürich, december 2007

Dankwoord

Het dankwoord staat doorgaans op de laatste bladzijde van een boek, en toch zou, althans bij dit boek, zelfs de eerste bladzijde niet hebben bestaan als anderen me niet hadden geholpen. Ik wil vanaf deze plek dan ook iedereen bedanken die zo vriendelijk is geweest me bij te staan, en enkelen van hen wil ik met name noemen.

Albert Erlanger bood me vaste grond onder de voeten tijdens de lange weg die ik moest afleggen om me helemaal aan het schrijven te kunnen wijden.

Mijn vriend en collega Johannes Thiele en mijn agent Joachim Jesse zijn er altijd van overtuigd geweest dat ik me naast non-fictie ook eens aan een roman zou moeten wagen en hebben me daartoe ook vaak aangemoedigd.

Mijn goede vriend Peter Lohmann deed dat eveneens, ook al betekende het schrijven van een roman dat we niet meer zouden kunnen samenwerken.

Peter Fritz deed me het idee voor dit verhaal aan de hand: hij ontdekte het krantenknipsel dat de basis voor deze roman vormde en vond dat het voldoende stof bood voor een goed verhaal. Hij heeft mij door dik en dun en door alle twijfel heen onverschrokken begeleid. Dat zal niet makkelijk zijn geweest.

Chandler Crawford droeg me voor voor een beurs in Ledig House in de staat New York, waar ik heerlijk in de watten werd gelegd en drie maanden lang aan het begin van de roman kon werken.

Van de Australische schrijfster Dorothy Johnston leerde ik dat de personages altijd gelijk hebben, en niet hun auteur.

Ivo Gay bezocht samen met mij zijn geboortestad Antwerpen. In het scheepvaartmuseum aldaar kreeg ik informatie over de dienstregeling van de oceaanstomers in de tijd waarin de roman speelt.

Albrecht Sauer van het Duitse scheepvaartmuseum in Bremerhaven kon mij vertellen dat de Kroonland al over een scheepsradio van Marconi beschikte, wat voor het verloop van het verhaal niet onbelangrijk was.

Het museum van Ellis Island biedt de mogelijkheid de passagierslijsten van destijds in te zien, en daar vond ik ook de 'dame in het wit' waarover de krant in 1904 berichtte.

Gravin Von Bredow werd het niet moe om steeds weer telefonisch na te vragen of ik aan het schrijven was. Haar raad was altijd van groot nut.

Mijn vroegere collega Lia Franken bood me haar professionele strengheid; ze nam een van de eerste versies genadeloos door, zonder me de moed te ontnemen om aan een nieuwe te beginnen. Haar werk was voor mij van onschatbare waarde.

Mijn vriendin Vera, met wie ik een totaal verregende vakantie in Engeland doorbracht, had er begrip voor dat de regen mij ertoe dreef een laatste grote aanloop te nemen. Ze heeft me tijdens die vakantie vooral met een stapel papier voor mijn neus zien zitten, potlood in mijn hand.

Mijn vriendinnen Claudia Lichte, Ursula Nuber, Katrin Eckert en Gunda Borgeest boden me een eerste klankbord door hun mening over het verhaal te geven. Heinrich Deserno kon ook vanuit psychoanalytisch standpunt met het einde instemmen.

Katrin Wiederkehr werd door haar steun een ware peetmoeder van dit project.

Dagmar Gleditzsch en Petra Sluka waren zo vriendelijk Engelse leesverslagen te schrijven.

Jane Starr bracht de roman, die ze helaas alleen van het leesverslag kende, bij haar internationale relaties onder de aandacht, puur uit vriendschap.

'De passages die je als auteur het dierbaarst zijn, worden door de uitgever altijd geschrapt,' waarschuwde gravin Von Bredow. Ze heeft in dit geval geen gelijk gekregen, want ik had enorm veel geluk met Lutz Wolff. Zijn enthousiasme over het boek en zijn meelevende opmerkingen over het manuscript maakten mij duidelijk dat niet alleen personages hun auteur, maar ook auteurs hun uitgever kunnen vinden.